UWE GOERITZ

Das Versteck des Eremiten

Bibliografische Information der Deutschen Nationalbibliothek:

Die Deutsche Nationalbibliothek verzeichnet diese Publikation in der Deutschen Nationalbibliografie; detaillierte bibliografische Daten sind im Internet über http://dnb.dnb.de abrufbar.

© 2021 Uwe Goeritz

Coverbilder: von Ludmila Albor und Tama66 auf Pixabay

Covergestaltung: Uwe Goeritz

Herstellung und Verlag: BoD – Books on Demand, Norderstedt

ISBN: 978-3-7543-3412-6

Inhaltsverzeichnis

Mit der Erstürmung Magdeburgs im Mai 1631 zeigte der dreißigjährige Krieg seine grausamste Fratze. In der dreitägigen Orgie aus Blut und Gewalt verloren mehr als 25.000 Männer, Frauen und Kinder der Stadt ihr Leben durch das katholische Heer unter Tilly. Von den einst 35.000 Einwohnern Magdeburgs lebten danach noch etwa 400 in den Ruinen rund um den unzerstörten Dom.

Barbara und Anna, die Töchter eines Kaufmannes, können dem Gemetzel zwar entkommen, doch in Sicherheit sind sie deswegen noch lange nicht. Rings um die Stadt fallen die kaiserlichen Truppen mordend, raubend und vergewaltigend über die Bewohner der kleinen Dörfer her. Können die beiden Schwestern die Grausamkeiten des Krieges überleben?

Die handelnden Figuren sind zu großen Teilen frei erfunden, aber die historischen Bezüge sind durch archäologische Ausgrabungen, Dokumente, Sagen und Überlieferungen belegt.

1. Kapitel
Waldidyll des Todes

Dunkle Wolken ziehen von Norden her über das Land. Sie treiben den Rauch von Magdeburg nach Süden. Es war ein Fanal für alle Menschen in der Gegend. Es zeigte mehr als deutlich, dass selbst eine so große, mächtige und gut beschützte Stadt, wie das reiche Magdeburg es war, dem Wüten der kaiserlichen Truppen nichts entgegenzusetzen hatte.

Angst ergriff jeden, der diese Wolken sah und die sich in Windeseile verbreitenden Nachrichten über die Gräueltaten der Landsknechte verstärkten diese Furcht nur noch zusätzlich.

Dieses Grausen trieb zwei junge Frauen vor sich her, die über eine offene Fläche irgendwo zwischen der Stadt und dem südlich gelegenen Harzvorland eilten.

Barbara rannte keuchend einen Weg entlang und sie hoffte, dass die schnaufenden Geräusche hinter ihr von ihrer Schwester Anna kamen. Allerdings wollte sie weder anhalten noch sich zu ihr umdrehen. Hier auf dem offenen Gefilde war es viel zu gefährlich und erst im nächsten Waldstück konnten sie wieder eine kleine Rast machen.

Die schützenden Bäume schienen hingegen kaum näherzukommen. Jeder Atemzug schmerzte und es rasselte in ihrer Brust vom schnellen Lauf. Sie hatte keine Ahnung, wie lange sie hier nun schon dahineilte. Barbara wusste nur, dass ihr mittlerweile alles wehtat. Aber die Angst trieb sie unerbittlich vorwärts.

Sie durfte nicht stehen bleiben, denn dann würde sie vermutlich nicht mehr weiterlaufen können.

Seit zwei Tagen waren sie nun schon unterwegs. Ihr Ziel war es, so weit wie nur irgend möglich von Magdeburg fortzukommen, bloß wohin? Der Weg führte nach Süden, darauf hatten sie sich zu Beginn ihrer hektischen Flucht noch geeinigt. Das genaue Ziel wussten weder Anna noch Barbara.

Nachdem ihre ganze Familie in Magdeburg ausgelöscht worden war, hatten sie beide nur noch sich selbst.

Endlich kam der erste Baum auf sie zu. Noch ein paar letzte Schritte, dann brach Barbara zusammen und das Moos fing sie auf.

Neben ihr fiel Anna mit rasselndem Atem zu Boden und rollte sich auf den Rücken. Schnaufend lagen die beiden Schwestern auf dem Waldboden und versuchten wieder zu Luft zu kommen.

Es war Anna, die dann zuerst die Kraft hatte, sich aufzurichten.

Zurückblickend sagte sie: „Uns ist keiner gefolgt!"

Nun konnte sich auch Barbara auf den Rücken drehen. Durch den schnellen Lauf taten ihr die Seiten und die Beine weh.

„Lass uns tiefer in den Wald gehen!", sagte sie schnaufend.

Mühsam zog sie sich an einem Baum hoch und stolperte tiefer in das Waldstück hinein. Ob ihr Anna folgte, war ihr im Moment egal, aber die jüngere Schwester musste sich ihr einfach anschließen.

Barbara torkelte von Baum zu Baum. Gerade war sie achtzehn Jahre alt geworden. Anna war ein Jahr jünger und Barbara liebte ihre Schwester, aber im Moment musste sich jede der beiden jungen Frauen um sich selbst kümmern.

Nach wenigen Schritten stand sie plötzlich vor einem größeren Teich, der mitten im Wald lag. Die eine Seite des Gewässers war mit Schilf bewachsen, an der anderen grenzte das Gras einer Lichtung an das Ufer. Dorthin steuerte Barbara, kniete sich hin und löschte ihren Durst mit dem kühlen Nass, das durch einen kleinen Bach in den Teich lief.

Über ihre Hände hinweg betrachtete Barbara furchtsam ihre Umgebung, aber keine Menschenseele war zu sehen. Ein kleines hölzernes Wehr versperrte dem Wasser den Ausgang auf der anderen Seite. Dieses Gewässer war offensichtlich ein Fischteich. Direkt dahinter stieg ein kleiner bewaldeter Hügel an.

Vielleicht war der Fischer auch schon vor dem Krieg geflohen. Barbara setzte sich an den Teich, zog ihre Schuhe und Strümpfe aus und streifte sich Rock und Unterkleid bis übers Knie nach oben.

Seufzend ließ sie ihre schmerzenden Beine in das erfrischende Wasser hängen. Das tat so gut, nach dem anstrengenden Lauf. Einen Augenblick später tauchte Anna neben ihr auf und blickte ebenfalls auf das Wasser, das grünlich in der Sonne glänzte.

„Ich werde dort hineingehen und mich schwimmend erfrischen", erklärte Anna, legte den Gürtel ab und drückte diesen Barbara in die Hand. Wenig später hatte sie Schuhe, Strümpfe und das Kleid ausgezogen und stand im leinenen Unterkleid am Ufer.

„Sei vorsichtig!", sagte Barbara und setzte hinzu: „Ich kann im Moment nicht schwimmen. Meine Beine tun zu sehr weh."

Anna nickte und stieg bedächtig in den Teich, dann schwamm sie langsam los.

Barbaras Blick fiel auf den Gürtel der Schwester mit dem Dolch daran. Ihre Finger glitten über die Waffe. Vor einer Woche hatte die Mutter ihnen diese gegeben und ihr eigener hing noch an ihrem Gürtel. Langsam zog sie den Dolch aus der Scheide und strich nun mit den Fingerspitzen über die blanke Klinge.

Ein Schutz sollte er sein, aber wofür hätte der wohl genutzt? Es war lächerlich! Ein Dolch gegen Schwerter und Musketen der kaiserlichen Truppen?

Eine Träne fiel auf die Klinge. Alle waren Tod! Von den zwölf Personen, die ihre Familie vor einer Woche noch gezählt hatte, waren nur sie und Anna übrig geblieben.

Wütend rammte Barbara den Dolch zurück in die Scheide. Die Einzige, der diese Waffe etwas genutzt hatte, war ihre Schwester Susanna gewesen. Sie hatte sich die Klinge in die Brust gestoßen, um den wütenden Soldaten zu entgehen. Mutter, Vater, Großmutter, drei Brüder und vier Schwestern waren tot. Ganz zu schweigen von den Mägden und Knechten, die auf ihrem Kontor gearbeitet hatten.

Vor einer Woche war Barbara noch die reiche Tochter einer noch reicheren Patrizierfamilie gewesen und nun?

Anna kam zurück, schwamm direkt vor sie und sagte: „Da vorn sind Fische in einer Reuse!"

Ein lecker gebratener Fisch wäre jetzt sicher nicht zu verachten, aber wo sollten sie die zubereiten? Barbara blickte sich um, fand aber nichts. Feuer wollte sie auch nicht machen, denn wer wusste schon, wen der Rauch anlocken würde!

Aber bei der Erwähnung der Fische hatte ihr Magen angefangen zu knurren.

„Sollen wir die roh essen?", fragte Barbara zweifelnd.

Anna holte ihren Dolch, klemmte ihn sich zwischen die Zähne und schwamm abermals hinaus.

Mühsam stemmte sich Barbara hoch, um einen besseren Überblick zu bekommen. Noch einmal sah sie sich um und bemerkte nun ein eingefallenes Dach, das durch die Gebüsche fast vollständig verdeckt war.

Langsam und vorsichtig ging sie darauf zu. Vermutlich wohnten dort die Fischer oder hatten mal dort gewohnt.

Sie zog ihren Dolch und umrundete misstrauisch das Gebüsch. Die Hütte schien schon eine ganze Weile unbewohnt zu sein, aber Barbara rief trotzdem an der Tür: „Ist hier jemand?" Doch sie erhielt keine Antwort.

Sie schob sich mit voran gehaltener Klinge wachsam in die Ruine. Vielleicht war hier noch etwas zu finden, dass die Bewohner zurückgelassen hatten. Doch sie fand nichts Brauchbares, sondern stieß schon nach zwei Schritten auf ein paar Skelette. Zwei davon waren offensichtlich Kinder gewesen. Also war auch das ein Platz des Todes.

Schnell ging sie wieder nach draußen, sprach ein Gebet und lief zum Teich zurück.

Dort kletterte Anna gerade nackt aus dem Wasser und steckte den Dolch fort. Sie hatte zwei große Karpfen getötet und zum Transport in ihr Unterkleid gewickelt.

Schnell nahm Anna die beiden Leckerbissen heraus, wusch das Kleid noch einmal durch, wrang es aus und zog es sich eilig über.

„Und nun?", fragte sie.

Barbara hob die Schultern.

„Ich esse keinen rohen Fisch, aber ich habe Hunger!", sagte Anna und bemerkte nun ebenfalls die Hütte.

„Da ist nichts zu holen, nur ein paar Skelette", entgegnete Barbara.

Anna lief trotzdem hin. Wenig später war sie mit einem Feuerzeug und Zunder zurück und schon nach ein paar Minuten brannte ein kleines Feuer, über dem sie die Fische am Stock brieten.

Es lag etwas Friedliches darin und doch war der Tod nur wenige Schritte entfernt.

2. Kapitel
Ängste im Mondlicht

er Fisch hatte sehr gut geschmeckt und Anna leckte sich alle Finger ab, nachdem sie ihn gegessen hatte. Ein paar Tage hatte sie schon nichts Richtiges mehr im Bauch gehabt.

„Können wir heute Nacht hier bleiben?", fragte sie ihre Schwester und blickte zum Teich hinüber.

Sie hatte die zwei größten Karpfen aus der Reuse genommen, aber für das Frühstück am nächsten Morgen waren noch ein paar kleinere darin geblieben.

Dann sah sie zurück zu Barbara und legte bittend den Kopf schief. Sie wusste, dass die Schwester diesem Blick nicht widerstehen konnte.

Schließlich stimmte Barbara zu, setzte aber zugleich hinzu: „Ich schlafe aber nicht hier auf der freien Lichtung. Vielleicht ist dort drüben im Schilf ein besserer Platz zu finden."

Anna nickte erleichterte und erhob sich. Mittlerweile war das Unterkleid durch das Feuer wieder trocken und sie konnte sich das Kleid darüber ziehen. Dann legte sie sich den Gürtel mit der Waffe um.

Schwer drückte der Dolch auf ihre Hüfte. Während des ganzen Rennens hatte er immer wieder gegen ihre Hüfte geschlagen, doch sie wollte sich nicht davon trennen, selbst wenn er sie noch mehr behindert hätte, denn er war nun die einzige Erinnerung an die Mutter.

Fast zärtlich strich sie über den hölzernen Griff, der nach dem Bade immer noch etwas nass war. Es war eine gute Waffe, die ihr die Mutter da gegeben hatte. Italienische Klingenschmiede hatten sie gefertigt und doch war sie zur Verteidigung so völlig nutzlos gewesen.

Nur für die Fische war die Klinge zu gebrauchen gewesen. Als Schutz ihres Lebens wohl kaum.

Eilig folgte Anna der Schwester, die schon einen kleinen Vorsprung gewonnen hatte. Sie richtete ihren Blick dabei zum Himmel und verfolgte die Wolken mit den Augen. Es war Mitte Mai und so wie es aussah, würde es eine warme und trockene Nacht werden. Keine einzige Regenwolke war zu erkennen.

Nun brauchten sie nur noch einen bequemen Schlafplatz für die Nacht, der auch noch vor den Blicken geschützt lag.

Abermals kam den Dolch zum Einsatz. Diesmal schnitten sie sich damit bündelweise das Schilfgras ab und breiteten es auf einer Stelle aus, die durch ein paar Gebüsche auf der einen Seite und das Schilf von der anderen Seite geschützt war.

Nach ein paar Augenblicken hatten sie eine Fläche ausgepolstert, die für sie beide reichen würde. Schweigend saßen sie danach nebeneinander und hörten den Fröschen bei ihrem abendlichen Konzert zu. Dabei flogen Annas Gedanken in den Norden, wo sich die Stadt ihrer Kindheit befand.

Oder einstmals befunden hatte!

Auf dem Weg hatten sie sich immer wieder dorthin umgedreht. Die dicke Rauchsäule war selbst jetzt noch am Horizont zu sehen. Offensichtlich brannte Magdeburg nun schon den fünften Tag und niemand war mehr dort, der das Feuer hätte löschen können.

Nur ein paar Wochen zuvor war Magdeburg noch eine große und stolze Stadt gewesen. Jeden Markttag hatte Anna, wenn sie mit Mechthild, der Küchenmagd, einkaufen ging, die vielen bunt gekleideten Menschen beobachtet. Aus aller Herren Länder waren sie gekommen. Manchmal hatte sie dabei sogar einen dunkelhäutigen Diener gesehen, der mit seinem Herrn aus dem Morgenland in die Stadt an der Elbe gekommen war.

Jetzt war alles zerstört und die Menschen entweder tot oder geflohen.

Erneut kamen die schrecklichen Bilder der Flucht zurück. Sie hatten sich in der Nacht aus ihrem Versteck geschlichen und waren in Todesangst zum Fluss hinuntergehuscht. Dabei hatten sie überall tote Frauen, Kinder und Männer gesehen.

Man hatte die Leichen einfach ausgeplündert, nackt und geschändet am Straßenrand liegen lassen. Es mussten tausende gewesen sein, die ihren Weg in jener Nacht gesäumt hatten und immer wieder hatte ihnen das Gegröle der betrunkenen kaiserlichen Soldaten erneut die Furcht durch den Leib gejagt.

Doch zum Glück waren sie unbehelligt entkommen.

Nun saß sie hier und wischte sich eine Träne ab. Langsam senkte sich die Dämmerung über den kleinen Teich.

Schon wenig später hatten sich Anna an die Schwester gekuschelt und der volle Magen schloss schnell ihre Augen.

Im Traum war Anna allerdings wieder in ihrem Versteck in Magdeburg. Abermals musste sie miterleben, wie die fremden Soldaten die Mutter und die Schwestern im Hof des Hauses schändeten, während sie den Vater und die Brüder zwangen, dabei zuzusehen.

Noch immer hatte Anna das Wehklagen der Frauen in den Ohren und konnte doch erneut nichts dagegen unternehmen.

Mit einem Schrei fuhr sie aus dem Albtraum, doch Barbara schlief noch neben ihr. Es war also sicher kein lauter Aufschrei gewesen, vielleicht war er auch nur im Traum geschehen.

Die Finsternis hatte sie eingehüllt und nicht mal der Mond zeigte sich über ihr. Nur ein paar Sterne waren zwischen den Wolkenfetzen zu bemerken. Eigentlich schien es ein so friedlicher Platz zu sein und doch lagen nur ein paar hundert Schritte entfernt die Leichen dieses sinnlosen Krieges.

Vorsichtig tastete sie sich auf allen Vieren bis zum nahen Wasser nach vorn und schöpfte zwei Hände voll von dem kühlen Nass aus dem Gewässer. Entschlossen schleuderte sie sich die Flüssigkeit in ihr Gesicht.

Würden diese Albträume irgendwann mal vergehen? Die Erinnerungen an diese Gewalt und den Tod hatten sich schon jetzt tief in ihr Gedächtnis eingebrannt und da würde vielleicht nur die Zeit sie wieder herausbekommen. Oder eben auch nicht.

Sie tastete zum Griff des Dolches an ihre Seite. Dann dachte sie an Susanna, die sich damit vor dem Zugriff der fremden Männer geschützt hatte. War das ein Weg, um dieses Andenken wieder loszuwerden?

Zu oft hatte sie sich schon in den letzten Tagen die Klinge auf die Brust gesetzt. Bereit zuzustoßen, wenn es nötig sein würde. Doch Gott hatten sie sicher nicht am Leben gelassen, damit sie es nun leichtfertig wegwarf.

Endlich schob sich die schmale Mondsichel über den Horizont und warf ihr Licht auf den kleinen Teich. Er beleuchtete auch das schlafende Gesicht von Barbara. Nur wenige Schritte trennten Anna von ihr.

Barbara lag so friedlich dort und dabei hatte sie doch dasselbe Schicksal wie sie gehabt. Hatte sie so schnell wieder zu ihrem Frieden gefunden? Oder verdrängte sie das Leid nur?

Ein Wind kam auf, der das Schilf in Bewegung versetzte. Es begann zu rauschen und einen solchen Lärm zu machen, dass Anna dachte, dass sich da jemand durch das hohe Gras bewegte.

Schnell sprang sie zu ihrer Schwester und weckte diese damit. Nun klammerten sie sich gemeinsam vor Angst aneinander und an Schlaf war damit nicht mehr zu denken.

3. Kapitel
Nacht der Schatten

Das war dann doch keine so gute Idee gewesen, sich in das Schilf zu legen. Zumindest nicht mehr, nachdem Anna sie wach gemacht hatte. Jetzt saßen sie in der Finsternis, klammerten sich zitternd aneinander und horchten voller Angst in die Nacht.

Das Rauschen des Schilfes hörte sich manchmal wie Wispern, gelegentlich wie schleichende Schritte und zuweilen wie ein Keuchen an. Bei jedem Ton zuckten sie beide zusammen.

Barbaras Hand krampfte sich um den Griff des Dolches, dessen Spitze sie drohend in die Nacht gerichtet hatte. Doch wer konnte sich schon hier im Schilf bewegen? Nichts war zu sehen und nur von Zeit zu Zeit gab eine Wolke den Mond frei, jedoch sah Barbara dann Schatten und hätte sicher auch vor Schreck geschrien, wenn ihr die Furcht nicht die Kehle zugedrückt hätte.

Die dunklen Bilder der nächtlichen Flucht aus Magdeburg schoben sich abermals vor Barbaras inneres Auge. Gepaart mit den Skeletten, die keine fünfhundert Schritte entfernt lagen. Waren es die Geister der unbeerdigten Toten, die hier umherschlichen?

Gegen die würde der Dolch sicher nichts nützen.

In einem Augenblick des Mondlichtes bemerkte sie, dass Anna den Dolch anders herum hielt. Nicht in das Schilf, sondern mit der Spitze zu sich.

Schnell griff Barbara zu und fasste in die Klinge.

„Das darfst du nicht!", flüsterte sie der Schwester zu.

Anna zog die Spitze weiter auf sich zu und schnitt damit in Barbaras Fleisch, aber trotz des Schmerzes wollte sie die Hand nicht wegziehen.

Auch einen Schmerzenslaut durfte sie nicht von sich geben, aus Angst, jemanden dadurch auf sich aufmerksam zu machen.

Sie biss sich auf die Lippe und hielt nun beide Waffen fest.

So jäh wie er gekommen war, so abrupt legte sich der Wind auch wieder.

Die Geräusche verstummten und das Schilf wiegte sich nur noch hin und her. Nun ließ Anna den Druck nach und Barbara öffnete ihre Hand. Im Mondlicht war nichts zu erkennen, doch die Schmerzen kündeten von einem Schnitt durch ihre Handfläche. Schnell steckte Barbara ihren Dolch ein, riss sich einen Streifen von ihrem Unterkleid ab und horchte erstarrt in die Nacht.

Hatte jemand dieses viel zu laute Geräusch gehört? Jetzt in der Stille drang jeder Laut sicher meilenweit durch die Dunkelheit.

Doch nichts geschah. Leise wickelte sie sich den breiten Streifen um die Hand.

Anna verknotete die Enden.

„Entschuldige!", flüsterte sie nahe an Barbaras Ohr.

Nun waren die Geräusche fort, aber das sich im Mondlicht bewegende Schilfgras zeichnete Licht und Schatten auf den Boden vor ihren Füßen. Es schienen Hände zu sein, die nach ihnen griffen.

Jetzt wünschte sich Barbara die Finsternis zurück, doch die helle Mondsichel blieb vor ihnen. Nur langsam bewegte sie sich zur Seite. Viel zu langsam!

Obwohl sie in den beiden Nächten zuvor kaum geschlafen hatten, waren beide Schwestern nun hellwach.

In Gedanken fragte sie sich, wann sie das letzte Mal eine ganze Nacht geschlafen hatten? Es war in Magdeburg gewesen! Eine Woche zuvor, in ihren Betten! Da hatten sie noch alle gedacht, die Verteidigung würde standhalten und der schwedische König ihnen helfen!

Zwei Irrtümer, die tausenden das Leben gekostet hatten!

Die Stadt hatte gewagt, sich zu wehren und nach dem Recht, dass sich Tilly nahm, waren sie damit vogelfrei gewesen.

„Wer sich wehrt, der fällt durch das Schwert!" Das war ein ungeschriebenes Gesetz des Krieges, das hatte Barbara ihr Bruder Christian vor ein paar Tagen erklärt. Doch dass es so schlimm werden würde, das hatte wohl keiner geglaubt.

Die kaiserlichen Truppen hatten die Bevölkerung der Stadt praktisch ausgelöscht und immer noch hallten die Schreie der gequälten Frauen in Barbaras Ohren. In jener Nacht der Flucht hatte sie die Leichen am Wegesrand gesehen. Sie lagen nackt und bloß im Mondeslicht.

Derselbe Mond, der jetzt so friedlich auf sie heruntersah, der hatte auch die Gewalt in Magdeburg gesehen.

Warum hatte Gott nicht eingegriffen?

Waren sie nicht alle Christen?

Vermutlich zählte das im Krieg nicht viel. Die Beute war wichtiger und viele Soldaten hatte fortgeschleppt, was immer sie tragen konnten.

Ein leiser Fluch über die Untätigkeit des Schwedenkönigs flog in die Nacht. Der Mann hatte sie geopfert, denn ohne sein Verbot der Kapitulation wären sicher alle mit dem Leben davongekommen. Alleine ihre Familie hatte, zusammen mit den Mägden und Knechten, an einem Tag zwanzig Personen verloren.

Auch diese Leichen hatte Barbara gesehen. Im Hof hatten sie zwei Tage lang gelegen.

Zwei Tage, in denen sie mit Anna in Todesangst in ihrem Versteck unter einer alten Decke gelegen hatten und in denen hunderte Männer das Haus nach Brauchbarem durchsucht hatten.

Zwei Tage und zwei Nächte, wo jedes Geräusch hätte den Tod bedeuten können.

Mehr als einmal waren Schritte von Stiefeln sogar in unmittelbarer Nähe ihres Versteckes zu hören gewesen, aber zum Glück wollte wohl keiner den stinkenden Müll über ihnen anfassen.

Und nun waren diese Bilder, Schatten und Geräusche neuerdings in ihrem Kopf.

„Lieber Gott! Ich bitte dich, errette uns aus der Not!", flüsterte Anna neben ihr.

Barbara setzte dahinter ein leises: „Amen!"

Doch diese Bilder würden vermutlich nie wieder aus ihrem Gedächtnis gelöscht werden. Nur der eigene Tod könnte da irgendwann Linderung bringen.

Wenn Barbara die Augen schloss, dann sah sie nochmals vor sich, wie der Vater gefesselt und festgehalten auf dem Hof stand. Sie erblickte, wie der sonst so starke Mann mitansehen musste, wie die fremden Soldaten die Mutter, die Schwestern und Mägde schändeten, keine zwei Schritte vor ihm.

Aus ihrem Kellerfenster hatte Barbara alles mitansehen müssen und konnte sich nicht abwenden. Selbst ihre Schwester Carola hatte dieses Schicksal ereilt, und dabei war sie gerade erst elf Jahre alt gewesen.

Die Schreie der Angst und des Schmerzes konnte sie nie wieder aus ihren Ohren bekommen. Oder war die Stille danach noch schlimmer gewesen?

Alle hatten in ihrem Blut im Hof gelegen und nur Anna hatte sie in das Versteck zerren können. Wenige Augenblicke, bevor die plündernden Landsknechte das Haus gestürmt hatten.

Endlich ging der Mond unter und ein blasser Schein am Horizont verkündete das Ende dieser furchtbaren Nacht.

Barbara kniete sich zur Sonne und begrüßte die rötliche Scheibe mit einem Vater-Unser.

Auch Anna stimmte in das Gebet ein.

Bei der Zeile: „Wie wir vergeben unseren Schuldigern" stockte Barbara. Das durfte nie vergeben werden! Zu grausam war diese Tat gewesen.

„Richte unsere Schuldiger!", korrigierte sie das Gebet und hoffte, dass Gottes Rache alle die zur Strecke brachte, die sich in solch einer Art versündigt hatten.

4. Kapitel
Zur Fahne geeilt

P eter stand am Rande des Feldes und schaute zu der gerade aufgehenden Sonne. Erneut würde es ein arbeitsreicher Tag werden, aber das war im Sommer normal. Nur im Winter hatte man Zeit zum Ausruhen, Träumen und Schlafen. Von der rötlichen Scheide wanderte sein Blick zu der Hütte hinüber, aus der seine Schwester Gertrut gerade mit den anderen Mägden und Knechten heraustrat, um an die jeweils an sie verteilten Arbeiten zu gehen.

Er war achtzehn und seine Schwester, der er nun mit seinem Blick folgte, ein Jahr jünger. Peter sah noch, wie sie die letzte freche Haarsträhne unter dem Tuch verschwinden ließ. Gertrut erkannte ihn und winkte ihm zu.

Da war etwas in ihm, was ihn mit der Schwester verband und dieses Gefühl war zwischen Geschwistern sicher nicht normal, daher würde er es tief in sich verschließen müssen.

Gertrut entschwand im Stall und Peter kniete sich am Rande des Feldes hin. Das Korn war noch nicht sehr hoch und würde noch Wochen zum Wachsen und Reifen brauchen. Damit waren sie hier auch vor den Soldaten relativ sicher.

Solange die Ernte noch auf dem Feld war, gab es für die hungrigen Krieger nichts zu holen. Erst wenn sich das Getreide in der Scheune befand, konnte es gefährlich werden. Und dabei reichte es kaum zum Überleben für die Landarbeiter.

Hunger war jeden Winter ihr ständiger Begleiter gewesen. Dieser Krieg ging schon so lange, wie er sich zurückerinnern konnte und ein Ende war auch nicht abzusehen. Unwetter und Missernten machten es nur noch schlimmer.

Und der Krieg kam näher!

Vor ein paar Tagen waren die Kaiserlichen in Magdeburg gewesen, den Rauch der brennenden Stadt hatte er noch tagelang am Horizont gesehen.

Irgendwann würden sich die Schweden dafür rächen und die Leidtragenden waren dabei immer die einfachen Leute wie er.

Der Bauer rief nach ihm, denn die Kühe mussten auf die Wiese.

Peter erhob sich und lief zu ihm hinüber. Ein kurzer Blick von Gertrut, dann war der Stall leer und die Tiere auf der Weide. Weiter ging die Arbeit, die Mägde machten Butter und Käse, die Knechte säuberten inzwischen den Stall.

Schließlich stand Peter mit der Mistgabel an der Stalltür und sah die Staubwolke auf sich zukommen. Das mussten Dutzende Pferde sein und das bedeutete eigentlich nur eines!

„Soldaten!", schrie er.

Entsetzt sah er den näherkommenden Reitern entgegen. Dann dachte er an die Mistgabel in seiner Hand und hob sie an.

Peter war bereit, sich gegen die Räuber zu wehren.

Der Bauer schrie ihn an und dabei fiel Peter wieder der alte Spruch seiner Großmutter ein: „Wer sich wehrt, der ist dem Schwert verfallen!"

Seine Hände öffneten sich und entließen den hölzernen Stiel, der vor seinen Füßen zu Boden fiel.

Augenblicklich standen alle Bewohner des Bauernhofes vor der Scheune. Gertrut war auf einmal neben ihm und er ergriff ihre Hand, wie um sie durch diese Berührung zu beruhigen.

Was wollten die Männer hier? Noch war doch gar nicht viel zu holen.

„Das Vieh!", sagte Peter leise und schaute zur Weide hinüber.

Die Soldaten hatten es sicherlich auf die Kühe, Ochsen, Schafe und Schweine abgesehen.

Peter blickte zu seiner Schwester und sagte schnell: „Dein Dolch!", da er sah, dass sie die Waffe noch trug.

Fieberhaft löste Gertrut den Gürtel und der Dolch fiel neben ihr zu Boden.

Flugs waren die Reiter direkt vor ihnen und trieben die ganze Bevölkerung des Dorfes auf dem Platz vor der Scheune zusammen.

Das ging nicht ohne Geschrei von sich, aber keiner der Dorfbewohner wagte sich dagegen zu wehren.

Nach einer ganzen Weile erschienen Fußsoldaten mit Wagen und nun wurde das Vieh von den Landsknechten zusammengetrieben, die Schweine auf den Wagen verladen und auch alle Häuser nach Beute durchstreift.

Allerdings war es offensichtlich, dass den Söldnern nicht gefiel, was sie darin fanden, denn alles Wertvolle war schon längst geraubt oder verkauft. Nach so vielen Jahren des Krieges und der Not war nichts mehr zu holen und mit dem Verlust der Tiere würden die meisten Kinder des Dorfes vermutlich das nächste Jahr nicht mehr erleben.

Und wenn dann im Herbst die Ernte eingebracht war, dann würden die Landsknechte sicher wiederkommen. Warum bestellten sie eigentlich überhaupt noch die Felder? Was hatte das alles noch für einen Sinn? Keinen!

Immer wütender wurden die unzufriedenen Krieger. Schließlich trennten die Soldaten Männer und Frauen auf dem Platz. Die Männer wurden zur Seite gezogen und gefesselt.

Noch während dies geschah, begann einige der Soldaten schon, den Frauen die Kleider zu zerfetzen und sie zu Boden zu stoßen.

Keine vier Schritte vor Peter schändete ein dickerer Soldat Gertrut, deren verzweifelte Augen ihn ansahen.

Peter erblickte das vom Schmerz verzogene Gesicht der Schwester und hörte ihre gellenden Schreie. Er wollte ihr helfen, doch er konnte es nicht. Verzweifelt zerrte er an seinen Fesseln.

„Warum tut ihr das? Wir haben uns doch nicht gewehrt! Bitte ihr Herren, lasst ab von den Frauen!", sagte er bettelnd zu einem der Soldaten, die die Männer bewachten und festhielten.

„Das machen wir, damit ihr beim nächsten Male wisst, wer eure Herren sind!", sagte dieser und schlug ihm mit der Faust ins Gesicht.

Peter stürzte und fiel neben seiner Schwester zu Boden.

Der Soldat ließ von Gertrut ab, erhob sich, schloss sich umständlich seine Hose und ein andere nahm seinen Platz ein.

Dann trat er zu Peter, zog ihn auf die Füße und schob ihn mit einem Stoß rückwärts an die Hüttenwand des Bauernhauses.

Verzweifelt sah Peter zu, was zu seinen Füßen geschah. Eine Erkenntnis raste dabei durch seinen Kopf: Die Soldaten taten den Frauen nur Gewalt an, um die Männer zu demütigend.

Dazu passte sicher auch, dass selbst die sechzigjährige Bäuerin gerade vergewaltigt wurde und der alte Bauer mit Tränen in den Augen dabei zusehen musste. Das verzweifelte Geschrei der Frauen war ohrenbetäubend.

Schließlich ließen die Soldaten von den jammernden und sich in Schmerzen am Boden windenden Frauen ab, trennten die jungen Männer von den älteren und warfen die jungen Männer gefesselt zu den Schweinen auf den Wagen.

Peter konnte noch einen letzten Blick auf seine nackte und blutende Schwester werfen, die völlig verstört und apathisch auf dem Platz stand, dann ruckte der Wagen an und trennte die Geschwister.

Sie waren zehn junge Knechte, die auf dem Wagen lagen und nur den dahinziehenden Himmel über sich sahen.

Der verzweifelte Blick Gertruts hatte sich tief in sein Herz gegraben. Die Schmerzensschreie hallten noch in seinem Kopf und das Gesicht des Soldaten war in seinem Gedächtnis eingebrannt.

Er würde es dem Manne heimzahlen! Ganz sicher!

Gleichzeitig mit diesem Racheschwur fragte sich Peter aber auch, was die Soldaten mit ihnen vorhatten, aber da nur die jungen Knechte hier waren, war wohl zu vermuten, dass sie die Verluste des Heeres ausgleichen sollten.

Schon oft hatte Peter von den Werbern gehört, die durch die Lande zogen und jedem, der zur Fahne eilte, ein schönes Handgeld versprachen. Aus ihrem Dorf waren auch schon zwei Männer diesem Trommelruf gefolgt.

Wahrscheinlich gab es nun aber nicht mehr genug Freiwillige, oder die Verluste waren zu hoch gewesen.

Stunden später hielt der Wagen in einem Lager aus Zelten. Noch bevor Peter alles wirklich begriffen hatte, hatte er eine Muskete in der Hand, ein paar Münzen im Beutel und war Soldat.

Zuerst gab es reichlich zu essen und endlich konnten sie sich satt essen. Dass es allerdings geraubtes Gut war, dass versuchte er dabei zu verdrängen.

Nach dem Essen war ein neuer Gedanke in seinem Kopf: Wie kam er von hier wieder fort?

Er wollte zurück zu Gertrut, doch Deserteure würden gehenkt werden. An einem der Bäume am Rande des Lagers hingen fünf Männer zur Abschreckung. Nur zu deutlich war diese Warnung für alle.

Marketenderinnen wechselten die Münzen des Handgeldes in Wein.

Ein Leben als Knecht endete und ein Soldatenleben begann.

5. Kapitel
Fisch- oder Menschenfalle?

Barbara hatte den Mann zuerst bemerkt, als Anna gerade, mit dem Messer zwischen den Zähnen, schwimmend versucht hatte, neuerdings zu der Reuse zu gelangen.

Ein leise geflüstertes „Anna!" von ihrer Schwester hatte sie zurück in das Schilf gerufen und nun hockte sie dort, halb im Wasser kniend, zwischen dem Ried.

Erneut hatte sie das Unterkleid ausgezogen, um darin die Fische zu transportieren. Doch damit war sie nun völlig unbekleidet und kauerte so, dass das Wasser gerade noch ihre Brust bedeckte.

Tiefer war der Teich an dieser Stelle nicht, aber Anna hoffte, dass das Schilf ihre Blöße vor den Augen des fremden Mann verbarg.

Aus diesem Versteck heraus beobachtete sie ihn nun.

Es schien ein älterer Mann zu sein, der dort, keine zwanzig Schritte von ihr, am Ufer des kleinen Gewässers stand. Er hatte graue Haare und einen grauen Bart. Dazu passte auch sein langer grauer Mantel, der an einen Mönchshabit erinnerte. Das besonders auffällige an ihm war aber das große Kreuz, dass er vor der Brust an einer Kette trug. Selbst über diese Entfernung konnte es Anna genau erkennen.

Was machte der Mann hier? Gehörte ihm vielleicht die Reuse, aus der sie sich am Vorabend bedient hatte?

Allerdings hatte der Mann kein Boot und daher war das wohl nicht anzunehmen, denn wie sollte er da an die mitten im Teich gelegene Fischfalle heran gelangen können?

Auch Anna hatte es ja nur schwimmend geschafft.

Sie drückte sich weiter nach hinten.

Nur ein paar Schritte neben ihr kniete Barbara im Schilf und beobachtete den Mann ebenfalls.

Anna sah, dass die Schwester ihren Dolch gezogen hatte und langsam wurde es in dem Gewässer frisch. Sie hatte ja nur schnell zu dieser frühen Stunde in die Mitte des Teiches und sofort wieder zurück schwimmen wollen. Jedoch musste sie nun ausharren, um ihren Platz nicht zu verraten.

Jedes Geräusch konnte den Alten auf sie aufmerksam machen, auch wenn sie sich zu zweit vielleicht gut gegen ihn wehren konnte. Allerdings wussten sie ja nicht, ob da nicht noch mehr Männer im Wald waren.

Ein Schrei und sie wären vielleicht von ihnen umringt. Wer lebte schon alleine? Höchstens ein Eremit. Zwar sah der Mann fast wie ein solcher aus, aber Anna wollte es lieber nicht darauf ankommen lassen.

Langsam kroch die Kälte an ihren Beinen hoch.

Mit Entsetzen bemerkte sie, dass der Mann eine Angel aus dem Grase aufnahm, die da sicher schon gelegen hatte, und sich an den Teichrand setzte.

Das Angeln konnte Stunden dauern!

Vor ein paar Jahren war Anna mit dem Vater an der Elbe gewesen. Damals hatten sie einen halben Tag für einen Fisch gebraucht!

Während der Mann die Angel in das Wasser warf, sah sich Anna verzweifelt nach einer Möglichkeit um, unbemerkt aus dem kalten Teich zu entkommen, doch an dieser Stelle war dies praktisch unmöglich. Hinter ihr stand das Schilfgestrüpp und vorn saß der Mann.

Bei diesen Abstand würde er, selbst mit alten und trüben Augen, eine nackte und im Teich schwimmende Gestalt wohl kaum übersehen.

Vielleicht konnte sie sich wenigstens das Unterkleid wieder überstreifen? Anna löste den Knoten, mit dem sie sich die Ärmel um die Hüfte gebunden hatte und versuchte in das Kleid zu schlüpfen. Das Ganze dann auch noch, ohne ein Geräusch zu verursachen.

In dem Moment, als sie es fast geschafft hatte, stieß sie mit dem Arm an das Schilf und weckte damit eine Ente, die hinter ihr gedöst hatte.

Laut schnatternd und heftig mit den Flügeln schlagend floh das Tier auf den Teich hinaus und Anna schrie dabei erschrocken auf.

Im selben Augenblick hielt sie sich den Mund zu und blickte zu dem Mann hinüber. Das konnte er unmöglich überhört haben! Barbara sah ebenfalls bange zu dem Mann und dann wieder zu ihr.

Was würde geschehen?

Der Mann erhob sich und rief: „Was machst du da?"

Schnell zog sich Anna das Kleid zurecht und stand auf.

„Ich bade hier nur", sagte sie zurück, denn mit dem weißen Kleid im grünen Schilf war sie nun nicht mehr zu übersehen.

Und sie wollte ja auch nicht zugeben, dass sie dem Mann die Fische gestohlen hatte. Oder den Fischern, den irgendjemanden würde die Fischfalle schon gehören.

Dann watete sie durch das Schilf zum Land hinüber.

Die Schwester drückte sich tiefer in das Gras hinein, denn der Mann hatte sie ja noch nicht gesehen.

Wie sollte Anna nun aber den Dolch erklären, den sie mit blanker Klinge, hinter ihrem Körper verborgen hielt? Im Wasser zurücklassen wollte sie die Waffe allerdings auch nicht.

Scheu und nach allen Seiten blickend ging sie auf den Mann zu.

Als ihr allerdings das Wasser nur noch bis zur Hüfte reichte, dachte sie daran, dass sie ja nur das feuchte Unterkleid trug, das nun auch noch auf ihrem Körper klebte.

Geschwind sagte sie daher: „Können sie sich bitte umdrehen?"

„Wo liegt denn ihr Kleid?", fragte der Mann zurück.

30

Anna zeigte in das Schilf, wo Barbara sich gerade wegduckte, aber in ihrem dunklen Kleid war die Schwester nicht zu sehen gewesen.

Endlich drehte sich der Mann um.

Anna stieg schnell aus dem Wasser und rannte zum Schilf. Dort half ihr die Schwester in das Kleid und beide sahen sich an. Sollten sie nun weglaufen? Wie weit würden sie da kommen?

Mit einer schnellen Bewegung rammte sie sich den Dolch in die Scheide an ihrem Gürtel.

Nach kurzer Zeit des Überlegens nickten sich die beiden Schwestern zu und gingen nach vorn, wo der Mann immer noch mit dem Rücken zu ihnen im Grase stand.

„Kann ich mich wieder umdrehen?", fragte er.

Anna antwortete: „Ja. Natürlich."

Er wandte sich wieder zu ihr zurück und war offenbar gar nicht erstaunt, dass mit einem Male zwei Frauen vor ihm standen. Der Mann sagte nichts und setzte sie abermals zu seiner Angel.

Nun sahen sich die beiden Schwestern verdutzt an. Alles hatten sie erwartet, doch der fremde Mann ignorierte sie einfach.

Neben ihm stehend versuchte Anna nun das Wasser aus ihren braunen Locken zu drücken.

Barbara schüttelte stumm ihren Kopf. Offensichtlich war auch der Schwester das Ganze nicht geheuer, denn sie drehte sich ständig um und ihre Hand ruhte auf dem Griff des Dolches an ihrem Gürtel. Aber nichts geschah. Gar nichts!

Der Alte saß einfach friedlich angelnd, mit den Füßen im Wasser, dort und sagte kein Wort.

Alles hatte Anna erwartet, dass dutzende Männer über sie herfallen würden, dass sie den Tod finden würde, doch nichts passierte. Still lag der Teich vor ihr.

Sie zog sich das Kleid ein Stück hoch und setzte sich neben den Mann. Nun hatte auch sie die Füße im Wasser und sah schweigend auf die Angelschnur.

Schließlich fragte sie nur: „Ist das ihre Reuse?" Dabei zeigte sie mit der Hand auf die deutlich sichtbare Halterung der Fischfalle.

„Das war die Reuse der Fischer, aber die sind alle tot", sagte er leise.

Anna sah eine Träne über seine Wange laufen.

6. Kapitel
Silbersee

E s war unheimlich still. Barbara stand hinter dem Mann, den Dolchgriff immer noch in der Hand und blickte über das Gewässer. Die Morgensonne fiel auf die Wasseroberfläche und die glänzte in den Windkringeln, als wäre sie aus Silber.

Dieser Platz schien wie verzaubert zu sein, aber am sonderbarsten war dieser Mann. Nur eine Armlänge entfernt saß er vor ihr und hatte keine Angst, einer völlig fremden und bewaffneten Frau seinen schutzlosen Rücken zuzudrehen.

Vor wenigen Augenblicken hatte Barbara noch mit ihrem Leben abgeschlossen und nun sah sie sich immer wieder vorsichtig um.

Alles war ganz ruhig, dann begannen die Vögel im Wald ihre Lieder zu singen und Barbara schien es so, als ob es nur durch die Anwesenheit des Mannes so friedlich war.

Am Tage zuvor hatte sie diese Stille und diesen leisen Gesang nicht wahrgenommen. Da lag so etwas Friedvolles in der Luft, das die Angst völlig von ihr nahm.

Schließlich zog sie sich die Schuhe und Strümpfe aus und setzte sich schweigend zu den beiden an den Teichrand.

Drei Menschen, die stumm auf eine kleine Schnur schauten.

Nach einer Weile sagte der Mann leise: „Da werde ich wohl heute drei Fische fangen müssen."

Wenig später zuckte die Schnur und mit einem Ruck hatte der Alte einen prächtigen Karpfen aus dem Gewässer gerissen.

Zappelnd flog der Fisch durch die Luft und hätte um ein Haar Anna am Kopf getroffen, doch geistesgegenwärtig hatte sich die Schwester weggeduckt.

Der Mann murmelte: „Entschuldigung!"

Das war schon wieder so etwas Sonderbares, denn noch nie hatte sie gesehen oder gehört, dass sich ein Mann bei einer Frau für irgendetwas entschuldigte. Dieser hier tat es!

Schnell löste Anna den Fisch von der Schnur und schlug dem zappelnden Tier mit dem Messergriff über den Kopf.

„Noch zwei!", sagte sie.

Der alte Mann nickte, dann befestigter er ein Stück trockenes Brot am Haken und warf ihn hinein.

„Und was ist mit der Reuse?", fragte Anna und zeigte wieder auf die Halterung, die keine zwanzig Schritte vom Ufer entfernt im See steckte.

„Was soll damit sein?", fragte der Mann leise.

„Na da sind auch Fische drin. Die können da ja nicht mehr raus!", entgegnete Anna und begann den Karpfen fachgerecht auszunehmen.

Jeder Schnitt mit dem Dolch saß. Oft war die Schwester in der Küche bei den Mägden gewesen, während Barbara lesend in der Bibliothek des Vaters gesessen hatte.

Der Mann griff sich in seinen langen, grauen Bart und er schien zu überlegen. Sein Blick ruhte auf dem Pfahl, der sich etwa drei Handbreit über die Wasseroberfläche erhob.

„Daran habe ich noch gar nicht gedacht", sagte er leise und grübelte weiter.

„Soll ich da hinschwimmen?", fragte Anna, die den ausgenommenen Karpfen zur Seite legte.

Der Alte schüttelte den Kopf und sagte: „Ich kann doch nicht von dir verlangen, dass du dich vor mir ausziehst. Nein. Ich werde selbst hinüberschwimmen!"

Bei diesen Worten drückte er Barbara die Angel in die Hand, legte das Kreuz ab und streifte sich seine Kutte ab. Nur in seiner kurzen Unterhose sprang der Mann in den Teich, dessen silberne Farbe kurz verschwand. Dann erschien er wieder an der Oberfläche und schwamm mit kräftigen Armzügen die kurze Strecke. An der Reuse angekommen tauchte er unter und zog danach die Fischfalle hinter sich her zum Ufer.

Erst als der Mann aus dem Wasser kletterte, bemerkte Barbara, dass sie den Mann die ganze Zeit falsch eingeschätzt hatte. Er hatte zwar graue Haare, aber sein restlicher Körper war der eines jungen kräftigen Mannes.

Die Flüssigkeit perlte von seinen Armen ab, auf denen sich die Muskeln wie Drahtseile unter der Haut abzeichneten. Ihr war es peinlich, dass sie ihn so anstarrte, aber sie konnte ihren Blick nicht von seinem Oberarmmuskel und der breiten Brust abwenden.

Indessen warf er sich schnell die Kutte über und nahm ihr die Angel aus der Hand.

„Für heute haben wir genug Fisch", sagte er lächelnd und zeigte auf die Fischfalle, die nun vor ihnen im Gras lag.

Die drei größten Karpfen fielen Annas Dolch zum Opfer, die ganz kleinen warfen sie zurück in den Teich, allerdings war es gar nicht so einfach, die glitschigen zappelnden Fischlein aus der Reuse zu befreien, obwohl sie ihnen die Freiheit schenken wollten.

Lachend angelte Barbara die kleinen Fische aus dem Korbgeflecht und vergessen war der Schmerz der Nacht.

Wenig später lagen ein großer und drei kleine Karpfen, von Anna fachgerecht ausgenommen, nebeneinander säuberlich ausgerichtet und silbern im Grase.

„Ich mache schnell Feuer", erklärte Anna und wollte schon Holz suchen gehen.

Der Mann entgegnete ihr allerdings: „Wenn ihr mögt, so könnt ihr auch mit zu meiner Hütte kommen. Dort können wir sie über dem Herdfeuer braten."

Barbara und Anna sahen sich zweifelnd an. Sollten sie den Schutz des Waldes wieder verlassen? Wollten sie wirklich abermals hinaus in die schreckliche Welt des Todes gehen?

Barbaras Hand krampfte sich unwillkürlich um den Griff ihres Dolches.

Offensichtlich hatte der Mann dies bemerkt und entgegnete nur: „Meine Hütte liegt im Wald versteckt und ich lebe dort alleine, als Eremit. Nur mit Gott!"

Barbara sah ihre Schwester erneut fragend an. Konnten sie ihm trauen? War es eine Falle? Eine Falle für junge Frauen?

Der Eremit nahm den großen Karpfen und ging in den Wald hinein. Offensichtlich wartete er ihre Entscheidung nicht ab.

„Was haben wir zu verlieren?", fragte Anna.

„Unsere Ehre und Jungfräulichkeit!", erwiderte Barbara.

Anna winkte ab, griff sich die kleinen Fische und lief dem Mann schnell hinterher.

Damit blieb auch Barbara nichts anderes übrig, als der Schwester zu folgen. Schließlich wollte sie ja nicht alleine am Ufer zurückbleiben.

Sie warf noch einen Blick über die Schulter auf den Teich, doch mit dem Verschwinden des Eremiten hatte auch das Wasser seinen silbernen Schein verloren.

„Warte auf mich!", rief sie der Schwester hinterher, die schon ein ganzes Stück gegangen war, und rannte los.

Nach ein paar Schritten tauchte Barbara in den Wald ein. Über ihr schlossen sich die Baumkronen zu einem undurchdringlichen Blätterdach.

Der Pfad war schmal und begann schon bald steil anzusteigen. Vor ihnen lief der Mann sehr schnell. Er war diesen Weg offensichtlich gewohnt und wartete nicht auf sie.

Schnaufend hasteten die beiden Schwestern ihm hinterher.

„Da war das ganze Baden völlig umsonst!", stöhnte Anna und wischte sich mit dem Handrücken den Schweiß von der Stirn.

Vor ihnen verschwand der Mann einfach im Wald und von seiner Behausung war nichts zu sehen.

7. Kapitel
Kleines Haus im Wald

Selbst aus einer Entfernung von nur wenigen Schritten war die Hütte kaum zu erkennen. Anna stand staunend davor und konnte es nicht glauben. Bemooste Stämme erkannte sie und ein mit Gras bewachsenes Dach. Die Hütte war etwa hüfthoch und vermutlich zur Hälfte in die Erde eingelassen.

Eine schmale Treppe führte hinab und nur durch die offen stehende Tür konnte man das Haus überhaupt bemerken. Büsche und niedrige Gehölze schmiegten sich an die Seite an. Alles schien eine harmonische Einheit zu bilden, als wäre diese Behausung aus dem Waldboden herausgewachsen.

Es mutete wie eine Schutzhütte vor der Welt an und wenn es einen sicheren Ort auf dieser Erde gab, dann wohl diesen hier.

Der Mann tauchte vor ihr in der Tür auf und winkte ihnen zu.

Ein letzter zweifelnder Blick von Barbara, den Anna aber ignorierte. Mit den kleinen Fischen in der Hand stieg sie vorsichtig die Stufen hinab.

Nachdem sich ihre Augen an das Dämmerlicht gewöhnt hatten, stand sie in einer geräumigen Hütte. Im Vergleich zu der unscheinbaren Größe von außen war sie innen sehr geräumig.

Es hätten darin zehn Menschen bequem Platz gehabt und er hatte gesagt, dass er alleine hier lebte. An einer Wand war so etwas wie ein kleiner Altar mit einem hölzernen Kreuz aufgestellt und dort befand sich auch ein großer Freiraum.

Am anderen Ende der Hütte erkannte Anna den Herd, in dem schon ein Feuer brannte, von dem sie draußen nicht mal den Rauch gesehen hatte.

Offensichtlich wurde der Qualm so geschickt nach außen geleitet, dass er die Behausung nicht verraten konnte.

Der Mann zeigte zum Herd und Anna bemerkte im Scheine des Feuers, dass der eine Karpfen schon auf einem Metallgitter lag und die Flammen ihn brieten.

Schnell legte sie ihre Fische dazu und blickte sich danach wiederum in der Hütte um. Hier war alles so sauber und aufgeräumt, wie es eigentlich nur eine Frau hinbekommen würde, doch sie sah keinerlei Gegenstände, die auf die Anwesenheit einer Frau hindeuten konnten.

Dieses Haus im Wald hatte auch keine Fenster. Nur das Licht, das durch die Tür fiel, und die Flammen des Herdes beleuchteten den Innenraum.

Auf dem Altar stand eine Kerze, die allerdings nicht brannte. Zu kostbar war sicherlich dieses Leuchtmittel für den Eremiten.

An den Wänden zwischen Tür und Altar gab es sogar zwei Betten, die durch einen schmalen Gang voneinander getrennt waren.

Zwei Betten, obwohl der Mann hier ja angeblich alleine lebte!

Vielleicht hatten früher auch mal mehr Menschen hier drin gewohnt, aber ihre Neugier wollte es jetzt genauer wissen!

„Und du wohnst wirklich alleine hier?", fragte Anna und zeigte auf das zweite Bett.

„Alleine mit Gott", antwortete der Mann und deutete auf den Altar.

„Aber der braucht ja kein Bett", entgegnete Barbara ihm zweifelnd von der Tür aus. Dort blieb sie auch stehen, anscheinend jederzeit zur Flucht bereit.

Die Schwester traute der Hütte und seinem Bewohner wohl noch nicht. Und im selben Moment fragte sich Anna in Gedanken, ob sie ihm eigentlich glauben konnte. Er war ein Mann und Männer hatten ihrer Familie vor wenigen Tagen Gewalt angetan.

Nur durch seine Aussage, dass er Gott diente, wurde es ja nicht besser, denn waren es nicht auch katholische Krieger gewesen, die ihre Familie zerstört hatten? Hatten diese nicht auch Gott gedient?

Zögerlich fragte Anna: „Bist du eigentlich katholisch oder evangelisch?" Dabei bewegte sie sich langsam seitwärts zur Tür hinüber, in der Barbara immer noch stand und ihr damit auch einen eventuell nötigen Fluchtweg versperrte.

„Ich bin evangelisch, wie ihr zwei sicher auch", antwortete der Mann und ging an ihr vorbei zu den Fischen hinüber. Ohne sich um sie zwei zu kümmern, drehte er die Karpfen über dem Herd.

Ein viel zu köstlicher Duft zog von dort durch die Hütte, dem sich Anna nur schwer entziehen konnte. Nun fasste sie etwas mehr Vertrauen, auch wenn ihr ein evangelischer Eremit noch nie untergekommen war.

Sicherlich hatte der Mann seine Gründe, dass er hier im Wald so zurückgezogen lebte.

Mit dem Rücken zu ihr stehend sagte der Mann: „Da links im Schränkchen ist auch noch etwas Brot."

Damit musste Anna aber von der Tür durch den ganzen Raum gehen, wo neben dem Tisch eine Kiste stand und daneben ein kleiner Schrank. An der Wand hing auch ein köstlicher Schinken, der fast danach schrie, von ihr verspeist zu werden.

„Aber lass den Schinken in Ruhe!", erklärte der Mann, ohne sich zu ihr umzudrehen.

Sicherlich hatte er ihr Zögern vor der köstlichen Speise bemerkt. Nun zog sie das Brot aus dem kleinen Vorratsschrank, schnitt drei fingerdicke Scheiben davon ab und legte diese auf den Tisch. Der Rest des Brotes wanderte wieder in den Schrank zurück.

Dort sah sie auch die Spitze eines Bogens und die gefiederten Enden von einigen Pfeilen. Offensichtlich angelte der Eremit nicht nur, sondern er jagte auch noch nach Wild.

„Hast du auch Schüsseln für den Fisch?", fragte Anna den Mann, der nun zu ihr herüberkam und aus dem Schrank ein paar hölzerne Teller holte.

„Die sollten auch genügen. Ihr habt ja eure Messer", sagte er, dann zog er ein kleines Messer aus dem Schränkchen, gegen das ihr eigener Dolch fast wie ein Schwert wirkte.

Zusammen deckten sie den Tisch und dann ging der Mann mit einem Krug nach draußen, wobei er Barbara zur Seite schieben musste, denn immer noch stand die Schwester erstarrt in der Tür.

Barbara trat erst ein, nachdem der Mann irgendwohin verschwunden war.

Anna ging zum Herd hinüber und drehte abermals die fast garen Fischteile. Erneut stieg dieser Duft daraus auf, der ihren Hunger weckte. Mit knurrendem Magen wartete sie, dass der fremde Mann zurückkommen würde. Sicherlich war er nur an irgendeiner Quelle, um frisches Wasser zu holen.

Wenig später quiekte die Schwester auf und somit wusste Anna, auch ohne sich umzudrehen, dass der Eremit neuerdings in die Hütte gekommen war.

„Ich glaube, die Fische sind jetzt gar", sagte Anna.

Der Mann setzte hinzu: „Für den Glauben bis ich eigentlich hier zuständig."

Ungläubig blickte Anna über die Schulter zu dem Mann hinüber. Ein Geistlicher, der auch noch Witze verstand! Bisher war ihr das völlig fremd gewesen. Sie dachte an den Pfarrer in Magdeburg zurück, der in solchen Dingen überhaupt keinen Spaß verstand.

Der Eremit stellte den Krug auf den Tisch, holte drei Becher und platzierte diese neben den Tellern. Danach holte er die Fische, legte sie auf die Teller und bat sie beide mit einer Handbewegung, dort Platz zu nehmen.

Barbara wählte den Platz, auf dem sie die Tür und den Eremiten gleichzeitig im Blick haben konnte.

Ein Gebet folgte, dann ließen sie sich den gebratenen Fisch schmecken.

8. Kapitel
Ein Gott mit blutigen Händen

Der Offizier kniete an dem kleinen Grab und murmelte nur: „Verdammter Krieg!" Das fünfte Kind hatte ihm dieser Feldzug schon gekostet. Er sah zu seiner Frau auf, die mit dem zehnjährigen Sohn neben ihm stand. Sie war erneut schwanger, aber sicher würde auch dieses Kind den anderen folgen.

Der Hunger und die Krankheiten ließen nur wenige Kinder ihren ersten Geburtstag erleben. Bertram erhob sich, rückte den Gürtel mit dem Schwert zurecht und blickte in die traurigen Augen seiner Frau.

Der Kummer hatte auch sie abstumpfen lassen. Vermutlich weinte sie innerlich um die Tochter.

Zusammen gingen sie in das Zeltlager zurück. Vielleicht hatte es sein Bruder Sieghelm damals richtig gemacht. Der lebte jetzt hoffentlich irgendwo mit Frau und Kindern zufrieden sein kleines Glück, auch wenn er dafür desertieren musste.

Es zog seinen Blick über den Fluss hinüber zu der zerstörten Stadt. Dieser ganze Krieg war einfach idiotisch und um den Glauben ging es da schon lange nicht mehr. Der war nur noch als Deckmäntelchen vorgeschoben.

In beiden Armeen gab es sowohl katholische als auch evangelische Soldaten und der Gipfel der Unsinnigkeit war dann auch noch gewesen, dass man zuerst einen evangelischen Gottesdienst abgehalten hatte, um danach eine evangelische Stadt dem Erdboden gleichzumachen.

Bertram hatte sie gesehen, wie sie entmenschlicht über die Stadt hergefallen waren. Diese Pappenheimer waren dabei die schlimmsten Mörder gewesen!

Die „Magdeburger Hochzeit" hatten sie es genannt, weil eine jungfräuliche Magd im Wappen der Stadt gewesen war, doch es war eher ein Schlachtfest und jungfräulich war keine geblieben. Es ging nicht um Gott, sondern nur noch ums Geld. Um Beute und Macht. Die Stadt war fast völlig zerstört und es waren sicher zwanzigtausend Opfer zu beklagen gewesen.

Nun hatte der Kaiser die Stadt zurück! Obwohl nur noch der Dom aufrecht aus den rauchenden Trümmern ragte.

Die Menschen, die sich in das Gotteshaus geflüchtet hatten, die waren verschont worden. Zumindest die Frauen und Kinder. Die Männer waren nun seine Soldaten.

In einer langen Reihe standen die zerlumpten Gestalten dort herum. Die Beute war schon längst versoffen, verhurt oder beim Würfeln verloren. Das große Geschäft machten Tilly und Wallenstein. Vielleicht auch noch die Krämer, die die Beute billig von den Landsknechten im Lager erwarben.

Bertram sah nach oben und stöhnte: „Oh Herr! Kannst du es nicht beenden?"

Danach strich er seinem Sohn über den Kopf. Er war aus dem Gröbsten heraus und würde es sicher schaffen, zu überleben. Bertram selbst war jetzt fünfunddreißig und kämpfte seit der ersten Schlacht in diesem Krieg. Die meisten seiner Soldaten schafften keine zwei Jahre. Hart und entbehrungsreich war sein Leben und auch das seiner kleinen Familie.

Sie betraten das gemeinsame Zelt und die Frau machte sich an die Zubereitung des Essens. Da er als Offizier etwas mehr Sold bekam, konnten sie öfter mal Fleisch essen, doch heute würde es sicher nur ein paar gekochte Wurzeln und Rüben geben.

Bertram ließ sie machen und verließ das Zelt, denn er musste seine Leute noch kontrollieren.

Aus aller Herren Länder war dieser Haufen zusammengewürfelt. Hundert Männer der verschiedensten Religionen und sogar ein Russe war darunter, aber nur auf seine paar Unteroffiziere konnte er sich wirklich verlassen. Die zehn Männer hielten den Haufen zusammen, aber mehr mit Gewalt, was bei bewaffneten Kriegern nicht ganz unproblematisch war.

Fast täglich gab es Prügeleien und auch Exekutionen. Das war so normal geworden, dass es niemanden mehr störte, unter dem Richtbaum hindurchzugehen.

Die Gewalt hatte die Männer verroht. Konnte dieser Krieg überhaupt noch enden? Vermutlich erst, wenn der letzte Mensch letztlich tot war!

Langsam schritt er die Reihe ab. Die meisten waren krank! Wie immer würde er auch diesmal wieder mehr Männer durch die Seuchen verlieren, als durch den Feind, der ihnen auch aus dem Weg ging. Schließlich ging es nur um die Beute und die war größer, wenn man sie nur nehmen musste.

Das schonte die Kräfte!

Manche dieser Männer waren noch sehr jung. Zwei oder drei sicher noch keine sechzehn und bestimmt würden sie es auch nicht mehr werden.

Nur ein paar Schlaue hielten wirklich mehrere Jahre durch. Auch ein paar seiner Unteroffiziere waren schon lange bei ihm. Besonders verließ er sich auf Gustav, denn der Mann war schon fast fünfzig und wie er von Anfang an dabei. Seit jener Schlacht am weißen Berg. Wie lange war das schon her? Jahrhunderte?

Bertram ließ eine vorwitzige Marketenderin fortjagen, die sich mit ihrem Wein zwischen die Männer schummeln wollte.

Zuerst mussten die Waffen und Schuhe kontrolliert werden. Alles andere war egal. Wenn einer nackt kämpfen wollte, so war es seine Sache. Nur gute Schuhe brauchten sie für den Weg. Daher waren auch die Schuhe das erste, was in einer Stadt erbeutet wurde, oder was man den Toten vom Körper zog.

Endlich war alles kontrolliert und er nickte Gustav zu, der die Männer zu ihren Zelten schickte.

Nun kam auch die kleine rothaarige Marketenderin zurück. Sie war recht hübsch, bis auf die gebrochene Nase, die sie sicher bei einer Schlägerei erhalten hatte. Mit dem Wein wurde die Gewalt nicht weniger.

Sein Weg führte ihn zurück zu seinem Zelt. Gustavs Frau kam gerade dort heraus. So wie er mit Gustav befreundet war, so hatten sich auch die beiden Frauen angefreundet. Beide waren gleich alt und konnten sich damit auch über Dinge austauschen, die einen Mann nicht interessierten und die er auch nicht verstand.

Nur mit Freunden konnte man hier überleben.

Ein Soldat wurde mit auf den Rücken gefesselten Händen an ihm vorbei zum Richtbaum geführt. Dieser hatte sicher keine Freunde und schon bald würde er sein Leben verlieren. Achtlos gingen andere an dem Mann vorbei.

Ein Geistlicher eilte ihm hinterher und kam doch zu spät. Der Soldat hing schon zappelnd am Baum, bevor der Pfarrer ihn erreicht hatte.

Abermals so ein sinnloses Opfer für einen Gott, der mit blutigen Händen über allen stand. Alle waren Christen, dienten demselben Gott und doch schlachteten sie sich gegenseitig ab.

Bertram betrat das Zelt und seine Frau füllte gerade die Schüsseln mit der dampfenden Suppe, dazu gab es Brot.

Ein Gebet flog nach oben für diese Gaben, die mit Blut bezahlt waren.

9. Kapitel
Verschweigen ist Silber, drüber Reden ist Gold

ie Decke der Hütte hätte Barbara fast erdrückt und daher musste sie nach dem Fisch hinauslaufen. Schließlich stand sie an einem Baum gelehnt und bekam beinahe keine Luft mehr. Zu überdeutlich war diese bedrückende Vorstellung wieder in ihr gewesen! Es hatte sich angefühlt, als würde sie in einer Falle sein, wie in jenen Tagen in ihrem Kellerversteck.

Barbara blickte in den Wald und hörte das Laub über sich rauschen. Der Wind wiegte die Baumwipfel vor ihren Augen hin und her. Trotz der Höhe auf dem Hügel war nichts weiter von der Umgebung zu sehen.

Diese Welt schien nur ein paar Schritte im Durchmesser zu sein. Langsam fand Barbara die Ruhe wieder und eine Amsel setzte sich direkt vor ihr auf einen Zweig.

Barbara hätte den Vogel berühren können, wenn sie die Hand nach ihm ausgestreckt hätte. Alles schien so friedlich und doch tobte das Grauen in ihr. Der kleine gefiederte Sänger nickte ihr zu und flog nach oben in das dichte Laubdach.

Hinter sich hörte sie Schritte und erwartete, dass Anna ihr gefolgt war, doch dann hörte sie die Stimme des Mannes: „Manchmal ist es besser, darüber zu reden."

Barbara fuhr herum und blickte ihn an. Sollte sie vor ihm flüchten? Zurück zu Anna? In die Hütte? War sie nicht gerade daraus hierher geflohen?

Voller Angst konnte sie sich nicht mehr bewegen.

Der Eremit hob die Hand, strich ihr sanft durch das Haar und sagte leise: „Wenn du reden willst, ich höre dir zu." Dann setzte er sich einfach auf einen dort liegenden Stamm, auf dem sie auch noch Platz gehabt hätte.

Doch sie wollte im Moment nicht neben ihm sitzen. Sollte sie nun davonlaufen? Wohin? Vielleicht hatte der Mann ja recht und das Reden würde helfen. Schaden konnte es jedenfalls auch nichts. Und die Berührung hatte sich ebenfalls gut angefühlt. Sie schaute sich um, aber sie waren hier mitten im Wald alleine.

Er zeigte neben sich, doch sie schüttelte den Kopf, obwohl sie am Teich neben ihm gesessen hatte, aber jetzt war das anders.

Die Angst steckte wieder in ihr und Annas Abwesenheit lähmte sie noch zusätzlich.

Im Stehen begann sie zögerlich und mit immer wieder stockender Stimme die Erlebnisse der letzten Woche zu schildern: „Wir sind aus Magdeburg. Die kaiserlichen Truppen haben die Stadt gestürmt."

Der Mann unterbrach sie nicht, sondern hörte einfach schweigend zu und sah sie an.

„Die Mutter hatte uns alle im Hause zusammengerufen. Wir waren eine reiche Kaufmannsfamilie", setzte sie fort, erneut stockte sie und blickte nach oben.

Die Bilder des Aufbruchs rauschten durch ihren Kopf. Sie hörte neuerdings die Stimme der Mutter, die zur Eile mahnte und sah den Vater vor sich, der sich ein Schwert um die Hüften band.

„Plötzlich bemerkte Anna, dass ihre Katze verschwunden war. Wir sind ihr zu zweit schnell in den Keller gefolgt, während der Rest unserer Familie nach draußen auf den Hof gelaufen war."

Nun versagte ihre Stimme und Barbara rang um Worte, die ihren Mund nicht verlassen wollten, doch die grauenhaften Bilder waren schon in ihrem Kopf und drohten sie zu zerreißen, wenn sie nicht einen Weg nach draußen finden würden.

„Dann haben wir sie gehört, wie sie das Hoftor aufbrachen. Aus dem Fenster des Kellers mussten wir alles mit ansehen!"

Jetzt brachen die schauerlichen Bilder mit sich überschlagenden Worten aus ihr heraus und Barbara konnte sie nicht mehr stoppen. Sie sah den fremden Mann an, der bei ihrer Beschreibung Tränen in den Augen hatte.

Dann brachen die Bilder ab, Barbara setzte sich auf den Stamm und erzählte leise weiter: „Wir haben uns dann in der hintersten Kellerecke unter dreckigen Decken und Gerümpel versteckt. Von dort haben wir die Männer gehört, wie sie aus dem Hause alles Verwertbare fortgeschleppt haben. Dazu hatten wir den Rauch der brennenden Stadt in der Nase. Es waren zwei Tage der Todesangst gewesen! Wenn wir rausgehen, so töten uns die Schlächter, bleiben wir, so tötet uns das Feuer!"

Tränen liefen über ihre Wangen und sie ließ zu, dass der Mann sie ihr mit der Hand abwischte.

„Dann sind wir in der Nacht geflohen!"

„Und? Habt ihr sie gefunden?", wollte nun der Mann wissen.

„Wen?", fragte Barbara zurück.

„Na die Katze!"

„Nein. Die war schlauer als wir zwei", entgegnete Barbara und sah durch die Tränen zur Hütte. Nun war ihr leichter ums Herz.

„Ich glaube, ihr zwei habt das auch schlau gemacht. Schließlich lebt ihr noch", erklärte der Eremit.

Barbara ließ nun sogar zu, dass er ihr tröstend den Arm um die Schulter legte.

„Warum tun Christen anderen Christen so etwas Grauenvolles an? Warum lässt Gott das zu?", brach es schluchzend aus ihr heraus.

Der Mann setzte ihr entgegen: „Ich glaube, Gott war das erste Opfer in diesem Krieg."

Durch den Tränenschleier hindurch sah sie Anna auf sich zukommen. Schnell wischte sie sich die Tränen ab, denn für die Schwester wollte sie stark sein.

„Danke", sagte Barbara zu dem Mann und erhob sich.

Das Reden hatte doch etwas bewirkt.

Auch der Mann erhob sich und sagte dann, während er sich die Tränen wegwischte: „Wenn ihr mögt, so könnt ihr bleiben!"

Barbara sah ihre Schwester fragend an.

Einen Moment später sagte Anna: „Warum eigentlich nicht. Wir hatten sowieso kein richtiges Ziel."

Damit blickten sie zwei den Mann an, der zur Seite zeigte und erklärte: „Dort ist die Latrine und ein kleiner Bach ist etwa hundert Schritte entfernt, dort könnt ihr euch waschen. Ein Bett habe ich auch für euch."

Anna nickte und ging zur Latrine, während Barbara fragte: „Was ist eigentlich dir passiert? Du lebst doch nicht freiwillig hier?"

Er schüttelte den Kopf und nun zeigte sie auf den Baumstamm.

Wenig später saßen sie erneut nebeneinander und der Mann erzählte: „Ich hatte Frau und Kinder. Wir wollten uns bei den Fischern treffen, doch als ich hier eintraf, hatten marodierende Soldaten sie schon niedergemacht."

„Die Hütte am Teich?", fragte Barbara und musste an die Skelette denken.

Der Mann nickte und eine Träne ran über seine Wange.

„Warum hast du sie nicht beerdigt?", fragte sie nach.

Er entgegnete ihr: „Ich konnte es nicht. Ich konnte diese Hütte nicht betreten."

Er wandte sich von ihr ab und begann zu weinen.

Nun war es Barbara, die ihm tröstend den Arm um die Schulter legte.

„Und wenn wir dir helfen, sie zu bestatten?", fragte Anna, die gerade von der Latrine zurückkam.

„Sie haben ein christliches Begräbnis verdient!", setzte Barbara hinzu.

Der Mann drehte sich ihnen wieder zu: „Wenn ihr das machen würdet?"

„Natürlich!", entgegneten Anna und Barbara fast gleichzeitig.

„Danke euch. Aber nicht mehr heute. Der Tag ist fast zu Ende. Ich zeige euch noch euer Bett", sagte der Mann und war sichtlich erleichtert.

Zusammen gingen sie zur Hütte und nun machte es Barbara fast nichts mehr aus, in dem Raum zu sitzen. Das Bett war weich und mit Stroh gepolstert.

Bevor sie aber zu Bett gingen, knieten sie drei sich vor dem Altar hin und verrichteten ein gemeinsames Gebet.

10. Kapitel
Leben und Tod

Anna erwachte und lag auf der Seite, mit dem Rücken an die Hüttenwand gelehnt. Direkt vor ihr schlief Barbara mit dem Rücken zu ihr, wodurch sich Anna kaum bewegen konnte. Gegenüber sah sie, im blassen Schein der Glut des niedergebrannten Herdfeuers, den fremden Mann liegen.

Sie hatte die ganze Nacht durchgeschlafen, wie sie einem schwachen Streifen Lichtes entnahm, der durch einen Riss in der Tür in die Hütte fiel.

Offensichtlich war sie die Erste, die erwacht war. Selbst Barbara hatte durchgeschlafen, und das, wo sie doch am Vortag noch nicht einmal in die Hütte gewollt hatte.

Das war die erste ruhige Nacht gewesen! Und die erste, in der sie unbewaffnet geschlafen hatte, wie Anna mit einem Blick zum Tisch bemerkte. Sie hatte den Gürtel dort liegen lassen. Die Schwester trug ihre Waffe noch, wie sie feststellte, als sie ihren Arm, den sie im Schlafen um Barbaras Hüfte gelegt hatte, bewegte und gegen deren Dolch stieß.

Diese Bewegung weckte Barbara, die dabei aufstöhnte und dieses Geräusch machte danach den Mann wach.

„Guten Morgen", sagte er von der anderen Hüttenseite und erhob sich. Er öffnete die Tür und der neue Tag strömte mit frischer Waldluft in die Hütte herein.

Schnell war Barbara angezogen und auch Anna warf sich das Kleid über den Kopf.

Das nächste war wieder das gemeinsame Gebet, bevor sich die beiden Schwestern waschen gingen. Allerdings nicht ohne sich zuvor auf der Latrine zu erleichtern, denn die lag ja auf dem Weg zum Bach.

In der Nähe des Waschplatzes stellte Anna fest, dass der Dolch immer noch in der Hütte lag, aber sie hatte keine Angst mehr. Alles schien ihr hier sicher zu sein und dabei war das hier nur ein kleiner verborgener Platz.

Draußen lauerten die Gewalt und der Tod. Hier war das Leben in Form des murmelnden Baches, der über die Steine hinab plätscherte und nach unten in den Teich floss.

Als sie das Gewässer fast erreicht hatten, stand dort ein Reh und löschte seinen Durst. Noch ein Bild des Friedens und doch wollten sie ja schon wenig später die Spuren des Todes beseitigen und die Familie des Eremiten beerdigen.

Sie wuschen sich ausgiebig aber still, denn es sollte ja niemand auf zwei halbnackte Frauen aufmerksam werden.

Anschließend gingen sie zurück und trafen unterwegs den Mann, der sich nun ebenfalls waschen ging.

Wie alte Bekannte, die sich schon jahrelang kannten, begrüßten sie sich mit einem Kopfnicken und dabei waren sie bis zum Morgen des Tages zuvor noch Fremde gewesen.

Der gemeinsame Schmerz hatte sie verbunden.

In der Hütte suchte Barbara nach Tüchern, in die sie die sterblichen Überreste einwickeln konnte. Im Vorratsschrank wurde sie fündig und Anna nahm den Spaten, den der Mann offenbar schon bereitgestellt hatte.

Jetzt holte sie vom Tisch den Gürtel und legte sich diesen um die Taille. Schwer ruhte die Waffe auf ihrer Hüfte, aber sie gab ihr die Sicherheit, die sie nun brauchen würde.

Schließlich warteten sie, auf dem Baumstamm sitzend, auf den Mann.

Es dauerte eine Weile und danach stiegen sie schweigend zusammen zum Teich hinab.

Der Eremit begann damit, unweit des zerstörten Gebäudes eine große Grube auszuheben.

Barbara betrat mit Anna zusammen die Hütte und legte die kleinen Skelette behutsam einzeln in die Tücher. Die Kinder mussten noch sehr klein gewesen sein. Das größte höchstens sechs oder sieben Jahre. Mit den kleinen Paketen traten sie an die Grube, wo der Mann die Kinder entgegennahm und sorgsam in die Erde bettete. Dann trug er mit ihr auch die Leiche der Frau nach draußen.

Bei der stillen Andacht an dem Grab konnte er seine Tränen nicht mehr bändigen.

Noch eine Familie, die fast völlig ausgelöscht worden war.

„Es war vor einem Jahr, fast auf den Tag genau!", sagte er und begann mit kräftiger Stimme das Gebet zu sprechen.

Dann warfen sie die Erde auf die Grabstätte und verschlossen diese damit.

„Für unsere Familie wird es keine Beisetzung geben!", sagte Anna bitter, kniete sich auf die frische Erde und legte ein paar Blumen, die sie schnell auf der Wiese am Teich gepflückt hatte, auf diese Ruhestätte.

Zum Schluss ging der Eremit zur Seite, suchte zwei Stöcke, fertigte daraus ein Kreuz und brachte dieses in der Mitte an.

Noch ein Gebet folgte, dann wandte er sich weinend ab.

Barbara trat zu ihm, um ihn zu trösten.

In dieser Zeit lief Anna schon zum Teich. Dort wusch sie sich im Ablauf die Hände und setzte sich an das Ufer. Sie schnürte ihre Schuhe auf, zog sie aus und steckte ihre Füße in das kalte Nass des Gewässers. Die Strümpfe hatte sie des warmen Wetters wegen in der Hütte gelassen.

Es dauerte eine ganze Weile, bis die beiden anderen zu ihr ans Wasser kamen.

„Gibt es heute wieder Fisch?", fragte Anna und zeigte auf die Angel, die noch im Gras versteckt lag.

Schnell war der Köder befestigt und die Schnur samt Haken im Teich. Es dauerte auch gar nicht lange, da lag der erste Karpfen zappelnd im Gras. Offensichtlich gab es hier sehr viele gefräßige Fische für drei hungrige Menschen.

Alles schien so friedlich und doch kamen sie von einer Totenfeier.

„Wie hießen deine Kinder und wie alt waren sie?", fragte Barbara, während Anna den Karpfen ausnahm und die Innereien in den Teich warf.

„Maria war vier, Friederike sechs und Gernold sieben Jahre", antwortete der Mann.

„Und deine Frau?", fragte Anna.

„Sieglinde", setzte er hinzu.

„Wie alt bist du eigentlich und wie heißt du?", fragte Barbara und sagte noch schnell: „Ich bin achtzehn und Anna siebzehn."

„Einunddreißig und Sieghelm!", entgegnete der Mann.

„Mit deinen Haaren hätte ich dich auf das doppelte geschätzt", sagte Anna überrascht und fing den nächsten Karpfen auf.

„Bis zu jenem unsäglichen Tag war mein Haar noch schwarz!", sagte der Mann und blickte zu dem Kreuz hinüber, dessen Spitze man von hier aus sehen konnte.

Nun schwiegen alle, bis auch der dritte Karpfen ausgenommen war.

Jeder mit einem Fisch in der Hand ging sie danach den nun schon bekannten Weg hinauf, trotzdem wäre Anna beinahe an der Hütte vorbei gelaufen. So versteckt lag diese.

„Warum hat deine Familie nicht hier auf dich gewartet?", fragte sie.

Sieghelm antwortete: „Das alles habe ich erst danach gebaut."

Bewundernd nickte Anna und legte die drei Fische auf den Herd.

Während sie sich um das Essen kümmerte, das schon bald wunderbar duftete, kniete der Mann im Gebet vor dem Altar und Barbara war irgendwo draußen.

Nach einer ganzen Weile kam die Schwester mit einer Schürze voller Kräuter und Wurzeln zurück. Gemeinsam putzten sie die Wurzeln am Tisch sitzend mit den Dolchen.

Stumm ging Annas Blick immer wieder auf diese Waffe. Es war ein letzter Gruß der toten Mutter. Anna schaute zum Altar und der Mann zündete die kostbare Kerze an.

Anna sprach ein Gebet für ihre Familie, in das die beiden anderen einstimmten. Es war feierlich, wie in einer Kirche. Sicherlich hatte er die Hütte auch genau in dieser Form geplant.

Nur warum so groß, wenn er sie doch erst nach dem Tode seiner Familie errichtet hatte? Vielleicht hatte er sie als Kirche erbauen wollen.

Eine Kirche für das Leben in einer Welt des Todes.

11. Kapitel
Gestriges Leben

ie beiden Frauen hatten sein Leben komplett durcheinander gewirbelt. Bis vor ein paar Tagen war alles noch in Ordnung gewesen, oder hatte er sich da nur etwas vorgemacht? Ein Jahr lang hatte Sieghelm nur so vor sich hin gelebt. Verschlossen im Gebet. Erst an jenem Tag hatte er mit ihrer Hilfe die verfallene Hütte betreten können und jetzt erst konnte der Schmerz in ihm heilen.

Mit der Beerdigung seiner Kinder und der Frau hatte er mit der Vergangenheit abgeschlossen. Damit hatte er begonnen, es irgendwie zu verarbeiten. Im Gebet hatte er das zwar schon lange, doch erst mit dem Grab konnte auch seine Seele einen Schlussstrich ziehen.

Dadurch war Sieghelm bereit für etwas Neues.

Gleichzeitig berührte ihn aber auch die Schilderung von Barbara. Das Grauen, das er so erfolgreich verdrängt hatte, das war zurückgekommen. Er hatte von ihrer Schilderung Albträume bekommen, doch zum Glück hatten die beiden Frauen es nicht bemerkt, denn es hätte sie sicher nur in Panik versetzt.

Schließlich war es für sie schon schwer genug, den Verlust der Familie zu verarbeiten und mit ihm unter einem Dach zu leben.

Hatte er sich mit seinem Leben als Eremit vielleicht etwas vorgemacht? Ein Jahr hatte er im Frieden gelebt. Aber eben nur, weil er sich in sein eigenes Schneckenhaus zurückgezogen hatte.

Der Krieg und das Grauen tobten außerhalb des Waldes weiter.

Nur weil er es nicht sah, existierte es trotzdem. Seine Gebete um Frieden hatten nur seiner eigenen Seele Beruhigung gegeben.

Gott hatte die Menschen verlassen!

Der erste Schuss einer Kanone in diesem Krieg, damals am weißen Berg, hatte Gott getötet. Oder hatte sich Gott nur vor

Grauen von ihnen abgewandt? Konnte er durch die Gebete erreicht werden?

Hatte er das nicht das ganze letzte Jahr versucht? Wenn es ihm gelungen wäre, dann hätte es doch dieses sinnlose Töten in Magdeburg nicht gegeben.

Bewiesen nicht gerade diese beiden Frauen, dass seine Idee inhaltslos gewesen war?

Es war tiefste Nacht und ein erneuter Albtraum hatte Sieghelm aufgeschreckt. Er saß auf seinem Bett, die Füße auf den Boden gesetzt und versuchte den Alb abzuschütteln.

In Schein des niedergebrannten Herdfeuers blickte er zu den Frauen hinüber, wie sie vor ihm im Bett schliefen. Anna lag wiederum hinter Barbara und ihr Arm war auch dieses Mal um die Hüfte ihrer Schwester geschlungen.

In den ersten beiden Nächten hatten sie noch unruhig geschlafen, jetzt lagen sie friedlich vereint in dem Bett und er lauschte auf ihre Schlafgeräusche, die völlig synchron waren.

Die beiden atmeten wie ein Mensch.

Es war nicht weit bis zu Barbara hinüber, wenn er den Arm ausgestreckt hätte, dann hätte er ihr Haar berühren können. Im blassen Schein der Glut konnte er sehen, wie sich ihre Brust bei jedem Atemgeräusch hob und senkte. Für einen Moment war ihm dieser Blick peinlich, doch er konnte sich auch nicht von ihr abwenden.

Die beiden Schwestern waren sich so ähnlich und dennoch so unterschiedlich. Vom Aussehen glichen sie sich, von ihrer Art waren sie sehr verschieden.

Barbara war belesen und gebildet. Anna handwerklich geschickt und schlau. Dasselbe Schicksal vereinte sie. Und es vereinte sie mit ihm.

Annas Hand rutschte im Schlaf ab und Barbara erwachte dadurch. Für einen Moment des Erkennens trafen sich ihre Augen, dann schlief die Frau erneut ein.

Was machte er sich Gedanken über morgen und gestern? Das hier war der einzige Moment, der wirklich zählte. Diese Frau in seiner Hütte. Vielleicht hatte sein Gebet dafür gesorgt, dass sie diesen Teich und diese Hütte gefunden hatten.

Also war Gott vielleicht doch noch da?

So wie der Mond manchmal hinter einer Wolke verschwand und trotzdem noch am Himmel stand?

Sieghelm legte sich zurück und zwang sich, die Augen zu schließen, doch ihr Bild war auch in seinem Kopf. Selbst mit geschlossenen Augen sah er sie neben sich liegen. Im Traum aber noch viel näher.

So vieles im Verhalten von Barbara erinnerte ihn an Sieglinde, seine Frau. Zufall konnte das wohl kaum sein. Sie zu halten und zu trösten hatte ihm gefallen. Mit ihr zu reden war die Erfüllung aller seiner Träume gewesen. Was würde als Nächstes kommen? Was hatte Gott mit ihnen beiden vor? Konnte es ein kleines Glück für sie geben, wo doch so viele unglücklich waren? Oder würde er sich dem Leben stellen müssen?

Konnte er die Welt aufhalten?

Vielleicht würden ein paar Waffen etwas mehr nutzen. Bisher hatte ihm der Bogen gute Dienste geleistet, doch im Falle eines Angriffs würden dann vielleicht zwei oder drei Musketen einen Gegner mehr auf Abstand halten.

Oder würden die Schüsse den Feind erst auf ihn aufmerksam machen? Hatte nicht die Ruhe dafür gesorgt, dass er hier unbehelligt leben konnte?

Bislang hatte er sich um seine eigene Existenz keine Gedanken gemacht, doch nun gab es hier zwei Menschen, die er beschützen musste.

Und plötzlich war es die Ruhe, die ihn zusammenzucken ließ. Er konnte die vertrauten Schlafgeräusche der beiden Frauen nicht mehr hören. Schnell riss er die Augen auf und blickte in die von

Barbara. Ein Rascheln aus der Ecke ließ seinen Blick dahin schwenken.

Sieghelm sah Annas nackte Knie im Glutschein. Die junge Frau war zum Nachttopf geschlichen und hatte Barbara dabei geweckt. Schnell wandte er seinen Blick wieder von ihr ab und versuchte das Plätschern zu ignorieren. Erneut war er in Barbaras Augen gefangen. Groß und glänzend waren sie. Tiefe Fenster zu ihrer Seele!

Anna kam barfuß leise zurückgeschlichen, kletterte umständlich über ihre Schwester und wenig später lagen sie wieder hintereinander im Bett. Es dauerte nicht lange, dann hörte er abermals Annas leise Schlafgeräusche.

Aber dieser kurze Aussetzer des doch schon so vertrauten Geräusches hatte ihn zutiefst erschreckt.

Was wäre, wenn die beiden Frauen morgen beschließen würden, weiterzuziehen? Könnte er sie dann aufhalten? Nach diesen paar Tagen konnte er nicht mehr zurück in sein altes Leben, das er noch vor kurzem so selbstverständlich gelebt hatte.

Gestern war vorbei!

Barbara nickte ihm stumm zu und schloss ihre Augen. In dieser Geste lag so eine Art von Urvertrauen. Wie bei einem kleinen Kind, das vom Schlechten der Welt noch nichts wusste.

Ein Entschluss erfasste ihn: Diese Frau konnte er nicht mehr gehen lassen, denn es würde sein Herz zerreißen, wenn sie nicht mehr da sein würde.

Beruhigt lauschte er dem leisen Schnarchen. Alles war gut. Sie war da.

Irgendwann musste er dann wohl doch eingeschlafen sein, denn Anna weckte ihn, als ihr Dolch auf den Tisch fiel.

Wie jeden Tag wollte sie auch an diesem so früh wie möglich aus der Hütte.

Er sah Barbaras erschrockene Augen, die wohl auch durch den Lärm aufgeschreckt worden war.

„Guten Morgen", sagte er und hörte ihre liebliche Stimme diesen Gruß erwidern.

Ein neuer Tag begann. Gleichzeitig setzten sie sich auf und sahen sich an, während Anna die Hütte verließ und den Nachttopf zur Latrine brachte.

Mit ein paar schnellen Handbewegungen ordnete Barbara ihre Locken, bevor sie den Kamm vom Tisch holte und dort sitzend versuchte, diese Mähne zu bändigen, die jeden Löwen neidisch gemacht hätte.

Sieghelm kniete sich vor den Altar und begann seinen täglichen Gottesdienst, aber als Erstes sprach er ein stummes Dankesgebet dafür, dass die Frau zu ihm gefunden hatte.

12. Kapitel
Einfaches Leben

Seit fünf Tagen wohnte Barbara nun schon mit in der kleinen Hütte und sie hatte die anfängliche Scheu dem Manne gegenüber fast völlig abgelegt. Der Schmerz um die verlorene Familie steckte immer noch in ihr, aber das Leben musste weitergehen. Was blieb auch sonst übrig?

Natürlich war es ein gewaltiger Schritt, von dem reichen Mädchen, das von Mägden bedient wurde, zur einfachen Frau, die alles selbst machen musste.

Anna hatte damit viel weniger Probleme gehabt. Schon früher hatte die Schwester mehr Zeit in der Küche verbracht, als an jedem anderen Platz und die Mägde waren von klein auf ihre Freundinnen gewesen.

Für Barbara war das alles schwieriger und ihre geliebten Bücher fehlten ihr ebenfalls.

Sieghelm hatte eine Lutherbibel, die sie nun oft in der Zeit las, die ihr bei ihren Arbeiten blieb. Noch nie hatte sie die Bibel so intensiv gelesen, wie sie das jetzt tat. Da waren richtig gute Geschichten drin. Von guten Menschen. Samson, Delila, Moses und natürlich von Jesus.

Und sie fragte sich, ob er wohl all das gutheißen würde, was hier in seinem Namen geschah!

Bisweilen redete sie darüber mit Sieghelm und ihre Ansichten ähnelten sich oft. Barbara kam das seltsam vor, denn hier war ein Mann, der mit einer Frau über religiöse Themen redete und ihr dabei sogar gelegentlich recht gab!

Am Anfang, Tage zuvor, hatten sie zuweilen sogar darüber gestritten und Anna war dabei immer sofort aus der Hütte geflüchtet.

Nun verstand Barbara den Mann und er sie und es gab kaum noch Streit. Vielleicht näherten sie sich beide gegenseitig an. Da-

60

mit blieb nur noch die Frage zu klären, ob sie hier bleiben, oder weiterziehen sollten.

Allerdings hatten sie noch immer kein Ziel und es gab auch keine Verwandten, zu denen sie hätten fliehen können.

Offenherzig hatte Sieghelm ihnen seine Hütte als Bleibe angeboten. Doch durfte sie so einfach hier bleiben? Ein Mann mit zwei unverheirateten Frauen unter einem Dach? Was hätte wohl die Mutter dazu gesagt? Sicherlich wäre die fromme Frau entsetzt gewesen, aber was war richtig und was falsch?

Bei einer weiteren Flucht ins Nirgendwo wären sie nur abermals der Gefahr ausgesetzt.

Ohne dass es Barbara bemerkte, hatte sich eine Art von Vertrauen zu dem Manne in ihr aufgebaut. Vielleicht war es die Sicherheit, die er ihr in diesem Hause gab, die nun auch in ihrer Seele angekommen war.

Sie glaubte, dass ihr nichts passieren konnte, wenn der Mann nur in der Nähe war. Eine Art von Gottvertrauen stellte sich ein und eine Hoffnung, dass in seiner Nähe alles gut wurde.

In den Reden, die er führte und in seinen Bewegungen hatte sie erkannt, dass auch er gebildet war und sicher aus einem guten Hause stammte. Die Bildung, die sie als Kind erhalten hatte, hatte auch bei dem Mann zu einer Weltsicht geführt, die sie sehr oft teilte.

Manchmal war es ihr, als hätten sie beide denselben Lehrer gehabt. Sogar dieselben Gedichte hatten sie gelernt und sie musste gelegentlich sogar darüber lachen, dass er eines der Gedichte begann und sie es sofort fortsetzen konnte.

Anna sah da meist nur verzweifelt zu. Ihr waren Gedichte und Lesen nie wichtig gewesen. Das hatte die Mutter oft zur Verzweiflung gebracht. „Kind! Was soll mal aus dir werden?", hatte die alte Frau oft gestöhnt.

Doch das hatte auch Barbara nicht gewusst. Das Einzige, was möglich war, war ja die Heirat mit einem anderen Kaufmann oder

Patrizier. Das wäre dann etwa in einem Jahr gewesen, so wie es bei Susanna in ein paar Wochen gewesen wäre, wenn sich die Neunzehnjährige nicht aus lauter Verzweiflung in ihren Dolch gestürzt hätte, um dem Missbrauch durch die Landsknechte zu entgehen.

Offensichtlich hatte die zierliche Schwester eher als alle anderen verstanden, was wohl geschehen würde. Doch was würde nun aus Anna und ihr?

Eine reiche Hochzeit war in so weite Ferne gerückt, dass Barbara noch nicht mal davon träumen würde. Sie waren beide mittellos und nur die gute Ausbildung war ihr noch geblieben. Allerdings würde ihr das als Magd wohl nichts nutzen.

Vielleicht hatte es Anna da besser gemacht. Von klein auf war sie bei Mechthild in der Küche gewesen. Sie hatte gelernt, wie man kocht, Fische ausnimmt und Handarbeiten macht. Das war nun von einem viel höheren Wert, als all die griechischen Bücher, die Barbara gelesen hatte.

Was konnte man schon mit Aristoteles anfangen, wenn einem der Magen knurrte? Was half es, wenn man die Ilias von Homer im Original lesen konnte, aber nicht in der Lage war, einen Fisch auszunehmen ohne sich dabei in die Finger zu schneiden?

Vielleicht war genau dieser Mann hier in der Hütte das Beste, was ihr passieren konnte. Er war Witwer und nicht unattraktiv.

Doch nun stand ihr wiederum ihre Bildung im Weg, denn sie konnte den Mann nicht einfach fragen, ob er sie zur Frau nehmen wolle.

Das ging nicht!

War das nun aber wirklich das, was sie wollte? Ging das nicht zu schnell? Verwirrt blieb sie zurück und hatte keine Ahnung, was sie denken oder tun sollte. Die Mutter hätte es gewusst! Tränen liefen ihr über die Wange und diesmal würde sie auch nicht mit ihm darüber reden können. Noch nicht mal mit Anna konnte sie sich dazu austauschen.

Sollte sie nun erst mal richtig trauern? Oder doch in die Zukunft schauen?

Wohin sollte ihr Blick gehen? Nach hinten oder nach vorn?

Konnte man etwas Neues beginnen, wenn das Alte noch nicht abgeschlossen war? Was würden wohl die griechischen Philosophen dazu sagen?

Zweifelnd setze sich Barbara in den Wald und sah auf die grüne Wand aus Blättern um sich her.

In ihre Gedanken versunken hoffte sie auf eine Antwort. Sollte sie, so wie Andromache um ihren Hektor geweint hatte, um die Familie weinen? Barbara zuckte bei diesem Gedanken zusammen, wenn sie an das weitere Schicksal von Andromache dachte.

Der geliebte Mann tot, sie entführt, vergewaltigt und gefangen gehalten, bis ihr die Flucht gelingt. Dass Barbara gerade diese Frau eingefallen war, das ängstigte sie nun. Und war nicht auch der Kampf um Troja ein Bruderkrieg gewesen?

„Woran denkst du?", riss die Stimme des Mannes sie aus ihren Gedanken.

Unwillkürlich musste sie antworten: „An Andromache!"

„Homer oder Euripides?", fragte er ohne zu zögern nach.

„Beides!", setzte sie hinzu und blickte zu ihm auf.

Da war etwas in seinen Augen, was sie in seinen Bann zog. Sie waren sich beide viel zu ähnlich.

Er kam näher, trat neben sie und plötzlich konnte sie nicht anders, sie musste ihn küssen. Schnell erhob sie sich, schlag ihre Hand um seinen Nacken, zog ihn an sich heran und ihre Lippen suchten die seinen.

Dieser Kuss war so herrlich und dennoch zuckte sofort danach wieder zurück, denn sie hörte in sich die Mutter darüber schimpfen.

Das durfte man als Frau nicht!

Barbara löste ihren Arm und wich einen Schritt von ihm zurück. Beschämt über ihre Beherztheit, schlug sie die Lider nieder. Was hatte sie dazu angestiftet?

Der Mann stand nur einen Schritt vor ihr. Warf er sie nun aus seiner Hütte? Langsam hob sie ihren Blick und legte den Kopf schief. Was hatte sie zu dieser unüberlegten Tat verleitet? Würde es etwas nutzen, wenn sie sich dafür bei ihm entschuldigen würde?

Er griff nach ihrer Hand, zog sie zu sich und Barbara ließ es geschehen.

Tröstend legte er seine Arme um sie und sie genoss seinen Schutz.

Alles würde gut werden. Hoffentlich!

Andromache zuckte warnend durch ihren Kopf.

13. Kapitel
Tochter des Waldes

ieses Leben war fast genau das, was sich Anna schon immer gewünscht hatte. Seit einer Woche lebte sie nun bereits im Wald und mit jedem Tag wurden ihre Streifzüge größer.

Am Anfang war es nur eine Flucht aus der Hütte gewesen, denn diese Gespräche, die Barbara mit dem Mann führte, die nervten sie nur. Solch ein gebildetes Geschwafel hatte Anna noch nie leiden können und als die beiden auch noch anfingen, sich in Griechisch zu unterhalten, da war es endgültig vorbei gewesen.

Nun zog sie mit dem Bogen und einem Köcher voller Pfeile durch den dichten Laubwald. Schließlich sollte es ja nicht jeden Tag nur Karpfen geben. Am ersten Tag hatte sie sich von Sieghelm zeigen lassen, wie man mit dem Bogen schoss.

Zuerst hatte sie aus zehn Schritten nicht mal einen Baum getroffen, doch dann war sie mit jedem Schuss besser geworden.

Von der Morgendämmerung bis fast zum Sonnenuntergang streifte sie nun umher. Es war Sommer und schön warm. Durch die Blätter an dem Laubdach über ihr war es auch noch schattig und mit der Zeit hatte sie gelernt, sich beinahe lautlos schleichend durch ihr neues Reich zu bewegen. Nur der lange Rock störte dabei ein wenig.

Liebend gern hätte sie Hosen getragen, doch das war Frauen ja nicht erlaubt. Obschon es im Wald wohl keinen störte, würde Barbara sie so sicher nicht aus der Hütte lassen. Und bevor sie sich das Donnerwetter der älteren Schwester anhören musste, ging sie eben mit vorn hochgezogenem Rock durch das Unterholz.

Das sah zwar etwas komisch aus, ließ aber ihre Beine bis zum Knie frei und sie blieb nicht ständig an den Sträuchern hängen.

Mittlerweile hatte sie ihren Blick soweit geschult, dass sie auch schon ein paar Spuren lesen konnte. Auch das hatte der Mann ihr am ersten Tag gezeigt, nun konnte sie schon ein paar unterscheiden und wusste, wo sich eine Verfolgung lohnen würde und wo nicht.

Seit Stunden war sie momentan auf der Fährte eines Rehs. Bisher waren nur ein paar Hasen ihrem Pfeil zum Opfer gefallen. Angestrengt schob sie sich nach vorn. Den Pfeil im Bogen eingelegt und die Sehne halb gespannt. Ihre Augen tasteten sich durch das Grün des Waldes.

Sie musste das Tier erspähen, bevor es sie bemerken würde.

Der Wind stand jedenfalls günstig. Schon seit mehreren hundert Schritten blies er ihr ins Gesicht und ließ ihre Haare nach hinten wehen. Vielleicht sollte sie sich demnächst lieber ein Haarband besorgen und damit die braun gelockte lange Mähne hinten zusammenhalten. Wenn der Wind ungünstig stand, würden die Haare sie vielleicht beim Schuss behindern.

Ein Knacken ließ sie in der Bewegung erstarren.

Keine zehn Schritte vor ihr trat das Reh aus dem Unterholz. Durch einen Baum halb verdeckt konnte Anna das Tier sehen.

Solange es in ihre Richtung sah, durfte sie sich nicht bewegen.

Wie ein Baum stand Anna dort und die Erdfarben ihrer Kleidung halfen ihr offensichtlich, denn das Tier lief nicht vor ihr davon.

Genüsslich zupfte das Reh Blätter von einem Strauch, wedelte mit den Ohren und drehte sich dann endlich von Anna fort. Lange genug sah das Reh in die andere Richtung, wodurch sie den Bogen spannen und anlegen konnte, bevor es wieder zu ihr zurückschwenkte und mit der breiten Seite vor ihr stand.

Da konnte man eigentlich nicht vorbei schießen! Wenn dieser Schuss daneben ging, dann würde sie sich selbst ohrfeigen müssen.

Anna löste ihre Finger von der Sehne und mit einem Surren sauste der Pfeil los. Im Bruchteil eines Augenblickes traf er die Seite des Tieres. Ein letzter Sprung, dann fiel der Rehbock tot in sich zusammen.

Mit einem gewaltigen Satz war Anna über dem Reh und gab ihm mit dem Dolch den Todesstoß, den es eigentlich nicht bedurft hatte, doch sie wollte sicher gehen, dass das Tier nicht unnötig leiden würde.

Nun versuchte sie es anzuheben, doch es war zu schwer. Damit blieb ihr nur noch übrig, das Tier so weit wie möglich leichter zu machen. Vor zwei Jahren hatte sie gesehen, wie Mechthild ein Schwein in der Küche ausgenommen hatte und nun setzte sie den Dolch bei dem Reh genau in der Art, wie es die erfahrene Küchenmagd damals mit der Sau gemacht hatte.

Die nicht benötigten Innereien vergrub sie unter einem Baum. Nur Herz und Leber ließ sie in dem Tier und trotzdem war es immer noch ganz schön schwer.

Allerdings wollte sie auch nicht die Hälfte ihrer Jagdbeute im Wald zurücklassen.

Mit aller Kraft zog sie sich das Tier auf die Schultern und merkte schon im Aufstehen aus der Hocke, dass das wohl etwas schwieriger würde.

Nach vorn gebeugt lief sie los und stöhnte schon nach zwanzig Schritten unter ihrer Last.

Doch das Tier wollte sie nun nicht mehr herunterlassen. Zu wertvoll war ihr diese Beute und die beiden in der Hütte würden bestimmt staunen.

Schritt für Schritt tapste sie durch den Wald, aber sie brauchte ja nicht mehr auf die anderen Tiere Rücksicht zu nehmen. Ihre Geräusche waren jetzt sicher im ganzen Wald zu hören.

Schnaufend, stöhnend und schwitzend näherte sie sich immer mehr der Hütte. Den Bogen hatte sich Anna vorn um den Hals gehangen, das Reh auf ihrem Rücken und die Läufe des Tieres in ihrer Hand.

Nicht um das Fleisch des Tieres ging es ihr, obwohl das auch wichtig war und sicher ein paar Tage ihren Hunger stillen konnte, nein, es ging ihr darum, der Schwester und Sieghelm zu beweisen, was sie konnte.

Und auch darum, es sich selbst zu bekunden.

Nun war sie eine Tochter des Waldes! Aber sie lief nun auch gegen die einsetzende Dunkelheit an.

Bei dem Tempo würde sie es vermutlich nicht mehr rechtzeitig schaffen, die Hütte zu erreichen. Und nachts im Wald bleiben?

Ihr fiel wieder jene Nacht im Schilf ein. Das wollte sie nie mehr erleben! Immer schneller setzte sie die Füße voreinander und sie lief mit der Sonne um die Wette.

Dann war der vertraute Weg endlich erreicht.

Mit den letzten Strahlen des Tages brach sie auf der Treppe der Hütte zusammen und fiel, samt Reh, in den Raum hinein.

Den Aufprall bemerkte sie schon nicht mehr, denn zu erschöpft war sie, aber sie hatte es geschafft!

14. Kapitel
Soldatenlos

Das Soldatenleben war leichter, als es sich Peter gedacht hatte. Es gab sogar zwei Mal am Tage etwas zu essen. Zusätzlich auch noch ein paar kleine Münzen als Sold und wenn man etwas erbeuten konnte, dann durfte man es behalten. Doch trotzdem hasste er es, weil es ihn von Gertrut, der geliebten Schwester, fernhielt.

Einmal im Lager angekommen war ein entkommen gänzlich ausgeschlossen. Ringsum standen Wachen und nicht etwa, weil ein Feind in der Nähe war.

Die Männer sollten Fluchtversuche verhindern und wer es dennoch versuchte, der hing wenig später zur Abschreckung und Mahnung am Baum.

Zwei bis drei Männer kamen täglich dazu.

Abends gab es dann Wein oder Bier, mit dem die Soldaten versuchten, das tägliche Los zu vergessen. Auch ein paar Marketenderinnen gab es im Lager und bei einer von ihnen hatte er eines Abends versucht, die Schwester zu vergessen. Doch außer kuscheln war nichts geschehen. Trotzdem hatte er die von ihr geforderte Summe zahlen müssen.

Sein Unteroffizier war der dicke Mann, der in seinem Dorf Gertrut geschändet hatte und damit erinnerte er Peter jeden Tag an das grausame Schicksal, das die Männer den Frauen zugedacht hatten.

Das viele Töten und Sterben sehen hatte die meisten völlig verrohen und entmenschlichen lassen.

Hier im Lager waren nun mehr wie zwanzigtausend Männer auf engsten Raum zusammengepfercht. Wie das Vieh auf der Weide. Außerhalb des Lagers befand sich der Tross mit allem, was diese mobile Stadt brauchte.

Täglich wurde das Schießen geübt, wobei es nur darum ging, so schnell wie möglich zu feuern. Es war reine Glückssache, etwa zu treffen, dass weiter als zehn Schritte entfernt war und daher wurde auch nicht gezielt, sondern einfach in Richtung Feind gefeuert.

Noch lagen sie unweit von Magdeburg. Solange hier noch etwas zu essen aufzutreiben war, solange würden sie hier bleiben und danach weiterziehen. Das hatte ihnen der alte Gustav erzählt. Trotz dessen, dass er Unteroffizier war, war er doch Mensch geblieben, so gut dies eben in diesem Krieg ging.

Nach Gerüchten, die im Lager kursierten, sollte es schon bald nach Osten in das Land der Sachsen hinein gehen. Ihr oberster Feldherr, Graf Tilly, wollte gegen die Schweden ziehen und die Wucht seines Sieges in Magdeburg ausnutzen. Vielleicht hatte er diese Stadt auch deshalb so verwüstet, damit alle anderen Städte auf seinem Weg schon bei seiner Ankunft ohne Gegenwehr zur Übergabe schreiten würden.

Niemand konnte es wissen. Vielleicht nicht einmal Tilly selbst. Nur die Grausamkeiten waren so geschehen und Peter stieß es mehr als ab, dass sich die Soldaten auch noch mit ihren Gewalttaten brüsteten.

Hier wollte er fort, bevor auch er solch ein Mensch werden würde. Nur wie? Es gab nur zwei Möglichkeiten, aus dem Lager zu kommen. Zum einen, wenn die Truppen nach draußen zogen, um Beute und Nahrung zu machen und zum anderen, wenn es zum Schießen auf eines der Felder ging.

Da Peter einer der Neuen war, durfte er noch nicht mit zum Beute machen hinaus. Daher sah er nur den Männern hinterher, die wahrscheinlich wieder irgendwo ein Dorf überfielen.

Dabei hatte er immer die Augen von Gertrut in seinem Kopf mit diesem klagenden Blick der Schwester.

Gustav hatte gesagt, dass es eigentlich verboten war, sich mit den Frauen zu vergnügen, denn schließlich war es ja ein katholisches Heer und da gab es das nur zwischen Verheirateten zur Zeugung eines Nachkommen, aber man deutete es als eine Art der Bestrafung für die Bevölkerung um und damit war es auch vom Papst als zulässig anerkannt worden. Für Peter war das eine scheinheilige Ansicht.

Es kam noch hinzu, dass die Unteroffiziere die Männer damit offenbar belohnen wollten, denn die Preise der Huren und Marketenderinnen waren hoch und in den Dörfern gab es die Frauen für umsonst. Zusätzlich konnte man auch noch Beute machen und den kärglichen Sold aufbessern.

Was das jedoch mit dem Sieg über den schwedischen König zu tun haben konnte, das wusste auch Gustav nicht.

Das wusste vermutlich keiner mehr. Es war auch eine unausgesprochene Wahrheit unter den Landsknechten, dass während den Schlachten die Männer oft einfach die Seiten wechselten. Der, auf dessen Seite das Kriegsglück lag, der hatten dann mit einem Mal auch viele der Feinde in seinen Reihen. Da nur die Farbe der Schärpe und die Richtung, in welche die Gewehrmündung zeigte, die Männer unterschieden, war es ganz einfach, die Seiten zu wechseln.

Das taten manchmal ganze Regimenter. Einer der Kameraden hatte ihm hinter vorgehaltener Hand erzählt, dass Gustav schon fünfmal die Seite gewechselt hatte.

Der alte Unteroffizier war schlau und es war kein Zufall, dass er immer noch am Leben war. Peter nahm sich vor, auf den alten Mann ganz besonders gut aufzupassen. Dieser hatte sicher das Gespür für den richtigen Moment, denn eine Schlacht war ja die dritte Möglichkeit den Soldaten zu entkommen. Wenn auch nur, um auf der anderen Seite weiterzukämpfen.

Trotzdem suchte Peter auch weiterhin jeden Tag nach einer Gelegenheit, um zu entkommen.

Und dann bot sich ihm plötzlich diese Möglichkeit zusammen mit der Aussicht, für Gertrut Rache zu nehmen.

Wie fast jeden Tag waren sie auch an diesem wieder zu ihren Schießübungen auf eines der Felder marschiert. Als Ziel stand ein altes Fuhrwerk etwa fünfzehn Schritte entfernt. Eigentlich hätte man das nicht gebraucht, denn nur eine von zehn Kugeln traf das Holz des Karrens überhaupt. Zumal auch keiner wirklich darauf zielte. Dann beging der dicke Unteroffizier den Fehler, sich seitwärts vor die Männer zu stellen.

Aus fünf Schritten Entfernung war er kaum zu verfehlen und Peter wartete nur auf den richtigen Moment. Dann reichte ein kurzer Schwenk an der Muskete und der Schuss traf den Mann mitten in die Brust. Das große Bleigeschoss riss ihn von den Füßen und warf ihn vor die Gruppe der Männer.

Im nun beginnenden Tumult ließ Peter die Muskete fallen und rannte los.

Schon immer war er der schnellste Läufer in seinem Dorf gewesen, doch nun lief er um sein Leben.

Konnte er einem Pferd entkommen?

Wie groß war sein Vorsprung?

Trotz des schnellen Laufes kam der Waldrand nur quälend langsam auf ihn zu und mit dem rasselnden Atem konnte er auch nicht hören, was hinter ihm passierte.

Blind stürmte er auf die Bäume zu.

15. Kapitel
Im Bann der Gefühle

Mittlerweile war es Juni geworden und die Verbindung zwischen Barbara und Sieghelm war immer enger geworden. Suchte sie nur Trost bei ihm? Oder war da schon mehr entstanden? Sie konnte es nicht wissen und es gab auch keinen, den sie darüber befragen konnte.

Anna war nun täglich mit ihrem Bogen unterwegs. Das Reh, das die Schwester in die Hütte geschleppt hatte, hatte fast zwei Wochen lang dafür gesorgt, dass sie jeden Tag satt und zufrieden in ihr Bett gehen konnten.

Zwar hatte Anna einen Tag lang das Bett hüten müssen, aber der Stolz in ihrem Gesicht war unübersehbar gewesen.

Wiederum lehnte die Schwester an der Tür, hatte den Bogen in der Hand und die Pfeile auf dem Rücken. Sie nickten sich beide zu, dann war Anna aus der Hütte und fast sofort im Grün des Waldes verschwunden. Wie Barbara sie kannte, würde sie sicherlich erst am Abend zurück zur Behausung kommen.

Damit war Barbara mit Sieghelm alleine in der Hütte. Gemeinsam setzten sie sich nach draußen auf den Stamm und begannen wieder über die Bibel und andere Bücher zu erzählen.

Mit dem Blick in den Wald redeten sie über die Genesis aus dem Alten Testament, als sich plötzlich abermals ihre Lippen trafen. War sie Tage zuvor noch unschlüssig und angstvoll zurückgezuckt, so ließ sie nun zu, was da kommen würde. Und was kam, das war ein wohliges Gefühl der Geborgenheit und Nähe, das sich in ihrem Bauch breit machte.

Das war etwas, was sich so gut anfühlte und das konnte nicht falsch sein.

Barbara legte ihre Hand auf seinen Nacken, damit er ihr nicht entkam, aber Sieghelm dachte wohl gar nicht daran, sich von ihr jetzt zu lösen.

Seine Lippen waren weich und der Bart störte kaum. Immer länger wurde dieser Kuss und schließlich hob er sie auf seine Arme, um sie in die Hütte zurückzutragen.

Noch im Kuss vereint hatte Sieghelm mit ihr die Treppe erreicht, als sie doch vor ihrem Entschluss zurückzuckte. Erneut war die mahnende Mutter in ihrem Kopf.

„Das dürfen wir nicht", hauchte sie, doch sie wollte auch dieses warme Gefühl in ihrem Bauch nicht verlieren.

Unschlüssig stand er mit ihr auf den Armen vor der Hütte. Er hielt sie fest und sie wollte hier nicht weg. Ihre Augen waren in einen tiefen Blick versunken, der diese schöne Empfindung in ihr nur noch verstärkte.

„Was nun?", fragte er leise.

Ihr wäre es lieber gewesen, wenn er nicht gefragt hätte, denn nun lag die Entscheidung bei ihr, die ihr Herz aber schon lange getroffen hatte. Nur ihr Mund musste es noch aussprechen. Doch da sie sich nicht traute, sagte sie alles mit einem erneuten Kuss.

Somit kamen sie schweigend überein, dass er sie in das Halbdunkel der Behausung trug.

Vor dem Bett setzte er sie ab, wodurch sie nun vor ihm stand, ihm in die Augen sah und immer noch diesen zauberhaften Kuss auf ihren Lippen spürte. Barbara drückte sich ihm noch enger entgegen und da war tief in ihr eine Vertrautheit, der sie sich nicht entziehen wollte.

Eine leise Stimme in ihr rief danach, ihre Ehre und Jungfräulichkeit zu erhalten, doch sie brachte diese zum Schweigen.

Viel zu weit war sie nun schon gegangen, als das es noch ein Zurück hätte geben können.

„Entschuldige Mutter", dachte sie noch, dann löste sie ihren Gürtel.

Mit einem lauten Geräusch schlug der Dolch auf dem Holzfußboden auf.

Sehr viel leiser war ihr Kleid, das sie sich über den Kopf zog und dass danach der Waffe folgte.

Als Sieghelm ihr das Unterkleid ausziehen wollte, streifte sie seine Hand ab und zog nun ihrerseits ihm die Kutte aus.

Nachdem er seine Unterhose fallen gelassen hatte, war er nackt, doch sie konnte seinem Beispiel nicht folgen. Zu schamhaft hatte die Mutter sie erzogen, wodurch sie ihm nicht mal in dem Dämmerlicht ihren nackten Leib zeigen wollte.

Dafür betrachtete sie nun ihrerseits Sieghelms Körper. Noch nie zuvor hatte sie einen Mann gänzlich nackt gesehen. Seine breite Brust und die starken Arme kannte sie wohl. Sanft strichen ihre Finger über seinen Brustkorb. Dann glitt ihr Blick nach unten. Unterhalb seiner Leibesmitte war sein Haar noch schwarz.

Sieghelm stand so, dass das Licht von draußen seinen Körper in ein wundervolles Leuchten einhüllte. Und die Strahlen der Sonne beleuchteten nun ebenfalls einen Körperteil, von dem ihr die Mutter einst erzählt hatte. Lang und schwer hing sein Glied herab, aber es zuckte bereits und richtete sich ein wenig auf. Wartete er auf ihre Entscheidung?

Diese Zustimmung war ein erneuter, noch längerer Kuss und dieser ließ ihren Widerstand vollends schwinden.

Nun ermöglichte sie es, dass er ihr aus dem Unterkleid half und wenige Augenblicke später lagen sie beide nackt und sich weiterhin küssend in seinem Bett. Seine Finger streichelten nun sanft über ihren Leib.

Barbara war aufgeregt und wusste kaum, was nun geschehen würde.

Zwar hatte ihr die Mutter vor ein paar Monaten mitgeteilt, was kommen würde, doch das war alles nur Theorie gewesen. Passiv ließ sie sich von ihm in die Position schieben, die er benötigte. Ein letztes „Nein!" sauste durch ihren Kopf, doch sie brachte es abermals zum Verstummen.

Sieghelm legte sich über sie und bedeckte mit seinem Körper ihren nackten Leib. Er war warm und gar nicht schwer. Langsam drückte er seine Knie nach unten und teilte damit ihre Schenkel.

Mit einer schnellen Handbewegung zog er ihre Knie zu den Seiten herauf, wodurch ihre Mitte nun offen vor ihm lag und dort spürte sie bereits die Spitze seiner Erektion.

Barbara zuckte kurz davor zurück, doch nun fanden sich ihre Lippen erneut. Ein angenehmes Kribbeln war an der Stelle zu spüren, wo sie ihre beiden Körper gerade so intim berührten. Im Kuss vereint hob er ihren Hintern an und stieß mit seinem Unterleib kraftvoll nach vorn.

Ein kurzer Schmerz durchzuckte sie, doch der Kuss linderte ihn sofort.

Sieghelm wartete, tief in ihrem Schoß steckend, bis sie sich entspannt hatte.

Fürsorglich stützte er sich mit den Händen von ihr wieder ab und entlastete somit ihre Brust. Barbara spürte, wie er sich langsam und zärtlich in ihr bewegte. Mit einer Hand streichelte er ihre Brust und verstärkte damit nur noch diese schöne Sinnesempfindung.

Trotz der Warnungen der Mutter machte es ihr Spaß und schon wenig später begann sie selbst aktiv zu werden.

Das gefiel dem Mann offensichtlich.

Schnaufend und keuchend bewegten sie sich aufeinander zu. Immer schneller werdend, bis eine warme Welle aus Gefühl über ihnen beiden gleichzeitig zusammenbrach. Keuchend, stöhnend und sich unter ihm umherwerfend rang sie nach Luft.

Es schien ihr, als ob Sterne auf ihre Haut fielen und ihren Körper streichelten. Unmengen von Sternen!

Das fühlte sich so unsagbar schön an!

Barbara lag mit dem Rücken im Bett, Sieghelm auf ihr, und sie brauchte eine ganze Weile, bis sie neuerdings zu atmen gekommen war und soweit wieder einen klaren Gedanken fassen konnte.

Sieghelm rutschte zur Seite, zog sie an seine Brust und nahm sie zärtlich in den Arm.

Barbara drehte sich zu ihm auf die Seite und bat ihn: „Wir dürfen das aber Anna nicht sagen!"

„Was wollt ihr mir nicht sagen?", hörte sie im selben Moment die Schwester vom Eingang her fragen.

Erschrocken sprang Barbara mit einem Schrei aus dem Bett.

Schnell hatte sie sich das Unterkleid vor den Körper gezogen und drückte sich in die hinterste Ecke der Hütte, um in der Dunkelheit mit der Hüttenwand zu verschmelzen.

Anna trat mit zwei Hasen, die sie an den Ohren gepackt hatte, in die Behausung und warf die beiden toten Tiere auf den Tisch.

Entsetzt blickte Barbara sie an.

So war das nicht geplant gewesen, wenn man da überhaupt von Planung sprechen konnte. Warum musste Anna ausgerechnet heute so früh zurückkommen?

Barbara sah, dass die Schwester schmunzelte.

„Kriege dich mal wieder ein!", sagte Anna und konnte nur mühsam ihr Lachen unterdrücken.

„Ich habe schon vor zehn Jahren gesehen, was du jetzt verbergen willst. Ich habe damals unsere Magd Ruth mit dem Knecht im Stroh beobachtet. Da ist nichts dabei!", erklärte Anna.

Der Mann erhob sich aus dem Bett, zog sich langsam wieder an und stellte sich danach vor sie, damit Barbara sich ebenfalls ankleiden konnte.

„Da habe ich wenigstens ein Bett für mich alleine!", erklärte Anna und wandte sich den beiden Hasen zu, denen sie nun kunstfertig das Fell über die Ohren zog.

Barbara merkte, wie ihre Ohren zu glühen begannen und stellte fest, dass ihre Schwester es faustdick hinter den ihrigen hatte.

Schnell war Barbara dann angezogen und stand unschlüssig zwischen den beiden Betten. Natürlich hatte Anna damit recht, wenn man das Lager schon miteinander teilte, warum dann nicht richtig.

Aber es fühlte sich falsch an, oder richtig?

Das warme Gefühl des Sternenregens steckte immer noch in ihr und schrie: „Mehr!" Und diese Stimme wollte sie nicht zum Schweigen bringen.

Viel zu schön war es gewesen und nun war sie im Band der Gefühle verstrickt. Der Mann hatte sie in seinen Bann gezogen. Schön war es!

17. Kapitel
Weite Wege

Mehr als zwei Wochen hatte Peter sich im Dickicht des Wäldchens verborgen. Er war entkommen und hatte von Beeren und Wurzeln gelebt. Jeder Schritt nach draußen hätte das Todesurteil bedeutet und nun erst konnte er sich dazu durchringen, den schützenden Wald wieder zu verlassen. Doch auch dazu wartete er, bis es draußen schon langsam dunkel wurde.

Erst im Dämmerlicht des Sonnenunterganges trat er auf die Wiese hinaus und blickte sich vorsichtig um. Nirgendwo war noch ein Feuerschein zu erkennen. Offensichtlich war das Heer endlich weitergezogen.

Jetzt erst konnte er aufatmen.

Allerdings wusste er ja nicht, wohin die Männer gegangen waren. Wenn er Pech hatte, so würde er ihnen folgen und ihnen in die Hände laufen.

Das Ende wäre dann absehbar! Schließlich stand sein Name auf der Liste des Regimentes. Zwar konnte er auch einen anderen Namen angeben, doch die Unteroffiziere würden ihn trotzdem erkennen und für den Schuss auf ihren Kameraden wäre es ihnen gewiss ein Vergnügen, ihn am Halse aufzuhängen.

Sicher gab es im neuen Lager auch schon wieder einen Galgenbaum in der Mitte.

Die nächste Frage und damit eine neue Entscheidung kamen auf ihn zu. Sollte er in der Nacht gehen? Oder lieber bis zum Morgen warten? Jetzt wusste er ja, dass sie fort waren. Und dann blieb noch zu klären, ob er wieder in sein Dorf laufen sollte.

Der Gedanke an Gertrut zog ihn dahin, aber gleichzeitig wusste Peter auch, dass die Soldaten sich bestimmt noch an das Dorf erinnern würden, aus dem sie ihn geholt hatten. Der kleine „Unfall" würde dann bestimmt nicht ungesühnt bleiben.

Im schlimmsten Falle tappte er sehenden Auges in eine Falle und würde sterben, nachdem er noch einmal Gertrut gesehen hatte.

War ihm das die Sache Wert? Natürlich! Kein Zweifel!

Er durfte sich nur nicht vorher fangen lassen!

Peter setzte sich an einen Baum und blickte auf die freie Fläche hinaus. Vor Monaten war er schon einmal mit dem Bauern in Magdeburg gewesen und so würde er den Rückweg auch allemal finden.

Die Stadt, oder besser, die unbewohnbaren Reste davon, war auf der anderen Flussseite vom Lager aus zu sehen gewesen. Damit wusste er auch, wohin er gehen musste.

Es war ein weiter Weg und in seiner Erinnerung folgte er ihm schon jetzt. Mehr als einen halben Tag wäre er zu Fuß zu seinem Dorfe unterwegs. Dieselbe Strecke zurück, die sie ihn in dem Wagen hierher gebracht hatten.

Wie lange war das nun schon her? Einen Monat? Sechs Wochen?

In dieser Zeit konnte so unendlich viel geschehen. Die Sehnsucht nach der Schwester zogen ihn auf die Füße und er musste sich zwingen, dem Verstand zu folgen und nicht dem Gefühl, denn in der Nacht war es um ein vielfaches gefährlicher, hier so einfach durch die Gegend zu laufen.

Nicht nur die Soldaten, sondern jeder Mann würde ihm dann an den Kragen wollen, denn in der Dunkelheit trieben sich nur die Räuber und Marodeure draußen herum.

Noch einmal kroch er in sein Versteck, um sich dort auszuschlafen.

Der nächste Tag würde anstrengend sein und da war es besser, frisch und munter zu gehen.

Als er in das Buschwerk kroch, stieß er mit der Hand gegen das kurze Schwert, dass er am Gürtel trug. Damit wäre er sofort als geflohener Soldat zu erkennen, aber ohne die Waffe fühlte er sich unsicher.

Hier stand noch eine Entscheidung an! Sollte er das Schwert mitnehmen oder hier zurücklassen? Fast liebevoll strich er über den Griff der Waffe. Sie war sehr alt und nach dem Zustand der Klinge sicher schon von mehr als einem Soldaten vor ihm getragen worden. Der Griff hatte schon eine Kerbe und die Parierstange war wie ein doppelter Bogen gefertigt.

Peter kam gut mit ihr zurecht und das Schwert lag ausgezeichnet in seiner Hand. Die kurze breite Klinge, die gerade mal so lang wie sein Unterarm war, war eine Kombination aus Messer und Beil und würde im Nahkampf durchaus grausame Verletzungen nach sich ziehen.

Bisher hatte er sie nur benutzt, um sich den Weg durch das Unterholz des Waldes frei zu hauen.

Selbst armdicke Äste hatte er damit mühelos durchschlagen. Ohne diese Waffe wäre es für ihn sicher schwerer gewesen, hier im Wald zu überleben. Gerade deshalb wollte er sich auch nicht davon trennen.

Also doch mitnehmen?

Wenn er gefangen wurde, dann konnte er sich damit wenigstens wehren.

Wie bereits so viele Nächte zuvor rollte er sich auf den Rücken und spähte durch die Äste zu den Sternen hinauf.

Oft hatte er im Dorf so neben Gertrut gelegen und Hand in Hand mit ihr die Sterne beobachtet. Stundenlang hatte sie so manche Nacht verbracht.

„Ach Gertrut! Wo bist du nur?", seufzte er leise.

Die geliebte Schwester fehlte ihm so unsäglich und vielleicht sah sie gerade zum selben Himmel hinauf.

Schließlich fielen ihm die Augen zu und er wurde durch das Gezwitscher der Vögel mit dem ersten Sonnenstrahl wieder geweckt.

Schnell brach er auf und kam gut vorwärts. Dabei umging er die Dörfer und Siedlungen und blieb abseits der Straßen. Damit würde er allerdings erst am Abend in seinem Dorf ankommen.

Und genau mit der untergehenden Sonne erreichte er den Hof seines Bauern.

In einem Gebüsch, vor den Augen Fremder verborgen, blickte er sich nach allen Seiten um, bevor er die Deckung verließ und zur Stalltür lief, aus der in diesem Moment gerade der Bauer ins Freie trat.

Der alte Mann zuckte erschrocken zurück, dann erkannte er Peter und seine Züge hellten sich auf. Doch nachdem er das Schwert erblickt hatte, verdunkelte sich sein Gesicht sofort wieder.

„Was machst du hier? Verschwinde!", zischte der alte Mann ihn an.

Peter hob abwehrend die Hand.

„Ich mache mich gleich wieder auf den Weg. Wo ist Gertrut? Ich will sie mit mir nehmen", entgegnete er.

Traurig schüttelte der alte Bauer den Kopf.

„Was ist los?", fragte Peter nach.

Einen Moment später sagte der Alte: „Deine Schwester hat die Schande nicht ausgehalten. Und sicher auch nicht die Trennung von dir."

„Wo ist sie?", fragte Peter entsetzt.

„Am Tage nach der Schändung ist sie mit zwei anderen Mädchen in den Teich gegangen!", erklärte der Bauer.

Peter blickte zur spiegelnden Oberfläche des Gewässers hinüber.

„Aber der ist doch gerade mal so tief, dass er mir bis zur Hüfte geht", sagte er leise und zweifelnd.

„Die drei Mädchen mussten sehr verzweifelt gewesen sein. Wir konnten sie nicht davon abhalten. Zweimal haben wir es versucht, aber in der Nacht haben sie es dennoch getan!", sagte der alte Mann und hatte bei dieser Beschreibung Tränen in den Augen.

„Gertrut ist tot!", traf Peter die Erkenntnis und es war ihm, als hätte ihn jemand mit der Keule über den Kopf geschlagen.

„Ja! Und du solltest verschwinden. Sonst folgst du ihr bald!", setzte der Bauer hinzu, verschwand im Hause und ließ Peter einfach dort stehen.

18. Kapitel
Ein Hauch von Glück

Der Tod war fern, das Leben tobte in ihr. Barbara war einfach nur glücklich. Allerdings lebte sie nur für den Augenblick, denn wer wusste schon, was am nächsten Tag, in der nächsten Stunde, im nächsten Augenblick geschehen würde.

Nur Gott konnte es wissen und der schien die Welt vergessen zu haben. Nicht vollständig, denn sonst hätte er nicht ihren Weg mit dem von Sieghelm zusammengeführt.

Jeden Tag betete sie vor dem kleinen Altar, dass es so lange wie nur irgend möglich gutgehen würde.

Jedoch tief in ihr steckte die Angst, diese undefinierbare Gefahr, die ständig zuschlagen konnte. So wie in Magdeburg, als nur die Suche nach der Katze ihr Leben gerettet hatte. War das auch nur ein Zufall gewesen?

Barbara klammerte sich mit aller Kraft an diesen Hauch von Glück, dieses kleine Licht, das jederzeit von einem Sturm der Gewalt ausgeblasen werden konnte.

Einst hatte sie gelesen: „Wer in Liebe vereint ist, der lebt ewig!" Was hatte sie daher zu fürchten? Wenn sie jetzt sterben würde, hier in seinen Armen, dann würde sie glücklich sterben. Die Engel würden sie bei sich aufnehmen und sie würde warten, bis er abermals bei ihr sein würde.

Da sie das wusste, lebte sie jeden Moment so intensiv und mit solch einer Hingabe, dass es ihr manchmal dabei sogar schwindlig wurde.

Zuweilen sah sie die hochgezogene Augenbraue ihrer Schwester und es war ihr bewusst, dass Anna sie nicht verstand, so wie auch sie die jüngere Schwester nicht verstehen konnte.

Anna hatte einen anderen Ansatz für ihr Überleben gefunden. Sie war eine Tochter des Waldes geworden und lebte dort in ihren

Streifzügen all das aus, was sie tun wollte. Vermutlich auch schon immer gemacht hatte. Einst war Anna sogar mit den Brüdern angeln gegangen und hatte sich mit ihnen gerauft. Selten war sie unterlegen, doch vermutlich hatten die Brüder sie auch oft gewinnen lassen.

So wie Barbara die Hütte nur verlassen wollte, wenn es unbedingt nötig war, so wollte Anna nur in der Behausung sein, wenn sie keine andere Wahl hatte.

Zwei Schwestern, zwei Frauen, aber zwei vollkommen andere Seelen. Zwei verschiedene Lebenswege, die sich hier geteilt hatten.

Vielleicht würde sich bei Anna etwas ändern, wenn sie auf die Liebe treffen würde. Hoffentlich dann nicht mit dem Pfeil, denn Anna war mit der Zeit eine ausgezeichnete Schützin geworden.

Am Vortag hatte sie sogar eine Gans im Flug getroffen und war daraufhin von Sieghelm überschwänglich gelobt worden.

Ein bisschen hatte das Barbara auf Anna neidisch gemacht, doch ein Kuss von Sieghelm hatte sie wieder mit sich und der Welt ausgesöhnt.

Jede von ihnen beiden hatte eben andere Qualitäten, freilich waren die von Anna in dieser Wildnis wohl besser zum Überleben geeignet, als die ihrigen.

Natürlich wusste Barbara, dass auch das Wissen, das sie sich all die Jahre in der väterlichen Bibliothek angeeignet hatte, ihr half. Vor allem, weil es wohl das war, was sie und Sieghelm miteinander verband.

Jagen und Fallen stellen, wie es Anna täglich machte, half eben direkt, damit sich der Bauch füllte.

Sie war da mehr auf das Beeren und Wurzeln sammeln direkt neben der Hütte angewiesen, aber auch das konnte von Nutzen sein.

Viel lieber war Barbara allerdings mit Sieghelm in der Hütte, als ohne ihn davor.

Jede Minute ohne den geliebten Mann schmerzte ihr in der Seele und es kam ihr wie vergeudete Zeit vor. Wie ungenutztes Leben, von dem sie ja nicht wusste, wie viel ihr davon noch blieb.

Damit traf es sich natürlich gut, dass Anna die Versorgung übernommen hatte und Sieghelm die Hütte gewissermaßen nicht mehr verlassen musste.

Die gemeinsamen Gespräche, Gebete und der Austausch der Gedanken machten ihr Spaß und natürlich gehörte dazu auch, dass sie mit ihm das Lager teilte, obwohl sie nicht verheiratet waren.

Die Mutter hätte die Hände über dem Kopf zusammengeschlagen und gerufen: „So eine Schande!" Doch vielleicht hatte Barbara das schon immer etwas anders gesehen.

In den griechischen Werken war so etwas wie eine Wertstellung der Frau gewesen. Das war so ganz anders als das, was Barbara täglich auf dem Markt in Magdeburg gesehen hatte. Oder wie das, was die kaiserlichen Soldaten mit ihrer Familie getan hatten.

Und schlagartig fiel ihr Andromache wieder ein. War es wirklich anders?

Im Krieg gab es das sicherlich schon seit ewigen Zeiten.

Und sie kannte nur den Krieg. Barbara war vier Jahre alt gewesen, als diese unsägliche Auseinandersetzung begonnen hatte. Nur die Mutter hatte ihr von der Zeit davor erzählt. Freilich war er bis zu jenem unfassbaren 20. Mai fern gewesen. Unwirklich. Natürlich hatte sie oft Hunger und Not gehabt, auch als Tochter eines reichen Händlers, doch die Gewalt an sich war außerhalb ihres Denkens geschehen.

Nach diesem Tag hatte sie sich in ihr Gedächtnis mit brutalen Bildern eingebrannt, die sie trotz des Glücks in dieser Hütte nicht wieder aus dem Kopf bekam.

Damit war es für sie schön, wenn sie in Sieghelms Umarmung diese grauenvollen Eindrücke für ein paar Augenblicke vergessen konnte.

Nur an einem Tag in der Woche wurde dieses Glück getrübt, denn dann musste der Geliebte in eines der Dörfer, um dort die Dinge zu beschaffen, die Anna nicht erjagen und sie nicht sammeln konnte.

Brot, Rüben und Kleidung.

Vor diesem Tag fürchtete sie sich. Nicht um sich, sondern um den Mann! Natürlich konnte sie Anna nicht in die Dörfer schicken. Ein Eremit, bei dem nichts zu holen war, war am wenigsten in diesem Krieg gefährdet, denn wer würde einem armen Mann Gottes schon etwas tun?

Trotzdem fieberte sie jedes Mal dem Augenblick entgegen, wenn er wieder in die Hütte trat und fürchtete sich im gleichen Moment auch schon wieder davor, dass er in der folgenden Woche abermals von ihr fort ging.

Der Verlust des Mannes war wie ein kleiner Tod und für diese Zeit gefror ihr Herz. Dann machten sich die dunklen Schatten neuerdings über sie her. Alleine in der Hütte stürzten plötzlich die vertrauten Wände auf sie herab und sie musste hinaus, obwohl sie das ja nicht wollte.

In dieser Ewigkeit merkte Barbara dann immer, wie sehr sie von dem Manne abhängig war. Praktisch lebte sie nur noch durch ihn, obwohl sie ja schon auf der Flucht gelebt hatte. Würde sie jetzt noch leben, wenn sie nicht auf ihn getroffen wäre?

Sie sehnte sich nach seinen Armen und seiner Wärme, denn Barbara liebte ihn vom ganzen Herzen.

19. Kapitel
Dem Tode so nah!

Schon eine geraume Weile fühlte sich Anna von der Schwester irgendwie zurückgesetzt. Natürlich gönnte sie Barbara das Glück, dass diese scheinbar gefunden hatte. Nichtsdestoweniger war etwas in ihr zerbrochen, was eigentlich geheilt werden wollte.

Barbara hatte Trost bei Sieghelm gefunden, aber wer tröstete sie?

Anna versuchte stark zu sein und sich nichts anmerken zu lassen und doch war da in ihr dieser kleine Schmerz. In jeder Nacht kamen die Bilder wiederum hoch. Sie schreckte dann immer aus diesem Albtraum, dass sie inmitten der Toten auf dem Hof des Hauses stand und alle mit Fingern auf sie zeigten, weil sie noch lebte und die anderen nicht.

Was konnte sie schon dafür? Natürlich machte sie sich Vorwürfe, weil sie überlebt hatte und selbstverständlich hätte sie die große Schwester jetzt gebraucht. Oder eben irgendjemanden anderes, mit dem sie hätte reden können. Stattdessen stapfte sie durch den Wald und erzählte den Bäumen und den Vögeln von ihrem seelischen Schmerz. Jedoch antworteten die eben nicht.

Damit wurde das Leid in ihr nicht kleiner, sondern wuchs nur noch und Anna verschloss den Kummer in ihrem Herzen.

Schließlich ging es erneut auf Freitag und an diesem Tage würde Sieghelm wie jede Woche die Hütte und den Wald verlassen.

Den Bogen schon in der Hand, auf dem Weg zur Tür, um die Behausung zu verlassen, drehte sich Anna noch einmal zu Barbara zurück und sah den flehenden Blick in den Augen der Schwester.

„Bitte lasst mich nicht alleine!", schrie dieser Gesichtsausdruck.

Dem konnte sie sich nicht verwehren, also wandte sie sich zurück, lehnte den Bogen und die Pfeile an die Hüttenwand und setzte sich an den Tisch.

Nun sah Barbara fast dankbar aus, doch keine von beiden wollte reden. Zusammen sahen sie zu, wie Sieghelm sich anzog.

In der Hütte wollte sie aber nicht bleiben, daher fragte Anna: „Wollen wir unten im Teich baden gehen? Es ist noch schön warm und das Wasser ist sicher angenehm."

Zuerst sah Barbara sie erschrocken an.

„Den schützenden Wald verlassen?", fragte sie die Schwester.

„Wann hast du das letzte Mal gebadet? Du hättest es mal wieder nötig", antwortete Anna.

Bei der letzten Bemerkung lächelte sie und hielt sich scherzhaft die Nase zu.

Schließlich nickte Barbara ihr zu und erhob sich zögerlich von ihrem Hocker.

Als Erstes umarmte Barbara den Mann, dann gürtete sie sich mit dem Dolch und blickte zu ihr zurück. Die Schwester hielt ihr die Hand hin.

Das war so eine alte und vertraute Geste aus Kindertagen gewesen.

Freudig sprang Anna auf und ergriff die Hand der Schwester.

Gleichzeitig verließen alle drei die Hütte. Der Mann verschloss den Eingang und zog einen Strauch davor, so war die Tür selbst vom Weg aus kaum noch zu erkennen. Dann betraten sie den Waldpfad, der zum Teich nach unten führte.

Vorsichtig setzte Anna ihr Füße auf den Waldboden. Auch sie hatte schon lange nicht mehr diesen Weg betreten, aber die Sonne blitzte verlockend durch das Laub an den Bäumen. Es war ein wunderschöner Sommertag! Mit jedem weiteren Schritt wurde der Mut stärker.

Und auch Barbara an ihrer Hand hatte nun ein Lächeln auf dem Gesicht.

Viele Schritte später, am Ufer des kleinen Weihers stehend, verabschiedete sich Barbara mit einem langen Kuss von dem Mann.

Das dauerte ihr aber viel zu lang und daher zog Anna die Schwester einfach ein Stück zu sich, damit Sieghelm endlich gehen konnte.

Nachdem Sieghelm zwischen den Bäumen verschwunden war, setzten sie sich einfach für eine Weile an das Wasser und ließen ihre nackten Füße in den Teich hängen.

Anna hob ihr Gesicht zum Himmelsgewölbe hinauf. Die Sonne schien, die kleinen weißen Wölkchen zogen an einem strahlend blauen Himmel entlang und im Teich quakten ein paar Frösche. Es war so ein herrlicher Tag, wie geschaffen für ein ausgiebiges Bad.

Sie schloss die Augen und genoss die Wärme auf ihrer Haut, bis Barbara sie antippte.

„Wollten wir nicht schwimmen?", fragte sie Anna.

Anna nickte und schon wenig später liefen sie lachend ein paar Schritte zurück, wo sie ihre Schuhe an einem Gebüsch abgelegt hatten. Die Gürtel mit den Dolchen folgten, dann legten sie die Kleider auf den Haufen und gingen in ihren leinenen Unterkleidern zurück zum Wasser.

Das Gras kitzelte Annas nackte Fußsohlen und es war wie zu Kindertagen, als sie noch in der Elbe gebadet hatte. Unendlich lang zurück schien es ihr.

Lachend sprangen sie in den Teich und brachten damit die Frösche zum Verstummen. Zwei aufgescheuchte Enten flogen schnatternd davon und in diesem Moment sah Anna nicht zwei leckere Braten, die sie vielleicht am Tage zuvor, mit dem Bogen in der Hand, noch gesehen hätte, sondern zwei schimpfende Wasservögel, die weiter ihre Runde über dem kleinen Gewässer drehten.

Wie kleine Kinder tobten sie durch die Wellen, die sie selbst erzeugten. Sie spritzten sich nass und tauchten umeinander. Lachend, kichernd und prustend planschten sie umher.

Alle Sorgen, jede Angst und jeder Kummer waren fort. Abgespült.

Dann hörte Anna in einem stillen Moment ein Pferd schnauben und erstarrte. Pferde bedeuteten tödliche Gefahr, denn nur die Soldaten hatten noch welche.

Sie legte den Finger auf den Mund, um Barbara zum Schweigen zu bringen. Augenblicklich schwammen sie zum Ufer zurück und kletterten so leise wie nur irgend möglich an Land.

Doch es war zu spät!

Eine Gruppe von zehn Soldaten kam auf sie zugelaufen.

Barbara konnte nur noch aufschreien, dann traf ein Schwerthieb ihren Kopf seitlich und sie kippte einfach zur Seite.

Erschrocken sah Anna fast unbeteiligt zu, wie zwei der Männer sie ebenfalls zu Boden rissen. Sie hörte das Zerreißen von Stoff neben sich und einer der Männer kniete sich auf ihren Bauch.

Mit einem Messer wedelte er ihr vor den Augen herum, während zwei andere Männer sie an den Schultern und Armen zu Boden pressten. Dann schnitt der Mann oben in ihr Unterkleid und fetzte es danach mit beiden Händen bis zur Hüfte auf.

Mit aller Kraft versuchte Anna den Mann strampelnd von sich herunterzuwerfen, doch es half ihr nichts. Der Mann über ihr quetschte schmerzhaft ihre Brust und neben ihr begann schon einer der Soldaten die leblose Schwester zu schänden. Anna konnte nur vor Entsetzen schreien, aber es würde ihr nichts helfen.

Die Männer lachten nur darüber.

Der Landsknecht stieg von ihrem Bauch herab und zerfetzte ihr das Unterkleid nun vollständig. Lachend blickte er auf ihren nackten Leib herab, dann schob er sich die Hose herunter und ließ sich auf die Knie sinken. Er packte sie an den Beinen, die sie nun verzweifelt zusammenpresste, und zog ihr einfach die Knie auseinander.

Ohne zögern ließ er sich zwischen ihre Schenkel fallen und sie schrie auf, als er mit Gewalt in ihren Schoß stieß. Er schien sie zerreißen zu wollen und der Schmerz in ihrem Unterleib war unbeschreiblich.

Während er ihr abermals mit einer Hand die Brust zusammenquetschte, stieß er einfach weiter in sie hinein. Schreiend musste sie die Schändung erdulden.

Nachdem er stöhnend in ihr gekommen war, wechselte er mit dem nächsten Mann die Plätze.

Abermals fühlte sie diesen unaussprechbaren und unbeschreiblichen Schmerz in ihrem Schoß. Als auch der vierte Mann von ihr abließ und der fünfte sich die Hose öffnete, bekam sie einen Arm frei und sprang auf die Füße.

Gehetzt blickte sie sich um.

Der Weg zum Teich war der einzige, den sie nehmen konnte.

Anna rannte los, stolperte und hörte einen Knall. Unmittelbar darauf zischte eine Kugel nur Handbreit über ihren Kopf hinweg.

Mit der letzten Kraft sprang sie in den Teich und prallte mit dem Kopf unter Wasser irgendwo an.

20. Kapitel

Ort der Schande?

Verzweifelt blickte Peter auf die friedlich scheinende Oberfläche des Teiches hinüber. Er kauerte vor dem Gewässer, das ihm selbst kniend nur bis zum Halse gehen würde. Und in diesem flachen Teich hatte sich die Schwester das Leben genommen.

Aus Scham? Aus Schmerz? Aus Verzweiflung?

Er wusste es nicht und er konnte sie nicht fragen. Seit einer Stunde versuchten seine Tränen den Teich komplett zu fluten. Die Sonne versank langsam dahinter und es wurde immer dunkler.

Mühsam raffte er sich hoch und ging mit schweren Schritten die kurze Strecke bis zum Friedhof, wo die frischen Gräber von den toten Mädchen kündeten.

Wenigstens hatten die Dorfbewohner Gertrut ein christliches Begräbnis gewährt, was bei einer Selbstmörderin nicht selbstverständlich gewesen war. Doch sicher hatten alle in der kleinen Siedlung für die jungen Frauen Verständnis gehabt.

Mittlerweile war es vollkommen dunkel und er versuchte sich das Gesicht von Gertrut vorzustellen. Doch alles, was er sah, waren ihre verzweifelten Augen und der zum Schrei aufgerissene Mund.

Dieses letzte Abbild der Schwester ging nicht mehr aus seinem Kopf. Er hätte sich gern an andere Momente aus längst vergessenen Tagen erinnert, doch da war kein anderes Bild! Unglücklich schlug er sich mit den Händen gegen den Kopf und dachte immer mehr an die Schwester, doch Gertrut war nicht mehr die, mit der er zu den Sternen gesehen hatte, mit der er Zukunftspläne besprochen hatte, die er geliebt hatte.

Es war eine schreiende Frau, die sich in Schmerzen vor ihm wandte.

Peter hockte auf ihrer Ruhestätte und starrte das kleine Kreuz an. Das war alles, was von ihr geblieben war. Ein kleiner hölzerner Schmuck auf dem Grab. Mit einem Namen darauf. Seine Finger ertasteten die Buchstaben, die jemand in das Holz geschnitten hatte.

Der Mond ging auf und brachte etwas Licht in die Finsternis, aber er erhellte nicht die Erinnerung an Gertrut. Die würde vielleicht mit der Zeit zurückkommen, vermutlich zum selben Zeitpunkt, an dem der Schmerz aus seiner Seele weichen würde.

Derzeitig blieb in ihm die Frage zurück, was er jetzt tun sollte. Schließlich war er doch in das Dorf zurückgekommen, um es mit ihr wieder zu verlassen. Nun würde er ohne sie gehen. Oder sollte auch er ihr folgen?

Verwirrt zog er das kurze Schwert und setzte sich die Spitze auf die Brust. Peter musste sich einfach nur noch nach vorn fallen lassen und alles wäre gut. Aber er konnte es nicht. Jemand oder etwas hinderte ihn daran.

Weinend schob Peter die Waffe zurück in die Scheide an seinem Gürtel. Wohin nur? Hier bleiben konnte er nicht, denn wenn die Soldaten noch einmal zurückkommen würden, und er noch hier wäre, dann würde er damit die ganze Siedlung in tödliche Gefahr bringen.

Gut möglich, dass die Landsknechte dann alle töten würden und der Bauer hatte ihn ja auch schon aufgefordert, zu verschwinden. Blieb eben nur die Frage, wohin ihn seine Schritte lenken sollten.

In eine Stadt konnte er nicht. Jeder junge Mann war im Krieg und wenn er dort irgendwo auftauchte, so würde er sofort als Deserteur auffallen. In ein anderes Dorf? Da war die Gefahr zur Erntezeit dann auch wieder sehr groß. Der Schuss auf den eigenen Vorgesetzten würde ihm dann ganz sicher zum Verhängnis werden.

Den Rest der Nacht saß er grübelnd an dem Grab, aber er hatte keine Idee, wie es weitergehen konnte. Was hatte er schon gelernt?

Stallarbeit und Arbeit auf dem Feld. All das, was ein Knecht so wissen musste und sonst nichts. Noch nicht mal, wie man auf der Wiese unter freien Himmel überlebt.

Die zwei Wochen im Wald waren pures Glück gewesen und noch war es Sommer. Was würde im Herbst und Winter sein?

Als die Sonne einen ersten roten Streifen an den östlichen Himmel zeichnete, ging er zum Teich zurück. Er wusch sich mit dem Wasser, das der Schwester den Tod gebracht hatte.

Mit zwei Händen schöpfte er aus dem Teich, sah auf die Flüssigkeit und sagte leise: „Gertrut! Zeig mir einen Weg!"

In diesem Moment ging die Sonne hinter ihm auf und sein Schatten fiel in den Teich. Sollte das der Weg sein?

Unschlüssig stemmte er sich hoch. Wollte die Schwester wirklich, dass er ihr in den Teich folgte? Doch da bemerkte er, dass der nun größere Schatten auf das gegenüberliegende Ufer fiel. Peter hob den Blick und erkannte, dass sich dort auch der Weg nach Südwesten befand.

Diesem Feldweg folgte er mit seinem Blick, bis er in der Ferne ein Leuchten sah. Dort erkannte er auch die Spitzen und Hügel des Harzes in weiter Ferne.

Am Horizont zeichneten sie sich als Schatten ab. Sicherlich hatte die Schwester den Wald in diesem undurchdringlichen Gebirge gemeint.

Er ließ den Rest des Wassers aus den Händen gleiten und wischte sie sich an der Hose ab. Dann ging er zum Feldrand und pflückte ein paar der Feldblumen, deren Duft Gertrut so geliebt hatte. Mit dem Strauß trat er an das Grab, sprach ein Gebet und legte die Blumen dort ab. Zum Schluss bedankte er sich und brach zügig auf.

Hinter dem Teich folgte er dem Feldweg.

Grübelnd setzte er seine Schritte, denn es würde sicher eine Weile dauern, bis er an seinem Ziel sein würde und noch immer wusste er nicht, was er dann dort sollte. Wäre er nicht besser in Kleinmühlingen geblieben? Dort kannte er ein paar Männer.

Noch ein letztes Mal blickte er zurück, doch die Gefahr für die Freunde wäre zu groß.

Gerade als er sich fragte, ob Gertrut wirklich den Harz gemeint hatte, flog ein Rabe direkt über seinen Kopf und folgte dem Weg nach Südwesten.

Noch mehr Zeichen hätte es nun wirklich nicht mehr gebraucht!

Er dankte der Schwester laut und machte sich erneut auf den Weg.

Nun hatte er sie im Herzen und mit schnellen Schritten ließ er den Ort ihrer Schändung und ihres Todes hinter sich.

Je weiter fort ihn seine Schritte führten, desto stärker wurde auch das Bild von ihr.

Gegen Mittag hatte er ihren lächelnden Blick im Gedächtnis.

Alles, was er in der Nacht an ihrem Grab finden wollte, das hatte er nun entdeckt.

Frohen Mutes schritt er aus, doch schon kurz darauf sah er vor sich eine Staubwolke. Schnell warf er sich in den Graben an der Straßenseite.

Eine Abteilung Kürassiere ritt an ihm vorbei. Dem Wappen an den Pferden nach gehörten sie zu den Pappenheimern. Die Soldaten hatte er schon lange woanders erhofft.

Wenn eine der Patrouillen ihn aufgreifen würde, dann wäre der nächste Baum ihm sicher. Die Männer würden gewiss keine Gnade kennen. Sie waren überall im Heer für ihre Disziplin und Loyalität dem Kaiser gegenüber bekannt. Und für ihre Brutalität gegenüber den Bauern!

Mit der Erkenntnis der Patrouillen verlängerte sich Peters Weg von zwei Tagen, wie er bisher gehofft hatte, auf sicherlich eine

Woche. Doch er wollte sich nicht fangen lassen und damit musste er abseits der Wege gehen.

Zum Glück war das Ziel seiner Reise immer deutlich vor ihm zu sehen.

Peter erhob sich, nachdem die Reiter verschwunden waren, klopfte sich den Staub von der Kleidung und lief zu einem kleinen Waldstück, in dessen Schutz er danach seinen Pfad weiter beschritt.

21. Kapitel
Tiefe Wunden

er Weg war diesmal weiter gewesen, als er ihn sonst gegangen war. Zwar hatte Sieghelm noch Münzen, aber es gab trotzdem kaum noch Brot. Erst im dritten Dorf konnte er dann endlich zwei Brotlaibe bekommen. Zu einem Preis, für den er einen Monat zuvor sicherlich noch zehn davon erhalten hätte.

Sicherlich würden sie in naher Zukunft nur noch von dem leben können, was Anna und er erjagen würden.

Als er in seinen Gedanken versunken das Dorf wieder verlassen wollte, sah er auf einem der Stände auf dem Markt einen Kamm liegen, der in seiner Farbe wunderbar zu Barbaras Haar passen würde. Er bestand aus dunklem poliertem Kirschbaumholz und hatte eine wunderschöne Maserung. Dieser Kamm schrie förmlich danach, dass er ihn der Geliebten mitbrachte.

Zwar besaß Barbara schon einen Kamm, aber dieser hier gefiel ihm so sehr, dass er ihn nach kurzem Feilschen für ein paar Münzen erwarb.

Auf dem Weg zurück freute er sich schon darauf, was sie wohl für ein Gesicht machen würde, wenn er ihr diesen in die Haare steckte.

Fröhlich pfeifend, mit den Broten im Beutel auf dem Rücken, folgte er dem wohlbekannten Heimweg. Wie oft war er hier schon entlang gelaufen? Sicherlich schon mehr wie fünfzig Mal. Jeder Baum war ihm bekannt und vertraut und daher schaute er kaum auf den Weg, sondern ließ seinen Blick in die Runde gehen.

Es war ein schöner Sommer, wenn nur dieser verdammte Krieg nicht wäre.

Als dann die Sonne fast über ihm stand, erreichte er wieder den Teich, an dem er Stunden zuvor die beiden Frauen verabschiedet hatte, doch er konnte sie dort nicht mehr erblicken.

Suchend sah er sich um und dachte sich, ob sie vielleicht schon zur Hütte nach oben gegangen waren. Sieghelm drehte sich dem Pfad zu, als er etwas Weißes im Gras liegen sah. Es war ein Fetzen Stoff und als er es anhob, erkannte er an der Spitze, dass es Barbaras Unterkleid war. Weshalb hatte sie es fortgeworfen und warum war es der Länge nach zerrissen?

Sie konnte doch nicht ohne Unterkleid bleiben! In der Nähe lag noch ein Stofffetzen. Es war Annas Unterkleid und dieses war zerschnitten und blutbefleckt! Etwas Schlimmes musste geschehen sein!

„Barbara!", schrie er und danach: „Anna?"

Aber er erhielt keine Antwort.

Den Mut verlierend blickte er sich um und bemerkte neben sich, fein sorgsam dort abgelegt, die Schuhe, Kleider, Gürtel und Dolche der beiden Frauen.

Sieghelm warf den Beutel mit dem Brot zu den Kleidern und lief auf die Wiese.

„Barbara!", schrie er verzweifelt.

Die Frau würde doch nie im Leben hier irgendwo nackt sein!

Schließlich zog es seinen Blick zum Teich und dort lag mitten im Schilf eine nackte Frau. Sie trieb auf der Teichoberfläche und hatte alle viere von sich gestreckt.

Sieghelm warf die Kutte zur Seite und stürzte sich in den Teich. Mit schnellen Armzügen war er bei der Frau und es war Anna! Sie war bewusstlos, aber lebte noch. Doch wo war Barbara? War sie ertrunken?

Mit Anna im Schlepp schwamm er zum Ufer, zog die Frau auf die Wiese und versuchte sie wieder wach zu bekommen. Gleichzeitig suchten seine Augen den Teich ab. Nur an drei oder vier Stellen war er so tief, dass man bis zum Halse im Wasser stand.

Die Kratzer, Schürfwunden und blauen Flecke auf Annas Körper zeugten von einer erbarmungslosen Gewalt, der die Frau ausgesetzt gewesen war.

Endlich kam sie mit einem Stöhnen wieder zu sich, setzte sich auf und hielt sich mit beiden Händen den Kopf fest.

„Was ist geschehen? Wo ist Barbara?", fragte er sie schnell.

Anna sah ihn mit leerem Blick an.

Er kannte diesen Gesichtsausdruck nur zu gut. Sie brauchte gar nichts zu sagen. Erst jetzt merkte sie, dass sie nackt war und hielt sich einen Arm vor die Brüste, während sie mit der zweiten Hand ihren Schoß bedeckte.

„Sprich schon!", drängte er sie.

„Sie kamen einfach aus dem Nichts!", begann sie mit brechender Stimme. „Zehn Männer! Sie haben Barbara getötet und dann sie und mich geschändet!", setzte Anna fort.

„Barbara ist tot?", fragte er entsetzt und schaute sich abermals um.

„Dort drüben haben sie mit einem Schwert auf sie eingeschlagen", erklärte Anna, nahm kurz ihre Hand von der Brust, zeigte die Richtung, und bedeckte sich sofort wieder.

Sieghelm sprang auf und lief zur gezeigten Stelle hinüber. Er sah sich um und sagte: „Sie ist nicht hier und Blut ist auch keines zu sehen!"

Schnell hob er Annas Kleid auf und brachte es ihr.

Während er sich von ihr abwandte, zog Anna es sich schnell über. Danach lief er nochmals zurück und suchte weiter nach Barbara.

Anna erhob sich langsam und kam schwankend auf ihn zu. Mit einer Hand hielt sie sich auch weiterhin den Kopf.

Erst jetzt fragte er sie: „Geht es dir gut?"

Das war wohl die falsche Frage gewesen, denn er sah ihren wütenden Blick.

„Natürlich geht es mir gut. Mir ging es noch nie besser! Vier Männer haben mich vergewaltigt und alles tut mir weh!", brach es aus ihr heraus.

„Entschuldige bitte", entgegnete er kleinlaut und kniete sich auf die Wiese.

„Bist du dir sicher, dass sie tot war?", fragte er.

„Sie hat sich nach dem Schwerthieb nicht mehr bewegt und auch nichts mehr gesagt", antwortete Anna.

„Aber die Männer hätten sie sicher zurückgelassen, wenn Barbara tot wäre!", entgegnete er und hielt ihr den Gürtel mit der Waffe hin, den sich Anna schnell um die Hüften legte und in die richtige Position schob.

„Ich hätte euch nicht allein lassen dürfen!", sagte er verbittert.

Anna lege ihm tröstend die Hand auf die Schulter, während er vor Barbaras Sachen kniete.

Eigentlich war sie es, die Trost gebraucht hätte, denn Sieghelm sah die Tränen, die nun aus den Augen der sonst so starken Frau stürzten.

Er stemmte sich hoch und zog sie an seine Brust. Nun begann sie zu schluchzen und Sieghelm hielt sie einfach fest in seinen Armen, bis sie sich wieder etwas beruhigt hatte.

„Die Männer, kannst du sie beschreiben?", fragte er.

Anna sah ihn an und antwortete: „Ja. Was willst du wissen?"

„Hatten sie Schärpen oder bunte Gürtel um?", fragte er weiter.

Die Frau überlegte einen Moment, nickte und sagte dann: „Ja. Alle in derselben Farbe. Wie die Männer damals in Magdeburg!"

„Da waren es keine Räuber, sondern Leute aus dem kaiserlichen Heer! Vielleicht waren sie auf Beute aus", entgegnete er.

„Die haben sie auch gemacht!", erklärte sie schluchzend und hob Barbaras Sachen auf.

Sieghelm nahm das Brot wieder auf den Rücken und stützte die Frau, während sie sich Schritt für Schritt, unter sichtbar starken Schmerzen, neben ihm den Berg zum Versteck hinauf bewegte.

Oben angekommen setzte sie sich in der Hütte ächzend auf die Bank.

„Du bist verletzt. Lass mich dir helfen!", bat er.

Doch Anna schüttelte den Kopf.

„Aber du blutest!", entgegnete er und zeigte auf die dünne Blutspur, die von ihrem Bein jetzt über ihren Schuh lief.

Anna sah so unschlüssig aus und schien zu überlegen. Von Barbara hätte sie sich sicher sofort helfen lassen, aber von einem Mann? Sicherlich würde das nach dem Schmerz, der Schändung und der Gewalt durch die anderen Männer noch etwas dauern, bis sie ihm neuerdings vertrauen würde.

Allerdings brauchte sie jetzt Hilfe.

„Komm schon! Ich bin es! Sieghelm!", sagte er fast bittend.

Er drehte sich nach den Stoffresten um und riss ein paar lange Streifen davon ab.

Langsam zog Anna das Kleid bis zum Knie herauf und hielt es so.

„Bitte! Das geht so nicht!", drängte er und wusste doch dabei nicht, ob er es damit nicht noch schlimmer für sie machte.

Schließlich erhob sie sich stöhnend, streifte sich das Kleid über den Kopf und sah auf die tiefen Wunden an ihrem Körper, die diese Gewalt der Männer auf ihrem Leib zurückgelassen hatte. Abermals begann sie zu weinen.

22. Kapitel
Andromache!

Ein Rütteln weckte Barbara auf. Noch mit geschlossenen Augen spürte sie den Schmerz in ihrem Kopf und sah das letzte Bild, an das sie sich noch erinnern konnte. Es war das herab sausende Schwert, das ihren Kopf getroffen hatte. Aber noch mehr als ihr Kopf schmerzte ihr Schoß.

Es schien ihr so, als würde ihr gesamter Unterleib in Flammen stehen. Stöhnend zuckte sie zusammen. Das Leben kehrte in ihren Körper zurück und sie schlug die Augen auf. Über ihr zogen kleine Wölkchen dahin und neben ihr quiekte eine Sau, aber so richtig war sie noch nicht bei sich.

Sie bemerkte zwar, dass sie sich nicht bewegen konnte, wusste aber nicht warum. Das Körpergefühl kam langsam zurück und die Schmerzen wurden unaushaltbar. Um nicht zu schreien, biss sie die Zähne zusammen.

Wo war sie?

Langsam drehte sie den Kopf und erkannte ein gefesseltes Schwein neben sich. Es musste eine offene Karre sein, auf der man das Tier und sie gerade transportierte. In der Nähe waren auch leise Stimmen zu vernehmen.

Schließlich war sie wieder so weit bei Bewussten, dass sie begriff, warum sie sich nicht bewegen konnte. Nackt und gefesselt lag sie auf dem Holz und die Stricke waren so fest um ihren Leib geschnürt, dass sie bei jeden Atemzug gegen ihre Brust drückten.

Mit mehreren Seilen war sie praktisch umwickelt. Sie konnte sich nicht aufrichten, aber sie spürte den Druck der Schnur an den Knöcheln, den Knien, den Oberschenkeln, der Hüfte und über der Brust. Auch ihre Arme waren an drei Stellen gefesselt und der Länge nach vor ihrem Körper in die anderen Seile mit eingebunden. Beide Hände lagen übereinander über ihrem Schoß.

Offensichtlich hatte sich das Schwein erleichtert, den Barbara lag in der Schweinegülle, die fürchterlich stank. Und wahrscheinlich hatte sie sich im bewusstlosen Zustand ebenfalls erleichtert, denn es war feucht zwischen ihren Beinen.

Barbara schämte sich dafür und gleichzeitig fragte sie sich immer noch, wo sie sich befand. Allerdings wollte sie in ihrem derzeitigen Zustand lieber niemanden rufen, der sie dann so sehen würde.

Sie war genauso gefesselt wie die Sau neben ihr, aber warum hatte man nicht wenigstens eine Decke über sie geworfen?

Die Stimmen wurden immer lauter und nun hörte sie auch Gelächter. Frauen und Männer schienen sich zu unterhalten und auch eine Kuh war zu vernehmen. Lag sie auf einem Bauernkarren?

Und warum hatte man sie wie so ein Paket verschnürt? Nackt wäre sie sowieso nirgendwohin gelaufen.

Plötzlich fiel ihr die Gestalt aus Homers Erzählung wieder ein.

Andromache!

Nun war sie wirklich wie diese Frau aus der fernen griechischen Vergangenheit. Die Schmerzen in ihrem Unterleib kamen bestimmt davon, dass man sie geschändet hatte und das Feuchte zwischen ihren Beinen war vermutlich ihr eigenes Blut.

Barbara war geraubt, vergewaltigt, gefesselt und hatte keine Ahnung, wohin es ging. Vor vielen tausend Jahren musste sich die andere Frau wohl so ähnlich gefühlt haben.

Mit dieser Erkenntnis wusste sie, dass sie Sieghelm vermutlich niemals wiedersehen würde. Diese Feststellung schmerzte fast noch mehr, als ihre körperlichen Verletzungen.

Die Tränen liefen ihr über die Wangen und vermischten sich unter ihrem Kopf mit der Gülle. Abermals quiekte das Schwein und ein Mann sah über die Bordwand nach dem Tier.

„Na mein Täubchen? Auch schon wach?", fragte er sie und strich ihr über die Wange.

104

Barbara zuckte zurück, doch der Strick verhinderte, dass sie sich von dem Mann entfernen konnte. Er trug einen Gurt mit einem Schwert und daher war er sicherlich ein Soldat.

Damit wusste sie, dass sie eine Kriegsbeute war. So ähnlich wie das Schwein. Sinnbildlich bereit, um geschlachtet zu werden. Hätte sie jetzt die Hände frei gehabt, sie hätte das Schwert ergriffen und sich getötet und jetzt verstand sie auch, warum sie gefesselt war.

Der Mann grinste hämisch, verschwand und sie schloss die Augen.

Der Geruch biss ihr in die Nase. Es stank fürchterlich und mit geschlossenen Augen war es nur noch schlimmer.

Um sich davon abzulenken, dachte sie nun gerade an diese Geschichte der Frau. War das Ende nicht vielversprechend gewesen? Zum Schluss der Erzählung war Andromache mit ihrem Kind in einem fremden Land vielleicht sogar glücklich. Wer wusste es schon?

Unvermittelt traf sie ein neuer Gedanke: Anna!

Was war mit der Schwester geschehen? Lebte sie noch? War sie auf einem anderen Wagen gefangen? War sie tot? Wer konnte es wissen?

Barbara riss die Augen auf und flüsterte: „Lieber Gott! Kannst du mich nicht zu dir holen? Bitte!"

Die nächsten Tränen liefen über ihre Wange. Unerbittlich brannte die Sonne auf ihren schutzlosen Körper herab. Die Hitze der Strahlen durchdrang sie. War sie bis gerade eben noch im Schatten der Bordwand gewesen, so lugte die Sonne nun über die Kante und beschien ihren nackten Leib.

Zuerst nur Füße und Beine bis über das Knie, aber die Sonne würde wandern und dann würde sie die Hitze auf dem ganzen Körper fühlen, so als ob sie schon in der Hölle schmoren würde.

Barbara verspürte starken Durst und ihre Lippen fühlten sich rau an. Wie lange lag sie hier schon, ohne etwas zu trinken? Tagelang sicherlich. Wenn sie das noch ein paar Tage aushalten würde, dann wäre sie erlöst. In der Hitze der Sonne vielleicht schon etwas eher!

Vermutlich wusste das auch der Mann, denn wenig später tauchte er mit einem Trickschlauch neben dem Wagen auf und schob ihr den Stutzen zwischen ihre Zähne in den Mund. Anschließend kippte der Mann den Schlauch und sie musste es schlucken, wenn sie nicht ersticken wollte.

Trotzdem verschluckte sie sich und hustete. Es war ein Wein in dem Schlauch, der in der Hitze seine Wirkung nicht verfehlen würde.

Der Soldat riss ihr den Schlauch aus dem Mund und lachte schallend über ihre Versuche, wieder Luft zu bekommen. Hustend und prustend rang sie nach Atem.

Schließlich fragte sie ihn: „Wohin fahren wir?"

„Nach Süden!", sagte der Mann nur kurz und verschwand abermals.

Nun schwenkte der Wagen wirklich nach Süden und die hochstehende Sonne beleuchtete ihren ganzen Körper. Das würde einen schönen Sonnenbrand geben und der Wein begann auch schon durch ihren Kopf zu kreisen.

Der Landsknecht kam zurück und bedeckte das Schwein mit einer Decke.

„Und ich?", fragte Barbara trotzig.

Statt einer Antwort schlug er ihr nur mit der flachen Hand auf die Wange. Es war mehr der Zorn, der darauf brannte, als der Schlag in ihr Gesicht.

Trotzdem erhielt sie keinen Sonnenschutz. Selbst durch die geschlossenen Augenlider sah sie das grelle Licht. Gab es hier nicht etwas, womit sie dem Ganzen ein Ende setzten konnte.

Barbara blickte sich um, aber selbst wenn sie die Hände hätte bewegen können, es gab hier nur sie und das Schwein. Resignierend legte sie den Kopf zurück.

23. Kapitel
Eine geheimnisvolle Kiste

Hier stand sie nun, nackt, verletzt und geschändet. Anna schämte sich vor dem eigentlich fremden Mann so bloß zu sein. Natürlich wusste sie, dass er Barbara täglich nackt gesehen hatte, doch sie war auch innerlich verletzt. Ihre Seele hatte Schaden genommen.

Anna zog beide Hände vor ihren Schoß, wodurch sie vollständig ihr Schamhaar verdeckten. Ihr gesamter Unterleib schmerzte, als würde er in Flammen stehen.

Vorsichtig tupfte Sieghelm, der nun vor ihr auf dem Boden der Hütte kniete, die Wunden an ihren Beinen ab. Er hatte ganz unten begonnen, aber nachdem er ihre Knie erreicht hatte zuckte sie bei jeder Berührung zusammen. Nicht wegen der Schmerzen, die auch da waren, sondern wegen der Berührungen.

Als er ihre Oberschenkel berührte, an denen sie die meisten tiefen Kratzer hatten, begann sie zu zittern.

Er spürte dies wohl und begann nochmals von unten. Dabei verband er nun auch die Wunden gleich mit. Doch irgendwann musste er sich dann um die Innenseiten ihrer Oberschenkel kümmern.

Immer schneller wurde ihr Atem, dann stieß sie angstvoll aus: „Nein! Bitte nicht!"

Sie nahm ihm die Tücher ab.

Er nickte ihr zu und Anna setzte sich.

Vorsichtig tupfte sie sich nun weiter vorwärts. Mit zusammengebissenen Zähne arbeitete sie sich nach oben, bis sie unbeabsichtigt ihren Schoß berührte und vor Schmerzen aufschrie.

Sie zog die Luft ein und biss sich dann auf die Hand. Tränen des Schmerzes und des Zorns liefen ihr über die Wangen.

Für ein paar Augenblicke konnte sie nicht weitermachen, dann gab ihr der Mann einen Becher mit einem Trunk, den er gerade am Herd zubereitet hatte.

„Gegen die Schmerzen", sagte er.

Anna trank die bittere Brühe mit einem Zug aus.

Weiter ging es. Sich auf die eine Hand beißend, tupfte sie ihren Schoß mit den Tüchern ab, die Sieghelm dann im Wasser einer Schüssel wieder säuberte. Nach einer Weile war das Blut abgewaschen und die Tücher blieben sauber.

Anna bekam noch eines dieser Getränke, dann zog sie sich das Kleid wieder über. Schwankend ging sie zum Bett und legte sich hin. Fast zärtlich deckte Sieghelm sie zu. So wie es früher oft die Mutter gemacht hatte. Anna drehte ihr Gesicht zur Wand und weinte schluchzend vor Schmerz und Scham.

Immer wieder kamen die Bilder von den Männern in ihrem Gedächtnis hoch und die Schmerzen wurden nur langsam weniger.

Noch einmal brachte Sieghelm ihr einen Becher, dann schlief sie endlich entkräftet ein.

Sie erwachte, fasste sich an den Kopf und berührte einen Verband, den sie beim Einschlafen noch nicht getragen hatte. Sieghelm musste ihn ihr im Schlaf umgebunden haben, ohne dass sie es gemerkt hatte. Dabei hatte sie doch eigentlich immer einen leichten Schlaf gehabt.

Die Kopfschmerzen waren fast verschwunden im Gegensatz zu den Schmerzen in ihrem Unterleib. Dort brannte immer noch ein Feuer und alles fühlte sich wund an. Langsam setzte sich Anna auf und blickte sich um.

Im Schein eines Lichtes saß Sieghelm am Tisch und starrte in die Ecke des Raumes, neben dem Herd.

Draußen war es dunkel, das konnte sie durch die Tür sehen, die neben ihr offen stand.

Anna hörte wie ihr Magen knurrte und offensichtlich war das so laut gewesen, dass Sieghelm zu ihr sah. Er erhob sich von seinem Platz und kam mit etwas Brot zu ihr an das Bett.

Eilig schlang sie das Brot herunter.

„Wie lange habe ich geschlafen?", fragte sie.

„Drei Tage."

„Drei Tage?", entgegnete sie überrascht.

Er nickte und sagte: „Der letzte Trunk war ein Schlafmittel. Dein Körper hat die Ruhe zur Heilung gebraucht. Wie fühlst du dich?"

„Zerschlagen, benutzt und beschmutzt!", antwortete Anna trotzig.

Sie schlug die Decke zurück und versuchte die Füße auf den Boden zu setzen, doch ihre Beine zitterten. So würde sie nicht aufstehen können.

Abermals kam der Mann mit einem Becher zu ihr herüber.

„Ist das wieder ein Schlafmittel?", fragte sie vorsichtig.

Er erklärte ihr, dass es etwas zur Stärkung war und wirklich fühlte sie sich danach besser und konnte sich dann auch von ihrem Lager erheben.

Mühsam schleppte sie sich die paar Schritte bis zum Tisch und jeder dieser Schritte jagte unglaubliche Schmerzen durch ihren geschundenen Leib.

Am Tisch sitzend, blickte sie in die Richtung, in die er zuvor gesehen hatte.

Dort stand eine Kiste mit Eisenbeschlägen und bisher hatte sie noch nie gefragt, was sich wohl darin befand, denn schließlich war es ja das Eigentum des Mannes, doch nun musste sie es wissen.

Anna zeigte darauf und fragte nach dem Inhalt.

Offensichtlich zögerte der Mann.

„Soll ich dich noch mal neu verbinden?", fragte er.

Das wäre sicher auch nötig, doch zuerst wollte sie erfahren, was er vor ihr dort drin versteckte.

„Erst die Kiste!", sagte sie.

Sieghelm erhob sich von der Bank.

Hinter dem Kreuz des Altars befand sich eine versteckte Nische, aus der er einen großen Schlüssel holte. Mit diesem öffnete er die Kiste durch ein verstecktes Schloss an der Oberseite. Es knallte, als die Riegel den Deckel freigaben, dann schwang quietschend die Kistenoberseite auf.

Anna lehnte sich nach vorn und konnte hineinsehen, aber ein schwarzes Tuch deckte alles ab.

„Ich muss Barbara finden, aber ich kann dich nicht allein hier zurücklassen. Noch bist du verletzt!", begann er zu erklären.

Damit machte er die Kiste für sie noch spannender. Wenn sie sich hätte bewegen können, dann würde jetzt schon der Inhalt der Kiste in der Hütte verteilt sein, doch so musste sie darauf warten, dass er ihr seine Schätze zeigte.

Der schwarze Stoff entpuppte sich als kostbar bestickter Mantel, der ihm bis zu den Knien reichte. Danach entnahm er der Kiste einen langen Degen, den sie fast zärtlich berührte.

„Eine gute Waffe!", sagte sie, als sie die Klinge prüfte.

„Ein Rapier aus Italien", erklärte er stolz und legte die Waffe vorsichtig auf den Tisch.

Stiefel, Hosen, ein Wams und ein großer Hut landeten ebenfalls auf dem Tisch.

„Warst du Soldat?", fragte sie überrascht, als sie die Ausrüstung auf dem Tisch ansah.

„Offizier im evangelischen Heer", entgegnete er.

„Gustav Adolf hat uns im Stich gelassen und geopfert!", presste Anna durch die Zähne.

„In diesem Krieg ist niemand unschuldig", antwortete er und hatte damit vermutlich recht.

„Pistolen hast du keine?", fragte sie und sah zur Kiste, die aber nun leer war.

„Leider nein", setzte er hinzu und zeigte auf ihr Kleid.

„Ich sollte dir jetzt deine Verbände wechseln", sagte er.

„Wenn du mir hilfst, dann kann ich das allein", antwortete Anna und dachte über die Unsinnigkeit dieses Satzes nach.

Sieghelm holte eine Schüssel mit Wasser und neue Tücher.

Ächzend zog sich Anna das Kleid über den Kopf und begann von unten an die Tücher zu lösen und die sich langsam schließenden Wunden abzutupfen. Anschließend band sie sich die Tücher neu um.

Zum Schluss tupfte sie besonders vorsichtig ihren geschundenen Schoß ab.

Immer wieder aufstöhnend, machte es ihr aber jetzt nichts mehr aus, dass Sieghelm ihr dabei zusah.

Schließlich brachte er ihr ein paar Blätter und erklärte ihr: „Wenn du die dort auflegst, so wirken sie auch schmerzlindernd."

Dankbar nahm sie die Blätter, legte sie auf und zog sich einen Verband um die Hüften. Danach streifte sich Anna das Kleid über und fragte: „Hast du noch so einen Schlaftrunk?"

Nickend bejahte er die Frage und bereitete das Getränk zu.

Danach setzte sich Anna auf das Bett, trank den Becher aus und legte sich zurück.

Sofort war sie wieder eingeschlafen.

24. Kapitel

Kriegsbeute!

as Schwein war einfach neben ihr geschlachtet worden und drehte nun auf dem Spieß über dem Feuer. Der Soldat hatte Barbara danach, so wie sie war, in sein Zelt gelegt. Ihre Haare klebten von der Schweinegülle und sie konnte riechen, wie sie danach stank.

Eine ganze Weile später erschien eine alte Frau in dem Zelt und durchtrennte ihr mit einem Messer die Stricke.

Barbara starrte auf die kurze Klinge, aber diese würde ihr keine Erlösung, sondern nur weitere Schmerzen bringen.

Die andere Frau verwahrte die kurze Klinge in einer Scheide an ihrem Gürtel und brachte eine Schüssel mit Wasser. Im Zelt hockend durfte sich Barbara waschen.

Der Landsknecht stand draußen und sah ihr einfach nur dabei zu. „Ich habe dich für drei Gulden gekauft und will hoffen, dass du diese Summe wert bist. Sonst wird es dir wie dem Schwein ergehen", sagte der Mann und trat einen Schritt zur Seite, damit sie von ihrem Platz aus das leicht bräunlich werdende Borstentier sehen konnte.

Wahrscheinlich würde der Mann sie nicht braten, aber abschlachten konnte er sie sicherlich.

Die alte Frau verschwand mit der Schüssel aus dem Zelt und der Mann trat mit einem Strick an sie heran. Damit fesselte er ihre Arme hinter dem Rücken an den Ellenbogen zusammen. Das zog fürchterlich in den Schultern, wobei sie aufschrie.

Er grinste sie nur verächtlich an und band sie mit dem Ende des Strickes an den Zeltpfahl fest. Danach prüfte er noch einmal den Knoten und ging.

So würde sie nun hier sitzen müssen und ihre nackten Füße zeigten zur vorderen Plane, die er einfach offen gelassen hatte.

Jedermann, der am Zelt vorüberging, konnte sie so sehen, aber es schien niemanden besonders zu stören oder zu interessieren. In jedem Dorf hätte es sofort Geschrei gegeben, wenn eine nackte Frau irgendwo gesessen hätte, hier war es wohl das Normalste der Welt.

Barbara blickte auf ihre nackten Beine und dachte nach. Drei Gulden hatte er gesagt. So viel oder wenig war ihr Leben jetzt noch wert.

Noch vor ein paar Monaten hätte sie darüber gelacht, jetzt liefen ihr die Tränen herab.

Das Schwein drehte weiter vor ihr seine Runde über den Flammen und mit der Zeit zog auch noch der Bratenduft zu ihr herein. Ihr Magen begann zu knurren. War das die Absicht des Mannes gewesen? Er quälte sie damit und sie konnte nur auf das Tier schauen, von dem er Stück für Stück abschnitt und gegen Münzen an die vorbeikommenden Männer und Frauen verteilte.

Der Hunger hatte nun die Schmerzen vorerst aus ihrem Körper verdrängt. Beim Anblick des Bratens, den sie nicht erreichen konnte, lief ihr das Wasser im Munde zusammen. Warum musste der Mann sie so malträtieren?

Immer wenn sie zu ihm hinübersah, schien er sie anzulächeln. Doch sie hatte den Eindruck, dass es ein hämisches Lächeln war.

Mit dem allerletzten Bissen von dem Tier, einem Fetzen angebranntes Fleisch an einem Rippenknochen, trat er zu ihr, kniete sich vor sie und hielt ihr das Stück vor den Mund.

Barbara konnte nicht anders und schnappte zu.

Es war heiß und sie verbrannte sich die Zunge. Nochmals stiegen Tränen in ihre Augen, doch sie würgte das Essen herunter. Einen zweiten Bissen gewährte er ihr noch, dann zog er den Knochen ein Stück von ihr fort.

„Wenn du brav und artig bist, dann gibt es später noch Brot und Wein für dich!", sagte er lachend und warf den Knochen mit noch etwas Fleisch daran vor sie auf den Boden, wo sie ihn nicht erreichen konnte.

Er ging und diesmal schlug er die Plane zu, wodurch Barbara nun in dem geschlossenen Zelt saß. Den Rücken an den Pfahl gedrückt, die Beine von sich gestreckt.

Ihr Blick lag auf dem zur Hälfte abgenagten Knochen, der direkt zwischen ihren Füßen lag. Mit den Zehen konnte sie ihn erreichen, aber die Hände waren hinter ihrem Rücken gefesselt.

Noch nie zuvor hatte sie versucht, etwas mit den Zehen zu greifen, doch nach drei Versuchen konnten sie den Knochen festhalten. Nun blieb das Problem, den Knochen in den Mund zu bekommen. Auch dabei brauchte sie ein paar Anläufe, bis sie sich so weit vorgebeugt hatte, dass sie den Fuß mit dem Fleisch zum Munde führen konnte.

Sicherlich sah das seltsam aus, doch das Fleisch schmeckte herrlich und machte satt. Wenig später spukte sie den sauber abgenagten Knochen vor ihre Füße und lehnte sich wieder zurück.

Gerade noch rechtzeitig hatte sie ihr Mahl beendet, bevor die Zeltplane abermals zurückgeschlagen wurde und der Mann in das Zelt trat.

Erneut hockte er sich vor sie, zwischen ihre Beine und griff ihr in das Haar, das nun sauber und gewaschen war.

„Du bist recht hübsch", sagte der Mann und zog an ihren Haaren, womit er ihr den Kopf in den Nacken riss. Danach tastete er sie ab und sie musste es zulassen, da sie sich ja nicht dagegen wehren konnte.

Es war peinlich und beschämend für sie, wo er seine Finger überall hatte und nach einer ganzen Weile war er dann endlich mit dem Betasten fertig.

„Und auch sehr gut genährt!", setzte der Mann hinzu, als würde er gerade von einem Schwein oder einer Kuh reden. Dann erhob er sich und zog einen langen Dolch aus seinem Gürtel.

„Dann werden wir mal sehen, was du noch so kannst", sagte er drohend.

Barbara zuckte zusammen und blickte ihn erschrocken an. Was hatte er mit ihr vor? Sein Gesichtsausdruck ließ sie schlimmes erahnen.

Von oben schob er die Klinge zwischen ihren Armen hindurch nach unten und durchtrennte das Seil mit einem Schnitt.

Das Blut schoss wieder in ihre Arme und ließ sie schmerzhaft aufstöhnen.

Er packte sie an der Hand und zerrte sie die zwei Schritte bis zu seinem Lager hinüber. Der Mann war sehr kräftig, was seine Statur zuvor nicht verraten hatte. Ihm würde sie nicht entkommen können.

Trotz ihrer heftigen Gegenwehr drückte er sie zu Boden, wo er sie mit einer Hand festhielt, während er sich mit der anderen die Hose öffnete. Noch waren alle Schmerzen nicht abgeklungen und nun würden neue dazu kommen.

Zumindest wenn sie sich weiterhin wehren würde!

Also blieb ihr nur übrig, den Mann mit dem gewähren zu lassen, was immer er mit ihr vorhatte.

Scharf zog Barbara die Luft ein, als er sich auf sie fallen ließ und sein steifes Glied kraftvoll in sie stieß. Bestimmt hätte sie auch geschrien, aber sie wollte ihm nicht die Genugtuung geben, sie jammern zu hören.

Ihr immer noch wundes Fleisch und seine kräftigen Stöße dort hinein verursachen starke und unbeschreibliche Schmerzen.

Barbara spürte, wie er zuckend in ihr kam, dann grunzte der Landsknecht zufrieden und ließ von ihr ab.

Wenig später saß sie abermals weinend und gefesselt an dem Zeltpfahl, während der Mann neben ihr schnarchte.

25. Kapitel
Gehen oder Bleiben?

Da stand er nun und sah die schlafende Frau an. Nach diesem Trunk würde sie sicher noch einen weiteren Tag schlafen. Sieghelm war um sie besorgt, aber eben auch um seine Barbara! Was sollte er tun? Schließlich konnte er sich ja auch nicht in der Mitte hindurch reißen.

Einerseits musste er Anna helfen, andererseits auch Barbara. Es war eine schwierige Entscheidung.

Gehen oder Bleiben?

Vorsichtig zog er ihr die Decke über die Schultern, damit sie bis zum Halse bedeckt war, obwohl sie es sicher nicht spüren würde.

Der Trunk war wirklich gut und schon oft hatte er ihn selbst benutzt, wenn es gar nicht mehr anders ging. Man schlief damit schwer und traumlos. Genau das richtige für die geschundene Frau. Der Körper musste wieder Kraft sammeln, um gesund werden zu können.

Sein Blick wanderte von ihrem Gesicht zu der nun geöffneten Kiste hinüber. Als hätte er damit die Büchse der Pandora geöffnet, konnte er diese nun auch nicht mehr verschließen.

Mit Bedacht sortierte er seine Sachen und setzte sich dann mit einem Messer neben den Tisch. Sorgfältig schabte er sich den langen grauen Bart vom Kinn.

Als Eremit konnte er so herumlaufen, als Soldat war es nicht wirklich standesgemäß.

Mit dem Messer am Halse dachte er an all die Schlachten zurück, die er schon geschlagen hatte. An all das Leid, das sicherlich auch sein Handeln über die Menschen gebracht hatte. Bilder zogen vor seinem Auge dahin. Sieglinde, die Kinder, Barbara, der Bruder und auch viele tote Kameraden sah er wieder in seinen Gedanken.

Die grauen Barthaare fielen zwischen seine Füße und er starrte auf den Altar am anderen Ende der Hütte. Hatte es überhaupt einen Sinn, nach der Frau zu suchen? Konnte er sie finden, wenn sie noch lebte?

Sicherlich lebte sie noch, denn etwas anders wollte er gar nicht denken, doch konnte er sie in dem gewaltigen Heer auffinden?

Zwanzigtausend Soldaten und sicher noch einmal genauso viele Menschen im Tross. Männer, Frauen, Kinder, Huren, Wirte, Schmiede und was man sonst auch noch in einer Stadt fand. Konnte man in einer Stadt, die doppelt so groß war, wie es Magdeburg gewesen war, eine einzelne Frau finden?

Grübelnd blickte er zu Anna zurück.

Man konnte!

Barbaras und sein Weg hatten sich schon einmal gekreuzt und mit Gottes Beistand würde er sie finden können! Nur mit seiner Hilfe und bis dahin würde er darum beten, dass er Barbara beschützen würde.

Sieghelm legte das Messer zurück auf den Tisch und schöpfte mit beiden Händen Wasser aus der hölzernen Schüssel. Damit rieb er das nun saubere Kinn ein. Kein Stoppelhaar war übrig geblieben.

Mit dem Bart fiel nun auch die alte Existenz von ihm ab. Die Kutte des Eremiten wanderte in die Kiste und das Kreuz dazu.

Langsam und bedächtig stieg er in die Sachen, die er so oft angezogen hatte. Mit jedem Kleidungsstück kam die alte Haltung Stück für Stück zurück und als er zum Rapier griff, war er wieder der Offizier aus dem protestantischen Heer, der einst zur Frau hierher hatte fliehen wollen.

Mit dem Mantel, der noch am Haken hing, war die Entscheidung gefallen. Er würde Anna verlassen, wenn es ihr wieder soweit gut ging und er würde Barbara zur Hilfe eilen.

Er hatte sich für das Gehen entschieden!

Doch noch musste er darauf warten, dass die Frau erneut erwachte und er sicher sein konnte, dass er sie auch hier alleine lassen durfte. Barbara würde es ihm sonst immer, sicherlich zu Recht, vorwerfen, wenn ihrer kleinen Schwester etwas passieren würde, was er hätte verhindern können.

Leise ging er zum Herd und legte ein paar Holzscheite nach. Die Flammen loderten auf und beleuchteten den Innenraum der kleinen Hütte. Dann sah er zum Altar, ging hinüber und entzündete die Kerze. Vor dem Kreuz kniend bat er darum, dass seine Suche von Erfolg gekrönt sein würde.

Schon viel zu lange war er nun ohne seine Barbara.

Der Kamm fiel ihm wieder ein, den er für sie gekauft hatte, den er ihr aber nicht hatten geben können. Dieser lag noch auf dem Tisch.

Sieghelm erhob sich und wollte hinübergehen, als er sah, dass sich Anna in ihrem Bett unter der Decke bewegte. Offensichtlich erwachte sie wieder.

Als er neben sie trat, schlug sie die Augen auf und schrie.

Vermutlich hatte sie sich über ihn erschrocken.

„Ich bin es. Sieghelm!", sagte er schnell, leise und sogar etwas zärtlich, damit er ihr die Angst nehmen konnte.

„Sieghelm?", antwortete sie und setzte sich auf. „Ohne den Bart habe ich dich gar nicht erkannt", setzte sie hinzu.

„Habe ich mich den so verändert?", fragte er, obwohl er es zuvor schon selbst bcmerkt hatte.

Er kniete sich vor sie hin, um die räumliche Distanz zu verkleinern. Nun, so auf Augenhöhe, konnte er sie fragen: „Geht es dir gut?"

„Noch nicht so richtig, aber das wird sicher wieder", antwortete sie und blickte zum Tisch hinüber, wo der Degen schon griffbereit lag. „Du willst sicherlich aufbrechen, um Barbara zu finden?", fragte sie.

Nickend bestätigte er ihre Vermutung.

„Aber ich kann dich hier nicht alleine lassen", entgegnete er.

„Doch! Wenn du mir den Bogen dalässt!", erwiderte sie entschlossen und setzte die Füße mit einer schnellen Bewegung auf den Holzfußboden der Hütte.

Schwankend stand sie auf und ging zum Tisch. Wie um ihm zu beweisen, dass sie ihn nicht brauchte, reinigte und verband sie sich selbst ihre Wunden.

Aus der Entfernung von ein paar Schritten sah er ihr dabei zu.

Nackt stand sie mit dem Rücken zu ihm und das Herdfeuer beleuchtete ihren Körper. Erst nachdem sie wieder ihr Kleid angezogen hatte, drehte sie sich zu ihm um und kam zum Bett zurück.

„Dann kann ich wohl gehen?", fragte er zur Sicherheit noch einmal nach, als sie sich vor ihm auf das Bett zurücksetzte.

„Ja! Nun mach schon und bringe mir meine Schwester zurück!", forderte sie ihn mit kräftiger Stimme auf.

Sieghelm erhob sich, ging zum Tisch und nahm die Waffe an sich. Als er sich den Mantel über die Schulter warf, fragte er noch einmal nach, doch sie bestätigte nur mit einem Nicken.

Ein letztes Zögern, bei dem er sich die Ausrüstung zurechtrückte, dann setzte er den breitkrempigen Hut auf, nickte ihr noch einmal zu und ging aus der Hütte.

Vom Weg aus warf er noch einen letzten Blick auf die Bleibe des letzten Jahres.

26. Kapitel
Stell dich deiner Furcht!

Kaum war der Mann gegangen, da überfielen Anna schon die ersten Zweifel. Hatte sie richtig entschieden? Natürlich musste er Barbara retten, da gab es kein Wenn und Aber. Sicher lebte sie noch, denn wozu hätten die Soldaten eine Leiche mitnehmen sollen? Doch nun war sie alleine in der Hütte im Wald!

Dasselbe bange Gefühl, das Barbara am ersten Tag hier drin überfallen hatte, das überfiel nun Anna.

Die Angst schnürte ihr die Kehle zu und sie musste vor die Tür. Sie rannte dorthin, trotz der unheimlichen Schmerzen bei jedem Schritt. Draußen angelangt brach sie auf der Treppe in die Knie und versuchte wieder Luft zu bekommen.

Es war schon seltsam. War sie nicht sonst auch immer alleine gewesen? Im Wald zwar, aber doch ohne Begleitung. Nun fiel ihr jedoch der Unterschied dazu ein, denn bisher hatte sie gewusst, dass hier jemand war, der ihr helfen konnte, mit dem sie reden konnte und der ihr zuhörte.

Und jetzt war hier niemand mehr! Nur Leere.

Anna drehte sich zurück und blickte in die Hütte hinein.

„Reiß dich zusammen!", quetschte sie durch ihre Zähne.

Mühsam erhob sie sich und schob sich zurück in den Raum. Fuß vor Fuß. So langsam wie es nur irgendwie ging. Wovor hatte sie Angst? Vor der Hütte? Vor der Einsamkeit? Nein! Vor den Männern! Das war es doch, was sie ängstigte.

Jetzt erst kamen die schrecklichen Bilder abermals hoch.

Anna spürte noch einmal den Schmerz, sie hörte das Lachen und Schnaufen der Männer über ihr.

Der Trunk hatte bis gerade eben diese Erinnerungen von ihr fern gehalten. Nun kamen sie mit Macht zu ihr zurück.

Schwankend lief sie zum Tisch und wollte sich setzen, doch die Angst verstärkte die Schmerzen in ihrem Unterleib so sehr, dass sie zusammengekrümmt eine Weile dort stehen musste. Beide Hände auf ihren Schoß gepresst, so fest es nur ging.

Dann stützte sie sich mit einer Hand auf dem Tisch ab und bemerkte, dass sie mit dem Rücken zur Tür stand.

Schnell wechselte sie auf die andere Seite des Tisches, damit sie die offene Hüttentür im Blick haben konnte und trotzdem wagte sie nicht, sich auf die harte Holzbank zu setzen.

Es musste doch nur die Angst verschwinden, dann würde es sofort wieder gehen, da war sich Anna ganz sicher. Doch wie konnte man die Angst loswerden? Mit einem Gebet vielleicht?

Sie wandte ihren Blick zu dem kleinen Altar, ging die paar Schritte, nun schon viel sicherer auf den Beinen, und kniete sich vor das Kreuz.

„Bitte lieber Gott! Nimm die Angst von mir!", bat sie mit gefalteten Händen, dann neigte sie ihren Kopf und eine Art von göttlicher Energie strömte augenblicklich in sie hinein.

Es fühlte sich an, als würde jemand schützend seine Hände auf ihren Kopf legen.

Die Furchtsamkeit verschwand, die Schmerzen begannen auch wieder abzuflauen, doch die Bilder blieben in ihrem Gedächtnis. Es würde sicher noch seine Zeit brauchen, bis sie auch diese verstörende Erinnerung aus dem Kopf bekam.

Im Moment vermischte sie sich mit dem Gedenken an Magdeburg. Nun war Anna mitten auf dem Hof und musste erleiden, was die Schwestern und die Mutter erlitten hatten. Dabei war diese Erinnerung doch schon fast verblasst gewesen.

Langsam stand sie vom Altar auf, ging zur Bank und setzte sich. Sieghelm hatte ihr einen Beutel auf den Tisch gelegt. Neugierig schaute sie hinein und sah im Schein des Herdfeuers ein paar silberne Münzen aufblitzen. Vermutlich hatte er sie für den Fall vorgesehen, dass sie in einem der Dörfer etwas kaufen wollte.

Unschlüssig ließ sie die Geldstücke in die Hand fallen und verwahrte sie danach wieder in dem Beutel, dessen Schnur sie zuzog. Wohin damit? Die Nische hinter dem Kreuz fiel ihr ein und sie steckte das Geld dort hinein. Verwahrt und beschützt von Gott!

Natürlich hatte sie nicht vor, den schützenden Wald zu verlassen. Die Männer am Teich hatten ihr ja schon gezeigt, wie gefährlich es für eine Frau sein konnte.

Auf dem Rückweg zum Tisch musste sie abermals an der Tür vorbei. Der Bogen und die Pfeile lehnten dort an der Wand und Anna überlegte sich, in den Wald zu gehen. Es war sicher noch früh am Tage, wie sie der noch niedrig stehenden Sonne entnahm.

Und die Schmerzen waren jetzt ebenfalls fort.

Anna richtete ihre Sachen, nahm Dolch, Bogen und Pfeile an sich und trat zum Ausgang der Hütte. Sie warf noch einen prüfenden Blick zurück, dann verschloss sie die Tür und verbarg diese mit dem Gebüsch vor fremden Blicken.

Nun war sie wieder im Wald und ihr eigentliches Element hatte sie zurück. Hier kannte sie mittlerweile jeden Strauch und jeden Baum.

Mit leisen Schritten ging sie durch das Gehölz. Erst am Abend wollte sie wieder zurück sein und vielleicht wäre das sowieso das Beste, wenn sie nur zum Schlafen in der Hütte sein würde.

Mit einem Male bemerkte sie, dass ihre Schritte sie wieder zum Teich bringen würden und dort wollte sie im Moment gar nicht hin.

Sie wechselte die Richtung und lief den Hang hinauf zur Spitze des Berges. Dort angekommen setzte sie sich unter einen der Bäume. Von dort aus ließ sie ihren Blick über die Gegend schweifen, obwohl sie da eigentlich noch nie viel hatte sehen können. Dörfer und Felder, sonst nicht viel.

Dann senkte sie ihren Blick und sah den Teich vor sich. Bisher war da immer ein Baum davor gewesen, doch dieser war anscheinend in der Zeit ihres Schlafes umgefallen und gab nun eine Lücke im Blätterdach für sie frei.

Genau durch diese Öffnung blickte sie nun auf die Stelle, an der die Männer über sie hergefallen waren. Das konnte kein Zufall sein! Das war sicher ein Zeichen von Gott!

Dorthin sollte sie gehen, um sich ihrer Angst zu stellen.

Auch wenn Anna das nicht wollte, so zog sie etwas auf die Füße und trotz ihres Widerstandes machten sich ihre Beine von selbst auf den verschlungenen Weg nach unten.

Bei jedem ihrer Versuche, die Richtung zu wechseln, stand irgendetwas im Weg, wodurch sie weitergehen musste.

Vorsichtig stieg sie nach unten und versuchte nun, so viel Zeit wie nur möglich dafür zu brauchen, bis sie am Wasser sein würde.

Kurz vor dem Waldrand nahm Anna einen Pfeil aus dem Köcher und legte ihn in den Bogen. Man konnte ja nicht vorsichtig genug sein. Wer stellte sich schon unbewaffnet seiner Furcht, wenn es auch anders ging?

Durch die Baumlücken schimmerte schon der Teich.

Es waren keine fünfzig Schritte mehr, aber was würde sie dort erwarten?

27. Kapitel
Tödliches Treffen?

Schon seit ein paar Tagen war Peter nun im Harzvorland unterwegs. Der Weg hatte wirklich fast eine Woche bis hierher gedauert. Obwohl das kaiserliche Heer im Süden und Osten umherzog, waren trotzdem immer noch Trupps von Soldaten hier unterwegs, um Beute zu machen und Dörfer auszuplündern.

Mehr als einmal hatte Peter eilig im Wald am Wegesrand verschwinden müssen, als er die donnernden Hufe der Kürassierpferde gehört hatte. Da aber nur die Soldaten noch Pferde besaßen, war es sowieso klar, dass er sich vor ihnen verstecken musste.

Nachts schlief er ohne Feuer am Waldrand. Tiefer hinein traute er sich nicht, aus Furcht davor, was ihn dort drin erwarten würde.

Diese Angst hatte ihn bisher von den dichten Wäldern des Harzes ferngehalten, doch irgendwann würde er hineingehen müssen. Lange würde er in der freien Fläche nicht mehr überleben können und es war nur eine Frage der Zeit, wann ihn eine Reiterabteilung fangen und hängen würde.

Vielleicht gab Gertrut ihm erneut ein Zeichen, doch bisher war dies noch ausgeblieben. Peter richtete seinen Blick nach oben. Gerade war es Sommer, aber schon bald würde die Erntezeit kommen. Da wäre es unmöglich, sich vor all den Soldaten, Räubern und Marodeuren zu verstecken, die hier auf leichte Beute hofften.

Zumindest im flachen Land. Er brauchte ein Versteck! Auch für den Herbst und Winter benötigte er etwas, wo es dann warm sein würde. Aber als Knecht wollte er nicht irgendwo Unterschlüpfen, obwohl das so ziemlich das einzige war, was er konnte.

Jeden Tag blickte er auf die bewaldeten Gipfel, die er allerdings bisher aus Angst mied.

Eines Tages würde er sich der Furcht stellen müssen und damit durfte er auch nicht so lange warten, bis sich das Laub färben würde. Wenn er erst einmal einen Unterschlupf hatte, dann brauchte er Holz und Vorräte, um den folgenden Winter zu überleben. Hier im Gebirge wären die Winter sicherlich sehr hart.

Zumindest sollte er darauf vorbereitet sein.

Wo aber sollte er nun das Versteck suchen? In einem verlassenen Gehöft? Da gab es einige, aber die Soldaten würden sicher keines ungeplündert zurücklassen. Oder in einem Wäldchen zwischen den Dörfern? Da würde ihn aber vielleicht der Rauch aus seinem Versteck verraten.

Zwangsläufig zog immer wieder das kleine Gebirge seinen Blick an.

In den dichten Wäldern wäre es im Winter sicher egal, ob man vom Tal aus den Rauch sehen würde oder nicht. Und selbst wenn, dann würde wohl keiner durch Wald und Tiefschnee bis zu ihm heran kommen. Und Holz gab es da im Winter auch genug. Wenn sein Versteck gut gebaut war, dann würde er es auch im Winter verlassen können, um einen Baum zu fällen.

Dabei fiel ihm dann aber ein, dass er dazu noch Werkzeug brauchen würde. Zumindest ein Beil! Allerdings konnte er ja dafür die verlassenen Gehöfte durchsuchen. Sicher wäre darin das Geeignete zu finden.

Peter erkundete die Gegend und lief dann zu einem verfallenen Gebäude hinüber. Schon im zweiten Haus wurde er dann auch fündig. Ein Beil und ein Bündel Nägel waren wie für ihn bereitgelegt worden. Vermutlich hatten die Bewohner dieselbe Idee gehabt, konnten sie aber nicht mehr in die Tat umsetzen.

Ansonsten war in dem halbverfallenen Haus aber nicht mehr viel verwertbar. Sicherlich stand das Beil hier schon ein halbes Jahr, denn der Rost darauf färbte seine Finger, als Peter prüfend über die scharfe Schneide fuhr.

Was mochte wohl mit den Bewohnern geschehen sein? Lebten sie noch? Waren sie geflohen? Niemand konnte es wissen, doch sicher wären sie zurückgekehrt, wenn sie überlebt hätten.

Er wickelte alles in ein Tuch und hängte es sich wie einen Beutel auf den Rücken. Ein löchriges Boot lag an einem Baum und er fragte sich, wozu man das hier wohl gebraucht hatte.

In der ganzen Gegend hatte er kein Gewässer gesehen, dass man damit hätte befahren können. Zu steinig waren die Bäche, zu reißend die Flüsse.

Suchend blickte er sich um, dann bemerkte er einen schmalen Pfad, der in ein Gehölz am Fuße eines Hügels führte. Langsam und vorsichtig schob er sich vorwärts und fand eine zweite Hütte, die noch mehr verfallen war, als das andere Gehöft.

Eine Ente flog über ihm dahin. Wo diese Tiere waren, da musste es Wasser geben und das war die wichtigste Voraussetzung für einen guten Zufluchtsort!

Das Blau eines kleinen Teiches begrüßte ihn, als er das Gehölz durchdrungen hatte. Peter legte den Beutel mit dem Werkzeug am Ufer ab und kniete sich dort nieder.

Mit beiden Händen schöpfte er das erfrischende Nass und stillte seinen Durst damit, als ein Geräusch ihn aufsehen ließ.

Schnell erhob er sich, rückte den Gurt mit dem Schwert zurecht und blickte sich langsam um. Wurde er von jemanden beobachtet? Oder war da nur ein Tier im Schilf gewesen? Noch eine Ente vielleicht?

Im Teich hatte er einen silbernen Fisch gesehen, vielleicht war es einer der Fischer, der sich hier versteckt hatte? Noch immer hatte er niemanden gesehen und wollte sich schon wieder dem Teich zuwenden, als eine Bewegung im Augenwinkel ihn herumfahren ließ.

Keine zwanzig Schritte hinter ihm war eine Frau aus dem Wald getreten und die Sonne fiel von der Seite in ihr Gesicht. Dies gab ihr ein sonderbares Leuchten und für einen Moment glaubte er, einen Engel vor sich zu haben.

Diese Frau schien ihm wie eine Zwillingsschwester von Gertrut zu sein. Ihre Gestalt, die Haltung, das Gesicht, alles entsprach der Schwester. Nur das Haar hatte eine andere Farbe und fiel in langen Locken weiter herab, als es Gertrut jemals getragen hatte.

Mit aufgerissenem Mund starrte er sie an und dachte, sie würde sich jeden Moment im Nebel auflösen, doch sie blieb. Sie setzte ihre Füße voreinander und erst jetzt bemerkte er die Pfeilspitze, die drohend auf ihn gerichtet war.

Peter konnte sich nicht bewegen.

„Gertrut?", fragte er nur, weil er immer noch die tote Schwester in ihr sah.

Die Frau sagte kein Wort und blieb wie versteinert stehen.

Das konnte nur die Schwester sein und das Zeichen, das er erbeten hatte. Er lief los und riss den Arm hoch.

„Nein!", schrie die Frau ihn an.

Dann traf ihn der Pfeil.

Die Wucht des Aufpralls aus der kurzen Entfernung riss ihn von den Füßen, obwohl er doch ziemlich kräftig war. Zu Boden gefallen, hob er den Kopf und sah die Frau auf sich zu rennen.

Sie ließ dabei den Bogen fallen und zog einen langen Dolch. Nach ein paar Augenblicken kniete sie auf seiner Brust und hob die Waffe zum Himmel.

Er hätte sein Schwert ziehen können, um sie abzuwehren, doch er wollte nicht. Leise sagte er: „Gertrut! Gleich sind wir wieder vereint!"

Peter legte den Kopf zurück ins Gras und sah, wie die Frau die Klinge mit beiden Händen von oben zu seiner Brust stieß. Er schloss die Augen und wartete auf sein Ende.

28. Kapitel
Wolfskinder

Sieghelm folgte der Straße in Richtung Süden, denn der Weg des Heeres war kaum zu verfehlen. Geplünderte Dörfer, erschlagene Bauern und Leid in jeder Scheune markierten den Pfad, den die kaiserlichen Verpflegungstrupps durch das Land zogen.

Noch hatte er sich keine Gedanken darüber gemacht, was er wohl tun wollte, wenn er erst mal das Regiment der Pappenheimer eingeholt hatte.

Ein Schwert gegen Tausende. Ein Kampf war aussichtslos, aber vielleicht konnte er sich als Kämpfer verdingen und dann nach der geliebten Frau suchen.

Bisher hatte er schon einige Male auf der Seite des katholischen Heeres gekämpft. Vermutlich genauso oft, wie auf der Gegenseite. Das war üblich und störte auch keinen wirklich.

Wer bezahlt, der bekommt die Kämpfer.

Sicherlich würde er zu Fuß eine Woche unterwegs sein, bevor er das Heer endlich erreichen würde. Die Beschreibung von Anna hatte ihm genügt, um die Spur der Entführer aufzunehmen.

Natürlich sorgte er sich um Barbara, die den Männern hilf- und schutzlos ausgeliefert war. Er mochte sich gar nicht vorstellen, was diese wohl mit ihr anstellen würden. Diese Gedanken musste er ganz weit hinten in seinem Kopf behalten, denn sonst würden sie seinen Blick vernebeln und ihm eine rationale Entscheidung erschweren.

Da Sieghelm in der Kleidung nur zu deutlich als Landsknecht zu erkennen war, hielt er sich von den Dörfern fern. Zu schnell hätte sich der Zorn der Männer gegen ihn richten können. Zwar war er bewaffnet, aber das Leid und die Verzweiflung brachten die Bauern sowieso gegen alle Landsknechte auf und einen einzelnen würden sie vielleicht überwältigen können, um an ihm für die erfahrene Schmach Rache zu nehmen. Dann würde Barbara vielleicht umsonst auf Rettung hoffen.

Somit blieb ihm also nur übrig, sich für die Nacht einen Platz unter dem Sternenzelt zu suchen.

Da er nun die Dörfer umgehen musste, wurde sein Weg nur noch viel länger.

Der Staub der sommerlichen Pfade legte sich auf seine Kleidung, die schon bald nicht mehr schwarz, sondern grau war. Ein kleiner Beutel mit Verpflegung auf seinem Rücken würde ein paar Tage reichen und die Trinkflasche konnte er sich an den Bächen auffüllen.

Trotz der Erschöpfung und der manchmal noch flirrenden Hitze blieb sein Gespür immer wach und nach allen Seiten gerichtet. Er musste die Ohren offen halten, um einer Gefahr so früh wie möglich aus dem Wege zu gehen. Dabei halfen ihm natürlich seinen Instinkte und die Monate, die er durch den Wald gezogen war.

Zwar war ihm die Gegend hier unbekannt, aber Wald war doch Wald.

Allerdings waren weite Strecken dazwischen nur staubige Felder und da musste er dann einfach darauf vertrauen, dass die Pferde der Soldaten genug Lärm und Staub machen würden, damit es zu einer Flucht reichen würde.

Schließlich wollte er ja nicht als vermeintlicher Deserteur an irgendeinem Baum am Straßenrand enden. Und immer wieder flogen seine Gedanken den Weg voraus zu Barbara. Er holte sich ihr Gesicht vor sein inneres Auge und folgte ihren Spuren.

Beständig hoffte er dabei, dass es nicht zu spät war. Doch wozu hätten die Landsknechte eine tote Frau mitnehmen sollen? An diesen Gedanken klammerte er sich. Es musste ihr einfach gut gehen!

Als dann die Dämmerung über die freie Fläche zwischen zweier Dörfer herab sank, suchte er ein Versteck für die Nacht. Eine kleine, versteckte Senke bot sich da an, in die schon der Schatten der Nacht gefallen war.

Mit schnellen Schritten überquerte Sieghelm die Freifläche, sprang über die Kante und ließ sich in die flache Senke fallen. Eine Bewegung ließ ihn zum Schwert greifen, doch im letzten Lichte der Sonne konnte er zwei vor Schreck aufgerissene Augenpaare sehen.

In der Grube, am gegenüberliegenden Rand, keine drei Schritte von ihm entfernt, hockten zwei kleine Mädchen. Sie waren zerzaust, zerlumpt und hatten dreckige Gesichter. Die eine mochte vielleicht sieben sein, die andere wohl noch keine fünf Jahre alt.

„Was macht ihr denn hier?", fragte Sieghelm, um sein Erschrecken zu verbergen.

Aber keine der Beiden antwortete. Der Blick der Älteren wanderte nun zum Griff des Schwertes, das Sieghelm immer noch umklammert hatte.

Beschwichtigend hob er diese Hand und sagte: „Ich tue euch nichts." Trotzdem erhielt er keine Antwort von den Mädchen. „Wo sind eure Eltern?", fragte er nach.

Nun kam von dem älteren Mädchen ein verbittertes: „Sie sind tot!"

Er löste den Beutel von seinem Rücken, griff hinein und zog ein Stück kalten Hasenbraten heraus. Mit dem Dolch schnitt er drei Stücken Fleisch davon ab und hielt den beiden Mädchen jeweils eines hin.

Nur zögerlich kamen sie näher, schnappten sich das Fleisch und zogen sich damit schnell wieder zurück an ihre Wand der Grube.

Während sie alle drei kauten, sahen sie sich immer weiter an. Die Mädchen sahen auf jede seiner Handbewegungen, denn schließlich waren Schwert und Dolch immer noch in Griffreichweite.

Sieghelm verwahrte den Dolch in der Scheide am Gürtel und holte die Trinkflasche heraus. Wortlos reichte er sie zu der Älteren herüber, die sie mit einem Kopfnicken annahm und dann der Jüngeren hinhielt, die gierig daraus trank.

Erst nachdem auch die Ältere ihren Durst gelöscht hatte gab sie die Flasche zurück. Ein leises „Danke" ließ sie dabei hören. Sieghelm nickte, trank und verschloss die Flasche.

„Was ist passiert? Wo lebt ihr?", fragte er nach und reichte ein Stück Brot zu den Mädchen.

Während die Jüngere kaute, begann die Siebenjährige leise zu erzählen: „Männer sind auf unseren Hof gekommen. Wir haben uns versteckt. Dann gab es ein Geschrei und alle waren tot. Die Männer haben unsere Kuh und die Schweine mitgenommen. Die Mutter, den Vater und unsere zwei älteren Schwestern haben sie einfach liegen lassen. Das war nach Ostern und wir sind danach in den Wald gelaufen. Dort leben wir nun."

„Im Wald? Seit Ostern?", fragte Sieghelm ungläubig nach, denn es war ja schon August.

Konnten zwei kleine Kinder alleine solch eine lange Zeit im Wald überleben? Das Mädchen nickte und griff nun nach dem Brot. Wieder sagte sie: „Danke!" Bevor sie sich den Kanten in den Mund schob. Trotzdem blieben ihre wachen Augen weiter auf ihn gerichtet.

„Ich tue euch nichts", sagte Sieghelm erneut.

Diese Kinder lebten wie Wölfe im Wald. Sie schlugen sich so durch, aber bald schon würden der Herbst und der Winter kommen. Da konnten sie draußen wohl nur schwer überleben. Doch offensichtlich wusste das auch das Mädchen.

Die jüngere legte ihren Kopf auf den Schoß der Schwester und war schon wenig später eingeschlafen. Die wachen Augen des älteren Mädchens blieben auch weiterhin auf ihn gerichtet.

„Schlaf du auch, ich passe auf euch auf!", sagte Sieghelm ihr und sie nickte ihm dankbar zu.

Das Brot hatte wohl ihre Zweifel zerstreut. Langsam schloss sie ihre Augen und schlief im Sitzen ein.

Er sah sie beide an und hatte nun Tränen in den Augen.

Seine Kinder hätten jetzt auch so alt sein können, wie diese beiden.

„Verdammter Krieg!", flüsterte er.

29. Kapitel
Amors Pfeil

Anna hatte es nicht tun können. Der herab sausende Dolch hatte die Brust des Mannes schon fast berührt, doch dann hielt irgendetwas ihre Hand fest. Wie von fern sah sie sich selbst auf der Brust des bewusstlosen Mannes knien, mit dem Messer in der Hand, so wie der Soldat ein paar Tage zuvor auf ihr gekniet hatte. Fast an demselben Platz.

Tränen liefen ihr über die Wangen und sie wischte sie mit der einen Hand ab, während sie mit der anderen den Dolch in seine Scheide schob. Der Pfeil hatte den Mann nicht, wie von ihr zuvor beabsichtigt, in der Brust getroffen, sondern er steckte in der Schulter.

Mit beiden Händen zog sie am Pfeilschaft und riss ihn heraus, aber die Spitze war stecken geblieben. Mit der Jacke des Mannes versuchte sie die Blutung zu stoppen, aber dennoch verlor er viel Blut.

Endlich schaffte sie es, den Verband zu befestigen.

Und was sollte sie jetzt tun?

Unschlüssig stand Anna am Teich und sah auf den Mann herab. Sie hatte ihn töten wollen und nun hatte sie ihn gerettet. Vorerst! Doch wenn er hier blieb, dann würde er dennoch sterben.

Und sterben lassen wollte sie ihn nicht, da sträubte sich etwas tief in ihr dagegen.

Also versteckte sie den Bogen in einem Gebüsch und zog den Mann an seinen Armen den Hügel hinauf, weil sie ja nicht wusste, wo sie mit ihm sonst hin sollte.

Mühsam war der Weg gewesen und hatte ewig gedauert, bis sie ihn dann endlich vor der Waldhütte ablegen konnte. So wie eine Beute hatte sie ihn geschleppt und dachte an das Reh zurück.

Der Mann war schwer gewesen und Anna setzte sich schnaufend auf die Treppe. Mit dem Handrücken wischte sie sich den Schweiß von der Stirn und über die Schulter hinweg blickte sie zu dem liegenden Mann zurück.

Was sollte nun werden?

Hatte sie nicht eigentlich die Entscheidung schon getroffen? Wenn sie ihn hätte sterben lassen wollen, dann hätte sie ihn ja auch unten am Teich lassen können.

Zuerst musste die Pfeilspitze aus seinem Körper heraus!

Anna drehte sich um, kniete sich neben ihn und zog den Verband zur Seite. Mühsam befreite sie den Mann von seinem Unterhemd und mit fahrigen Fingern versuchte sie die metallene Spitze zu ertasten.

Sie konnte das Metall spüren, aber sie bekam es nicht zu fassen. Durch das Blut, das immer noch aus der Wunde lief, war die Pfeilspitze glitschig geworden und steckte auch sehr tief. Was tun? Wenn sie nur etwas mehr Platz hätte, dann konnte es gelingen. Daher zog sie ihren Dolch und versuchte mit der Spitze des Dolches das Geschoss heraus zu hebeln.

Zum Glück war der Mann bewusstlos, sonst hätte er bei dieser Behandlung sicher den ganzen Wald zusammengeschrien.

Anna hörte es knirschen, aber das blöde Ding steckte auch weiterhin unbeweglich in der Wunde.

Allerdings war diese jetzt so groß, dass sie doch ihre Finger hineinschieben und die Metallspitze fassen konnte. Mit aller Kraft zog sie diese heraus, was ihr nun, trotz der rutschigen Finger, gelang.

Damit blieb ihr nur noch übrig, die Wunde zu verschließen. Sollte sie diese vernähen oder ausbrennen? Und die Blutung musste sie ja auch stoppen!

Anna eilte in die Hütte, schürte das Feuer und legte den Dolch mit der Spitze in die Glut. Wenig später lief sie mit der nun dampfenden Waffe zurück und drückte sie auf die noch immer blutende Wunde. Es zischte und roch nach verbranntem Fleisch.

Noch zwei weitere Male führte sie diese Prozedur durch, dann schleppte sie den Mann in die Hütte und wuchtete ihn auf Sieghelms Bett.

Zur Sicherheit fesselte sie ihm Arme und Beine an das Bettgestell, denn schließlich wusste sie nicht, wie der Mann reagieren würde, wenn er erwachte.

Erst jetzt hatte sie die Zeit, um den Mann zu betrachten, der mit nacktem Oberkörper vor ihr lag. Die Wunde, die ihr Pfeil gerissen hatte, war durch ihre Behandlung ziemlich groß geworden, aber sie blutete nun nicht mehr.

Ihr Blick ging über seine ebenmäßigen Züge. Er war sicher genauso alt wie sie und offensichtlich allein gewesen. Vielleicht war auch er auf der Flucht?

Annas Augen suchten das Kreuz. Hatte Gott sie zu diesem Mann führen wollen? Etwas traf sie in diesem Moment. Die göttliche Energie strömte abermals in ihr Herz.

War es Amors Pfeil gewesen, der sie gerade getroffen hatte? Erneut wanderte ihr Blick zu ihm zurück. Fast zärtlich strich sie über das Gesicht des schlafenden Mannes.

Wer war er? Er hatte etwas von einer Gertrut geflüstert und anscheinend hatte er sie mit ihr verwechselt. Wenn es Gottes Wille gewesen war, dass sie diesen Mann treffen sollte, dann sicher nicht auf diese Weise.

Vorsichtig berührte sie die Wunde und legte ihre Hand ganz darauf. Warum hatte sie geschossen? Wegen der Angst vor den Männern? Sicherlich!

„Der Bogen!", sagte sie laut vor sich hin. Der lag ja noch am Teich.

Sie erhob sich von der Bettkante und ging zur Hüttentür hinaus.

Mit flinken Füßen lief sie zum Teich zurück, holte die Waffe und das Bündel des Mannes. Dann eilte sie damit zurück.

Auf dem Weg nach oben traf sie die Erkenntnis, dass die Schmerzen in ihrem Körper und die Angst des Morgens weit fort waren. Die Sorge um den Mann hatten sie völlig verdrängt. Irgendwie war das schon seltsam, dass es so schnell gegangen war, aber im Moment hatte sie keine Zeit, um an die eigenen Wunden zu denken.

Am Wegesrand sammelte sie ein paar Pflanzen, mit denen sie die Wunde bei ihm bedecken wollte. An einem Strauch fand sie auch die Blätter, die sie noch vor ihrem Schoß festgebunden hatte. Davon nahm sie ebenfalls ein paar mit, damit sie sich damit versorgen konnte.

Zum Glück hatten einst die beiden Mägde Ruth und Mechthild ihr viel von Kräutern und Pflanzen erzählt und jetzt kamen die Erinnerungen daran neuerdings zu Anna zurück. War dies noch ein Wunder? Oder eine göttliche Eingebung?

Wieder in der Hütte legte sie die Kräuter vor sich auf den Tisch und beugte sich danach über den Mann.

Behutsam schichtete sie die Blätter auf die Wunde und befestigte sie mit einem Streifen Stoff, den sie um die Schulter band.

Eine Weile später zog sie ein dringendes Bedürfnis nach draußen zur Latrine, doch zuvor musste sie ihren Verband lösen, den sie nun schon ein paar Tage um die Hüften trug.

Trotz des Umstandes, dass der Mann bewusstlos war, setzte sich Anna so, dass sie mit dem Rücken zu ihm auf der Bank saß.

Vorsichtig löste sie das Band und zog die alten Blätter ab, doch die Schmerzen blieben aus, der Heilungsprozess hatte schon begonnen. Nur wenn sie die Wunde berührte, durchzuckte sie noch kurz der Schmerz.

Anschließend eilte sie nach draußen.

Nachdem sie die Hütte erneut betreten hatte, beugte sie sich abermals über den Mann. Noch vor ihrem eigenen Verband legte sie ihm eine neue Schicht Blätter auf seine Wunde.

Das Wichtigste war, dass er kein Fieber bekam. In seinem derzeitigen Zustand würde er das wohl kaum überleben. Prüfend legte sie ihre Hand auf seine Stirn.

Nachdem er versorgt war, kümmerte sie sich um ihre eigenen Verletzungen, die sie wieder mit dem Rücken zu ihm sitzend versorgte.

Woher kam dieses Vertrauen, dass sie diesen Mann hier in ihre Hütte holte? Waren es nicht Männer gewesen, die ihr dies angetan hatten? Über die Schulter hinweg blickte Anna zu dem Schläfer.

Da waren kein Zorn oder Hass in ihr, keine Angst steckte mehr in ihrem geschundenen Körper. Die Macht Gottes hatte ein Urvertrauen in ihr zurückgelassen.

Der Tag neigte sich seinem Ende zu. Anna erhob sich von ihrem Platz, verschloss die Hüttentür und legte sich auf ihr Bett.

Ihr letzter Blick galt dem Mann, ihre letzte Bitte ging an Gott, dass dieser die Albträume von ihr fern hielt.

30. Kapitel
Traum oder Wirklichkeit?

Er stand Hand in Hand mit Gertrut auf einer Fläche, die wie eine Wolke aussah. Die Schwester trug ein weißes Kleid und über ihrem Kopf lag so ein seltsames Strahlen. An beiden Händen hielt Peter sie, wie sie es früher immer gemacht hatten, vor langer Zeit, als Kinder.

Es war eine Vertrautheit, die schon immer da gewesen war. Als Peter sie zu sich ziehen wollte, um sie zu küssen, öffnete sich unter ihm der Boden. Sie standen beide wirklich auf einer Wolke und unter Peter bildete sich darin eine große Öffnung.

Für einen Augenblick konnte die Schwester ihn halten, dann rutschten seine Hände ab und Peter fiel in die Tiefe.

Voller Angst wartete er auf den Aufschlag, doch statt den Aufprall zu erleben, schlug er die Augen auf und erkannte eine schlafende Frau nur zwei Schritte neben sich.

Der rötliche Schein eines flackernden Feuers beleuchtete ihr Gesicht, das eine große Ähnlichkeit mit dem von Gertrut aufwies.

Mit dem Aufwachen spürte er einen Schmerz in der linken Schulter, aber er konnte nicht dorthin fassen, da seine Hände nach oben gezogen und gefesselt waren.

So sehr sich Peter auch anstrengte, die Hände loszubekommen, es gelang ihm nicht. Der Knoten war gut geknüpft und beide Hände waren so weit auseinander, dass er mit der einen Hand nicht die andere erreichte. Nach einigen nutzlosen Versuchen gab er es auf.

Er würde einfach warten müssen.

Peter erinnerte sich wieder an die Frau, zu der er nun hinübersah. Sie trug keine Kappe und die langen Haare waren hinten zusammengebunden. Im Schlaf hatte sie die Gesichtszüge eines Engels, aber sie hatte auf ihn geschossen. Warum lebte er dann überhaupt noch? Hatte er sie nicht auch mit einem Messer über sich gesehen?

Peter blickte sich in dem Raum um. Hier drin gab es keine Fenster oder sie waren verschlossen. Anscheinend gab es auch nur einen Raum und er war hier mit der schlafenden Frau alleine.

Vermutlich hatte sie ihn aus Angst gefesselt, aber sie hatte ihn nicht sterben lassen.

Leise waren ihre Schlafgeräusche, dann wurden sie lauter und mit einem Schrei schreckte sie aus dem Traum. Sie setzte sich im Bett auf und hielt sich den Kopf mit beiden Händen, während er sie still beobachtete.

Er sah ihr zu, wie sie aufstand und zum Tisch wankte. Dort füllte sie einen Becher und trank daraus.

„Kann ich auch einen haben?", fragte er.

Die Frau fuhr herum und sah ihn erschrocken an.

„Ich habe Durst", sagte er leise, um sie aus der Starre zu befreien.

Mit dem Becher kam sie auf ihn zu und setzte ihm diesen an die Lippen, ohne die Fesseln zu lösen. Im Liegen zu trinken war gar nicht so einfach und natürlich verschluckte er sich. Hustend drehte er den Kopf zur Seite, aber die Frau blieb neben ihm und erneuerte seinen Verband.

Wenn er nicht gehört hätte, wie sie geschrien hatte, so hätte er denken können, dass sie stumm war. Kein Ton verließ ihre Lippen. Stumm richtete sie den Verband.

„Wer bist du?", fragte er, doch erhielt keine Antwort. „Ich danke dir", sagte er und sie nickte ihm zu.

Dann nahm sie den Becher, ging damit zum Tisch und füllte ihn neu. Mit dem Gefäß kam sie zurück.

Peter blickte in die schillernde Flüssigkeit und dann in ihre Augen. Abermals setzte sie ihm den Becher an den Mund und Peter trank die bitter schmeckende Flüssigkeit aus. Dann fiel er zurück und schlief wieder ein.

Fast sofort sah er Gertrut neuerdings vor sich und auch die andere Frau war anwesend. War das ein Traum? Abermals stand er auf der Wolke und die beiden Frauen befanden sich vor ihm.

Eine links, eine rechts von ihm und Peter stand zwischen ihnen. Ungläubig blickte er von einer zur anderen. Nur die Kleidung und die Haarfarbe unterschieden sie.

Dann gingen die beiden Frauen aufeinander zu und verschmolzen vor ihm zu einer Person. Gertrut schien sich in der anderen Frau, deren Namen er nicht einmal kannte, aufzulösen.

Im selben Moment löste sich nochmals die Wolke unter ihnen auf, doch diesmal fielen sie beide in eine bodenlose Tiefe.

Peter erwachte und hoffte, die stumme Frau wiederzusehen, doch als er die Augen öffnete, erblickte er nur einen sternenbedeckten Himmel über sich.

Ächzend setzte er sich auf und schaute sich um. Er lag wieder an dem Teich, an dem ihn der Pfeil getroffen hatte.

Das Mondlicht glitzerte silbern in der vom Wind bewegten Wasseroberfläche und das Schilf wiegte sich hin und her. War das alles nur ein Traum gewesen? Peter bewegte seinen Arm und zuckte zusammen.

Der Schmerz war real gewesen. Mit den Fingerspitzen tastete er unter sein Hemd. Die Wunde war groß und vernarbt. Der Pfeil war also Wirklichkeit gewesen, aber auch der war fort. Irgendjemand hatte ihm die Spitze entfernt und auch die Wunde fachmännisch versorgt. Nur wer? Gab es die Frau wirklich? Oder war sie nur ein Fiebertraum gewesen?

Noch einmal blickte sich Peter um. Im Wald sah er kurz etwas aufblitzen, das wie die Augen eines Fuchses im Mondlicht aussahen. Dann verschwanden sie.

Peter kniete sich an das Gewässer und stillte seinen Durst. Das Wasser schmeckte seltsam, aber er wollte nicht im Dunklen nach dem Zufluss suchen. Bei jeder Bewegung schmerzte seine Schulter. Wie lange mochte es gedauert haben, bis die Wunde sich geschlossen hatte? Eine Woche oder zwei? Er konnte doch unmöglich so lange hier gelegen haben!

Also gab es die Frau vermutlich doch! Nur wo?

Peter zog sich die Schuhe aus und hängte seine Beine in den Teich. Erst einmal musste er den Tag abwarten und dann überlegen, wo er nach ihr suchen sollte. Sicherlich war sie nicht weit entfernt.

In Gedanken suchte er schon mal die Gegend ab, wo sich eine Suche lohnen würde.

Er musste sie unbedingt wiederfinden!

Nicht nur der Traum hatte ihm das gezeigt, sondern auch das Gefühl, dass er bei ihrem Anblick in der Hütte gehabt hatte.

Der erste helle Streifen zeigte sich am Horizont und verkündete den neuen Tag. Die Sonne weckte die Vögel und Peters Magen begann zu knurren. Praktisch im selben Moment stieß ein großer Fisch gegen seine Beine.

Peter hätte nur zufassen brauchen, doch der silberne Rücken verschwand in der Tiefe des Teiches. Hier würde er wohl kaum verhungern und damit würde das hier der Ausgangspunkt seiner Suche werden.

Von hier aus würde er die Umgebung durchstreifen und im Schilf würde er sicher gut schlafen können.

Dieser Platz war hervorragend und Peter ging, um sich eine Angel zu schnitzen.

31. Kapitel
Furcht und Sehnen

In den letzten Tagen hatte es nicht eine Nacht gegeben, in der Anna ohne Albtraum geblieben war. Die Männer hatten sie jede Nacht aus dem Schlaf gerissen und so war es nur natürlich gewesen, dass sie den fremden Mann immerzu den Schlaftrunk einflößte, wodurch er ständig schlief.

Zu ihrem Glück war er ja auch noch gefesselt gewesen.

Da Anna die Hütte vor lauter Angst auch nicht mehr oft verlassen hatte, wusste sie auch nicht, wie lange der Mann nun schon hier war. Zwar hatte sie zu Gott gefleht, dass sie ein Zeichen erhielt, was mit ihm geschehen sollte, doch bis auf die Albträume war nichts eingetreten.

Waren diese furchtbaren Träume das Zeichen? Anna wusste es nicht! Die Nahrung in der Hütte würde noch eine Weile reichen, denn Sieghelm hatte für drei Bewohner Brot geholt und nun war sie alleine.

Nicht ganz alleine, wie der Blick in das andere Bett ihr zeigte, doch die Furcht fraß sich durch ihren Leib. Der Schlaftrunk hatte die dunklen Schatten in der Tiefe gehalten, nun waren sie zurück.

Eine Todesangst war in ihre Seele gefallen, wie sie in den Teich gefallen war und nur mit viel Glück nicht darin ertrunken war.

Die Träume würgten sie nun jedes Mal, wenn sie nur die Augen schloss. Und wenn sie dann die Augen wieder öffnete, dann sah sie den Mann neben sich.

Eine innere Kraft zog sie zu ihm hinüber und eine andere Kraft zwang sie, auf Abstand zu bleiben.

Schließlich war er ein Mann!

Das Schwert, das jetzt auf dem Tisch lag, sagte eindeutig, dass er ein Soldat gewesen war. Vielleicht hätte auch er ihr Gewalt angetan, wenn er mit dabei gewesen wäre, vor Tagen am Teichufer.

Anna steckte damit in einer wirklichen Klemme.

Solange er schlief, kümmerte sie sich liebevoll um den Mann, doch als er eines Abends erwacht war, hatte ihr dies noch mehr Angst gemacht.

Somit schwankte sie ständig zwischen der Furcht vor ihm und dem Sehnen nach ihm.

Da er sich noch nicht waschen konnte, hatte sie dies mit einem Lappen übernommen. Das Wasser dazu holte sie immer schnell vom Bach.

Auf dem Weg dorthin und zur Latrine rannte sie nur noch, denn sie wollte die Zeit außerhalb des schützenden Unterschlupfs so kurz wie möglich halten. Und eventuell die Zeit der Trennung von ihm?

Aber sie würde eine Entscheidung brauchen.

Jeder Tag länger, den sie neben ihm schlief, ihn fürsorglich wusch und betreute, machte den Abschied nur noch um ein vielfaches schwerer.

Schließlich zog sie ihn eines Nachts nach draußen und schleifte ihn zum Teich hinunter. Danach holte sie noch seine Sachen, löste seine Fesseln und legte alles zu ihm.

Anschließend versteckte sie sich im Wald und beobachtete ihn, wie er später erwachte und am Teich saß. Sie war nicht weit genug von ihm entfernt, um von ihm nicht gesehen zu werden, wenn sie sich bewegen würde. So musste sie warten, bis er ging.

Doch das Versteck war nicht sehr gut gewählt. Anna hockte nun schon stundenlang in einem Gebüsch. Etwa zwanzig Schritte von ihm entfernt sah sie zu, wie er nun zu angeln begann. Er hatte sich auch noch so gesetzt, dass er sie unwissentlich immer im Blick hatte.

Dadurch konnte sie sich noch nicht einmal anders hinhocken oder hinsetzen.

Langsam wurden ihre Beine steif und fühlten sich taub an, selbst wenn er nun kurz weggesehen hätte, hätte sie gar nicht schnell verschwinden können. So musste sie weiter dort bleiben und den Mann zusehen, wie er erst einen und dann noch einen Karpfen angelte und hinter sich ins Gras legte.

Er hatte die Ruhe weg und machte ein Feuer mit etwas Holz, das dort gelegen hatte. Nun zog ihr auch noch der Duft von gebratenen Karpfen in die Nase. Ihr Magen knurrte so laut, dass sie dachte, er müsste es gehört haben. Doch er blieb, bis er auch den zweiten Fisch verspeist hatte.

Endlich entledigte er sich wenig später seiner Sachen und stieg nackt in den Teich.

Anna atmete fast erleichtert auf und jetzt konnte sie endlich verschwinden, doch das Laufen gelang ihr nicht. Sie krabbelte die ersten zwanzig Schritte auf Händen und Knien in den Wald.

An einer von ihm nicht mehr einsehbaren Stelle setzte sie sich an den Weg und massierte ihre Beine, damit sie wieder normal gehen konnte.

Vorsichtig und sich immer wieder umsehend folgte sie danach dem Waldweg nach oben. Den Bogen hatte sie in der Hütte gelassen, aber ihre Hand hatte sich um den Griff des Dolches geschlossen, jederzeit bereit, die Waffe zu ziehen, um sich damit zu verteidigen.

Endlich hatte sie das schützende Versteck erreicht, zog das Gebüsch kurz zur Seite und schlüpfte durch die dahinter verborgene Tür, die sie hinter sich verschloss und verbarrikadierte.

Damit war sie nun innerhalb der Hütte gefangen!

Wo sie vor ein paar Tagen noch daraus geflohen war, so war sie nun darin. Solange der Mann in der Nähe war, wollte sie vorsichtshalber nicht nach draußen. Wasser und Nahrung hatte sie noch für drei oder vier Tage.

Allerdings stürzte nun die Decke der dunklen Behausung buchstäblich über ihr ein. Es schien sie zu erdrücken und sie saß am Tisch.

Abermals waren die brutalen Männer in ihrem Kopf und jetzt brauchte sie dazu nicht mal mehr die Augen zu schließen!

Anna war zum ersten Mal in ihrem Leben völlig alleine. Niemand war in ihrer Nähe, der ihr helfen konnte. Die bisher zur Schau gestellte Stärke fiel nun gänzlich von ihr ab. Sie war wieder das kleine zitternde Mädchen, das früher bei der großen Schwester Schutz gesucht hatte.

Aber alle großen Schwestern waren fort. Die Dunkelheit hüllte sie ein, trotz des hellen Herdfeuers.

Sehnsüchtig wanderte ihr Blick zu dem Bett hinüber, in dem der Mann vor Stunden noch geschlafen hatte. Warum hatte sie ihn aus der Hütte geschleift? Aus Angst! Die Angst war jedoch hier geblieben und der Mann war fort!

„Was nun?", fragte sie sich selbst flüsternd.

Anna hob ihren Blick und ihre Augen erfassten das Kreuz am Altar. Mühsam stemmte sie sich von der Bank, ging die paar Schritte und kniete sich davor.

Mit gefalteten Händen betete sie zu Gott, dass dieser ihr ein neues Zeichen senden sollte.

Sie erhob sich und ließ sich auf das Bett des Mannes fallen. Sein Geruch hüllte sie ein und ließ sie die Augen schließen. Ein kurzer Schlaf folgte, aus dem sie abermals schreiend erwachte.

So ging das nicht weiter!

Anna schob sich aus dem Bett und setzte sich zurück an den Tisch. Der Becher stand noch dort und die Kräuter lagen auch noch vor ihr. Die Wunden ihres Körpers hatten sich geschlossen, die Verletzungen ihrer Seele wollten aber offensichtlich nicht heilen!

Konnte dabei der Schlaftrunk helfen? Ihre Finger strichen über den Becherrand.

Die Kräuter würden sie in ein traumloses Land führen.

Aber es war eine Flucht!

Konnte das die Lösung sein? Konnte man vor den eigenen Gedanken flüchten? Die lachenden Männer waren in ihrem Kopf, die würde sie überall mit hinnehmen.

„Verdammt! Ich will keine Angst haben!", schrie Anna und warf den tönernen Becher an die gegenüberliegende Hüttenwand, wo er in hunderte Teile zerbrach und zu Boden fiel.

Anna griff sich Bogen und Pfeile und trat zur Tür.

Sie würde sich ihrer Angst abermals stellen müssen und damit auch dem Manne. Ihr Blick fiel erneut auf das Kreuz.

Gott hatte ihr den Mann geschickt und sie musste zu ihm!

Das war ihr Weg!

Entschlossen öffnete sie die Tür und trat hinaus in den Wald.

32. Kapitel
Gesucht und gefunden

ls Peter am Abend des Tages wieder an den Teich trat, sah er die Frau abermals vor sich. Genau wie beim letzten Mal stand sie mit gespannten Bogen und eingelegtem Pfeil nur ein paar Schritte entfernt.

„Bitte schieße nicht wieder auf mich", sagte er und setzte sich an das Wasser des Teiches.

Ungeachtet der auch weiterhin auf ihn gerichteten Waffe zog er sich die Schuhe aus, hängte die Beine in das kühle Wasser und begann ein Lied zu pfeifen, das er irgendwann mal gehört hatte.

Aus dem Augenwinkel heraus spähte er jedoch weiterhin zu der Frau, die unbeweglich am Waldrand stand.

Den ganzen Tag hatte er sie vergeblich in der Gegend gesucht und dabei war sie vermutlich immer hier gewesen.

Schließlich wandte er ihr sein Gesicht zu und zeigte mit der Hand neben sich.

„Bitte nimm die Waffe herunter und setze dich zu mir", sagte er leise.

Die Frau schob den Pfeil zurück in den Köcher, kam langsam näher, zog sich ebenfalls die Schuhe aus und setzte sich mit einem kleinen Abstand neben ihn.

„Ich danke dir, dass du mir geholfen hast", begann er und wollte fortsetzen, doch da fiel sie ihm mit einer lieblichen Stimme ins Wort: „Ich war ja auch schuld an deiner Verletzung!"

Er sah sie an und versank in ihren Augen. Sie hatten dieselbe Farbe wie die der Schwester.

„Gertrut?", fragte er und hoffte, dass die Frau ja sagen würde.

Doch sie antwortete: „Nein. Mein Name ist Anna!"

Danach zog sie sich den Rock etwas höher und spielte mit den Füßen im Wasser. Es sah verlegen aus.

„Mein Name ist Peter", sagte er, weil er feststellte, dass er sich noch gar nicht vorgestellt hatte.

„Warum hast du auf mich geschossen?", fragte er.

Anna sah nun von ihm fort und ihr Blick wanderte zum Schilf hinüber. Offensichtlich suchte sie eine Antwort und schließlich sagte sie leise: „Ich hatte Angst!"

„Vor mir?", fragte Peter.

Sie Frau nickte nur und schaute betreten in den Teich.

Peter blickte auf ihre Beine, die nun bis zum Knie nackt waren. Er sah die verheilten Wunden und blaugrünen Flecken und konnte sich nun denken, wovor die Frau Angst gehabt hatte.

Schließlich begann er leise und mit immer wieder versagender Stimme von seiner Schwester zu erzählen.

Anna hörte ihm dabei aufmerksam zu. Als er zum Ende von Gertrut kam, da konnte er seine Tränen nicht mehr zurückhalten.

Wie selbstverständlich rückte Anna näher zu ihm und nahm ihn tröstend in den Arm.

Es war dieselbe Geste, die Gertrut immer benutzt hatte, wen er wegen irgendetwas traurig gewesen war. Sollte er Anna auch von seinem Traum berichten? Gerade eben hatte sie noch vor ihm Angst gehabt und nun lag er praktisch in ihrem Arm. Näher ging es ja schon fast gar nicht mehr.

Peter wischte sich die Tränen fort und richtet sich wieder auf. Nun zeigte er auf ihre nackten Unterschenkel und fragte: „Du auch?"

Sie nickte und begann nun ihrerseits mit stockender Stimme von ihrem schmerzhaften Erlebnis zu erzählen.

Stumm hörte er zu. Hier hatten sich zwei Menschen gefunden, die fast dasselbe Schicksal erlitten hatten. Irgendwie vereinte sie das. Als sie zu Ende geredet hatte, fragte er: „Wo ist eigentlich deine Hütte?"

Erschrocken zuckte sie zurück und sie sahen sich in die Augen. Nach einer kurzen Bedenkpause zeigte sie stumm den Hang hinauf und er folgte ihrem Fingerzeig mit den Augen. Da war eigentlich undurchdringlicher Wald und nie im Leben hätte er dort nach ihr gesucht.

Sicherlich war das dann auch für ihn der perfekte Platz für den Winter, doch zuerst musste er ihr Vertrauen gewinnen, denn dort würde er sie niemals wiederfinden, wenn sie nun weglief.

Gerade als sie aufspringen wollte, griff er nach ihrer Hand. „Bitte bleib!", sagte er leise.

Die Frau setzte sich zurück.

„Hilfst du mir?", fragte er Anna und offensichtlich war sie durch seine Frage so verblüfft, dass sie ihn nur mit offenem Mund ansah.

„Wenn ich es vermag", gab sie ihm nach ein paar Augenblicken zurück.

Peter sah zum Wasser und erklärte: „Ich bin auf der Flucht vor den Soldaten. Fangen sie mich, so werden sie mich töten. Kann ich mich bei dir verstecken? Wir könnten uns ja auch gegenseitig helfen. Wie Freunde."

Langsam hob er seinen Blick, sah zu ihr hinüber und Anna nickte ihm zu.

„Dann kommt mit", sagte sie, nahm die Füße aus dem Wasser und zog ihre Schuhe wieder an.

Er folgte ihrem Beispiel, nahm sein Bündel auf und ging an ihrer Seite auf einen verborgenen Waldweg zu. Von dort folgte er ihr weiter, denn er hatte keine Ahnung, wohin der Pfad führen würde.

Im Schatten des Laubdaches ging es Bergauf und schon nach ein paar Schritten nahm er ihre Hand. Anna ließ es zu. Nebeneinander schritten sie zu der Behausung, die er ja von innen schon kannte.

Auf dem Weg stehend sagte die Frau plötzlich: „Herr Peter, ihr blutet ja! Lasst mich schnell die Wunde versorgen."

„Hier? Wollen wir nicht zur Hütte gehen?", fragte er erstaunt.

„Aber wir sind doch bei der Hütte", entgegnete sie und zeigte auf eine versteckte Treppe.

Dorthin setzte sich Peter und zog sich das Hemd über den Kopf. Die Wunde war abermals aufgebrochen und ein Rinnsal aus Blut lief über seinen Oberkörper.

„Herr Peter. Ihr müsst den Arm ruhig halten", erklärte Anna, während sie die Wunde versorgte

„Bitte! Lass dieses Herr Peter!", begann er und setzte hinzu: „Ich bin ein Knecht, seit ich auf meinen eigenen Füßen stehen kann. Sag einfach Peter zu mir. Ja?"

Anna nickte scheu und schlug die Lider nieder. Es sah verlegen und trotzdem vertraut aus. Gertrut hatte es oft genauso gemacht. Er war kurz davor, ihr einen Kuss zu geben, ließ es aber dann, um sie nicht zu verschrecken.

Schnell und geübt hatte sie die Wunde versorgt und den Arm so festgebunden, dass er ihn kaum noch bewegen konnte.

„Dann komm mal rein in meine Hütte", sagte Anna schließlich, zog ihm das Hemd wieder über den Kopf und öffnete die verborgene Tür zu einer Behausung, die mehr wie eine Erdhöhle aussah, allerdings nur von außen.

Sie betraten nacheinander den schon bekannten Raum und setzten sich an den Tisch. Ein reichhaltiges Abendmahl begann und wenig später lagen sie nebeneinander, aber durch den Gang voneinander getrennt, in den Betten.

Händchenhaltend schliefen sie wenig später ein.

33. Kapitel
Freunde helfen sich!

Ein paar Tage lebte Anna nun schon mit Peter in der Hütte und seit er da war, waren die Albträume auch nicht wiedergekommen. Wie zwei Freunde waren sie, wenn man unter Männern und Frauen überhaupt von Freundschaft reden konnte.

Oft streiften sie nun am Tage gemeinsam durch den Wald. Allerdings war Anna die bessere Schützin. Peter traf manchmal den Baum aus zehn Schritten Entfernung nicht.

Durch das Zusammenleben mit Peter kam die alte Stärke und Zuversicht zu Anna zurück. Die Leichtigkeit, die sie in der Zeit mit Barbara und Sieghelm gehabt hatte, war wieder da. Die Schmerzen und die Wut waren gewichen.

Jetzt kam mitunter auch ein Scherz oder ein Lachen aus ihrem Mund, den sie vorher oft nur zum Schreien aufgerissen hatte. Auch der Mann bekam die alte Selbstsicherheit zurück und bei ihm war der Schmerz, den er durch den Verlust der Schwester erfahren hatte, ebenfalls nach und nach vergangen.

In „ihrem" Wald fühlten sich die Beiden sicher. Nichts konnte ihnen hier geschehen. Es war also nicht nur der Schutz der Höhlenbehausung, sondern auch der des ganzen Waldes. Jeder Baum war nun Annas Freund.

Trotz der zurückgelassenen Münzen wollten weder sie noch Peter den Wald auch nur für ein paar Schritte verlassen. Hier drin war die Welt in Ordnung, draußen tobte das Chaos.

War diese Ansicht zu verwegen? Konnte die Gewalt nicht auch hierherkommen? So groß war ihr Berg ja nicht.

Zwar lebten sie in einem Versteck, doch wenn genügend Männer danach suchten, dann wäre es nur eine Frage der Zeit, bis der Zufluchtsort keine Sicherheit mehr bieten würde. Aus diesem Grund bewegten sie sich leise in den Wäldern. Das hatte Anna zwar schon von Anfang an gemacht, aber der Mann musste das erst noch begreifen.

Jeden Abend schliefen sie nebeneinander ein. Händchenhaltend und jeder in seinem Bett. Freunde eben. Nichts sonst.

Vielleicht war es diese Sicherheit, die Anna irgendwann unvorsichtig werden ließ.

Es hatte lange gedauert, bis sie sich neuerdings dem Teich nähern konnte, doch nun saß sie am Ufer und ließ die nackten Füße ins Wasser hängen. Neben ihr saß Peter und sie führten ein Gespräch über früher.

Sie erzählte von Magdeburg und er begann von seinem Dorf zu berichten. Seine Beschreibungen waren so plastisch, dass sich Anna das alles wirklich gut vorstellen konnte.

Schließlich begann Peter ihr eine lustige Geschichte über eine alte Bauersmagd zu erzählen, bei der sie aus dem Lachen kaum wieder heraus kam.

Doch schlagartig zuckte sie zusammen und verstummte.

Augenblicklich war die Angst wieder da, denn das Wiehern eines Pferdes hatte abermals alles aufgerissen.

Wie der Blitz war Anna aufgesprungen, hatte den Bogen in der Hand und einen Pfeil aus dem Köcher gezogen.

„Wir müssen fort!", zischte sie.

Peter hatte noch gar nicht reagiert. Verwirrt blickte er zu ihr auf, da sah sie schon das Aufblitzen der Sonne auf einem Brustpanzer.

Fünf Kürassiere stürmten auf die Wiese.

Wie im Reflex ließ Anna den Pfeil los, der nutzlos gegen einen der Panzer prallte. Der zweite Pfeil traf einen der Männer in den Unterleib und der Landsknecht brach schreiend zusammen.

Der nächste Pfeil durchschlug den Hals eines der Soldaten, der nur noch eine Armlänge von ihr entfernt war.

Als Anna den nächsten Pfeil ziehen wollte, riss einer der Männer sie von den Füßen.

Peter war mittlerweile ebenfalls aufgesprungen und kämpfte mit seinem Schwert gegen zwei Landsknechte, wie Anna im Fallen sehen konnte.

Der schwere Kürassier presste sie zu Boden und entriss ihr den nun nutzlosen Bogen.

Anna gelang es ihren Dolch zu ziehen, doch der fand kein Ziel. Mehrfach prallte er von dem Panzer ab. Der Mann lachte über ihr und dann konnte sie die Waffe doch noch zwischen Brust und Rückenpanzer hindurch in die Seite des Soldaten stoßen. Dort verkeilte sich die Klinge aber so, dass Anna sie nicht mehr herausbekam.

Tödlich verwundet sackte der Mann über ihr zusammen.

Während Anna versuchte, den schweren Mann von sich herunter zu bekommen, trat einer der Soldaten an sie heran und sie blickte in die Mündung einer Pistole.

Die kleine schwarze Öffnung zeigte genau auf ihr Auge. Jederzeit bereit, den Tod gegen sie auszuspeien und daher stellte sie die Befreiungsversuche ein.

Grinsend sah der Mann sie an, dann hob er die Waffe und schoss auf Peter. Einen Augenblick später schlug er ihr mit dem Lauf der Pistole über den Kopf und alles verschwamm vor ihren Augen.

Ein Schlag in ihr Gesicht weckte sie auch wieder auf.

Anna lag ausgestreckt auf der Wiese und spürte das Gras unter sich am ganzen Rücken. Arme und Beine waren von ihr in alle vier Richtungen gestreckt und sie fühlte auch, dass ihre Hände und Füße mit Stricken gefesselt waren.

Sie schlug die Augen auf. Über ihr kniete der Soldat und hatte immer noch die Pistole in der Hand. Auch einen zweiten Landsknecht sowie zwei Pferdehintern konnte sie sehen.

„Du hast drei meiner Kameraden getötet!", begann der Mann zu erzählen und schlug ihr mit dem Handrücken ins Gesicht.

Es schmerzte und der Schlag riss ihren Kopf zur Seite. Sie sah, dass sie nackt im Gras lag und die Stricke von ihren Händen zu den Pferden führten. Auch die Seile von den Füßen waren mit zwei Pferden verbunden.

Der Mann drückte ihren Kopf wieder gerade und setzte fort: „Dafür werden dich unsere Pferde in Stücke reißen!"

Der Landsknecht erhob sich und trat zurück.

Anna betete schnell, denn der Tod stand nun unmittelbar bevor. Niemand würde ihr mehr helfen können.

Lächelnd sah der Mann zu ihr herunter, dann sagte er: „Aber zuvor habe ich noch meinen Spaß mit dir!"

Er warf dem anderen Mann die Pistole zu und stellte sich erneut vor ihr auf. Der Mann trat zwischen ihre gespreizten Beine, ließ die Hose fallen und in diesem Moment traf ihn ein Pfeil in den Unterleib.

Schreiend brach er zusammen und der zweite Soldat schoss die Pistole ab.

Die Pferde zuckten zusammen und Anna spürte, wie sich die Stricke spannten. Doch die Pferde waren Soldatenpferde. Sie scheuten nicht, sondern waren Schüsse gewohnt.

Der zweite Soldat brach tödlich getroffen neben ihr zusammen und Anna versuchte nach hinten zu sehen, was ihr aber aus ihrer liegenden Position nicht gelang.

Ewige Zeit später humpelte Peter auf sie zu und löste die Fesseln an ihren Füßen und Händen.

Er kniete sich neben sie und sagte: „Freunde müssen sich doch helfen!"

Ächzend erhob er sich.

Anna setzte sich auf und bedeckte schnell mit den Händen ihre Blöße.

34. Kapitel
Drei Gulden

Barbara hatte jedes Zeitgefühl verloren. Wie lange saß sie nun schon in diesem Zelt? Eine Woche? Zwei? Unendlich lang schien es ihr schon zu sein und durch ihre Unbeweglichkeit dehnte sich die Zeit nur noch mehr. Bei Sonnenaufgang band sie der Mann an den Pfahl und erst am Abend löste er das Seil wieder.

Doch das Lösen des Seiles leitete nur noch schlimmere Qualen für Barbara ein. Der Mann war brutal! Er war kein Soldat, wie sie am Anfang noch angenommen hatte, sondern er war Metzger im Tross und verkaufte Fleisch an die Männer und Frauen des Heeres.

Und so wie der Mann mit dem Schlachtvieh umging, so behandelte er auch sie.

Mittlerweile hatte Barbara ein Unterkleid von ihm erhalten, wodurch sie nicht mehr nackt im Zelt sitzen musste. Es war aber ein rechter Fetzen, den der Mann sicher einer Toten vom Leib gerissen hatte. Allerdings bedeckte der leinene Stoff wenigstens am Tage ihre Blöße.

Das Zelt durfte sie trotzdem nicht verlassen und so war ihre Welt der kleine Ausschnitt, den sie in der Öffnung hinter der zurückgeschlagenen Plane sah.

Die Menschen, die nur wenige Schritte vor ihr vorbei gingen und der Metzger, der direkt vor dem Zelt die quiekenden Schweine schlachtete.

Mehr gab es für Barbara nicht.

Auch die Gespräche mit dem Mann hielten sich in Grenzen. Offensichtlich war er sehr wortkarg und verschlossen. Seine Sätze zu ihr beliefen sich nur auf Befehle, wie „Tue das...", „Mache das...", oder auch „Lass das!" Schon lange hatte sie aufgehört sich zu wehren.

Die Schläge der ersten Tage und ihre Vernunft hatten ihren Widerstand gebrochen, aber warum wehrte sie sich nicht mehr? Was hatte sie zu verlieren? Doch nur die Qual!

Und so beschloss Barbara für sich selbst, den Mann auszutricksen. Sie verhielt sich fügsam wie ein Lamm, dass man zur Schlachtbank führte und in einem unbedachten Moment von ihm zog sie sein Messer aus seinem Gürtel, doch noch bevor sie auch nur die Klinge in ihre Richtung drehen konnte, hatte sie auch schon eine Ohrfeige bekommen und war, ohne die Waffe, in die Ecke des Zeltes geflogen.

Die Plane fing ihren Sturz ab. Wenig später kniete der Mann über ihr und schlug ihr ins Gesicht.

„Ich werde dich lehren, was es heißt, die Hand gegen mein Eigentum zu erheben!", brüllte er sie an und dann hagelte es Schläge auf ihren Kopf und die Arme, die sie zum Schutz erhoben hatte.

Wie betäubt hockte sie anschließend im Zelt. Der Mann hatte ihr die Arme hinter dem Rücken an den Ellenbogen zusammen gebunden und der dünne Strick schnitt ihr in die Haut. Offensichtlich hatte er das absichtlich getan.

Ihr Kopf dröhnte noch und sie hörte ihn nicht, obwohl er etwas sagte, denn sein Mund bewegte sich.

„Sein Eigentum!", hallte es durch ihren Kopf. Das war sie nun, aber die drei Gulden hatte sie schon lange abgearbeitet.

Er stand vor ihr und hob das am Boden liegende Messer auf. Konnte er sie nicht damit endlich erlösen? Was konnte sie denn sonst noch tun? Er verließ das Zelt und sie blieb weinend zurück.

Auf einmal sah sie durch den Schleier ihrer Tränen hindurch eine Gestalt auf sich zukommen. In Erwartung neuer Schläge duckte sie sich weg, so gut es gefesselt eben ging, doch da streifte eine Hand fast zärtlich ihre Wange und wischte ihr die Tränen ab.

Barbara erkannte eine junge Frau mit blonden Haaren, die unter der Haube hervorschauten. Die Frau war sicher keine fünf Jahre älter als sie. Vorsichtig tupfte sie mit einem Tuch über Barbaras

Mund, der sich taub anfühlte. Dann war das Tuch rot. Offensichtlich war Barbaras Lippe aufgeplatzt und sie hatte es noch nicht gemerkt.

„Ich bin Greta", sagte die Frau.

„Barbara", antwortete sie, doch es klang, als hätte es eine Fremde gesagt, da sie den Mund nicht richtig bewegen konnte.

„Sei still!", sagte Greta und presste das Tuch auf Barbaras Mund.

„Die Blutung muss erst zum Stehen kommen", erklärte sie.

Barbara nickte dankbar. Trotzdem musste sie hinzusetzen: „Du musst gehen! Was, wenn er zurückkommt..."

Doch Greta legte ihr den Finger auf den Mund. „Er ist vier Zelte weiter beim Schankwirt. Dort bleibt er sicher bis zum Zapfenstreich. Ich habe deine Schreie gehört", setzte sie hinzu.

Barbara konnte sich nicht daran erinnern, geschrien zu haben. Langsam kam wieder Gefühl in ihre Lippe und damit auch der Schmerz.

Nach einer ganzen Weile zog Greta das Tuch fort und nickte ihr zu.

„Danke! Woher kannst du das?", fragte Barbara.

„Ich bin eine der Marketenderin. Wenn die Männer trinken, dann fangen sie oft an, sich zu prügeln und da bekommt manchmal eine von uns etwas ab. So lernt man so einiges über Verletzungen", erklärte Greta und wischte ihr mit dem feuchten Tuch übers Gesicht.

„Wo sind wir hier?", fragte Barbara.

Greta zuckte mit den Schultern. „Heute hier, morgen dort. Ich bin seit fast fünf Jahren beim Tross. Irgendwann habe ich aufgehört, mir die Orte zu merken."

„Wo bist du her?", fragte Barbara.

„Aus Bamberg."

„Ich bin aus Magdeburg!", antwortete Barbara.

Greta zuckte zusammen. „Du bist eine von denen, die überlebt haben?", fragte sie.

Barbara nickte und ihr Blick fiel auf den Dolch an Gretas Seite.

„Kannst du mich nicht töten? Bitte!", bat sie.

Greta schüttelte den Kopf. „Nur einige haben überlebt und eine davon hat mich um denselben Gefallen gebeten, aber ich darf nicht", gab Greta zurück und setzte, während sie sich umdrehte, dazu: „Er würde mich dafür töten!"

Das sah Barbara natürlich ein, doch abermals stiegen ihr Tränen in die Augen.

„Es sind noch andere Frauen aus Magdeburg hier?", fragte sie schluchzend.

„Ja! Aber sie sind als Huren hier im Tross."

„So wie ich auch!", weinte Barbara.

Greta streichelte ihre Wange und wischte ihr erneut die Tränen fort.

„Hast du eigentlich nichts zu tun, dass du dich um mich kümmern kannst?", fragte Barbara und es klang seltsam schroff, wo Greta sie doch gerade gepflegt hatte.

Die streichelnde Hand zuckte zurück.

Barbara setzte schnell ein „Bitte entschuldige!" hinzu.

Greta nickte und sagte: „Hast ja recht. Wenn ich nichts verkaufe, dann schlägt mich vielleicht der Schankwirt."

Sie drehte sich zur Seite und Barbara sah einen Tragekorb mit Krug und Bechern im Zelteingang stehen. Greta ging dort hin, füllte einen Becher und kam damit zurück. Sie setzte ihn Barbara an den Mund und sie trank gierig. Den ganzen Tag hatte sie noch nichts getrunken. Danach gab Greta ihr noch ein Stück Brot.

„Ich komme morgen wieder", erklärte Greta, während Barbara kauend nickte. Anschließend hängte sich Greta den Korb um, nickte ihr freundlich zu und verschwand nach draußen.

35. Kapitel
Auf Messers Schneide

ie Gefahr war ihm gar nicht bewusst gewesen. Peter hatte sie einfach verdrängt und so war er unvorsichtig geworden. Vielleicht auch träge, doch bevor er überhaupt realisiert hatte, was gerade eben geschah, hatte Anna schon den zweiten Pfeil abgeschossen.

Nun lag sie am Boden und kämpfte mit einem Soldaten, während er aufgesprungen war und sich mit seinem kurzen Schwert auf einen anderen der Kürassiere stürzte.

Eigentlich war dies ein ungleicher und aussichtsloser Kampf, denn der Mann hatte einen Panzer an und sein Schwert war doppelt so lang, wie Peters Waffe, aber Peter kämpfte mit dem Mut der Verzweiflung gegen ihn und für Anna.

Wo gerade noch beschauliche Ruhe und das Lachen der Frau gewesen waren, da waren nun Schreie und das Klirren der Waffen zu hören.

Was machten diese Männer hier überhaupt? Den gelben Schärpen nach, die sie schräg über den Brustpanzer trugen, waren es reguläre kaiserliche Kürassiere. Vermutlich Reiter der Pappenheimer. Aber nur Fünf?

Oder waren da noch mehr in der Nähe.

Lauter unnütze Gedanken schossen Peter durch den Kopf. Dann schrie der Mann über Anna auf und einer der Landsknechte legte seine Waffe an Annas Kopf.

Peter sah, wie der Mann die Pistole hob und auf ihn zielte. Mitten im Kampf versuchte er sich wegzudrehen, was ihm natürlich nicht wirklich gelang. Er hörte den Knall und ein Schlag traf seinen Oberschenkel.

Peter schwankte und ließ die Waffe fallen. Der andere Landsknecht drängte nach und hob das Schwert. Jetzt verlor Peter das

Gleichgewicht und da er nahe am Teichufer gekämpft hatte, stürzte er kopfüber in das Wasser hinein. Er bemerkte noch, wie der Mann seine Pistole aus dem Gürtel riss und auf ihn schoss. Die Kugel schlug hinter Peter in das Wasser ein und verfolgte ihn, aber ein großer Karpfen, der unvorsichtig zwischen Peter und den Mann geschwommen war, wurde von dem Geschoss getroffen und buchstäblich zerrissen. Eine Wolke aus Blut hüllte Peter ein.

Schnell tauchte Peter nach unten weg und war wenig später auf dem Grund des kleinen Teiches angekommen. Wo war das Schilf gewesen? Links oder rechts von ihm? Im trüben Wasser glitt er vorsichtig dahin.

Das eine Bein konnte er nicht mehr bewegen. Nur mit dem anderen und beiden Armen zog er sich vorwärts.

Langsam wurde die Luft knapp, aber er konnte auch nicht auftauchen, die Männer würden ihn sehen und erneut auf ihn schießen. Noch einmal würde sich wohl keiner der Fische vor ihn werfen, um ihn zu retten. Endlich ertasteten seine Finger die ersten Schilfhalme.

Mit der letzten Kraft und fast ohne Luft zerrte er sich tiefer in das Gestrüpp hinein, bis er endlich aufzutauchen wagte.

Nur bis zu den Augen begab er sich über die Wasseroberfläche und spähte zurück, dann erst schob er seinen Kopf vollständig aus dem Wasser. Die Männer waren an derselben Stelle geblieben.

Einer blickte, mit der Pistole in der Hand, in die trübe Oberfläche des Teiches. Vermutlich suchte er ihn. Der zweite Mann kniete über Anna.

Durch das Schilf versteckt musste Peter zusehen, wie die beiden Landsknechte Anna das Kleid zerrissen und sie danach nackt, an den Armen ziehend, vom Teichufer wegschleppten.

Die drei toten Landsknechte ließen sie einfach dort zurück. Wohin würden sie die Freundin bringen? Er musste ihr helfen, aber momentan konnte er noch nicht einmal aus dem Wasser heraus.

Das Bein verweigerte immer noch jede Bewegung. Die Kugel hatte den Oberschenkel durchschlagen und die Wunde, durch die er seinen Finger stecken könnte, blutete stark.

Mühsam zog er sich auf das Land und schnürte das Bein mit seinem Gürtel ab. Die Blutung ließ etwas nach, die Angst um Anna trieb ihn aber vorwärts. Auf Händen und Knien kroch er durch das Schilf, dann stieß er auf einen Knüppel, den er als Krücke benutzen konnte.

Damit war er nun deutlich schneller unterwegs. Humpelnd hatte er wenig später die Stelle am Ufer wieder erreicht.

Die drei toten Männer lagen dort und auch Annas Bogen mit den Pfeilen. Wie viele Feinde würden ihn erwarten? Er nahm den Köcher auf, hängte ihn sich um und griff sich den Bogen. Mit zwei Pfeilen und dem Bogen in der einen Hand und der Krücke in der anderen humpelte er den Männern hinterher.

So schnell er konnte folgte er ihnen und sah sie schon nach dreißig Schritten vor sich stehen. Sie hatten Anna auf den Boden gelegt und sie mit Armen und Beinen an die Sättel ihrer Pferde gebunden. Doch die beiden Männer sahen ihn nicht, sie waren viel zu sehr mit Anna beschäftigt.

Da Peter kein so guter Schütze war, musste er so nah wie möglich an die beiden Landsknechte heran.

Als er nur noch fünf Schritte entfernt war, ließ einer von ihnen die Hose fallen, um sich auf die wehrlose Frau zu stürzen. Der Pfeil durfte ihn nicht verfehlen!

Der zweite Mann fuhr herum und schoss auf Peter, der gerade stürzte und im Liegen den anderen Pfeil auf den Mann abschoss. Das Geschoss blieb im Halse des Landsknechtes stecken und er fiel zu Boden.

Der Knall des Schusses hatte die Pferde erschreckt, aber sie blieben zum Glück stehen.

Peter griff nach der Krücke und stemmte sich damit hoch, dann humpelte er zu Anna hinüber und löste ihr die Fesseln. Von einem der Pferde holte er den Mantel von einem der Reiter, den er ihr brachte.

Schnell hüllte sich Anna in den Umhang und griff sich das Schwert des einen Landsknechtes. Damit tötete sie den schreienden Soldaten, den Peters Pfeil nur verletzt hatte.

Peter sah die Wut in ihren Augen, als sie zuschlug.

Mit der erhoben Waffe kam sie auf ihn zu und sagte dann: „Ich danke dir."

Peter fragte: „Was machen wir mit den Pferden?"

„Die verjagen wir und wir müssen die Leichen verschwinden lassen!", erklärte Anna entschlossen.

Verstehend nickte er ihr zu.

Anna ließ die Waffe fallen und sagte: „Das war knapp." Dann sah sie zu den Pferden, die immer noch neben ihr standen. Der Umhang schloss vorn nicht richtig und gewährte ihm einen Blick auf ihren Körper. Zwar hatte er sie auch nackt am Boden gesehen, doch jetzt konnte er die Augen nicht davon abwenden.

Auf die Krücke gestützt sah er zu, wie sie die Pferden davon jagte.

Mit donnernden Hufen sausten die Tiere, wild galoppierend und wiehernd, über die Wiese dahin.

Mit seiner Krücke war er ihr auch beim fortschleifen der Leichen keine Hilfe, aber die toten Soldaten mussten verschwinden, sonst wären sie beide erneut in Gefahr.

Anna zog die beiden Männer an den Armen zu einer halbverfallenen Hütte, in die sie die Leichen warf. Auch die anderen drei vom Teich landeten bei den beiden. Jetzt erst konnte sie, mit aller Kraft, ihren Dolch aus der Seite des einen Landsknechtes ziehen.

Danach kam Anna auf ihn zu und Peter konnte sich, auf sie gestützt, auf den Weg zu ihrem Versteck machen. Er trug die Waffen. Anna war unter dem Umhang immer noch nackt, denn ihr Kleid war vollkommen zerfetzt.

36. Kapitel
Eine verzweifelte Suche

Mehr als zwei Wochen hatte der Weg für Sieghelm gedauert. Unterwegs hatte er die beiden Mädchen in einem Dorf untergebracht, obwohl er nicht wissen konnte, ob sie dort sicher waren. Aber wer wusste das schon in dieser Zeit des Tötens und Sterbens?

Er hatte es nicht mit seinem Gewissen vereinbaren können, die beiden kleinen Mädchen einfach ihrem Schicksal zu überlassen. Die jüngere von ihnen hatte durch den Schreck auch das Sprechen verlernt, aber die dankbaren Augen der Älteren waren für ihn ein Trost über den Schmerz gewesen, den er wegen der eigenen verlorenen Kinder hatte.

Und nun befand sich das Lager des Pappenheimer Regimentes und der anderen, mit ihm ziehenden Heeresteile, direkt vor ihm auf einer großen Freifläche. Bis kurz vor dem Lager hatte er sich im Schutze eines Waldstückes bewegt, doch dann hatte er auf das Feld hinaustreten müssen.

Die letzten dreihundert Schritte setzte er mit Bedacht und grübelte dabei weiter, wie er seine Barbara wiederfinden konnte.

Allerdings führte ihm die schier unüberschaubare Menge an Zelten die Schwierigkeit der Suche schon jetzt deutlich vor Augen.

Grob geschätzt waren es sicherlich 6.000 Landsknechte! Dazu kam gewiss noch einmal dieselbe Menge an Männern und Frauen im Tross. Alles in allem waren auf dieser Wiese in Thüringen etwa fünfzehntausend Menschen versammelt, die im ungeordneten hin- und herlaufen die Suche nicht viel einfacher machen würden.

An so vielen Plätzen hatte er schon gelagert und das auch noch auf beiden Seiten der kämpfenden Heere.

Langsam wanderte Sieghelms Blick über die Menschenansammlung dahin und auch in der Vergangenheit war es dasselbe Bild gewesen, das sich ihm jetzt auch hier bot. Da die Landsknechte jederzeit mit Überfällen rechnen mussten, war es von großer Wichtigkeit, dass man ein Feldlager sicherte. Dabei gab es die verschiedensten Möglichkeiten, wobei die Kaiserlichen, als auch die Schweden, im Großen und Ganzen die gleichen Mittel anwendeten.

Mit der Wahl eines geeigneten Platzes begann es und danach kam das Aufstellen der Posten, die im Vorfeld um das Lager verteilt waren. So wie hier waren es meist strategisch günstige Stellen, wie Anhöhen oder die Zugänge zum Platz.

Dort sollten sie den anrückenden Feind rechtzeitig erkennen und ihn lange genug aufhalten, bis sich der Haufen zum Kampf formiert hatte.

Normalerweise wurde auch noch eine Abteilung berittener Kürassiere im Lager in Bereitschaft gehalten, die bei einem Angriff schnell einen Ausfall zur Unterstützung der Posten unternehmen konnten.

Von seinem Weg aus konnte Sieghelm die Männer bei den Pferden stehen sehen.

Er passierte einen dieser Posten, der am Wegesrand stand. Zehn Landsknechte, die gelangweilt die Straße entlang schauten und keinerlei Anstalten machten, ihn zu kontrollieren oder aufzuhalten.

Viele Männer kamen wohl aus der Umgebung, um sich dem Heer anzuschließen, denn schließlich versprach der Dienst bei der Fahne auch Nahrung, Sold und Beute.

Und wie in jedem Heerlager, so befand sich auch bei diesem das Zelt der Werber beim Eingang. Sieghelm meldete sich bei dem Offizier und nach wenigen Worten war schon alles geklärt.

Die Unterschrift und das Handgeld waren da nun noch Formsache. Durch seine Erfahrungen und den adligen Namen wurde er sofort zum Unteroffizier berufen und wenig später gehörte er dem katholischen Heer an.

Da er ja schon seine Waffen besaß, wurde ihm nur noch die Schärpe umgehängt und anschließend war er mit einem der Männer auf dem weiteren Weg durch das Lager.

Die alten Erinnerungen strömten bei jedem Schritt auf ihn ein und gleichzeitig auch die Gedanken daran, dass er damals mit seiner Frau hier gewesen war, die ja nun schon über ein Jahr tot war. Ihretwegen hatte er damals die Truppe verlassen und nur für Barbara hatte er das Lager nun nochmals aufgesucht.

Unstet ging sein Blick über die Männer und Zelte. Es war die alte Routine, die ihm erneut die Orientierung gab. In der Mitte befand sich das Zelt des Grafen von Pappenheim und die breiten Wege, von kleineren Zelten gesäumt, führten alle darauf hin.

Das Schießpulverlager war abseits zu sehen, getrennt von der Mannschaft und weit genug entfernt, falls ein Feuer ausbrechen würde. Dazwischen lag die Koppel mit den Pferden der Kürassiere.

Auf der anderen Seite brannten die Feuer der Schmieden und Bäcker. Dort waren die Zelte des Trosses mit den Frauen, abseits des großen Lagers. Genau dort war wohl am ehesten der Platz, wo er nach Barbara suchen konnte.

Allerdings war dort auch das Gewimmel am größten. Hier, auf dieser Seite des Lagers, bei den Landsknechten, herrschte Ordnung. Jedes Zelt hatte seinen Platz.

So wie die Soldaten in die Schlacht zogen, so lagerten sie auch hier. Immer jedes Fähnlein für sich, sauber abgegrenzt und sorgfältig ausgerichtet. Die Reihe der Zeltpflöcke war wie mit einem Lineal gezogen.

Drüben baute jeder so, wie es ihm gefiel. Ein unüberschaubarer Wald aus Zeltpfählen mit Pferden, Schafen, Schweinen und Ochsen dazwischen. Außen herum waren die Fuhrwerke und Wagen angeordnet, wodurch eine Art von Wagenburg zum Schutz gegen den Feind entstand. Schließlich war ja auch nur das Lager der Landsknechte bewacht.

Nun war er der Frau so nah und doch musste die Suche erst einmal warten, bis er hier angekommen war.

Sieghelm wusste noch, dass am Tage die Grenzen scharf gezogen waren. Männer hier, Frauen dort! Erst am Abend verwischten sich die Abgrenzungen. Die Frauen strömten dann zu den Männern herüber, einige Männer sicherlich auch zu ihren Familien die sie begleiteten, wie die seinige früher.

Der ihn begleitende Posten bog von dem Weg ab und schlug eine andere Richtung ein.

Zwischen den Zelten, auf einer schmaleren Gasse, erreichten sie schon bald ein Zelt, dass etwas größer war, als die der Männer. Das Zelt eines der Offiziere und Sieghelm war ziemlich überrascht, als sein Bruder aus diesem trat und auf ihn zukam.

Bertram schickte zunächst den Posten fort, dann bat er Sieghelm in sein Zelt und erst dort umarmten sich die beiden Brüder.

„Du hier?", fragte Sieghelm.

„Dasselbe wollte ich dich auch gerade fragen", erwiderte Bertram schmunzelnd.

„Wie ist es dir ergangen? Was machen deine Frau und die Kinder? Sind sie auch hier?", wollte der Bruder wissen.

Sieghelm sah zu Boden. „Sie sind alle tot", antwortete er leise.

„Aber ich habe die marodierenden Räuber alle zur Strecke gebracht, die das gewesen waren", ergänzte er und blickte seinen Bruder an. „Und du? Wie geht es dir und deiner Familie?"

„Wir sind immer noch zu dritt", entgegnete Bertram und zeigte auf zwei Stühle an einem Tisch.

Sie setzten sich und Bertram fragte: „Nun? Was führt dich zu mir? Sicherlich nicht der Kampf!"

„Ich suche meine Frau", begann Sieghelm und nahm einen Becher Wein an, den ihm sein Bruder hinhielt.

„Hast du nicht gesagt, dass sie tot ist?", fragte Bertram nach.

Sieghelm nickte. „Ja. Ich suche meine neue Frau. Barbara. Sie ist von Kürassieren entführt worden", erklärte er und nahm einen großen Schluck.

„Wenn ich es vermag, so will ich dir gern bei deiner Suche helfen. Aber nun zeige ich dir erst einmal deine Männer. Willkommen im kaiserlichen Heer!", sagte Bertram.

Beide Brüder erhoben sich von den Stühlen, stellten die Becher auf den Tisch und traten vor das Zelt.

37. Kapitel
Das Ende der Freundschaft?

Seit Tagen hatte Anna nun die schützende Behausung nicht mehr verlassen. Selbst zur Latrine hatte sie sich nicht mehr getraut. Peter lag auf dem Bett und konnte sich immer nur ein paar Schritte bewegen. Sie hatte ihm die Wunde mit Nadel und Faden notdürftig genäht und nun musste das Bein einfach nur noch heilen.

Zum Glück hatte Peter bisher kein Fieber bekommen.

Mit dem erneuten Überfall waren bei Anna auch die Albträume zurückgekommen. In so kurzer Zeit war sie nun zweimal dem Tode so nahe gewesen, dass sie den kalten Hauch hatte spüren können. Wäre nur ein Pferd durchgegangen, so hätte es sie einfach zerrissen.

Anna war noch nie sehr gläubig gewesen, doch an jenen Abend hatte sie Gott auf Knien dafür gedankt, dass er die Pferde ruhig gehalten hatte!

Allerdings waren nun ihr Kleid und auch das Unterkleid vollkommen zerfetzt. Die Soldaten hatten es ihr einfach vom Körper gerissen und daher hüllte sie sich seither einfach in den Umhang eines der Männer. Zwar trug sie ihren Gürtel darüber, wodurch der Umhang vorn nicht allzu sehr offenstand, aber trotzdem bot er immer noch genügend Einsichten.

Natürlich hatte sie Peters Blicke bemerkt, die er oft nicht davon lassen konnte, wenn sie sich über ihn beugte.

Irgendwie war ihr das unangenehm und andererseits gefiel ihr das auch.

Der Stoff war weich und schön. Er floss nur so um ihren Körper und reichte ihr bis zum Knie. Durch zwei seitliche Schlitze konnte sie die Arme nach draußen stecken und damit arbeiten. Am Halse war er mit einem Band zu einer Schleife verknotet. Eine kostbare Borte zierte den Saum und es waren sicherlich wohlhabende Leute gewesen, denen der Landsknecht diesen kostbaren Umhang geraubt hatte.

In der Nacht verrutschte dieser Umhang oft noch und sie gab damit Peter im Schlafe noch tiefere Einblicke preis.

Dennoch hatte sie vor ihm keine Scheu, denn sie mochten sich beide und hatten sich in der Zeit gut miteinander angefreundet.

Da Anna nicht hinausging, konnten sie den ganzen Tag miteinander reden. Natürlich waren das andere Gespräche, als die, die sie von Barbara und Sieghelm gehört hatte.

Sie war nicht so klug wie die Schwester und auch Peter war nur ein einfacher Knecht. Daher unterhielten sie sich über alltägliches und über den Wald, den sie nicht mehr betreten wollte. Zumindest vorläufig, denn lange würde sie sich hier wohl nicht mehr verstecken können. Schon bald würde ihnen das Essen ausgehen, oder das Wasser, und dann musste sie zwangsläufig aus der Hütte hinaus.

Hatte sie sich freilich nicht schon einmal dazu durchgerungen, die Angst zu besiegen? Würde ihr das neuerdings gelingen? Vielleicht! Allerdings begann sie im Moment noch zu zittern, wenn sie sich auch nur der verbarrikadierten Ausgangstür näherte.

Abermals war solch ein Zeitpunkt gekommen, in dem sie starr vor Angst war. Anna stand zitternd vor der Tür und konnte den Riegel nicht betätigen.

Peter stemmte sich von seinem Lager hoch und humpelte auf sie zu. Schnell schloss er sie in seine Arme und zog sie an seine Brust.

Dadurch fühlte sich Anna unendlich geborgen und sicher. Das Zittern verschwand augenblicklich, denn solange er seine Arme um sie geschlungen hatte, so lange konnte ihr rein gar nichts passieren.

Da war sie vollständig in Sicherheit!

Ewig standen sie so zwischen Bett und Tisch. Dann strich er sanft über ihre Wange und seine Fingerspitzen glitten durch ihr Haar, streichelten ihren Hals.

Anna wollte zurückzucken, doch etwas in ihr zwang sie dazu, einfach nur so stehenzubleiben. Sie genoss es und versank in Peters Augen, in denen sich das Herdfeuer spiegelte, und unvermittelt trafen sich ihre Lippen zu einem ersten Kuss.

So lange waren sie gemeinsam in der Hütte gewesen. Sie waren Freunde, die nebeneinander einschliefen und aufwachten.

Nun schien daraus etwas anderes zu werden. War das das Ende der Freundschaft? Oder der Beginn von etwas Neuem?

Die Erinnerung an Sieghelm und Barbara raste durch ihren Kopf. In diesem zärtlichen Kuss vereint wollte sie sich Peter hingeben und dennoch hatte sie diese Furcht in sich. Es war die Angst vor den Schmerzen, welche die Landsknechte bei ihr ausgelöst hatten.

Obwohl sie zurückweichen wollte, konnte sie sich doch nicht von ihm lösen und auch nicht bewegen. Bei ihm schien es ähnlich zu sein.

In diesem wundervollen Kuss gefangen standen sie im Halbdunkel der Hütte.

Anna schlug die Lider nieder und spürte in sich hinein. Alles war anders. Das war nicht das Ende der Freundschaft, das war wahrhaftig der Beginn von etwas völlig neuem. Etwas für sie noch unbekannten!

Aber es fühlte sich so unbeschreiblich gut an!

Von ihr nicht bewusste beeinflussbar begannen ihre Hände ihren Gürtel zu öffnen und der Dolch fiel polternd zu Boden. Anna löste die Schur am Halse und der Umhang glitt von ihren Schultern.

Nackt und schutzlos drängte sie noch näher an Peter, dass er sie beschützen sollte und sie noch intensiver seinen Leib auf ihrer bloßen Haut spürte.

Auch er streifte sich, wie unter einem fremden Zwang, die Kleidung ab und schon wenig später fielen sie auf das Bett.

Nebeneinander lagen sie dort und abermals konnten sich weder Anna noch Peter bewegen. In einem neuen Kuss blieben sie einfach so liegen. Aneinander gepresst, aneinander geschmiegt. Anna genoss es, wie Peters Finger die Konturen ihres Körpers nachzogen, nachdem er sich als erster von ihnen bewegen konnte.

Ein Kribbeln durchlief ihren Leib und das fühlte sich wundervoll an. Keine Furcht hatte mehr in ihr Platz. Nun wollte sie erleben, was Barbara fast täglich neben ihr erfahren hatte.

„Bitte sei vorsichtig!", hauchte sie.

Peters Finger liebkosten ihre Brust, aber zu mehr schien er noch nicht bereit zu sein. Vielleicht fehlte ihm auch die Erfahrung, obwohl sie die ja auch nicht hatte.

Erneut sauste die Erinnerung an die Schmerzen durch ihren Kopf. Allerdings war da etwas in ihrem Gefühl, was sie nicht stoppen wollte. Gar nicht mehr aufhalten konnte.

Anna drängte sich noch enger an ihn heran. Für den Bruchteil eines Wimpernschlages sausten die Worte der Mutter durch ihren Kopf, aber sie versanken sofort im Nebel der aufkommenden Lust. Warum sollte sie nicht selbst die Initiative übernehmen, wenn Peter es doch auch wollte?

Jäh verspürte sie, dass ihre Scham eine sonderbare Nässe aufwies, doch sie versuchte diese Empfindung zu verdrängen.

Anna rieb sich an Peters Leib und ihre Berührungen waren von Erfolg gekrönt. Schon wenig später drängte sich sein hartes Glied gegen ihren Bauch.

Peter glitt zwischen ihre Schenkel, sein Glied berührte ihr feuchtes Geschlecht und ihre beiden Körper verschmolzen zu einem. Der Schmerz blieb aus und ein wohltuendes Prickeln breitete sich von ihrer Scham kommend in ihrem ganzen Leib aus.

Eine Empfindung puren Glücks durchflutete sie, während sich Peter intensiv und schnell in ihrem Schoß bewegte.

Weder er noch sie hatten nun noch eine Kontrolle darüber, was hier gerade geschah.

Ihr gemeinsames Schnaufen erfüllte die Hütte und das flackernde Licht des Herdfeuers beleuchtete ihre zuckenden Leiber.

Als Peter ihr seinen Samen in den Schoß gab, da zuckte auch Anna zusammen. Wohlige Schauer liefen über ihren Leib.

Tausende Sterne schienen auf ihre nackte Haut zu fallen und stöhnend sank Peter neben ihr auf das Lager.

Anna spürte diesem wunderbaren Sinnesreiz nach und rang gleichzeitig um Atem.

Mit der Luft kam auch der Verstand zurück. Nun schämte sie sich, denn alles hatte gegen das verstoßen, was ihr die Mutter jahrelang beigebracht hatte.

Eine Frau hatte stumm zu dulden und nicht vor Lust zu schnaufen! Beschämt versuchte sie die Decke über sich zu ziehen, doch auf dieser lag Peter.

Noch einmal trafen sich ihre Blicke und ihr Herz begann erneut wild zu klopfen.

Peter zog abermals mit seinen Fingern die Rundungen ihrer Brüste nach und dabei rannte das Gefühl mit ihr davon. Jetzt fühlte sie sich Barbara so nahe, wie noch nie zuvor.

Vor Wochen hatte sie sich noch weggedreht, nun konnte sie Barbara verstehen.

Im Moment endete gerade eine Freundschaft und eine Liebe begann. Oder hatte diese schon begonnen, als sie Peter getroffen hatte?

Mit dem letzten klaren Gedanken wusste sie: „Ich liebe ihn!"

Den Bruchteil eines Augenblickes später übernahmen neuerdings die Gefühle die Kontrolle über ihren Körper und drängten sie zu einer neuerlichen Vereinigung mit Peter.

38. Kapitel
Greta

In den letzten Tagen war Greta in fast jeden Moment bei Barbara gewesen, in denen der Metzger sie aus den Augen gelassen hatte. Offensichtlich hatte Greta ein Zelt ganz in ihrer Nähe und Barbara war froh, jetzt endlich jemanden gefunden zu haben, mit dem sie schnell ein paar Sätze wechseln konnte.

Und natürlich war es auch gut, dass Greta ihr half, denn der Mann hatte Barbaras Fesseln nicht wieder gelöst. Ohne die Freundin, und zu einer solchen war Greta in dieser kurzen Zeit schon geworden, hätte Barbara noch nicht einmal etwas essen oder trinken können.

Dem grobschlächtigen Mann war das anscheinend auch völlig egal.

Wäre Greta nicht, Barbara wäre vielleicht schon verdurstet oder verhungert.

Trotzdem hatte ihr die Freundin nicht das Messer gegeben oder die Fesseln gelöst, noch nicht einmal gelockert. Offensichtlich hatte auch sie Angst vor dem unberechenbaren Mann.

Bisweilen konnte Barbara diese Furcht in Gretas Augen sehen, wenn sie, durch ein Geräusch aufgeschreckt, sich schnell umblickte.

Natürlich war es gefährlich, dem Mann nicht seinen Willen zu lassen. Das hatte Barbara deutlich am eigenen Leib gespürt, aber wie lange sollte dieses fürchterliche Martyrium noch weitergehen?

Und so gern sie Greta hatte, so sehr hielt die junge Frau sie auch gleichzeitig vom erlösenden Tod fern, denn auch die Gespräche mit Greta hielten Barbara nun am Leben. Und nur ihretwegen nahm sie von ihr Speise und Trank an.

Ohne die Freundin hätte sie sich wahrscheinlich so lange den Kopf gegen die Zeltstange geschlagen, bis es zu Ende sein würde.

Etwas anderes konnte sie nicht mehr tun. Nur die Beine ausstrecken und den Kopf bewegen. Mehr nicht. Sitzend an den Pfahl gefesselt wartete sie auf die Momente, wenn der Mann vor dem Zelt verschwand und Greta danach auftauchte.

Es dauere oft nur ein paar Augenblicke und die Freundin erschien. Greta hatte nicht gesagt, wie sie das machte, denn sie musste doch sicher auch irgendetwas tun, um am Leben zu bleiben.

Auf Barbaras Rückfragen schüttelte sie immer nur den Kopf. Am ersten Tag hatte sie erzählt, dass sie als Marketenderin arbeitete, aber so eine richtige Arbeit schien das nicht zu sein, wenn sie doch fast ständig bei ihr war.

Allerdings hatte Barbara auch viel zu viel Angst, die Freundin mit weiteren Fragen zu verscheuchen. Etwas hielt sie am Leben und im Augenblick waren das nur die Unterhaltungen mit Greta.

Was war es wohl, was Greta immer wieder in dieses Zelt zog?

Anteilnahme? Sorge um Barbara? Es fühlte sich gut an und trotzdem war es seltsam. In einer Zeit der Gewalt war da jemand, der noch Mitgefühl hatte, der sich um einen anderen Menschen kümmerte. Und auch Barbara sorgte sich um die Freundin, wenn auch sicher aus anderen Gründen.

Für sie war Greta ihr Fenster zur Welt, denn von dem Platz aus, an dem sie gefesselt war, konnte sie auch weiterhin nur das gegenüberliegende Zelt und den Platz davor sehen, wo der Metzger die Schweine schlachtete, verwurstete oder briet. Nicht ein Fetzchen Himmel oder irgendetwas anderes, außer der grauen Zeltwand und dem Mann, der das Messer schwang. Nichts sonst!

Wenn Greta ihr nicht beschreiben würde, wie der Himmel und die Wolken aussahen, dann hätte Barbara schon lange gedacht, dass es dort gar keinen Himmel mehr gab.

Natürlich hatte sie beim Abladen gesehen, dass da dutzende, wenn nicht sogar hunderte, von Zelten nebeneinander standen.

174

Doch im Augenblick waren diese vier mal vier Schritte in dem Zelt ihre Welt. Grau in Grau. Trostlos!

Greta gab ihr neuerdings Hoffnung, dass es da etwas anderes gab, auch wenn sie noch nicht wusste, was das genau war. Eine Art von Zuversicht, die verschüttet schien, stellte sich ein. Barbaras Gedanken flogen zur Schwester zurück, von der sie nicht wusste, ob sie noch lebte und wo.

War Anna vielleicht auch hier irgendwo gefangen? Konnte da ebenfalls Greta helfen?

Schließlich fragte sie die Freundin: „Kannst du dich mal nach Anna umhören?"

Greta sagte ihr das gern zu, dann war sie verschwunden und fast augenblicklich erschien der Fleischer vor dem Zelteingang.

Wie hatte das Greta nur geahnt? Vielleicht hatte die Freundin eine Art von siebenten Sinn für den brutalen Mann entwickelt.

Gespannt wartete Barbara auf die Nachricht, aber zuerst wurde es draußen dunkel und der Metzger betrat das Zelt.

Es folgte die alltägliche Qual, bei der sie der Mann aber nicht von ihren Fesseln befreite.

Er riss sie herum, drückte sie mit dem Gesicht zu Boden, schlug ihr das Kleid hoch und Barbara erduldete mit zusammengebissenen Zähnen die tägliche Demütigung.

Sie vernahm sein Schnaufen und ertrug die Schmerzen klaglos, während er sich an ihr verging. Endlich spürte sie, wie er sich in ihr ergoss und wenig später saß sie neuerdings am Pfahl, während er neben ihr zu schnarchen begann.

Barbara versuchte sich so zu setzen, dass sie dabei keine Schmerzen haben würde, aber das gelang ihr nicht richtig und so konnte sie auch nicht wirklich schlafen.

Ihre Gedanken sausten zurück. Wann hatte sie denn zuletzt im Liegen schlafen dürfen? Bei Sieghelm in der Hütte vor unendlich langer Zeit!

Wo war der Geliebte bloß?

Barbara hob ihren Blick zur Zeltdecke und gab ein stummes Gebet ab: „Herr! Bitte hilf mir! Lass es mit mir zu Ende gehen!"

Dann fiel ihr Kopf nach vorn und sie weinte sich in den Schlaf, aus dem sie der Metzger mit einer Ohrfeige weckte.

Ohne Grund hatte er sie geschlagen, grinste sie an und ging.

Barbaras Wange glühte von dem Schlag und abermals stiegen die Tränen in ihr hoch, die sie mühsam herunterschluckte.

Das war nun ihr tägliches Los: Mit Schmerzen war die Nacht gekommen und mit ihnen begann auch der neue Tag!

Schließlich schaute Greta zum Zelt herein und lief die drei Schritte bis zu ihr. Sie kniete sich hin und flüsterte: „Anna habe ich leider nicht gefunden, aber jemanden anderes aus deiner Vergangenheit."

Barbara horchte auf. „Wen?", fragte sie leise.

Greta drehte sich zur Öffnung um. Sie ließ einen leisen Pfiff ertönen und eine Frau erschien, von der Barbara erst mit dem zweiten Blick erkannte, dass es Agnes war, eine Freundin von Anna, die in Magdeburg im Nachbarhaus gewohnt hatte und oft bei ihnen zu Besuch gewesen war.

Obwohl Agnes ein Jahr jünger als Barbara war, sah sie wie eine alte Frau aus. Der Kummer hatte ihr Gesicht zerfurcht und ihr Haar war nicht mehr haselnussbraun, sondern gräulich.

Agnes fiel ihr um den Hals.

„Du lebst! Und Anna?", fragte Barbara.

Agnes schüttelte den Kopf. „Ich weiß es nicht, aber ich höre mich weiter um", antwortete sie.

Greta war zwischenzeitlich zum Eingang gegangen und ließ von dort einen leisen Pfiff ertönen.

Blitzartig liefen beide Frauen hinaus und nur Augenblicke später zog der Metzger ein quiekendes Schwein vor das Zelt.

Der Mann führte sein blutiges Handwerk direkt vor ihren Augen aus und es schien Barbara wie eine Drohung. Angewidert senkte sie ihren Blick davor.

Auf den Boden sehend flogen ihre Gedanken den beiden Frauen hinterher. Sicherlich war Agnes nun eine der Huren. Greta hatte mal so etwas in der Art angedeutet. Die Tochter eines ehrbaren Schuhmachers war nun entehrt. Nach ihrer, sicherlich brutalen, Schändung hatte Agnes gewiss keine andere Wahl gehabt.

Hurerei oder verhungern!

Und auch Barbara war nun entehrt. Ihr Schicksal glich dem von Agnes. War die Flucht davor sinnlos gewesen? Nicht ganz, denn sie hatte Sieghelm getroffen!

Mit Agnes hatte Barbara nun auch eine zweite Freundin. Damit sehnte sie sich nach einer Nachricht von Anna und fürchtete sich doch gleichzeitig davor.

War das Schicksal von Anna in der Art, wie ihres und das von Agnes? Hätte sie die kleine Schwester nicht davor beschützen müssen? Bloß wie?

Tränen stiegen ihr in die Augen und verschleierten ihren Blick. Und in diesem Schleier sah sie Sieghelm! Mit seinem Bild vor den Augen träumte Barbara von den liebevollen Berührungen des Geliebten, bevor ein Schlag sie in die Gegenwart zurückholte.

Es war Abend und der Metzger forderte sein Recht ein.

39. Kapitel
Kleiderfragen

ie Angst war abermals verschwunden und eigentlich hätte Anna damit nun die Hütte auch wieder verlassen können, aber sie wollte es nicht! Peters Nähe tat ihr so gut und im Moment hatte sie auch kein Gewand. Vielleicht hätte man aus den Sachen der toten Landsknechte ein Kleid für sie machen können, aber dazu war es nun zu spät. Die Kürassiere lagen schon mehr wie eine Woche tot in der verfallenen Scheune.

Da auch Peter die Hütte nur humpelnd und immer nur kurz verlassen konnte, hatten sie es sich einfach hier drin so schön wie erdenklich gemacht. Wann immer möglich blieben sie daher einfach im Bett.

Immer besser konnte Anna nun Barbara verstehen, die mit Sieghelm auch kaum die Hütte verlassen hatte. Wehmütig flogen ihre Gedanken zu der großen Schwester. Wo mochte sie wohl jetzt gerade sein? Hatte Sieghelm sie nun schon gefunden und befreit?

Jedenfalls war die weiteste Strecke, die Anna zurücklegte, der Weg zur Latrine oder zum Bach. Weiter traute sie sich ohne Kleid nicht, auch wenn sie im dichten Wald wohl kaum einer sehen würde.

Die Wunde an Peters Bein hatte sich zum Glück auch nicht entzündet. Langsam schloss sie sich und in ein paar Tagen würde Anna den Verband dann entfernen und danach würde sich zeigen, ob Peter wieder richtig laufen würde, oder ob es beim Humpeln blieb.

Für die paar Schritte vom Bett zum Tisch und zurück brauchte er aber immer noch einen Stock als Krücke. Doch so waren sie eben immer beisammen und konnten sich unterhalten. Das warme Gefühl in Annas Bauch hatte sich immer mehr verstärkt. Mit jedem Tag war das Kribbeln nur noch größer geworden und Peter schien es ähnlich zu gehen. Mit ihm hatte sie ihr Glück gefunden, auch wenn sie dafür fast gestorben wäre.

Der Teich am Fuße des Berges war nun aber erst einmal verbotenes Land für sie. Zweimal hätte sie dort fast der Tod ereilt und Anna wollte das Schicksal nicht ein drittes Mal herausfordern.

In die Gedanken des Sommers mischten sich allerdings auch schon die ersten Befürchtungen des Herbstes und des Winters hinein. Bisher hatte sie immer im warmen Zimmer gesessen oder in der Küche bei Ruth und Hedwig. Mit dem Rücken am Herd war es immer sehr gemütlich gewesen, aber im folgenden Winter gab es keine Mägde, die ihr halfen. Da würden sie gemeinsam versuchen müssen, zu überleben.

Dazu gehörte genug Holz und auch Nahrung. Platz war ausreichend in der Hütte. In dem Bereich, der bisher von Sieghelm als Kapelle benutzt worden war, konnten sie das Brennholz stapeln. Nur eine Axt und eine Säge fehlten. Zwar hatte Sieghelm ihr ein kleines Beil dagelassen, um das Feuerholz zu zerkleinern, aber damit konnte man keinen Baum fällen. Da blieb nur, dass Peter nach seiner Genesung in das nächste Dorf ging, um dort alles nötige zu besorgen. Geld hatte Sieghelm reichlich dagelassen.

Allerdings wussten eben weder Anna noch Peter, was hier auf sie zukommen würde. Sieghelm hätte es gewusst, aber der war im Moment fern und ob er rechtzeitig mit Barbara wieder zurück sein würde, das stand in den Sternen. Falls er es aber schaffen würde, dann würden sie auch für die anderen beiden Nahrung brauchen. Und ein Kleid für Anna, damit sie sich wieder auf die Jagd begeben konnte, denn dahin musste sie zwangsläufig gehen.

Peter hinkte immer noch und er war auch nicht ein solch guter Schütze. Die beiden Pfeile, die Annas Leben gerettet hatten, waren sicher nur Zufallstreffer, auch wenn sie dafür sehr dankbar war.

Letztendlich hatte Peter dann die Idee, dass Anna in seinen Sachen zur Jagd gehen sollte. Irgendetwas stäubte sich allerdings bei dem Gedanken in ihr, Männerkleidung zu tragen. Eine Frau in Hosen? Ging das überhaupt? Zweifelnd hielt sie das Kleidungsstück hoch und konnte trotzdem nicht den Mut finden, sich diese Hose anzulegen.

Schließlich sagte Peter: „Wer sieht dich schon im Wald?"

Dieser Ratschlag half ihr aber nur wenig, denn freilich war ihr das schon zuvor bewusst gewesen. Gewiss lag es an der Erziehung durch die Mutter. Zwar war die alte Frau der modernen Welt aufgeschlossen und durch die Frauen der anderen Händler ziemlich modern gewesen, aber Hosen zu tragen, das wäre für sie nicht infrage gekommen. Und dies hatte sie ihren Töchtern immer wieder beigebracht. Rock und Kleid war vollkommen in Ordnung und durften sogar mal etwas weiter oben enden, aber Beinkleider waren nur für die Männer da.

Da ihnen allerdings langsam die Nahrung ausging und Anna nicht halbnackt in den Wald gehen wollte, blieb ihr am Ende nichts anderes übrig, als nach zwei Tagen des Überlegens doch die Kleidung von Peter anzuziehen.

Während der Mann sich ihren Umhang umlegte, zog sich Anna im Bett sitzend die Hose an. Auch Unterhemd und Jacke streifte sie über und legte sich anschließend den Gürtel um, an dessen einer Seite nun der Dolch und auf der anderen eines der erbeuteten Landsknechtsschwerter hingen.

Wenig später verriet nur das lange Haar noch die Frau, da ihre Oberweite sowieso nicht so groß war, wie die ihrer Schwester Barbara. Die weite Jacke verdeckte die Brust vollständig.

Sorgfältig flocht sich Anna einen Zopf und verwahrte diesen unter einem Tuch, das sie sich um den Kopf schlang. Nach einem Kuss für Peter ging sie, mit Bogen und Pfeilen in der Hand, aus der Hütte.

Die ersten hundert Schritte durch den Wald waren ungewohnt, doch danach fand sie die Kleidung ganz praktisch. Nirgendwo blieb sie hängen und konnte sich in den Sachen gut bewegen, auch wenn sie ihr etwas zu groß waren.

Lautlos schlich Anna durch das teilweise sehr dichte Gestrüpp, immer Pfeil und Bogen schussbereit in den Händen.

Schließlich erlegte sie zwei Hasen, die sie sich an den Gürtel hängte und danach weiter durch den Laubwald zog.

Ihr Weg führte sie auch zum Teich, obwohl sie gar nicht dorthin wollte. Unbeweglich sah sie aus einem Gebüsch heraus zur Oberfläche des Gewässers.

Vorsichtig wanderte ihr Blick umher und tastete jedes Gesträuch nach Gefahren ab. Nur wenige Schritte entfernt befand sich die Hütte, in der sie die Leichen verborgen hatten. Darin hatten sie auch die überzähligen Waffen verwahrt.

War das Versteck unbemerkt geblieben? Lagen die Leichname und die Waffen noch immer dort? Konnte sie es wagen, sich dort drin noch einmal nach etwas brauchbaren umzusehen?

Misstrauisch schob sie sich zum Eingang des verfallenen Gebäudes und spähte hinein. Die Sachen der toten Männer waren zerrissen. Offensichtlich hatte sich ein streunender Hund an ihren Leichen gütlich getan, aber die Schwerter und Pistolen lagen noch da.

Schwer mit den Waffen bepackt stieg Anna schnaufend den Berg zur Hütte hinaus.

40. Kapitel
Was ist die Wahrheit?

Agnes hockte neben ihr und Greta stand am Zelteingang. Leise unterhielt sich Barbara mit Annas Freundin, die nun durch die Umstände auch eine von ihr geworden war. Obgleich die Verbindung in Magdeburg nie sehr eng gewesen war, so war sie hier binnen zweier Tage so fest geworden, als hätte diese Freundschaft schon immer bestanden.

Während Greta argwöhnisch Wache hielt und nach draußen spähte, erzählte Barbara von ihrer Flucht.

Greta und Agnes hatten nichts von Anna gehört, also war sie wohl offensichtlich nicht hier oder sie saß ebenfalls gefesselt in einem der Zelte.

Das stimmte Barbara allerdings nicht froh, denn erstens wusste sie damit immer noch nicht, ob die Schwester den Überfall und die Schändung überlebt hatte und zweitens gab es hier mehr wie tausend Zelte! Das hatte ihr Agnes berichtet. Es war eine Stadt aus Tuch, mit allem, was man brauchte. Mobil, schnell verladen und immer hinter der Versorgung her. Zusammen mit den Landsknechten wohl auch nicht so sehr auf der Suche nach dem Feind.

Ein leiser Pfiff ertönte, Agnes sprang auf und eilte mitten im Satz nach draußen.

Augenblicke später lief der Metzger am Zelt vorbei, sah zu ihr herein und verschwand.

Kurz darauf tauchten die beiden Frauen wiederum bei ihr auf. Am Tage hatte beide nicht viel zu tun, denn weder Huren noch Marketenderinnen waren bei den Männern geduldet, wenn die Sonne am Himmel stand und ihnen drohte Prügel, sollten sie es dennoch wagen, sich im Tageslicht den Soldaten zu nähern.

Nachts hingegen sah das ganz anders aus, aber da war der Metzger vor dem Zelt und später darin.

182

Bei dem bloßen Gedanken an den Mann stellten sich Barbara schon die Nackenhaare auf.

„Wie hältst du es mit diesen Männern aus?", fragte sie Agnes.

Die Freundin, die gerade eben noch sprudelnd über ihr früheres Leben erzählt hatte, verstummte mitten im Satz. Nach einer Weile des Überlegens setzte Agnes hinzu: „Gar nicht, aber ich muss! Was kann ich schon? Ich bin entehrt! Für einen Heller muss ich das Lager mit ihnen teilen. Tue ich es nicht, so werde ich verhungern!" Dabei lief ihr eine Träne über die Wange.

„Ich muss es für ein Stück Brot tun", presste Barbara bitter durch die Zähne.

Greta drehte sich vom Zelteingang zu ihnen um. „Ich bin noch unberührt", sagte sie leise.

„Da sei bloß froh!", entgegnete Agnes traurig.

Barbara legte den Kopf schief und sah Greta an. Wie konnte jemand in diesem Lager noch unberührt und rein sein? Das ging ihr für einen Moment nicht in den Kopf. Hier, zwischen all der Gewalt und dem Schmerz!

Sicherlich hatte Greta einfach nur Glück gehabt.

„Für mich ist es immer nur mit Schmerz verbunden, wenn ich mit einem Mann zusammen bin!", begann Agnes und ihre Augen füllten sich wieder mit Tränen.

„Für mich auch, aber das war nicht immer so. Mit Sieghelm war es anders", erklärte Barbara und nun stiegen ihr bei der Erinnerung an diese schöne Zeit in der Hütte im Wald ebenfalls Tränen hoch.

Ein leiser Pfiff erklang und Agnes rannte nach draußen.

Barbara senkte den Kopf, wodurch der Mann ihre Tränen nicht sehen konnte.

Wenige Augenblicke später berührte Agnes fast zärtlich Barbaras Schulter und wischte ihr mit dem Rockzipfel die Tränen fort. Die Freundin umarmte sie und sie weinten beide.

Etwas später begann Agnes zu fragen: „Was ist eigentlich mit deiner Familie geschehen?"

Entgeistert blickte Barbara ihre Freundin an.

„Habe ich dir das nicht schon erzählt? Alle sind tot!", stieß Barbara aus. Plötzlich zweifelte sie an Agnes.

Diese schien das wohl zu bemerken, denn sie fragte nach: „Ja! Aber warum?"

„Was meinst du mit Warum?", entgegnete Barbara nun verwirrt.

„Na ja. Ich bin die Tochter eines Schusters. Wir hatten kaum Geld und mein ganzes Leben habe ich dich und Anna dafür bewundert, in welch prächtigen Hause ihr gewohnt habt, wie reich ihr wart", begann Agnes und setzte sich neben sie.

Flüsternd und vor sich hin starrend erzählte die Freundin weiter: „Es war einfach nur furchtbar in Magdeburg!" Ihre Stimme wurde so leise, dass Barbara ihren Kopf zu ihr hinüberlegen musste, um ihr Ohr noch näher an die wispernde Frau zu bekommen.

Stockend erzählte Agnes nun: „Sie haben meinen Vater aus dem Hause gezerrt und auf der Straße erschlagen, direkt vor seinem Geschäft." Weinend brach sie ab und musste sich sammeln.

„Dann haben sie mich auf seiner Leiche geschändet!", schluchzte Agnes, nun fast tonlos.

„Nackt haben sie mich danach durch die Stadt getrieben und auf diesem Weg der Schande habe ich die Kaufleute gesehen, wie sie sich freigekauft haben. Fast unbehelligt konnten sie gegen ein Handgeld abziehen. Ich fand das so ungerecht!", erzählte Agnes.

Dann sah die Freundin auf und blickte Barbara an. „Und warum war das bei euch anderes? Dein Vater war doch auch sehr reich. Was ist da geschehen?", fragte sie.

Noch bevor Barbara allerdings antworten konnte, ertönte ein leiser Pfiff. Doch da sich Agnes unvorsichtigerweise gesetzt hatte, kam sie nicht schnell genug auf die Beine. Mit einem Sprung war sie am Eingang, musste sich aber neben der Öffnung hinter der

Plane verstecken, denn der Metzger trat gerade vor das Zelt. Zum Glück hatte er ihre Bewegung nicht registriert.

Barbara sah ängstlich zu Agnes neben dem Eingang und gleichzeitig dachte sie auch über das von ihr Gesagte nach. Sie hatte ja nicht alles beobachten können.

Während sie schnell zum Boden starrte, um dem Blick des Mannes auszuweichen, dachte sie sich zurück in das Kellerversteck. Neuerdings sah sie, wie die Familie in dem Innenhof stand. Der Vater war zu weit entfernt gewesen, als dass sie hätte hören können, was er gesagt hatte. Nur dass er das Wort an den Anführer der Gruppe gerichtet hatte, das hatte sie bemerkt.

Sicherlich hatte er versucht, sich und die Familie freizukaufen. Was war vorgefallen? Gewiss hatte der Vater den Soldaten Geld geboten, aber konnten sie sich nur nicht über die Höhe einig werden? Oder war es den Soldaten egal gewesen, weil sie danach sowieso alles geraubt hatten?

Da gab es doch bestimmt eine Antwort! Aber was war die Wahrheit?

Fragen konnte Barbara niemanden mehr. Höchstens die Soldaten! Da wusste sie ja, wie diese aussahen. Und die waren bestimmt hier im Heer. Schließlich waren es auch Pappenheimer Kürassiere gewesen.

Aber sie war hier drin gefangen! Wie konnte sie die Männer finden und befragen? Sie konnte Agnes die Männer kaum beschreiben, auch wenn sie sich die Gesichter so fest eingeprägt hatte, dass sie diese wohl kaum jemals wieder vergessen konnte. Doch beschreiben?

Selbstverständlich sahen hunderte so aus. Lange Haare, schwarzer Bart, stechende Augen? Einer der Mörder hatte keine drei Schritte von ihr entfernt gestanden.

Barbara hob ihren Blick und sah in die vor Schreck aufgerissenen Augen von Agnes. Noch immer presste sie sich an die Plane.

Direkt neben der Freundin stand der Metzger und schaute an Agnes vorbei in das Zelt zu ihr.

Nur der Zeltpfahl verhinderte, dass er Agnes bemerken konnte. Ein Schritt vorwärts und ihre Freundin wäre verloren. Was sollte Barbara tun?

„Ich habe Durst. Kannst du mir nicht etwas zu trinken bringen?", fragte sie.

Das hatte bisher noch nie funktioniert, aber sie musste den Mann einfach nur ablenken. Erstaunlicherweise nickte er und ging.

Die Anspannung fiel sichtlich von Agnes ab, sie nickte Barbara zu und verschwand.

In der Stille des Zeltes kreisten Barbaras Gedanken darum, wie sie einen der Männer finden konnte und aus ihm die Wahrheit heraus bekam.

41. Kapitel
Auf der Suche

ie Gelegenheit war für Barbara schneller gekommen, als sie zu denken gewagt hatte. Bereits am Tag nach Agnes Ausführungen hatte das Heer das Lager abgebrochen und den Zug durchs Land fortgesetzt.

Barbara lag wiederum fest verschnürt auf dem Wagen, aber diesmal hatte sie sich an die Bordwand gelehnt und konnte über diese blicken.

Agnes lief neben ihr und der Metzger führte vorn das zottelige Pferd. Damit war er zwar nicht weit genug von ihr entfernt, konnte sie aber wenigstens nicht sehen und bei dem Lärm, den der ziehende Tross machte, natürlich auch nicht hören.

Selbstverständlich hatte er sie gefesselt verladen und somit hing sie nun mehr an der Bordwand, als dass sie sich bequem hinsetzen konnte. Mit dem Kinn über der Planke versuchte sie nicht herabzurutschen.

Sicherlich sah das lächerlich aus, aber es ging nun mal nicht anders. Nur Gott wusste wohl, warum der Mann sie nicht einfach hinten an den Wagen gebunden und sie hinter sich her geschleift hatte. Es war wohl so eine Art von Besitzanspruch für ihn gewesen. Unter Barbara befand sich das zusammengepackte Zelt und somit lag sie wenigstens einigermaßen weich, nachdem sie es sich zwischen den Zeltstangen leidlich bequem gemacht hatte.

Während sich Barbara leise mit Agnes unterhielt, sah sie ständig zu den Soldaten, die auf der Straße marschierten und neben denen der Wagen her zuckelte. Da der Wagen aber etwas schneller als die marschierenden Männer war, konnte sie in die Gesichter der Landsknechte sehen.

Mürrisch sahen die meisten aus. Und abgestumpft.

Barbara verfluchte stumm jeden dieser Männer und hielt weiter Ausschau, ob sie einen von den Mördern ihrer Familie erblickte, den Agnes dann befragen konnte. Sie mussten hier sein, denn es hatte kaum Kampfhandlungen gegeben und es waren Kürassiere in Magdeburg gewesen.

Immerfort streifte ihr Blick über die Männer, während sie mit Agnes redete.

Die Freundin berichtete ihr, dass sie hier mit dem Pappenheimer Regiment irgendwo zwischen Thüringen und Sachsen durch das Land zogen. Für Barbara waren es alles nur staubige Straßen im nirgendwo.

Agnes lief leichtfüßig neben ihr her und plauderte darauf los. Nach ihrer Erzählung hatte dieser Feldzug außer Tod und Zerstörung auch für die Landsknechte kaum etwas gebracht. Es war erschreckend für Barbara, mit welcher Gelassenheit die Freundin über Sterben und Tod sprach. Vermutlich war auch Agnes in Magdeburg gestorben und nur ihr Körper lebte noch irgendwie.

„Die Männer sind nach Magdeburg ohne Beute geblieben. Zwar haben sie die Gegend leer gefressen, aber Beute hatte es kaum gegeben. Was haben die armen Bauern schon?", sagte Agnes und blickte zu ihr herunter.

Damit ging es aus dem ausgeplünderten Land nun also Richtung Sachsen und nach Norden. Ob es da wohl besser wurde? Nach Vaters Berichten war die eigentlich reichere Gegend in Sachsen ja der Süden, aber eben auch der besser beschützte Teil des Kurfürstentums.

Agnes hatte ihr ebenfalls berichtet, dass der größte Teil des Heeres nach der Zerstörung Magdeburgs im Norden geblieben war und nur das Pappenheimer Regiment und ein paar andere, aber schwächere Teile, in den Süden gezogen waren. Die paar tausend Männer würden sicherlich hoffnungslos verlieren, wenn sie direkt in das südliche Sachsen zogen. Gegen das sächsische Heer hatten sie keine Chance. Nur vereinigt konnte es gelingen.

Greta war wohl irgendwo hinter ihnen beim Wagen des Schankwirtes. Dort musste sie, zusammen mit den anderen Marketenderinnen, beim Schieben des schweren Fuhrwerkes helfen. Die

Freundin hatte gestöhnt, als sie nach hinten gelaufen war. Offensichtlich hatte der Wirt nur ein schwaches Pferd, wodurch die Frauen dem Tier helfen mussten.

Irgendwie kam es Barbara seltsam vor, dass sie die einzige Frau war, die gefahren wurde, wenn auch unfreiwillig. Warum hatte der Mann ihr nicht die Fesseln gelöst und sie hinter dem Wagen festgebunden? Sicher war das seine Art, zu sagen: „Sie ist mein Eigentum!", obwohl das sicherlich keiner bezweifelt hätte.

Grübelnd beobachtete Barbara weiterhin die Gesichter der Männer. Was wäre wohl, wenn sie einen davon erkennen würde? Wie konnte sie ihn fragen? Was konnte sie ihm als Gegenleistung für eine ehrliche Antwort bieten? Sie hatte ja nichts mehr! Nicht mal ihr Leben und ihr Körper gehörten ihr noch.

Mit Haut und Haar war sie nun Eigentum des Metzgers! Da war Agnes noch reicher. Die Freundin hatte drei Heller in ihrem Beutel. Es war ein wahrhafter Schatz, wobei Barbara vor Monaten eher mitleidig darüber gelacht hätte.

Alles hatte sich geändert.

Hatte früher Agnes sie beneidet, so beneidete Barbara nun die junge Frau neben sich für deren Freiheit. Obschon diese nur scheinbar war. Die Fesseln von Agnes waren unsichtbar, aber genauso fest wie die, mit denen Barbara an den Wagen gebunden war. Die verlorene Ehre zwang sie beide dazu, hier zu bleiben.

Selbst wenn der Metzger sie nun freigelassen hätte, wohin hätte sie gehen können? Zurück zu Sieghelm? Wo auch immer das war!

Für einen Augenblick stiegen ihr Tränen in die Augen und verschleierten ihren Blick, bis sie wieder an ihre Suche dachte und den Kummer herunterschluckte.

Gerade rechtzeitig klärte sich ihr Blick, als sie zurückzuckte. Hart schlug ihr Kopf auf den Wagenboden auf und Agnes beugte sich besorgt zu ihr herüber.

Schnell richtete sich Barbara auf und schaute zurück. Da gab es keinen Zweifel! Das war einer der Mörder ihrer Familie! Zuerst hatte sie nur seine Kleidung erkannt, doch nun sah sie in seine stechenden, grauen Augen.

„Da ist er!", flüsterte Barbara.

Agnes blickte unauffällig über ihre Schulter zurück.

„Der mit dem blauen Wams und der roten Hose!", setzte Barbara hinzu.

„Mit der langen Feder am Hut?", fragte Agnes zurück.

„Ja!", bestätigte Barbara und blieb an diesen kalten Augen hängen. Tagelang hatte sie diesen Blick in ihren Albträumen gesehen.

Wut, Zorn und Angst mischten sich in Barbaras Kopf. Dieser Mann hatte ihre Mutter getötet und er war auch der einzige, der wissen konnte, warum sie alle hatten sterben müssen. Wie um sich von der Last zu befreien flüsterte Barbara weiter. Fast unhörbar schilderte sie erneut die Augenblicke, die sie, am Kellerfenster stehend und sich auf die Hand beißend, zugesehen hatte.

Der Landsknecht stapfte missmutig vor sich hin. Er hatte die schwere Muskete über der Schulter und den Blick starr geradeaus gerichtet. Langsam blieb er zurück und in derselben Geschwindigkeit kam Barbara wieder zur Besinnung.

Damit war der Mann zwar gefunden und Agnes wusste, wie er aussah, aber was nutzte dies Barbara? Ohne etwas zum Tauschen würde der Mann wohl kaum etwas erzählen.

Nun sah sie Agnes in die Augen und fragte stumm: „Was tun?"

Offenbar verstand die Freundin die nur gedachte Frage, denn sie begann von sich aus zu sagen: „Ich werde mich heute Abend an ihn heranmachen. Vielleicht erzählt er am Lagerfeuer etwas von Magdeburg. Manchmal brüsten sich die Männer mit ihren Taten, wenn sie untereinander sind und dem Bier reichlich zugesprochen haben. Ich werde Greta fragen, ob sie mir hilft."

„Ich danke dir", sagte Barbara leise und ließ sich in den Wagen zurückfallen. Von unten sah sie, wie der Mann sich vorn umblickte und zu ihr in den Wagen sah. Der Blick des Metzgers war genauso leer, wie der des Landsknechtes und Barbara fröstelte es bei diesen kalten Augen.

Abermals dachte sie an den Keller zurück. Im Gesicht des Soldaten hatte sie keinerlei Reaktionen gesehen, als er ihre Mutter getötet und die Schwester geschändet hatte. Gar kein Gefühl. Nichts! Nur Leere!

Barbara schloss die Augen, doch dieser Blick hatte sich tief in ihre Seele gefressen. Nun war er wieder allgegenwärtig und sie konnte die Augen nicht davor verschließen!

Sie sah ihn trotzdem vor sich: diesen Gesichtsausdruck und seine Hand mit dem blutigen Dolch. Erneut hörte Barbara das Flehen der Mutter und das Schreien der kleinen Schwester. Barbara spürte, wie die Tränen über ihre Wangen liefen.

Konnte Agnes etwas erfahren?

Nun sehnte Barbara das Tagesende herbei, weil dieses etwas zur Vergangenheit klären konnte, und gleichzeitig fürchtete sie sich vor dem Abend, weil sie dann neuerdings schutzlos der Gewalt des Metzgers ausgeliefert war.

Was konnte eigentlich die Wahrheit, die Agnes vielleicht finden konnte, an ihrem Schicksal und Los ändern? Nichts! Trotzdem wollte sie es wissen.

42. Kapitel
Schatten der Angst

Traurig und müde blickte Agnes in die Waschschüssel. Das Bild einer alten Frau warf ihr die spiegelnde Wasseroberfläche zurück. Der mühevolle Marsch des Tages hatte eine graue Schicht aus Staub auf ihr Gesicht gelegt.

Agnes wusste allerdings auch, dass das Wasser nur den Schmutz abwaschen würde, die tiefen Furchen würden bleiben. Und auch der graue Schleier in den einst haselnussbraunen Haaren, denn das war kein Straßenstaub, das war die Todesangst aus Magdeburg, und die ließ sich nicht abwaschen.

Eine Träne zog ihre Spur durch den Schmutz, lief über ihre Nase und tropfte in die Schüssel. Das Bild verschwamm und vor ihrem inneren Auge erschien das Bild, das noch kein halbes Jahr her war. Damals im Mai war noch alles gut gewesen. Agnes erblickte neuerlich die junge Frau, die sie da noch gewesen war.

Sie sah sich lachen und sie sah Anna, mit der sie oft zusammen gewesen war. Schleier der Erinnerungen legten sich um ihren Kopf, Bilder aus glücklicheren Tagen waren vor ihren Augen.

Da ihre Mutter früh gestorben war, hatte Agnes dem Vater im Haushalt helfen müssen. Als Schuster war er zwar nur ein einfacher Handwerker gewesen, aber er war sehr geschickt und stellte die Schuhe für die Wohlhabenderen der Stadt Magdeburg her.

Durch seine Fingerfertigkeit hatte er es auch zu einem bescheidenen Wohlstand und zu dem Haus in der Straße der Kaufleute gebracht. Nur dadurch hatte Agnes überhaupt diese lange Freundschaft zu Anna halten können.

Bevor die Schüssel erneut dieses schlimme Bild zeigen konnte, griff Agnes mit beiden Händen hinein und schöpfte das Wasser heraus. Langsam wusch sie sich das Gesicht und abermals gingen ihre Gedanken zurück zu jenem furchtbaren Tag im Mai, der alles beendet hatte.

Auch wenn schon mehr wie zehn Jahre Krieg gewesen war, so hatte sie das nicht wirklich interessiert. Bisher war die Stadt von allen Kampfhandlungen verschont geblieben und vom Krieg erzählten nur die Marktschreier, die aus den anderen Landesteilen zu berichten wussten.

Und Agnes hatte wichtigeres zu tun gehabt, als auf die Schauergeschichten zu lauschen, denen die alten Frauen auf dem Markt mit offenem Mund zuhörten.

Damals hatte sie oft an Klaus gedacht, den Töpfer, dessen Frau sie im nächsten Jahr werden sollte. An die Familie, die sie gründen würden und an den Vater, der sich dann doch noch eine Magd nehmen musste, denn Agnes würde ja schlecht zwei Haushalte gleichzeitig führen können.

In jedem freien Augenblick war sie bei Anna gewesen und sie hatten gekichert und von den Dingen erzählt, die dann wohl kommen würden. Dabei hatten sie daran gedacht, wie sie vor Jahren die Magd Ruth mit dem Knecht im Stroh beobachtet hatten und bei all dem war ihnen die drohende Gefahr nicht bewusst gewesen.

Und dann hatten die Kanonen an jenem 20. Mai sie aus der Sicherheit gerissen. Natürlich hatte sie schon vorher gewusst, dass die Kaiserlichen dort draußen waren, denn seit dem Herbst lag eine kleine Schar dort auf der anderen Flussseite.

Der gelegentliche Beschuss im April war nur mit Lächeln hingenommen worden. Natürlich hatte es Agnes Angst gemacht, aber es waren nur ein paar Kugeln gewesen, die wirklich die Stadt getroffen und etwas Schaden angerichtet hatten.

Anfang Mai waren sie Landsknechte dann vor die Stadt gezogen und hatten die Belagerung begonnen, aber die einhellige Meinung war gewesen, dass die Schweden es wohl kaum zuließen, dass Tilly die Stadt einnehmen würde.

Im Morgengrauen des 20. Mai hatten die kaiserlichen Truppen dann aber begonnen, die Stadt sturmreif zu schießen und die eigenen Geschütze hatten schweigen müssen. Schon lange war in

Magdeburg das Pulver knapp geworden, wie ihr Annas Bruder Anfang Mai erzählt hatte.

So war es natürlich auch kein Wunder, dass die schutzlose Stadt dem Angriff nicht mehr viel entgegenzusetzen hatte. Doch auf das, was nun folgte, hatte sie niemand vorbereitet.

Wohl keiner der Stadtbewohner hatte mit dieser Gewalt gerechnet und schon vor dem Mittag zogen die Soldaten plündernd durch die Gassen.

Die Ereignisse hatten sich überschlagen und Agnes hatte vor lauter Panik nicht gewusst, was sie tun sollte. Infolgedessen hatte sie in dem Haus einfach starr an einem Tisch gesessen, als die Männer die Tür zerschlugen und in den Raum gestürzt waren.

In ihrer Apathie hatte sie nicht begriffen, was passierte, bis die Männer den Vater und sie auf die Straße zerrten, den Vater vor ihren Augen töteten und sie anschließend brutal missbrauchten.

Schreiend vor Schmerzen hatte Agnes es erdulden müssen, den Dolch schon an der Kehle, doch dann war sie „verschont" geblieben. Einer der Männer hatte sie nackt durch die Straßen gezerrt. Vermutlich war sie nur am Leben geblieben, weil er sie als Beute angesehen hatte.

Auf diesem Weg des Jammers hatte Agnes das Gemetzel und dieses Massaker gesehen. Tief in ihre Seele war es eingebrannt und durch die Leiden an ihrem eigenen Körper nur noch deutlicher geblieben. Sie hatte die Männer gesehen, die johlend durch die Straßen gezogen waren und die in einem Rausch von Blut alles Leben töteten und misshandelten! Die enthemmten Landsknechte plünderten alles, was nicht Niet- und Nagelfest war.

Das Geschehen um sie herum war so unbeschreiblich brutal gewesen, dass ihr das Blut im Leib gefroren war. Mit zusammengebunden Händen war sie an den anderen Menschen vorbei gezerrt worden und dabei hatte sie die Frauen und Mädchen gesehen, die auf offenen Straße vergewaltigt und getötet wurden. Überall lagen Leichen und der Weg hatte sich vom Blut der erschlagenen Menschen rot gefärbt.

All das war nun wieder da! Agnes kippte das Wasser aus, bevor sich das grausame Bild der alten Frau, die sie nun war, erneut zeigen konnte.

Warum war sie eigentlich noch am Leben?

Nachdem ihr Peiniger unzählige grausame Tage später ihrer überdrüssig geworden war, hatte sie sich entehrt und hungrig dem Heer angeschlossen. Was hätte sie tun sollen? Vielleicht hätte sie sich in einen Dolch stürzen sollen, so wie es Annas Schwester gemacht hatte.

Aber sie hatte auch davor Angst gehabt und diese Furcht war nun wieder in ihr drin. Die Gespräche mit Barbara hatten sie abermals zurückgeholt. Ihr Blick ging zum Wagen, auf dem Barbara immer noch lag.

Für diesem Abend hatte das Regiment keine Zelte aufgebaut. Sicher sollte es am nächsten Tag in der Frühe weitergehen.

Agnes zog ihr Kleid zurecht.

Sie ekelte sich vor dem, was sie jetzt tun musste, aber es war die einzige Möglichkeit, um zu überleben. Ihr Leben war es nun, für ein paar kleine Münzen das Lager mit den Mördern ihres Vaters zu teilen.

Grete trat auf sie zu und winkte sie zu sich.

Agnes nickte der Freundin zu und schloss sich ihr an. Mit der Trage, auf der sich der Krug und die Becher befanden, gingen sie zusammen zu dem Mann, den ihr Barbara gezeigt hatte. Würden sie Erfolg haben und etwas aus ihm heraus bekommen, was Barbara half?

Vielleicht würde dies die Angst in der Freundin bekämpfen? Wer konnte es wissen? Die Ängstlichkeit vor den Männern legte sich wie ein Schatten über Agnes. Es schien ein Kloß in ihrem Halse zu stecken, der sie nicht zu Luft kommen ließ. Aber sie musste es tun!

43. Kapitel
Ein putziger Geselle

Humpelnd hatte sich Peter auf den Weg gemacht. Er wusste von seinen Streifzügen in der Umgebung noch, wo sich das nächste Dorf befand und auch, wie lang er bis dorthin unterwegs gewesen war. Allerdings dehnte sich dieser Pfad immer weiter aus, da er auf den Stock gestützt nicht wirklich schnell vorwärtskam.

Mehr als zwei Wochen hatte er das Bein geschont, aber eine Besserung war dabei nicht wirklich eingetreten. Vermutlich würde es nun so steif bleiben, wie es im Moment war.

In den letzten Tagen war Anna jeden Tag in seinen Sachen im Wald zur Jagd gewesen, während Peter in ihrem Umhang in der Hütte gesessen hatte. Das ging so nicht weiter! Sie brauchte eigene Kleider!

Weil sie diese aber nicht selbst herstellen konnten, hatten sie beschlossen, dass er ihr welche besorgte und da blieb ihm nur der Gang in das nächste Dorf.

Mit gemischten Gefühlen hinkte er über den staubigen Pfad, denn einerseits wollte er Anna nicht so lange alleine lassen, andererseits musste er noch einige Dinge besorgen, ohne die ein Überleben im Wald in der kommenden kalten Jahreszeit schwierig werden würde.

Für diese Besorgungen hatte er die Hälfte des Geldes mitgenommen, das Anna in der Hütte verwahrt hatte.

Nun saß sie vermutlich in den Umhang gehüllt in der Behausung und hatte bestimmt gerade die vier geladenen Pistolen vor sich auf dem Tisch liegen.

Natürlich wusste er, dass sie alleine immer noch große Angst hatte, doch sie waren nur zu zweit und nur einer davon hatte Kleidung.

Zumal er sie auch nicht dieser Gefahr aussetzen wollte!

Annas Angst und seine Sehnsucht nach ihr zogen ihn davon, damit er schnell wieder zurück in den Wald konnte.

In der Ferne sah er schon die Strohdächer des kleinen Dorfes. Würde er dort alles bekommen, was sie brauchten? Oder musste er noch in die nächste Ansiedlung? Vielleicht sogar in die nächste Stadt?

Allerdings würde er dann wohl kaum noch am selben Tag bei Anna zurück sein und in der Nacht wollte er sie unter keinen Umständen alleine lassen.

Peter lief so schnell, dass er schnaufen musste, und doch schienen die strohgedeckten Dächer kaum näherzukommen. Zumindest würde man einen lahmen Mann in Ruhe lassen und so hatte er beschlossen, auch nicht im Straßengraben zu verschwinden, oder in ein Gebüsch zu springen, falls Soldaten auftauchen würden.

Die Waffen hatte er daher freilich in der Hütte lassen müssen. Im Moment war er für jeden anderen ein armer Bettler und die Münzen hatte er gut unter dem Wams verwahrt.

Immer wieder flogen seine Gedanke zu Anna und eigentlich hätte er auf den Weg achten sollen, denn schon zwei Mal war er über einen Stein ausgerutscht und zu Boden gefallen. Jedes Mal auf das Bein, dessen Wunde sich gerade erst richtig geschlossen hatte.

Und zusätzlich tat ihm auch die Eile nicht gut, denn nur wenige Schritte vor der ersten Hütte stürzte er erneut und fiel mit einem Schrei in den Straßenstaub.

Unmittelbar darauf vernahm er hinter sich das Geräusch von Pferdehufen, doch er konnte sich nicht schnell genug bewegen.

Zu seinem Glück hatte eine Bauersfrau ihn noch geschwind zur Seite gezogen, bevor die Reiter ihn erreichen konnten. Die Kürassiere jagten mit donnernden Hufen auf ihren Pferden an ihnen vorbei und ritten durch das Dorf hindurch. Das würde bedeuten, dass hier nichts mehr zu holen war.

„Habt Dank", sagte Peter zu der älteren Frau, die ihn immer noch hielt und ihm nun beim Aufstehen stützte. Als er wieder auf seinen Stock gestützt neben ihr stand, fragte er sie: „Habt ihr Brot und Kleider zu verkaufen?"

Die Frau nickte und sagte: „Kommt doch erst einmal zu meiner Hütte!" Dabei zeigte sie auf eine Bank vor dem zweiten Haus.

Auf die Frau gestützt hatte er es wenig später bis dorthin geschafft. Peter fühlte sich wie ein alter Mann, dem man helfen musste und das gefiel ihm so gar nicht.

Als er dort saß, blickte sich die Frau nach allen Seiten um, ob jemand sie sehen konnte und fragte dann: „Du willst wirklich ein Brot kaufen? Das wird aber nicht billig."

Peter nickte und zog den Beutel mit den Münzen aus seiner Jacke. Dann nannte die Frau den Preis und Peter blieb vor Erstaunen der Mund offen stehen. „Dafür hätte man vor einem Jahr noch ein Schwein bekommen!", stieß er heraus, nachdem er wieder etwas sagen konnte.

Die Frau hob beschwichtigend die Arme und sah ihn zweifelnd an.

Schließlich nickte Peter, zog die gewünschte Summe an Münzen aus dem Beutel und zeigte sie ihr.

Noch einmal blickte sich die Frau um, bevor sie in das Haus lief und mit einem noch warmen Brot unter der Schürze zurückkam. Schnell ließ sie es in seinen Beutel gleiten und setzte sich danach neben ihn.

Peter übergab ihr die Münzen, die sie geschwind verwahrte.

Dann sagte sie leise: „Ich habe etwas Korn beiseite gebracht, als die kaiserlichen Plünderer uns überfallen haben. Ich dachte schon, dass sie auf mich aufmerksam geworden sind. Eigentlich backe ich nun nur noch nachts!" Dabei schaute sie in die Richtung, in welcher die Reiter verschwunden waren.

Verstehend nickte Peter.

„Hast du auch noch Frauenkleider? Eine Säge und eine Axt brauche ich auch noch?", fragte Peter.

Sie antwortete im Überlegen: „Axt und Säge kann dir sicher der Dorfschmied verkaufen, aber Kleider. Da kann ich dir nicht helfen. Du könntest höchstens die Sachen meines Mannes bekommen. Die Kaiserlichen haben ihm den schwedischen Trunk serviert!"

Ein bitterer Zug huschte über ihr Gesicht.

„Er ist daran gestorben. Zwei Tage hat er sich danach noch gequält, bevor er endlich von seinen Leiden erlöst war", setzte sie noch hinzu.

Bedauernd blickte er sie an und nickte ihr zu. „Gern, wenn sie nicht zu teuer sind", entgegnete Peter und schaute ihr nach, wie sie in die Hütte ging und mit einem Bündel zurückkam.

Peter gab ihr dafür eine der Münzen und fragte nach dem Weg zum Schmied, den ihm die Frau schnell beschrieb.

Im Aufstehen dachte er an Anna und daran, dass er ihr nun kein Kleid geben konnte. Was konnte er der Geliebten mitbringen, was sie erfreuen würde? In diesen Überlegungen fiel sein Blick auf ein paar kleine Hundewelpen, die neben der Scheune in der Sonne umher tapsten.

„Verkaufst du mir einen davon?", fragte er und zeigte auf die Tiere.

Die Frau antwortete: „Wenn er es bei dir gut haben wird, dann schenke ich dir einen Welpen."

Daraufhin nickte Peter ihr zu und antwortete: „Das verspreche ich dir, aber ich hole erst einmal die Werkzeuge, danach komme ich zu dir zurück."

„Gern. Ich passe so lange auf deine Sachen auf", bot sich die Frau an und Peter stimmte zu.

Er hinkte zum Dorfschmied hinüber.

Eigentlich waren es nur drei Häuser und doch dauerte der Weg scheinbar ewig.

Viel schneller hatte er Axt und Sägeblatt gewählt und bezahlt. Anschließend humpelte er zurück zu der Bank vor dem Haus der alten Frau.

„Wähle dir einen aus!", sagte sie.

Peter kniete sich vor die drei putzigen Hündchen und einer der Kleinen kam neugierig auf ihn zu getapst.

„Den da!", sagte Peter und hatte ihn schon wenig später unter dem Arm.

Mit dem Bündel auf dem Rücken, dem Krückstock in der einen Hand und dem Welpen unter dem anderen Arm, verabschiedete er sich von der gütigen Alten.

Dann schritt er zurück, so schnell ihn seine Beine und die Verletzung gehen ließen.

Peter hinkte gegen die untergehende Sonne an und erreichte die Hütte mit dem letzten Tageslicht.

Als er die Unterkunft betrat, blickte er in zwei dunkle Pistolenmündungen. Schnell ließ Anna die Waffen sinken und fiel ihm erleichtert um den Hals. Da erst bemerkte sie den putzigen Gesellen unter seinem Arm, den sie ihm schnell abnahm und freudig jauchzend an ihre Brust drückte.

44. Kapitel
Der Preis der Wahrheit

Es war gar nicht so einfach, den Mann wiederzufinden. Zwar hatte sich Agnes gemerkt, in welcher Gruppe er marschiert war und in welche Richtung diese danach gegangen war, doch in der nun einsetzenden Dämmerung erblickte Agnes mehr wie hundert Feuer und an jedem davon saßen Männer im Schein der Flammen.

Sie schaute zu Greta, die neben ihr lief. Abermals dachte Agnes an das Gespräch am Tage zuvor. Die Aussage, dass Greta noch unberührt war, hatte sie zweifeln lassen, denn alle Marketenderinnen gaben sich den Männern für Münzen hin. Warum also Greta nicht?

Erneut schluckte Agnes den Ekel herunter. Sie war eine Hure geworden, um zu überleben und hasste sich dafür. Aber für etwas anders taugte sie nun nicht mehr. Um sich davon abzulenken, konzentrierte sich Agnes nun abermals auf ihre Suche.

Ruhelos ließ sie ihren Blick über die Männer schweifen und suchte diese Augen, die so waren, wie viele andere auch. Leer und tot von der Gewalt und dem allgegenwärtigen Sterben.

Was erwartete Barbara von der Aussage des Mannes? Es würde doch sicher nur neuen Schmerz in ihrer Freundin aufwirbeln. Oder brauchte sie dies, um mit der Vergangenheit abzuschließen?

Agnes wusste es nicht und im Moment war es ihr auch egal, denn zuerst musste sie den Mann finden. Danach würde sie ihn mit Gretas Hilfe betrunken machen und was weiter kam, das würde man sehen.

Zwar hatte jedes Fähnlein des Regimentes eine eigene Marketenderin, aber es gab eben auch noch ein paar freie, so wie Greta, obgleich es da an manchem Abend ein paar Reibereien unter den Frauen gab. Wer wollte sich schon ein lukratives Geschäft verderben lassen? Und nach der langen Zeit ohne Beute saß der Heller nicht mehr so locker im Beutel, wie er es nach einem großen Raubzug gewesen war.

Doch das Trinken und die Huren wollten eben bezahlt sein!

Greta und Agnes gingen von Feuer zu Feuer und sahen zu den Männern. Mancher wollte einen Becher Wein oder zog an ihrem Arm, um sie auf den Schoß zu zwingen, doch sie lösten sich schnell wieder und andere Frauen nahmen willig ihren Platz ein.

Nach dem langen Marsch hatte keiner der Männer Lust auf einen Streit und so kamen sie langsam im Lager voran.

Nach unzähligen Lagerfeuern hatten sie endlich das richtige gefunden.

„Der Mann an der linken Seite", flüsterte Agnes der Freundin zu.

Danach schoben sie sich unauffällig von beiden Seiten an den Mann heran. Doch da es nicht ungewöhnlich war, dass die Frauen die Feuer umlagerten, schöpfte er keinen Verdacht. So schnell wie er den Becher ausgetrunken hatte, so hurtig war dieser auch von Greta wieder aufgefüllt.

Auch den anderen Männern musste Greta nun die Becher füllen, aber den einen Landsknecht bediente sie immer zuerst.

Schließlich ließ sich Agnes auf seinem Schoß nieder. Seine Augen schienen sie zu durchdringen und ihr fröstelte dabei, obwohl es eigentlich ziemlich heiß war, da sie direkt am Feuer saß.

Der kräftige Wein, den Greta diesmal auch nicht mit Wasser verdünnt hatte, hatte seinen Geist schon etwas vernebelt. Das konnte sie deutlich erkennen.

Obwohl sie ja davon lebte, den Männern zu Diensten zu sein, tat sie es nur widerwillig. Schon oft hatte sie andere Frauen gesehen, die es mit viel mehr Hingabe taten und dafür wohl auch etwas mehr Geld bekamen.

Für Agnes blieb es meist nur bei einem Heller und wenn es gut lief, dann auch schon mal zwei. Sicherlich hatten ihre Gestalt und ihr Aussehen damit etwas zu tun, denn sie mochte ihr eigenes

Spiegelbild ja selbst nicht mehr gern ansehen. Die Falten und die grauen Haarsträhnen gaben ihr eben nicht mehr das jugendliche Aussehen, das sie wegen ihres Alters eigentlich haben müsste.

Gewiss war sie auch nur deshalb von ihrem Peiniger damals freigelassen worden. Er hatte sie in Magdeburg als junge Frau erbeutet und nach einer Woche der erbarmungslosen Gewalt als alte Frau verstoßen. Dazwischen waren Tage des Schmerzes, Leidens und der Not gewesen.

Genau daran musste Agnes nun erneut denken, während der Mann sie befingerte und versuchte, mit seiner Hand in ihr Kleid zu gelangen. Bevor ihm das gelingen würde, und die Gier ihn unberechenbar machte, musste sie ihn nun befragen. Am besten wäre es wohl gewesen, wenn einer der anderen Männer auf Magdeburg zu sprechen kam, denn sie hatte als Frau am Feuer nichts zu sagen.

Oder doch?

Agnes versuchte seinen Küssen auszuweichen, aber es war absehbar, dass ihr das nicht mehr lange glücken würde, denn sie spürte schon seine wachsende Erregung unter sich!

Vielleicht konnte sie schnell die Rede auf die Münzen und die Beute bringen und die Plünderung von Magdeburg war ja nun mal die letzte Gelegenheit zur Beute gewesen.

Danach würde dann sicher ein Wort das andere geben, aber wie anfangen?

Sie blickte zu Greta und überlegte.

Im selben Moment begann Greta beim Ausschenken mit dem Satz: „Wir müssten mal wieder neuen Wein erbeuten. Der aus Magdeburg wird nun langsam alle."

Offensichtlich hatte sie denselben Gedanken gehabt.

Die zehn Männer am Feuer stießen auf Magdeburg an und das gewünschte Gespräch setzte sofort ein.

Mit glühenden Augen erzählten alle durcheinander, was sie erbeutet hatte. Oder besser: geraubt! Keiner der Männer schien sich einer Schuld bewusst zu sein und dabei hatte jeder von ihnen unschuldige Frauen und Kinder getötet. Während alle durcheinander erzählten, hingen ihre Ohren nur an dem Mann, auf dessen Schoß sie saß. Doch ausgerechnet er erzählte nichts.

Ein neuer Becher Wein wurde ihm eingeschenkt und ein Teil des Getränkes landete dabei auf Agnes. Er leckte das Getränk von ihrem Körper und sie zuckte dabei zusammen. Nun waren seine Augen schon fast glasig, aber noch immer hatte er kaum etwas verraten.

Schließlich fragte sie ihn einfach nur: „Warum hast du da eigentlich nicht das Geld des Mannes genommen, sondern seine Frau und sein Leben?"

Agnes nannte keine Namen, doch sie war sicher, dass der Mann sie verstand.

Mit unsicherer Stimme antwortete der Landsknecht: „Weil ein anderer Mann es so wollte!"

Schwankend erhob er sich von seinem Platz und griff nach ihre Hand. Mit gewaltiger Kraft schlossen sich seine Finger um ihr Handgelenk und sie schrie dabei vor Schmerz auf.

Aber er lockerte seinen Griff nicht, sondern schleifte sie ein paar Schritte hinter sich her zur Seite. Dort drückte er sie zu Boden, schob ihr die Kleider hoch und ließ sich auf sie fallen. Mit den Knien drückte er ihr die Schenkel auseinander.

Sein vom Wein geschwängerter Atem schlug ihr ins Gesicht und nun musste Agnes den Preis für ihre Neugier bezahlen!

Der Mann zwängte sich in ihren Schoß hinein, stieß unbarmherzig zu und nur der Umstand, dass sich Agnes untenrum vorsorglich mit Schweinefett eingeschmiert hatte, hielt die Schmerzen auf einem erträglichen Maß.

Angewidert drehte sie das Gesicht zur Seite und ließ geschehen, was passieren sollte. Nachdem er mit einem Grunzen in ihr gekommen war, schlief der Mann über ihr ein.

45. Kapitel
Dunkle Gestalten der Erinnerung

Seit Stunden kreiste ein Satz durch ihren Kopf. Agnes hatte ihn aus dem Landsknecht herausbekommen und ihr davon beim Aufbruch berichtet. Diese sieben Worte wiederholte Barbara im Geiste nun immer wieder: „Weil ein anderer Mann es so wollte!"

Zwei Tage lang hatte sie sich gefragt, warum die Landsknechte das Geld des Vaters nicht genommen hatten. Erst Agnes hatte sie auf diese Idee gebracht und nun hatte die Freundin auch die Antwort auf die Frage gefunden.

Doch diese Lösung war auch schon wieder ein neues Rätsel: Wer war dieser Mann gewesen?

Natürlich war in dem Tumult und Gemetzel jeder in Gefahr gewesen, und bis vor ein paar Tagen hatte sie sich auch darum keine Gedanken gemacht, doch nun gaben diese Worte der Geschichte eine völlig neue Wendung.

Jemand hatte den Tod der Familie geplant!

Sie waren nicht zufällig Opfer geworden, sondern mit Absicht! Ein mehrfacher Mord war es sowieso gewesen, aber nun gab es einen, der sie absichtlich geopfert hatte. Und nach der Aussage der Freundin konnte dies wohl auch kaum einer der Landsknechte gewesen sein. Was hätten die denn davon gehabt?

Es musste ein Außenstehender sein, der die Familie kannte und der aus deren Tod einen, wie auch immer gearteten, Nutzen zog.

All das Grübeln auf dem rüttelnden Wagen verwirrte Barbara nur noch mehr. Da sie aber nicht laufen musste, sondern wieder gefesselt auf dem zuckelnden Karren lag, hatte sie genug Zeit zum Sinnieren.

Ein Gedanke jagte den Nächsten, wie die Wolken, die über ihr am Himmel dahin eilten.

Wer konnte es gewesen sein?

Agnes sah über die Bordwand des Karrens zu ihr herunter. Würde es einen Sinn stiften, die Freundin noch einmal zu dem Mann zu schicken, um noch mehr zu erfahren? Agnes hatte nicht viel darüber gesagt, wie sie die Wahrheit aus dem Manne herausbekommen hatte, aber ihr Gesichtsausdruck hatte Barbara gezeigt, dass es wohl widerlich gewesen war.

Daher wollte sie Agnes dieser Tortur nicht noch ein weiteres Mal aussetzen. Sie drückte ihren Oberkörper hoch und stütze sich neuerdings auf die Bretter, die die Begrenzung des Fuhrwerkes bildeten.

„Ich danke dir, aber ich komme nicht auf die Lösung", sagte sie und schaute Agnes an.

Schweigend lief sie neben ihr her und nun grübelten sie beide.

Täglich hatte Barbara neben dem Kontor des Vaters gesessen und dort in den Büchern gelesen. Nicht viel von dem, was der Vater gemacht hatte, war ihr somit entgangen. Jeder, der zum Vater wollte, hatte an der offenen Tür vorbei gemusst und Barbara hatte sie alle gesehen.

In ihren Gedanken zog diese lange Schlange von fremden Männern vor ihrem geistigen Auge vorbei. Bei jedem begann sie nachzudenken, was dieser gesagt oder getan hatte. Es musste jemand sein, der solch einen Hass auf den Vater gehabt hatte, dass er eine ganze Familie auslöschen ließ, doch der Vater war immer gut zu seinen Knechten gewesen und hatte auch seine Geschäftspartner nie übervorteilt.

War es ein Konkurrent aus Magdeburg gewesen, der dafür bezahlt hatte? Nur welchen Sinn würde das machen? Waren nicht auch die Häuser der anderen Kaufleute von Raub und Tod betroffen? Wer würde sich, angesichts des eigenen Todes, dazu verleiten lassen, einem anderen Menschen auch noch zu schaden?

Jahr für Jahr ging Barbara in ihrer Erinnerung weiter zurück, aber bei keinem der Männer konnten sie einen Grund für solch eine grausame Rache finden.

Jählings stockte Barbara und stieß ein „Jörg" aus.

Agnes blickte sie verwundert an.

Barbara begann zu erklären: „Es ist mehr wie fünf Jahre her. Damals sollte meine älteste Schwester heiraten. Ein Mann aus Leipzig mit dem Namen Jörg hatte ebenfalls um sie geworben, aber mein Vater hatte Gundels Hand bereits einem befreundeten Kaufmannssohn versprochen."

Noch einmal rief sich Barbara den Streit in ihrer Erinnerung zurück.

„Der Mann hatte meinem Vater gedroht und ihn angeschrien. Seine letzten Worte waren: Das wirst du noch bereuen!", schloss Barbara ihre Erzählung ab.

„Kann das sein, dass der Mann nach solch langer Zeit immer noch nach Rache gesonnen hat?", fragte Agnes.

Barbara versuchte sich das Gesicht des Mannes vorzustellen. Wie hatte er ausgesehen? Damals war sie gerade dreizehn gewesen. Von der Tür der Bibliothek hatte sie nach der lautstarken Auseinandersetzung im Nebenraum in den Flur geblickt und den Mann an sich vorbeieilen gesehen.

Es waren nur wenige Augenblicke gewesen, die sie ihm in die Augen gesehen hatte. Immer stärker konzentrierte sie sich auf das Gesicht des Mannes und holte seine Gesichtszüge vor ihr inneres Auge. Zumindest war er im Mai nicht im Hof gewesen.

Letztendlich beschrieb sie ihn und dabei besonders einen Leberfleck, den er an der linken Seite seines Halses gehabt hatte. Daran konnte sie sich noch ganz genau erinnern, weil er die Form eines Sternes gehabt hatte.

Als Barbara mit der Beschreibung geendet hatte, blickte sie in die vor Schreck aufgerissenen Augen von Agnes.

„Was ist?", fragte Barbara.

Die Freundin begann nun zu erzählen, wie der Mann ausgesehen hatte, der ihren Vater getötet und sie geschändet hatte. Auch das war eindeutig Jörg gewesen, obwohl die Beschreibung von Agnes etwas von ihrer abwich, aber der Leberfleck war der gleiche.

Konnte es wirklich sein, dass der Mann aus Rache die Familie ausgelöscht hatte und auch das Leben von Agnes zerstört hatte? Wobei die Freundin ja nichts mit der Ablehnung der Hochzeit zu tun gehabt hatte?

Möglich war es sicherlich, denn Agnes war damals oft bei ihnen gewesen. Damit hatte derselbe Mann ihrer beiden Leben zerstört und nach Agnes' Beschreibung war er ja in der Nähe gewesen, während die Landsknechte die Familie im Innenhof quälten und danach getötet hatten.

Er hatte sich ja zu dieser Zeit im Nebenhaus befunden!

Ein neuer Schreck sauste durch ihren Kopf. Was war dann wohl mit Gundel, ihren Kindern und ihrem Mann geschehen? Barbara wagte nicht, sich das auszumalen, was der Mann sich wohl für die ältere Schwester ausgedacht hatte.

Gundel hatte ein Haus am anderen Ende von Magdeburg gehabt und sicherlich hatte Jörg sie in seiner Rache nicht verschont, wenn er doch sogar die gerade mal zwölfjährige Schwester hatte töten lassen und die war an der ganzen Sache völlig unschuldig gewesen.

Barbara richtete ihren Blick zum Himmel und rief: „Gott, wenn es dich wirklich gibt, dann lass diesen Mann nicht entkommen. Gib mir die Gelegenheit, an ihm Rache zu nehmen!"

Fast flehend blickte sie zu Agnes und fragte: „Weißt du, wo er ist?"

„Er ist bei dem anderen Heeresteil geblieben", entgegnete sie und schaute nach vorn.

Barbaras Blick folgte dem von Agnes. Irgendwo dort musste das Regiment wieder auf das Heer treffen und dort war auch der Mann, zu dem nun ihr Racheschwur vorauseilte.

„Jörg! Mögest du dafür in der Hölle schmoren!", presste Barbara zornig durch ihre Zähne.

Ein unbändiger Hass auf Jörg bemächtigte sich ihrer Seele und verdunkelte ihren Geist.

46. Kapitel
Zwei Feiglinge

gnes blickte erschrocken auf die Freundin herunter.

„Mögest du dafür in der Hölle schmoren!", hatte Barbara gesagt. Zwar leise, aber der Metzger hatte es dennoch gehört, weil er sich gerade in diesem Moment zu ihnen umgedreht hatte. Das würde sicher Ärger geben!

Sie hatte das Blitzen in seinen Augen gesehen und im Moment war sie heilfroh, dass er ihr nichts tun konnte. Allerdings sorgte sie sich um Barbara, die ihm ja bedingungslos ausgeliefert war.

Gleichzeitig hatte die Beschreibung des Mannes, der am Tode von Barbaras Familie vermutlich schuld war, auch bei ihr für eine Gänsehaut gesorgt.

Der Schrecken von damals war neuerdings zurückgekommen. Es war nur eine Woche gewesen, die sie ihm und seiner barbarischen Gewalt schutzlos preisgegeben gewesen war, und doch hatten diese sieben Tage ihr Leben grundlegend geändert. Ja sogar zerstört, denn das, was sie jetzt tun musste, das war kein Leben mehr. Es war nur noch Qual und schlimmer als der Tod.

Doch es blieb ihr nichts anders übrig, was sie noch tun konnte, denn kein ehrbarer Mann würde auch nur einen Blick an sie verschwenden.

Eigentlich hätte sich Agnes in einen Teich oder einen Fluss stürzen müssen, doch sie hatte nicht die Entschlossenheit dazu gehabt. Und noch immer hatte sie nicht die Beherztheit für diesen letzten konsequenten Schritt aufgebracht.

Und Agnes schämte sich für ihre Verzagtheit.

„So ein Feigling!", hörte sie die Freundin von unten sagen.

Sofort bezog sie diese Bemerkung auf sich und antwortete: „Ich habe einfach noch nicht den Mut gefunden!"

Hatte Barbara ihre Gedanken gelesen? Sie blickte nach unten und sah in die Augen der Freundin.

Eine Träne lief über Barbaras Wange. „Dich habe ich nicht gemeint. Sondern ihn! Diesen Verbrecher, der meine Familie ausgelöscht hat!", ergänzte Barbara bitter.

„Wieso ist er denn ein Feigling?", fragte Agnes erstaunt zurück.

„Der Mann hat sich nicht die Mühe gemacht, es selbst zu tun. Er war zu feige, den Dolch zu nehmen und seinen Opfern in die Augen zu sehen. Sicherlich hat er das auch nicht bei meiner Schwester getan. Er hat das gewiss auch jemanden machen lassen. Stattdessen hat er sich an dir vergangen. Jemanden, der sich nicht wehren kann und beinahe zwei Köpfe kleiner war, als er selbst. Oder? Ist es nicht so?", fragte Barbara.

Agnes konnte dem nur zustimmen.

Leiser setzte Barbara hinzu: „Er ist genauso ein Feigling, wie dieser Mann hier!"

Erschrocken blickte Agnes auf, aber der Metzger schaute nach vorn und hatte die Bemerkung sicherlich nicht gehört. Hoffentlich nicht!

„Sind vielleicht alle Männer so?", dachte Agnes und sah sich um. In der Gruppe waren sie stark, aber einzeln? Sie stellte sich die lange Schlange von Männern vor, die seit damals ihre Not ausgenutzt hatten. Da war sicherlich nicht ein einziger darunter, der den Schneid gehabt hätte, sich alleine einer bewaffneten Frau entgegenzustellen.

Abermals blickte sie zu Barbara hinab. Grübelnd schritt sie hinter dem Fuhrwerk her.

Alle Männer waren so! Nur mit Wein waren sie stark! Und hemmungslos!

Die Meisten gaben sich noch nicht mal nüchtern mit ihr ab. Ob das nun ihrem Aussehen geschuldet war, oder der Tatsache, wie die Landsknechte sowieso mit Frauen umgingen, das blieb als Frage offen. Angeekelt dachte sie an die Männer. So wie an den, dem sie die Wahrheit über Barbaras Familie entlockt hatte. Keinem dufte sie widersprechen!

Zumindest konnte Agnes am Leben bleiben, wenn sie im Tross des Heeres blieb. Da hatte sie einen kleinen Schutz, anders als die Frauen, die in den Dörfern und Städten lebten. Sie selbst hatte es ja am eigenen Leib erfahren.

Damals hätten die Männer sie einfach geschändet und eventuell getötet, jetzt verdiente sie nur einfach nichts und der Mann nahm sich die nächste Frau, die weniger Skrupel hatte.

In Gedanken versunken stapfte Agnes auch weiterhin hinter dem Wagen her und dabei sann sie weiter über Barbaras Worte nach. Ihr zorniger Blick bohrte sich in den Rücken des Metzgers, denn wenn er nicht Barbara gehabt hätte, so wäre er sicher auch bei ihr oder einer der anderen Huren gewesen.

Dieser Krieg schien das Schlimmste aus den Männern herauszuholen!

Früher hatte sie einfach so über den Markt gehen können und es wäre ihr nichts geschehen. Jetzt traute sie sich abends nicht mal alleine in das Lager der Landsknechte, obwohl sie genau das musste. Jeden Abend war da diese fürchterliche Angst in ihr.

Zwar stand sie eigentlich unter dem Schutz des Zeugmeisters, wie jeder andere Angehörige des Trosses auch, aber in der Dunkelheit konnte so viel geschehen.

Selbst wenn man unter dieser Beschützung stand!

Schon ein paar Mal hatte man am Morgen Mädchen mit gebrochenen Genick oder durchschnittener Kehle im Lager gefunden.

Ein neuer Gedanke zuckte durch ihren Kopf: Vielleicht war dies auch die Hoffnung auf Erlösung? Agnes war zwar nicht katholisch und hatte damit nicht diese Angst vor der Hölle, wie viele andere Frauen hier im Haufen, aber konnte man wirklich wissen, ob es diesen Höllenpfuhl nicht doch gab? War das Leben nicht schon ein Ort der Verdammnis?

Und Selbstmord war Sünde!

Trotzdem galt der Spruch: „Wer sich in Gefahr begibt, der kommt darin um!" Und Agnes setzte sich täglich dieser Todesgefahr aus.

Wenn sie allerdings durch die Hand eines Mannes starb, dann war sie vielleicht erlöst. Wer wusste es schon?

Freilich hatte sie auch nicht den Mut, irgendeinen Mann so zu provozieren, dass er sie töten würde. Also blieb ihr nur übrig, sich auch weiter täglich in Gefahr zu begeben.

War das Mut oder Feigheit?

Agnes wusste es nicht. Das Einzige, was sie wusste, war, dass sie nicht anders konnte. Sie war entehrt, alleine und mittellos. Und an all dem würde sich nie wieder etwas ändern.

Ihre Ehre konnte sie nicht zurückbekommen!

Demzufolge würde sich niemand für sie einsetzen und von den paar kleinen Münzen, die sie für ihre Dienste bekam, konnte sie nichts weglegen. An manchen Tagen reichte es kaum für das Essen.

Gedankenverloren griff sie in den Beutel an ihrer Hüfte und spürte die zwei Münzen durch ihre Finger gleiten. Für das Brot am Abend würde es reichen. Vielleicht auch noch für ein oder zwei Becher Wein, um das Elend anschließend zu vergessen, aber danach würde sie neuerdings für den nächsten Tag Geld brauchen.

Stumm verfluchte sie ihr Dasein.

Ihr Blick fiel auf Barbara, die vor ihr auf dem Wagen lag. Vor Monaten waren sie beide noch stolz und frei gewesen. Ehrfürchtig hatte Agnes immer zu Barbara aufgesehen, denn Annas Schwester hatte wohl jedes Buch gelesen, das in der riesigen Bibliothek von Annas Vaters zu finden gewesen war.

So wollte Agnes damals auch sein, aber sie war die Tochter eines Schusters und musste ihm helfen.

Und jetzt?

Jetzt waren sie beide gleich. Sie teilte ihr Lager mit den Männern für Münzen, mit denen sie danach etwas zu essen kaufte.

Und Barbara?

Sie musste ihr Lager mit dem Metzger für etwas Brot teilen.

Der Mann war brutal und die Landsknechte meist auch.

Agnes hasste ihr Leben und bewunderte Barbara, wie diese ihr Schicksal meisterte. Sie duldeten beide stumm, aber waren sie deshalb Feiglinge?

Oder mutig?

Agnes wusste es nicht.

47. Kapitel
Der Wert einer Hure

eknebelt lag Barbara auf dem Wagen, denn sie hatte geflucht und der Metzger hatte es gehört. Das war nun ihre Strafe dafür und eigentlich war sie damit noch recht glimpflich davongekommen. Schließlich war sie hier unter katholischen Soldaten und da konnte man für das Fluchen oder für gotteslästerliche Worte auch schon mal gesteinigt oder auf einen Scheiterhaufen geworfen werden.

Aber wäre der Tod so schlimm gewesen? Jetzt hielt sie nur ihre Rache noch am Leben! Und die Tatsache, dass sie ständig gefesselt war! Jeder Tag begann und endete jetzt mit einer Schändung und mit rüder Gewalt gegen sie!

Abermals war sie auf dem Weg, auf dem Karren liegend, verschnürt und mundtot gemacht. Dadurch konnte sie sich allerdings auch nicht mehr mit Agnes unterhalten, die hinter dem Wagen her lief.

Wie viele Tage waren sie nun schon unterwegs? Barbara hatte irgendwann aufgehört zu zählen. Mochte es noch August oder schon September sein, aber was spielte das schon für eine Rolle?

Apathisch lag sie da und kaute auf dem dreckigen Lappen, den ihr der Mann am Morgen in den Mund geschoben hatte. Schon lange hatte sie mit ihrem Leben abgeschlossen. Sie wehrte sich nicht mehr, sie erduldete nur noch klaglos ihr Elend.

Und nun war sie praktisch am unteren Ende ihres Lebens angekommen. Bewegungslos und stumm. Hätte sie nach all der Zeit noch Tränen gehabt, so wären die jetzt sicherlich über ihre Wange gelaufen, aber da war nichts mehr.

Alles war taub und tot in ihr.

Innerlich war sie schon gestorben und sie wusste nicht, was sie noch am Leben hielt. Jede Hoffnung hatte sie verloren und die tägliche Quälerei des Metzgers machte es nur noch schlimmer.

Während die anderen Männer nach dem anstrengenden Marsch am Abend auf ihr Lager fielen und schliefen, fiel er über sie her und das ging in den letzten Tagen nicht ohne blaue Flecken und Schläge ab.

Offensichtlich schien ihm das einen ganz besonderen Spaß zu machen und mit den gefesselten Armen konnte sie sich auch nicht dagegen wehren. Da waren die Schmerzen durch die danach folgenden Schändungen schon kaum noch der Rede wert.

Barbara hob ihren Blick zum Himmel und erkannte einen Falken, der weit über ihr seine Kreise zog. Ihre Gedanken flogen dabei zurück zur Kindheit, denn damals hatte sie in einem alten Buch alles über diese Raubvögel gelesen und mit dem Vater auch mal einen aus der Nähe gesehen.

Dieser Greif über ihr war frei und sie konnte nicht mal ein Stück zur Seite rutschen.

Als hätte sie ihn in Gedanken gerufen, stieß der Greifvogel herab und Barbara schloss die Augen. Konnte dieser kleine Vogel sie nicht erlösen, damit ihre Seele mit ihm zusammen ins Sonnenlicht aufsteigen konnte?

Vielleicht vermochte er es, aber er würde es nicht tun.

Nur der Metzger konnte es und in ihrer Verzweiflung beschloss Barbara, ihn so lange zu provozieren, bis er sie endlich erlösen würde. Das konnte doch bei dem jähzornigen Mann nicht so schwer sein!

Mit der Gelassenheit des nahen Todes schlug sie die Augen wieder auf und sah in das Gesicht von Agnes, die sich über die Bordwand gebeugt hatte.

In den letzten Tagen hatte ihr die Freundin oft etwas aus einer Feldflasche zu trinken gegeben, doch das war nun durch den Knebel ebenfalls unmöglich geworden. Mitleidig schaute ihre Freundin auf sie herab, aber mehr als ihr zunicken konnte Barbara nicht. Das war so ziemlich die einzige Bewegung, zu der sie noch in der Lage war.

Mit den Beinen strampeln vielleicht noch, doch das würde den Mann neben dem Wagen nur dazu bringen, ihr ab dem nächsten Tag auch noch die Füße zusammenzubinden. Daher ließ sie es einfach bleiben und erinnerte sich lieber an eine lange vergangene glücklichere Zeit.

Abermals zog der Falke seine Runden über dem Heerzug. Sicher suchte er nach Mäusen oder durch die marschierenden Landsknechte aufgescheuchte Singvögel.

Bei der Erinnerung an das Magdeburg der Kindertage drängte sich ihr dann auch die Frage auf, warum sie aus der Stadt geflohen war. Hätte sie es nicht dort enden lassen können? So wie ihre Schwester Susanna sich einfach in den Dolch gestürzt hatte und alles war zu Ende.

In ihrem momentanen Zustand konnte sie noch nicht einmal das tun! Nur eines hatte ihre Flucht positives gebracht: Sie hatte Sieghelm lieben gelernt. Nun war sie wieder in seinen Armen und in der Erinnerung an den geliebten Mann verdöste sie den restlichen Tag.

Und aus diesen wunderschönen Tagträumereien riss der brutale Metzger sie wieder heraus.

Kaum war der Wagen zum Stehen gekommen, hatte er die Bretter am hinteren Ende abgehoben. Augenblicke später hatte Barbara schon ein paar Schläge ins Gesicht bekommen. Danach drehte er sie auf den Bauch, zerrte sie halb vom Wagen herab, öffnete seine Hose und verging sich an ihr, noch bevor er seine Sachen vom Wagen abgeladen hatte.

Mit dem Gesicht im Straßenstaub auf der Ladefläche versuchte sie Luft zu bekommen, doch der verdammte Knebel erschwerte dies.

Endlich kam der Mann schnaufend in ihr und ließ von ihr ab.

Es war nur kurz, jedoch sehr schmerzhaft gewesen und sicher nicht das letzte Mal für diesen Abend.

Nachdem er mit ihr fertig gewesen war, hatte er sie achtlos in das gerade errichtete Zelt geworfen.

Dort lag sie und stellte erst sehr viel später fest, dass er sie nicht an den Pfahl gebunden hatte. Er hatte es vergessen und sie hätte entkommen können, nur wohin? Mühsam drehte sie sich auf den Rücken und zog die Beine an. War dies die Gelegenheit, um den Mann mit einem Fluchtversuch dazu zu bringen, sie endlich zu töten? Oder würde das nur zu noch stärkerer Gewalt führen?

Noch während sie darüber nachdachte, welche Option ihr blieb, trat Greta in die Öffnung des Zeltes. Und dabei war der Metzger doch irgendwo in der Nähe! Verzweifelt versuchte Barbara die Freundin zu warnen, aber der Knebel saß noch immer fest vor ihrem Mund.

Jetzt erschien auch noch Agnes im Zelt und hockte sich neben sie hin. Verzweifelt schüttelte Barbara den Kopf und im selben Moment tauchte auch schon der Metzger vor dem Zelt auf.

„Alles aus!", rauschte es durch ihren Kopf.

Barbara sorgte sich nicht um sich selbst, sondern nur um die beiden Freundinnen, die gewiss gleich der Wut des brutalen Mannes zum Opfer fallen würden.

Alsdann erschien ein anderer Mann vor dem Zelt. Mit Bart und Kutte hätte er Sieghelm sehr ähnlich gesehen. Konnte es der Geliebte sein? Vor dem Zelt gab er dem Metzger ein paar Münzen.

War das alles nur ein Traum? Das konnte doch nicht sein! Barbara schloss die Augen, zählte bis zehn und riss sie wieder auf, aber alle waren noch da!

Sieghelm trat auf sie zu und zog seinen Dolch. Die Klinge berührte ihre Arme und löste den Strick. Danach nahm er ihr den Knebel aus dem Mund und hob sie auf seine Arme. Sie zitterte, während sie sich an seine Brust drückte.

„Bitte lass es keinen Traum sein!", stieß sie heißer hervor, dann raubte es ihr die Sinne.

48. Kapitel
Schlammige Fee

Überall hatte Sieghelm nach Barbara gesucht, aber es war schier zum Verzweifeln. Nun war der Heeresteil schon ein paar Tage auf dem Marsch und vermutlich würde er die geliebte Frau erst wiederfinden, wenn sie sich mit dem Rest der Truppe vereinigt hatten.

Der endlose Heerwurm wälzte sich von Thüringen nach Sachsen hinein. Offensichtlich hatte das Heer in Thüringen alles verzehrt, was dort zu holen gewesen war und nun ging es eben in einen Landesteil, wo noch keiner plündernd hindurchgezogen war.

„Der Krieg muss den Krieg ernähren!" Das hatte ihr Feldherr gesagt und anders ging es auch gar nicht.

Fünfzehntausend Menschen wollten jeden Tag essen. Tausende Pferde brauchten Futter! Der Zeugmeister hatte den Zug wohl optimal geplant und berittene Abteilungen der Kürassiere organisierten vor ihnen her die notwendige Verpflegung, um den unendlich langen Heereszug am Kriechen zu halten.

Tausende Füße, hunderte Karren, Hufe und Kanonengespanne walzten den Weg aus, hinter sich nur leer gefressene Gegend zurücklassend.

Hungernde, kranke und sterbende Menschen säumten ihren Weg. Die meisten von ihnen starben nicht von der Hand der Landsknechte, sondern an Krankheiten oder Unterernährung. Auch die meisten Soldaten starben nicht durch den Feind, sondern an Seuchen wie dem Typhus.

Da mit dem Beginn des Marsches auch einige Offiziere den Krankheiten zum Opfer gefallen waren, war Sieghelm dadurch zum Offizier aufgestiegen.

Er führte nun, wie sein Bruder auch, ein Fähnlein auf dem Marsch. Damit einhergegangen war auch eine Verdoppelung seines Soldes, doch er brauchte ja nicht viel. Nur selten trank er Wein und von den Huren hielt er sich auch fern. So sparte er die Münzen eben auf.

Sein Blick ging durch den Straßenstaub nach vorn. Dort marschierte sein Bruder direkt vor ihm, dazwischen liefen die zerlumpten Soldaten, die sich nur in den guten Schuhen und der Bewaffnung von den Bauern unterschieden, die vor ihnen schnell die Dörfer verließen, um dann irgendwann später zurückzukommen, oder in die schützenden Städte zu flüchten.

Alles wie immer, so wie er es schon seit über zehn Jahren kannte. Irgendwann war dann vermutlich auch der letzte Ochse geschlachtet und dann war der Krieg aus. Aber das hatte er schon vor fünf Jahren gedacht und bisher war es noch nicht so weit gekommen.

Nun war also das reiche Sachsen an der Reihe! Doch da zog schon das schwedische Heer hindurch und die Schweden machten es genauso, wie die kaiserlichen Truppen, denn auch die mussten essen.

Und keiner der Bauern opferte freiwillig sein Vieh oder die Ernte.

Am Straßenrand lag ein Wagen des Trosses. Vermutlich war der Kutscher einem Graben zu nahe gekommen. Schnell halfen die Landsknechte, das Fuhrwerk neuerdings auf den Weg zu bringen, denn es war der Karren eines Bäckers und als Belohnung winkte ihnen frisches Brot. Sonst hätten die Männer wohl kaum geholfen.

Auch eine Marketenderin war in den Graben gestürzt und sie versuchte gerade den Schlamm von ihrem Kleid zu wischen.

Marketenderinnen wussten viel vom Heer und dem Tross und vielleicht war das die Gelegenheit, ein letztes Mal nach Barbara zu fragen.

Schnell trat Sieghelm auf die Frau zu, die erschrocken vor ihm zurückzuckte.

„Ich will dir nichts tun", begann er beschwichtigend und setzte hinzu: „Ich suche eine Frau."

„Dafür stehe ich leider nicht zur Verfügung. Ich verkaufe nur Wein!", sagte sie und wollte sich schon wegdrehen.

„Nein! Nicht so!", erklärte Sieghelm. „Ich suche meine Frau. Barbara!", setzte er noch hinzu.

„Barbara aus Magdeburg? Bist du Sieghelm?", fragte die Marketenderin zurück.

Sieghelm nickte.

„Ich weiß, wo du sie finden kannst. Heute Abend bringe ich dich zu ihr", antwortete sie.

Sieghelm dankte ihr schnell, dann musste er seinen Männern hinterhereilen.

Es war unglaublich! Er hatte sie gefunden!

Nun konnte er es gar nicht mehr erwarten, dass der Tag enden würde, denn erst am Abend wurde das Lager wieder aufgeschlagen und bis dahin wollte und konnte er seine Leute auch nicht alleine lassen.

Wenn er gekonnt hätte, dann hätte er die Sonne nun mit der Hand über den Himmel geschoben, doch die leuchtende Scheibe bewegte sich nun offensichtlich noch viel langsamer, als sie es sonst tat.

Die Frau hatte Barbara gekannt, also war seine Geliebte die ganze Zeit in seiner Nähe gewesen und er hatte nur an der falschen Stelle gesucht, die falschen Leute gefragt.

Im Marsch dreht sich Sieghelm um, aber der Wagen und die Frau waren schon lange hinter ihm verschwunden.

Würde die Marketenderin ihn am Abend wirklich wiederfinden können?

Sicherlich!

Schon oft hatte er die fast schlafwandlerische Sicherheit der Frauen im Landsknechtslager bewundert. Unter tausenden von Männern fanden sie immer genau den, den sie suchten.

Endlich war die Sonne nur noch daumenbreit über dem Horizont, als sie den Platz der nächsten Rast erreichten.

Die Routine des Krieges setzte ein. Wachen wurden geplant und Plätze aufgeteilt. Hämmern und Rufe waren überall zu hören und in all diesem Durcheinander tauchte mit einem Male die Marketenderin neben ihm auf. Einfach so, ohne einen Laut. Wie ein Engel oder eine Fee.

Eine mit Schlamm bespritzte Fee, denn sie hatte noch nicht mal die Gelegenheit gehabt, ihr Kleid zu säubern.

„Komm mit! Ich bring dich zu ihr!", sagte sie leise.

Sieghelm teilte schnell seinen Unteroffizieren die Aufgaben zu und ging kurz darauf neben der Frau her.

„Barbara hat viel von dir erzählt und sie hat in den letzten Tagen sehr gelitten", erzählte die Frau, während sie durch das beginnende Landsknechtslager gingen und zum Lager des Trosses liefen.

„Der Mann, bei dem sie jetzt ist, ist sehr brutal, aber auch sehr gierig. Gegen ein paar goldene Münzen gibt er dir deine Frau sicher zurück", sagte sie weiter und nun beschleunigte sie ihren Schritt, blieb aber kurz darauf suchend stehen.

Nur wenige Augenblicke benötige sie, um sich in dem Wirrwarr von Zelten, Frauen und schreienden Kindern zu orientieren.

„Dort lang!", sagte sie und zeigte die Richtung an.

Schnell umrundeten sie mehrere Zelte und gingen an leeren Wagen vorbei, bis eine ältere Frau zu ihnen trat und wortlos auf ein kleineres Zelt zeigte. Vor dem Zelt lud ein kräftiger Mann Fleisch von einem Wagen. Auf diesen zeigte die Marketenderin und Sieghelm griff in den Beutel an seinem Gürtel.

Er wollte zuerst der Frau für die Hilfe einen Gulden geben, doch sie lehnte kopfschüttelnd ab. Die beiden Frauen gingen zum Zelt, Sieghelm schaute durch die Öffnung und erkannte Barbara, die gefesselt am Boden saß.

„Gib sie mir!", sagte er zu dem Mann.

„Zahle mir erst sechs Gulden!", erklärte der Mann und hielt die Hand auf.

Sieghelm drückte ihm die Münzen in die Hand, trat in das Zelt, befreite Barbara von den Fesseln und trug sie davon.

Irgendwo in diesem Durcheinander mussten auch Berthas und sein Zelt sein.

Suchend blickte er sich um.

Vielleicht hätte er die Marketenderin fragen sollen, doch die war irgendwo hinter ihm verschwunden.

Dann erblickte er die Schwägerin in dem Gewimmel.

49. Kapitel
Herrin und Magd

Barbara lag auf einem ziemlich weichen Lager und hatte noch die Augen geschlossen. Sie wagte nicht, die Lider zu heben, aus Angst, dabei aus dem Traum zu erwachen. Plötzlich spürte sie eine streichelnde Berührung an ihrer Wange, die sie zwang, nun doch nachzusehen, wo sie sich befand.

Eine unbekannte Frau beugte sich über sie. Offensichtlich war sie schwanger.

„Wo bin ich?", flüsterte Barbara.

Die Frau antwortete: „In Sieghelms Zelt."

Also war es doch kein Traum gewesen!

„Wo ist er? Und wer bist du?", fragte Barbara zurück.

„Er ist bei seinen Landsknechten und ich bin Bertha, seine Schwägerin", antwortete sie und strich ihr erneut mit den Fingerspitzen über die Wange.

Barbara versuchte sich aufzusetzen, wurde aber von Bertha wieder auf das Lager zurückgedrückt.

„Du musst dich noch schonen!", sagte sie fordernd.

Barbara war sofort dafür, ihrem Willen zu folgen, denn im Moment fehlte ihr sogar die Kraft einen Arm zu heben, der ja nun wieder frei von Fesseln war. Sie drehte mühsam ihren Kopf und sah an sich herab. Dabei fiel ihr Blick auf die dunkelblauen Striemen an ihren Handgelenken, an denen der Strick tagelang in ihr Fleisch geschnitten hatte.

Das Taubheitsgefühl in den Armen war geblieben und für einen Moment durchzucke sie die Befürchtung, dass sie diese vielleicht nicht mehr bewegen konnte. Mit einer unmenschlichen Kraftanstrengung versuchte sie ihren rechten Arm zu drehen, was ihr dann auch gelang.

Aber mit der Bewegung kamen auch die Schmerzen zurück. Es begann dermaßen in den Fingern zu kribbeln, dass sie es kaum aushielt. Eine andere Frau betrat das Zelt und Barbara erkannte Greta. Die Freundin hatte ein Kleid und ein Unterkleid über dem Arm hängen und trat damit an das Bett.

„Für mich?", fragte Barbara leise.

Greta nickte zustimmend.

Mit der Unterstützung der beiden Frauen setzte sich Barbara auf.

Sieghelms Schwägerin schickte ihren Sohn aus dem Zelt, den Barbara erst jetzt bemerkt hatte.

Greta half Barbara zuerst aus dem zerrissenen Unterkleid, um ihr danach die blutigen Stellen am Körper mit einem Tuch abzutupfen und ihr danach in die neue Kleidung zu helfen.

Barbara ertrug die schmerzhafte Prozedur mit zusammengebissenen Zähnen.

„Ich danke euch", sagte sie und war abermals am Ende ihrer Kraft.

Zwar war sie nun ohne Fesseln, aber die Zeit als verschnürtes Paket sorgte dafür, dass sie sich kaum bewegen konnte. Nur auf die beiden Frauen gestützt war sie in der Lage, sich überhaupt aufrecht zu halten.

„Wo ist Agnes?", fragte sie Greta leise.

„Arbeiten!", antwortete ihre Freundin, wobei sie abfällig den Mund verzog.

Wissend nickte Barbara. Was eben bei Agnes so arbeiten hieß. Aber was sollte die Freundin schon machen? Sie musste ja überleben. Irgendwie.

Nochmals öffnete sich das Zelt, aber diesmal war es Sieghelm, der auf sie zugeeilt kam.

„Endlich habe ich dich gefunden!", rief er aus.

Barbara fiel ihm um den Hals und da die beiden Frauen sie in diesem Moment loslassen mussten, fiel sie wirklich. Wie ein Sack hing sie am Halse des Geliebten und klammerte sich fest, da sie die Arme nur schlecht bewegen konnte.

„Ich danke dir, dass du mich dort rausgeholt hast", sagte sie leise.

„Ja. Für sechs Gulden", erwiderte Sieghelm.

„Da hat er das doppelte wieder reingeholt, was er für mich ausgegeben hat!", presste Barbara bitter durch die Zähne.

Erst in diesem Moment bemerkte sie, dass die beiden anderen Frauen das Zelt schon wieder verlassen hatten.

Sieghelm hob sie auf seine Arme und trug sie zu der Lagerstatt. Dort bettete er sie und sagte: „Schlaf und erhole dich. Ich passe auf dich auf!"

Dankbar nickte sie ihm zu und fast sofort fielen ihr vor Erschöpfung die Augen zu.

Als sie die Lider abermals hob, saß der Geliebte noch immer an ihrem Bett und sein Blick war auf sie gerichtet. Sicherlich war es schon mitten in der Nacht, denn durch die Zeltwand war der flackernde Schein eines Feuers zu erkennen. Augenblicklich beugte er sich zu ihr vor und streifte zärtlich ihre Wange.

Immer noch tat ihr alles weh und selbst diese sanfte Berührung sorgte für Schmerzen, doch sie drückte sich tapfer seiner Hand entgegen. Ihr Held hatte sie gerettet.

Dann sah Barbara, wie Agnes vorsichtig in das Zelt hereintrat.

„Komm zu mir", sagte Barbara zu ihrer Freundin.

Sieghelm drehte sich zu Agnes um, die er ja nicht gesehen hatte.

Mit zwei schnellen Schritten war sie bei ihr und kniete sich vor das Bett.

„Ich danke auch dir", sagte Barbara, nun schon mit festerer Stimme. Offenbar kam die Kraft langsam zurück.

„Wofür?", fragte Agnes zurück.

„Dafür, dass du mir mit deinen Erzählungen geholfen hast. Ohne sie hätte ich es wohl kaum überlebt! Also hab Dank dafür", entgegnete Barbara.

Agnes wehrte diesen Dank mit einer unsicheren Handbewegung ab. Fast schüchtern sah das aus und nun war Agnes neuerdings das kleine Mädchen, das Barbara in Magdeburg oft gesehen hatte.

„Wenn die Sonne aufgeht, dann geht der Marsch weiter", erklärte Sieghelm und setzte fort: „Kannst du schon laufen?"

„Ich will es versuchen", antwortete Barbara.

Agnes begann: „Und ich werde dir helfen!"

„Gut so!", erklärte Sieghelm und erhob sich aus seiner knienden Position.

„Ich werde mit meinen Männern marschieren und dich kann ich dann erst am Abend wiedersehen. Bleib bei Bertha, meiner Schwägerin", setzte der Geliebte noch hinzu, während er sich streckte.

Barbara nickte zustimmend.

Sieghelm sah auf die beiden Frauen herab, dann sagte er: „Als Offizier, der ich nun bin, verdiene ich gut. Wenn du möchtest, dann kann Agnes als deine Magd bei dir bleiben."

„Möchtest du?", fragte Barbara ihre Freundin, während sie sich ächzend aufsetzte.

„Gern!", erklärte Agnes erfreut und setzte hinzu: „Alles ist besser als dass, was ich im Moment gezwungen bin zu tun!"

„Dann ist es abgemacht und hier ist dein erster Lohn", sagte Sieghelm und drückte der staunenden Frau einen blanken Gulden in die Hand.

„So viel?", fragte Agnes freudig und verwahrte die kostbare Münze schnell in ihrem Beutel.

„Dann ist meine erste Arbeit als Magd, dir beim Waschen zu helfen!", erklärte Agnes und lief mit einer Schüssel nach draußen.

Durch die sich dabei öffnende Plane war nun bereits das erste Tageslicht zu erblicken.

Sieghelm setzte seinen Hut auf und sagte: „Ich sehe dich dann heute Abend!"

Er küsste sie und ging.

Agnes kam zurück und hielt die Schüssel, während sich Barbara darüber beugte und sich darin wusch.

Im Lager begann die ihr schon gut bekannte lärmende Geschäftigkeit und dann erschien Bertha im Zelt.

„Bereit?", fragte die schwangere Frau.

Barbara erhob sich und für einen Augenblick schwankte sie, dann stand sie aufrecht. Nun wurde das Zelt abgebaut und auf ein daneben stehendes Fuhrwerk verladen.

Die tägliche Routine sorgte für katzenhafte Bewegungen der Frauen, aber Barbara stand meist nur im Weg. Dann begann der Marsch.

Barbara und Agnes, Herrin und Magd, folgten Hand in Hand dem staubigen Pfad.

50. Kapitel
Herbstwind

Der angenehm warme Sommer war vorbei und die Blätter an den Bäumen rings um die Hütte hatten begonnen, sich bunt zu färben. Doch das war nicht die einzige Änderung, die sich in der Waldhütte abzeichnete. Der kleine Welpe war etwas größer geworden und die morgendliche Übelkeit zeigte Anna deutlich, dass die nächtlichen Beisammenseins mit Peter nicht ohne Folgen geblieben waren.

Sie kannte das noch von ihrer Mutter, als diese damals mit ihrer jüngsten Schwester schwanger gewesen war. Noch war nichts zu sehen, aber Anna dachte mit Grausen daran, dass sie in nicht allzu ferner Zeit hier in dieser Hütte das Kind bekommen würde.

Mutter hatten bei den Geburten in Magdeburg immer die Mägde und eine Hebamme zur Seite gestanden. Ihr würde da sicher nur Peter helfen können. Vielleicht auch Barbara, wenn die Schwester bis dahin wieder zurück sein würde.

Peter weihte sie vorerst allerdings noch nicht in ihre Überlegungen ein, denn zu schön waren seine Streicheleinheiten und zärtlichen Zuwendungen und Anna hatte viel zu viel Angst, darauf verzichten zu müssen, falls er bemerken sollte, dass sie schwanger war.

Da Peter ihr keine Kleider mitgebracht hatte, trug sie damit die von ihm besorgten Sachen eines Mannes. Mittlerweile hatte sie sich daran gewöhnt, die Hütte in Hosen zu verlassen.

So streifte Anna am Tag durch den Wald, um Beute zu machen. In der Nacht schmiegte sie sich in Peters Arme und hörte den Wind im Kamin schauerlich pfeifen.

Peters Bein war immer noch nicht wieder völlig ausgeheilt und das würde es vermutlich nun auch nicht mehr. Um sich nützlich zu machen, sorgte der Mann dafür, dass sie genug Holz haben würden.

Dies war natürlich nicht ganz ungefährlich und an manchem Tag konnte Anna die Axthiebe weit durch den Wald hallen hören. Doch es war nun mal unmöglich, einen Baum lautlos zu fällen und in handlichen Stücken zu zerlegen. Somit mussten sie im Herbst nun mal das Risiko eingehen, wenn sie im Winter nicht erfrieren wollten.

Zur Sicherheit trug Peter immer zwei geladene Pistolen in seinem Gürtel und eines der Schwerter an seiner Seite.

Anna hatte den Bogen und den Dolch. Beides waren lautlose Waffen, die jedem Angreifer trotzdem den Tod bringen würden. Dennoch war sie nun immer vorsichtig, wenn sie durch den Wald streifte. Fast lautlos bewegte sie sich durch das ihr gut bekannte Gelände. Durch die täglichen Streifzüge kannte sie jedes Gebüsch und jeden umgefallenen Baum, doch der Herbstwind blies schon eine Weile durch die Baumkronen und raubte ihr damit Stück für Stück die bisher sicher geglaubte Deckung durch das Laub, das in dicker werdenden Schichten den Waldboden bedeckte.

Mit jedem neuen Tagesanbruch wurde die Jagd für Anna beschwerlicher und durch die kürzeren Tage wurde nun auch die Zeit knapp.

Trotzdem wagte sie sich nicht an den Teich hinab, obwohl dieser ja übervoll von köstlichen Fischen war. Anna hätte nur die Angel hineinhalten müssen und einer hätte sofort angebissen.

Allerdings steckte immer noch die Angst vor dem Gewässer in ihr. Zweimal hatte sie an seinem Ufer fast den Tod gefunden und auch die fehlende Jagdbeute reichte da momentan noch nicht, diese Furcht zu überwinden.

Zu ungeschützt wäre sie am Ufer des Weihers.

Doch die Karpfen lockten sie immer mehr und daher überlegte sie zusammen mit Peter, wie sie an die leckeren Fische kommen konnten, ohne sich selbst zu sehr in Gefahr zu bringen.

Schließlich fiel ihr die Reuse ein, die sie am ersten Tag am Teich so gründlich ausgeplündert hatten. War dies nicht eine Option? Die konnte man am Abend versenken und am nächsten Tag, im Schutze der Dunkelheit, wieder mitsamt der Fische an Land ziehen. Allerdings war die Reuse beschädigt worden, als Sieghelm sie aus dem Karpfenteich an Land gezerrt hatte.

Konnten sie nicht ein ähnliches Fischgefängnis selber bauen? Bei dieser Überlegung fiel Annas Blick auf den Korb in der Ecke. Man konnte eine Reuse flechten!

Sofort lief sie zum Bach, wo sie ein paar Weiden stehen gesehen hatte. Mit dem Dolch kappte Anna ein paar der dünnen Zweige und weichte diese danach ein.

Am Abend begann sie mit dem Flechtwerk. Der erste Versuch scheiterte kläglich und auch der Zweite gelang nicht viel besser. Erst der dritte Korb hatte die Größe und Stabilität, dass Anna damit einen Versuch wagen konnte.

Am folgenden Abend versenkte sie im letzten Licht des Tages leise den Korb an einem langen Strick in dem Gewässer.

Gespannt wartete sie auf den nächsten Abend und auf die Ausbeute, die sie sich ersehnte.

Leise schlich sie zum Wasser und zog den Korb herauf. Im letzten Sonnenlicht sah sie zwei glänzende Fische im Korb. Diese entnahm sie und versenkte den Korb erneut. Nur das Plätschern verriet ihre Anwesenheit.

Mit den beiden zappelnden Karpfen lief sie den Pfad hinauf und briet anschließend die Fische.

Ab diesem Zeitpunkt fertigte Anna eine Reuse nach der anderen, bis sie ein paar Tage später fünf dieser Körbe im Teich hatte.

In der Folgezeit zog sie damit jeden Abend bis zu zehn der dicken Karpfen aus dem Wasser und diese trockneten sie gemeinsam auf einer Schnur hinter der Hütte.

Mit dem Herbstwind verschwand die Jägerin und Anna wurde mehr und mehr Hausfrau. Tagsüber reparierte sie die Reusen, kontrollierte den trocknenden Fisch und half Peter beim Holz hacken.

Die eine Hälfte der Hütte füllte sich nach und nach mit Holzscheiten, die sie an der Wand aufstapelten. Gleichzeitig machte sie aus den Fellen der Tiere, die sie im Sommer gejagt hatte und deren Fell sie gegerbt hatte, warme Kleidung für den kommenden Winter. Somit würde wenigstens einer eine warme Kleidung haben können, wenn er oder sie mal aus der Hütte musste.

Freilich wusste weder sie noch Peter so genau, was in der kalten Jahreszeit auf sie zukommen würde und darum begann sie den getrockneten Fisch in die andere Ecke der Hütte zu stapeln.

Mit jedem Fisch und jedem Holzscheit fragte sie sich still: Würde das reichen, um zu überleben?

Konnten sie in der Zeit von Schnee und Eis die Hütte zur Jagd verlassen und würde ihr da etwas vor den Pfeil laufen? In der letzten Zeit war es schon deutlich weniger Wild auf dem Hügel gewesen. War das schon ein Vorgeschmack auf das, was in den nächsten Wochen auf sie zukommen würde?

Anna betete nun täglich. Nicht nur für sich und Peter, sondern auch für das ungeborene Leben in sich. Immer wenn sie dazu vor dem Altar zwischen Brennholz und Trockenfisch kniete, dachte sie auch an Barbara. Wo mochte die Schwester wohl sein? Ging es ihr gut?

Mit der Hausfrau kam auch langsam das mütterliche Gefühl in ihr auf und zum Glück verschwand die morgendliche Übelkeit schon bald. Auch sie war durch den Herbstwind davon geweht, aber bald würden die Winterstürme um die Hütte toben.

Davor fürchtete sich Anna ein wenig, was sie in Peters Armen aber in der Nacht wieder vergessen konnte. Ein Gefühl der Geborgenheit und des Schutzes war dann in ihr. Es fühlte sich gut an.

Vielleicht würde der Winter auch eine Zeit des Kuschelns in der Hütte. Anna hoffte es und würde es sehen.

51. Kapitel
Hochzeit unterm Kanonendonner

Wieder war es ein langer Marsch gewesen, doch diesmal war es anders, denn Sieghelm wusste nun, dass Barbara bei Bertha im Tross war und er sie am Abend in die Arme nehmen konnte. Der Weg war mit dieser Gewissheit gar nicht mehr schwer, fast beschwingt schritt er aus.

Wo genau sich Barbara im Moment befand, das wusste er allerdings nicht. Irgendwo in dem langen Zug der Wagen und Menschen. Seine Sehnsucht flog zu ihr nach hinten.

Doch wie immer, wenn man auf etwas sehnsüchtig wartete, kroch die Zeit nur so dahin.

Die Sonne schlich nun schon den zweiten Tag über den Himmel, aber er konnte nichts daran ändern. Seine Suche war zu Ende und er hätte das Heer nun eigentlich verlassen können, aber das ging nicht. Er war durch sein Wort gebunden und Flucht bedeutete Tod! Für sie beide!

Endlich versank die Sonne und Sieghelm rannte zu seinem Zelt.

Zusammen mit ihrer Magd baute sie es gerade auf, als er Barbara schon stürmisch in die Arme nahm.

Sie sah erschöpft, aber glücklich aus.

Schnell half er den beiden Frauen mit den letzten Zeltschnüren, dann gab es Brot und Wein zur Stärkung.

Am Feuer vor dem Zelt sitzend unterhielten sie sich noch eine Weile, bevor sie hineinwechselten.

Vor dem Bett stehend sagte Barbara: „Ich würde gern das Lager mit dir teilen, aber ich bin noch wund. Gib mir bitte noch ein paar Tage zur Erholung."

Er nickte und stimmte ihr gern zu, denn schließlich war er ja froh, sie neuerdings in seinen Armen zu halten.

Die Magd half zuerst ihr beim Entkleiden und danach ihm.

In Unterwäsche legten sie sich auf ihr Lager, während sich Agnes mit einer Decke innen vor den Eingang legte. Jeder, der ab diesem Zeitpunkt das Zelt betreten wollte, oder dieses verlassen, der musste damit über sie hinweg steigen. Wie ein Wachhund lag die Magd dort.

Nur kurz hatte Sieghelm zu der schlafenden Dienerin gesehen, dann drehte er sein Gesicht wieder Barbara zu. Aneinander gekuschelt nahm er sie in den Arm und wenig später bemerkte er an ihren Bewegungen und Geräuschen, dass sie erschöpft eingeschlafen war.

Im Licht der durch die Plane schimmernden Lagerfeuer betrachtete er ihr schlafendes Gesicht. Er spürte ihren weichen Körper an seinem und auch sein Verlangen nach ihr, aber er wollte ihr die Zeit geben, die sie selbst dafür brauchte.

Am Feuer hatte sie nur wenige Worte über die vergangenen Tage verloren, aber die Kratzer und blauen Flecken, die er an ihrem Körper gesehen hatte, sprachen deutlichere Worte, als Barbara sie eventuell gefunden hätte.

Offenbar weckte er sie durch seine Überlegungen auf, denn augenblicklich öffnete sie die Lider und blickte ihn an. Diese wunderschönen Augen strahlten regelrecht und er musste Barbara küssen. Ihre Lippen waren so weich und die Erinnerung an die Hütte im Wald zog durch seine Lenden.

Seine dabei noch weiter steigende Erregung ließ sich jedoch bei der Nähe unter der dünnen Decke kaum verbergen. Zu dicht lagen sie beieinander und durch Barbaras warmen Leib, der sich nun auch noch zusätzlich fester an ihn drückte, würde das auch nicht anders werden.

Natürlich bemerkte auch Barbara dies und blickte an ihm herab. Kurz zuvor hatte sie ihn noch um Zeit gebeten, doch nun schlug sie die Decke zurück, zog sich das Unterkleid herauf und hockte sich über ihn.

Agnes kam gelaufen und fragte: „Kann ich dir helfen?"

Barbara wehrte sie ab und stützte sich mit den Händen auf seine Schultern ab.

Die Magd verstand nun die Situation und verließ verschämt das Zelt.

Sieghelm zog sich das Hemd herauf und entblößte damit sein steif aufragendes Glied.

Sie beide sahen sich an, dann nickte Barbara. Mit gespreizten Schenkeln über ihm kniend positionierte sie ihren Schoß über seiner Spitze, dann schob sie sich auf ihn. Sie stützte sich auf seinen Schultern ab und mit zusammengebissenen Zähnen begann sie ihren Unterleib auf und ab zu bewegen.

Sieghelm blieb unbeweglich liegen, um sie nicht zu verletzen oder zu bedrängen. Nach ein paar Augenblicken hielt er sie an den Hüften fest und zog sie nach unten. Sie so haltend ergoss er sich stöhnend in ihrem Schoß.

Mit einem Seufzer der Erleichterung, erschöpft, aber mit einem Lächeln auf den Lippen, fiel Barbara auf seine Brust.

„Lass uns heiraten!", sagte Sieghelm wenig später, während er die Decke über sie zog.

„Sind wir nicht schon vor Gott verheiratet?", schnurrte Barbara glücklich zurück.

„Vor Gott schon, aber noch nicht vor der Welt!", entgegnete er.

„Gern!", flüsterte sie und schlief lächelnd ein.

Agnes betrat leise das Zelt und legte sich abermals an den Zelteingang.

Nun konnte auch Sieghelm einschlafen.

Der Morgen kam und Agnes weckte sie vorsichtig.

Barbara lächelte ihn glücklich an, doch als sie sich wusch, verzog sie vor Schmerzen das Gesicht.

Sieghelm war als erster angezogen und verabschiedete sich mit einem Kuss von seiner Frau.

Wenige hundert Schritte weiter trieben die Unteroffiziere die Landsknechte schon in die Marschformation.

Während das Lager abgebaut wurde, galoppierte die Reiterei bereits voraus. Der Marsch begann, der Tross verlud noch all das, was am Abend zuvor abgeladen worden war.

Stundenlang zog das Heer in der Nähe von Leipzig umher, bis Sieghelm von vorn Musketenfeuer und Kampflärm hörte. Anscheinend war die Reiterei auf das feindliche Heer gestoßen. Nun marschierten die Landsknechte schneller.

Der Lärm des Kampfes hielt auch weiterhin an!

Sieghelm fragte sich dabei, warum die Reiter nicht auf sie und den anderen Teil des Heeres gewartet hatten. Vielleicht wollte Graf Pappenheim der glänzende Held sein, der die Schweden alleine besiegte. Wenn dem wirklich so war, dann war es töricht von ihm und tödlicher Leichtsinn.

Die Gespanne mit den Kanonen jagten an ihnen vorbei nach vorn und die Landsknechte rannten nun schon fast.

Sieghelm dachte an Barbara, die sich jetzt irgendwo hinter ihm befand und die Hochzeit fiel ihm erneut ein.

Wenn es möglich sein würde, dann sollten sie noch heute heiraten, denn wer wusste schon, was morgen war.

In seine Überlegungen hinein waren von vorn auch schon Kanonen zu hören. Ob es schwedische oder kaiserliche waren, das wusste keiner.

Im Sturmschritt erreichten sie das Kampfgebiet, aber die kämpfenden Truppen lösten sich gerade voneinander und bezogen ihre Lager fast in Sichtweite voneinander.

Immer wieder schossen Kanonen zur einen oder anderen Seite. Pulverdampf waberte über das Feld.

Die schwedische Artillerie schoss gut und schnell!

Nun, da sich die Heere gegenüber lagen, wartete Pappenheim auf den Rest des Heeres. Sicherlich würde es am folgenden Morgen zur entscheidenden Schlacht kommen.

Ein evangelischer Pfarrer stand in Sieghelms Nähe und während die Landsknechte in Formation gingen, fragte er den Mann, ob er ihn mit Barbara trauen wolle.

Überrascht sagte der Geistliche sofort zu und nun fehlte nur noch Barbara.

Sieghelm schickte einen Melder nach hinten und wenig später trafen, erschöpft und schnaufend vom schnellen Lauf, Barbara und Agnes bei ihm ein. Während immer mehr Reiter und Landsknechte kamen und der Tag sich in Geplänkeln langsam dem Abend näherte, kniete er neben Barbara vor dem Pfarrer.

Bei jedem Kanonenschuss zuckte Barbara zusammen und auch die Magd schaute verängstigt zu den nicht weit entfernt stehenden Geschützen. Der Pfarrer vollzog die Trauung und sie standen wieder auf.

„Nun bist du auch vor der Welt Barbara von Bärenberg!", sagte Sieghelm und küsste seine Frau.

Nur wenige Augenblicke später lösten sie sich wieder voneinander.

Sie eilte mit Agnes zum Tross zurück, während er zu seinen Männern ging. Er ließ seinen Blick über die Landsknechte wandern und sah die Angst in ihren Augen. Für viele von ihnen würde es der erste Kampf und einige würden den nächsten Abend wohl nicht mehr erleben.

Die Unteroffiziere hielten die Männer in der Formation, aber manche Hand zitterte auch bei ihnen.

Sieghelm blickte zum Tross zurück, zu seiner Frau. Die bange Frage blieb in seinem Kopf: Was würde der nächste Tag für sie beide bringen?

52. Kapitel
Nebel der Furcht

Zitternd hatte sie sich in dem Zelt an Agnes geklammert. Bei jedem Kanonenschuss zuckte Barbara zusammen und sie sah in den Augen der Freundin, dass es ihr nicht viel anders ging. Die alten Erinnerungen aus Magdeburg kamen wieder hoch und Barbara versuchte sich verzweifelt abzulenken.

Gerade erst war sie nun Frau von Bärenberg geworden und dachte an die letzten beiden Tage zurück. Am Vortag war sie auf dem Marsch ein paar Mal auf den Wagen geklettert, um darauf zu sitzen und zu ruhen. Zwar hatte sie die Tage vorher geruht, aber ihr fehlte ein bisschen die Kraft.

Die Nacht war schön gewesen und an diesem Tag nun war sie schon stärker. Der Marsch im Tross hatte ihr nichts mehr ausgemacht.

Der Eingang des Zeltes wurde geöffnet und beide Frauen schrien erschrocken auf, doch es war Bertha, die das Zelt betrat und kein Feind.

Mit der Frau kam eine Wolke Pulverdampf von draußen herein.

„Was macht ihr denn hier?", fragte Bertha.

Weder Barbara noch Agnes waren im Moment zu einer Antwort fähig. Wie zwei Kinder hingen sie ängstlich aneinander.

„Kommt schon! Unsere Männer wollen dann etwas essen, wenn sie vom Kampf zurückkommen!", trieb die Schwägerin sie an.

Nun erst löste sich die Erstarrung bei Barbara. „Sieghelm!", sauste es durch ihren Kopf. Sie freute sich auf die Rückkehr ihres Mannes. Gleichzeitig hatte sie aber auch um ihn Angst, da er ja vorn irgendwo im Kampf stand.

Offensichtlich bemerkte Bertha diese Angst in ihren Augen und winkte mit der Hand ab.

„Das ist noch keine Schlacht!", sagte die erfahrene Frau, die ihren Mann schon viele Jahre begleitete. Sie blickte über die Schulter und setzte hinzu: „Im Moment tasten sich die beiden Heere nur ab."

Trotzdem waren die Kanonenschüsse bedrohlich nah.

Schon eilte Agnes an Bertha vorbei nach draußen und hatte den Topf mitgenommen.

Barbara folgte ihr und sah, wie die Freundin das Feuer schürte, das Bertha sicherlich zuvor angezündet hatte.

Die nun einsetzende Arbeit lenkte Barbara ab und sie kam ein wenig zur Ruhe, aus der sie aber mit jeder Pulverwolke wieder herausgerissen wurde, die der Wind zu ihnen herüberwehte. Nur zu deutlich war dieser Geruch in ihrem Kopf mit der danach folgenden Gewalt verknüpft und das konnte sie bewusst nicht ändern.

Mit dem Dolch, den ihr Sieghelm aus der Waldhütte mitgebracht hatte, putzte Barbara Gemüse für die Suppe und das Wasser begann schon im Topf zu brodeln. In der kalten Luft stieg der Dampf des heißen Wassers auf. Anscheinend war dieser Nebel an diesem Tage überall.

Trotz der Ablenkung und des scharfen Messers in ihrer Hand hatte sie immer ein Auge bei den Kanonen. Dumpf dröhnten die Abschüsse und wie feurige Drachenmäuler sahen die feuerspeienden Mündungen der Geschütze aus.

Langsam sank die Sonne und die Schüsse wurden weniger.

Mit der Dunkelheit kamen die Ruhe und der Schein der Lagerfeuer. Es mussten tausende sein, so wie ihres.

Irgendwann verschwand Bertha in der Dämmerung und kam wenig später mit den beiden Männern zurück.

Barbara war es völlig unverständlich, wie die Schwägerin in diesem Gewimmel die beiden Männer finden konnte und dann auch noch den Weg zum Zelt zurückfand. Das war aber vermutlich ihrer langjährigen Erfahrung geschuldet. Barbara fiel ihrem Mann überschwänglich um den Hals, während dessen Bruder sich neben dem Feuer in einem Eimer das Gesicht wusch. Danach löste sich Sieghelm lachend aus der Umklammerung.

Er drückte Barbara den Hut und die Jacke in die Hände und wusch sich ebenfalls.

Später saßen sie am Feuer und ließen sich Brot und Suppe schmecken. Die Männer schwiegen und sahen gelegentlich zu den Feuern hinüber, die das schwedische Heer auf der anderen Seite angezündet hatte.

Als die Suppe aufgegessen war, sagte Bertha: „Bei uns ist nun das ganze Heer versammelt."

„Aber die Schweden sind mehr!", setzte Sieghelm ihr entgegen.

„Wir haben etwa vierzigtausend Männer und die Schweden sicherlich fast fünfzigtausend!", erklärte sein Bruder und kratzte sich am Kopf.

„So viele?", fragte Barbara überrascht nach.

„Ja!", antwortete Bertha, während sie sich von ihrem Platz erhob.

Bertha blickte einmal rund um sich herum und ergänzte dann: „Mit unserem Tross und dem der Schweden ist hier sicher eine viertel Million Männer und Frauen versammelt."

Barbara fiel vor Schreck die Schüssel aus der Hand. Das waren fast zehn Mal so viele Menschen, wie in Magdeburg gelebt hatten! Nun erhob sie sich ebenfalls und erblickte die tausenden Leuchtpunkte. Vermutlich irrte sich Bertha nicht, aber die schwedische Übermacht schien schon jetzt erdrückend zu sein.

Irgendwann begaben sich alle in die beiden Zelte und abermals nahm Agnes ihren Platz am Zelteingang ein. Mit dem Dolch neben sich schien die Magd wild entschlossen zu sein, das ganze schwedische Heer am Betreten des Zeltes zu hindern und die beiden im Bett mit ihrem Leben zu beschützen.

Barbara kuschelte sich an Sieghelm an.

Eigentlich war es ja ihre Hochzeitsnacht, aber in Anbetracht der Gefahr blieb es in dieser Nacht beim Kuscheln. Lange lagen sie wach und schweigend nebeneinander. Was würde der folgende Tag bringen?

Viel zu schnell kam der Morgen und Sieghelm musste zu seinen Männern zurück.

Barbara schaute ihm, am Zelteingang stehend, sorgenvoll hinterher.

Der Morgennebel vermischte sich mit dem Schwefelgeruch der ersten Kanonenschüsse. Es roch wie der Atem des Teufels und die Ängstlichkeit kam zurück, diesmal war es aber die Angst um ihren Mann.

Langsam ließ Barbara ihren Blick über das Lager gleiten. Tausende Spieße und hunderte Fahnen zeigten in den Himmel.

Bertha trat neben sie, legte den Arm um sie und zeigte nach vorn. Dabei erklärte sie: „Unser Platz wird hinter den Reihen sein. Wir helfen den Feldscheren mit den Verletzten, tragen Pulver und Blei nach vorn und beten für unsere Männer."

Barbara nickte und sah sich nach Agnes um. Die Freundin hatte bereits den Gürtel in der Hand, an dem Barbaras Dolch hing. Barbara trat zu ihr, nahm den Gürtel und legte ihn sich um die Hüften. Nervös prüfte sie die Schärfe der Waffe, bevor sie diese in die Scheide schob. Die schwere Waffe auf ihrer Hüfte gab ihr etwas Sicherheit.

„Lasst uns gehen!", sagte Bertha und führte sie an.

Hunderte Frauen waren auf dem Weg, während die Kanonen begannen, in immer schneller Folge ihre Geschosse zum Feind hinüber zu senden.

53. Kapitel
Erlöst?

Am liebsten hätte sich Agnes die Ohren zugehalten, aber das ging nicht. Sie stand nicht einmal dreihundert Schritte von den Kanonen entfernt, die Kugel für Kugel mit donnernden Gedröhne in Richtung der schwedischen Truppen schickten.

Für jede Kugel, die hinüberflog, sandten die Schweden etwa zehn zurück! Die andere Armee hatte doppelt so viele Geschütze und schoss auch wesentlich schneller. Und da sie auch noch die kaiserlichen Kanonen unter Beschuss nahmen, war dies hier wohl der schlechteste Platz auf dem ganzen Schlachtfeld.

Der erste Reiterangriff der Pappenheimschen Kürassiere war bereits im Feuer der Schweden zusammengebrochen. Verletzte Pferde schrien so laut, dass es Agnes bis hierher hören konnte, doch niemand interessierte momentan das Leid der Tiere.

Die Menschen starben stumm, oder schrien nicht so laut. Es war einfach grauenvoll, dieses Schlachten mit anzusehen.

Nun begannen die Landsknechte in der Mitte mit gesenkten Spieß nach vorn zu gehen. Doch die schwedischen Kanonen und Musketen forderten einen blutigen Tribut.

Gerade als sie unter Berthas Leitung nach vorn eilen wollten, begann ein schwedischer Reiterangriff, der die restlichen kaiserlichen Kürassiere in die Flucht schlug. Die Reiter flohen in wilder Hast und nahmen dabei keine Rücksicht darauf, wer ihnen im Wege stand.

Agnes konnte sich nur mit einem beherzten Sprung in einen kleinen Graben vor den Hufen retten und riss Barbara dabei einfach mit sich mit. Ein paar andere Frauen und Landsknechte hatten nicht so viel Glück und wurden von den dahinstürmenden Tieren niedergeworfen.

Demzufolge trugen sie kurz darauf zuerst die Verletzten des Reiterüberfalles nach hinten, wo in einem kleinen Dorf ein paar Scheunen als Unterkunft für die Verwundeten vorgesehen waren. Einer der Medicis und ein Pfarrer nahmen sie dort in Empfang.

An der Tür der Scheune entschied sich, ob der verletzte Mann in die Scheune zur Behandlung kam, oder neben der Scheune zur Betreuung durch den Pfarrer abgelegt wurde.

Immer mehr Frauen kamen nach hinten gelaufen, um wenige Augenblicke später wieder nach vorn zu eilen.

Auch Agnes hastete mit Barbara zusammen über das Feld.

Die Strecke war nicht weit und nach dem zehnten Verwundeten hatten sie begriffen, bei wem sich der Weg noch lohnen würde und bei wem nicht mehr.

Die Kanonen und Musketen der Landsknechte sorgten für furchtbarste Verwundungen. Wenn einer am Bein oder Arm getroffen war, dann konnte man ihn eventuell noch retten. Bei einem Treffer im Körper war dies fast aussichtslos. Manchmal rissen die Geschosse solche Wunden, dass Agnes ihre Faust hineinstecken konnte.

Das Schreien der Männer war unerträglich und dazu kam auch noch, dass das Sirren der Kugeln und das Jaulen der Querschläger ständig zu hören war.

All das machte ihr zwar Angst, aber die meiste Furcht hatte sie nicht um sich, sondern um die Freundin, die sich dieser Gefahr ebenfalls aussetzte.

Doch so lange sie zu tun hatten, konnten sie sich nicht um sich selbst sorgen.

Mitunter hörte sie die Kirchenglocken von Leipzig durch das Gedröhn hindurch, denn die Stadt lag nicht weit von ihnen entfernt im Süden.

Schnaufend rannte Agnes wieder nach vorn. Zu einer kurzen Rast kamen sie nicht sehr oft, denn die Männer brauchten sie. Nur gelegentlich tranken sie hinten einen Schluck Wasser. Bis zur Erschöpfung liefen die Frauen über das Feld.

Auch Bertha war hier irgendwo unterwegs und nur ab und zu trafen sie die Frau an der Scheune. Dorthin trug sie mit einer anderen Frau ebenfalls Verwundete.

Am späten Nachmittag brach der Angriff des kaiserlichen Heeres vollständig zusammen und nun wurden die nach vorn eilenden Frauen buchstäblich auch noch von fliehenden Landsknechten über den Haufen gerannt.

Zum Teil ohne Waffen strömten die Männer zurück. Die Unteroffiziere, die sie in ihrer Ordnung halten sollten, waren sicher gefallen. Damit war der Fluchtbewegung der Soldaten nichts mehr entgegenzusetzen und die schwedische Reiterei jagte ihnen nach.

Den Schweden gelang es schließlich in der Mitte, nur einen Steinwurf vor Agnes, ein paar der kaiserlichen Geschütze zu erbeuten.

Agnes riss an Barbaras Ärmel und versuchte mit ihr nach hinten zu flüchten, da es schon abzusehen war, dass das protestantische Heer diese Kanonen gegen die kaiserliche Truppe einsetzen würde.

Damit wären sie dann nur ein paar Schritte vor der Mündung gewesen! Wie verheeren das Feuer der Kartätschen wirkte, das hatten sie beide bei dem Reiterangriff zuvor gesehen.

Mitten in den zurückflutenden Männern bemerkte Agnes mit einem Mal ihren Peiniger und im selben Moment erkannte auch Barbara den Mann.

„Jörg!", schrie Barbara und setzte hinzu: „Bleib stehen, du Feigling und stell dich!"

Er war nur etwa zwanzig Schritte entfernt, als er bei der Nennung seines Namens herumfuhr und sie beide erblickte. Langsam kam er näher und lächelte Barbara hämisch an.

„Habe ich dich!", sagte Jörg drohend und setzte dann fort: „Ich hatte erwartet, dass du in Magdeburg gestorben bist."

„Du hast es noch nicht einmal selbst gemacht. Sonst hättest du es gewusst!", erklärte Barbara trotzig.

Der Blick des Mannes ließ Agnes zittern. Der Schmerz dieser einen Woche im Lager vor Magdeburg durchzuckte ihren Körper und lähmte sie. Starr stand sie drei Schritte hinter Barbara, die nun auch noch auf den Mann zuging.

Die Freundin brüllte den Mann an und Agnes schlackerten die Knie vor Angst.

Barbara näherte sich bis auf wenige Schritte Abstand an Jörg an, als er begann zu erzählen: „Ihr wolltet mich ja nicht in eurer Familie. Ihr wart euch wohl zu fein dazu?"

Drohend zog er sein Schwert und richtete es auf Barbara.

Unerschrocken blieb sie stehen und rief ihm zu: „Du warst nicht mal Manns genug, es selbst zu tun!"

„Du kleine Hure!", begann er drohend mit seiner Rede: „Ich wollte mir an euch nicht meine Hände schmutzig machen. Deine Schwester Gundel hat schreiend den Tod gefunden, während ein Dutzend kroatischer Soldaten sie schändeten. Mit dem Gold, das ich ihr von der Hüfte gerissen habe, habe ich die Männer bezahlt, die den Rest deiner Familie auslöschen sollten."

Er lachte dunkel und machte danach eine Pause. Jörg hob das Schwert, bereit zum Schlag, und trat einen Schritt nach vorn.

Dann ergänzte er so leise, dass es Agnes gerade noch hören konnte: „Aber dich kann ich töten! Und ich tue es selbst!"

„Ich bin solch ein Feigling!", rauschte es Agnes durch den Kopf, als sie auf die Spitze des Schwertes sah.

Als Jörg den tödlichen Streich begann, raste Agnes nach vorn, stieß Barbara zur Seite und unverzüglich traf die Waffe sie in die Rippen.

Agnes flog zu Boden und spürte keinen Schmerz.

„Nun bin ich von meiner Angst erlöst!", dachte sie noch, als sie zu dem Mann aufsah, der drohend über ihr stand.

54. Kapitel
Mein ist die Rache!

ühsam rappelte sich Barbara auf und blickte zu Agnes, die neben ihr im Staub lag. Die Freundin rührte sich nicht mehr und Barbara schaffte es auch nur, sich hinzuknien.

Mit zwei schnellen Schritten stand Jörg erneut vor ihr und legte ihr die Klinge des Schwertes auf ihrer Schulter mit der Schneide an den Hals. Breit grinste er sie dabei an und sagte: „Zwei mit einem Streich!"

„Wenn du nicht mehr kannst, als Frauen zu quälen und zu töten, dann nur zu", begann Barbara.

Jede Angst war von ihr abgefallen. Wollte sie wirklich sterben? Hatte sie eine andere Wahl, als nun vor diesem Mann einfach ihren Mut zu zeigen?

Dieser Schuft sollte sie weder weinen noch betteln sehen.

Kurz dachte sie an ihren Geliebten, aber ob dieser die Schlacht überlebt hatte, das wusste sie nicht. Vielleicht würde sie ihm folgen, oder er eben ihr.

Zornig funkelte sie Jörg an.

„Nun mach schon!", sagte sie leise.

Der Mann zog das Schwert nach oben, damit er mit dem Hieb wohl ihren Kopf sicher vom Rumpf trennen würde.

Barbara ließ ihre Arme sinken und dabei berührte ihre Hand den Griff des Dolches.

Jäh durchzuckte sie eine Art von unendlicher Energie und sie hörte die Stimme der Mutter, die um Rache bat.

Während der Mann noch ausholte, zog sie mit einer schnellen Bewegung den Dolch, kam auf die Füße und rammte ihm die Waffe mit beiden Händen bis zum Anschlag in die Brust.

Wie sie das aus der knienden Position und in dieser Geschwindigkeit überhaupt geschafft hatte, das war ihr ein Rätsel.

Jörg schrie auf, ließ das Schwert fallen und kippte nach hinten um.

Ohne noch einmal nach ihm zu sehen, hastete sie die paar Schritte zur Seite, wo die Freundin immer noch unbeweglich am Boden lag. Sie beugte sich über Agnes, die seltsam bleich war. Aus ihrer Seite lief das Blut, als wenn es aus einer Quelle sprudeln würde.

Barbara kniete sich hin, zog sich die Freundin auf den Schoß und versuchte die Blutung mit den Händen zu stoppen, doch der Lebenssaft lief über ihre Beine und versickerte im Boden.

„Bleib bei mir!", bat sie.

Agnes schlug mit der letzten Kraft ihre Augen auf.

„Ich habe mich meiner Angst gestellt. Das hat gut getan", sagte sie leise und setzte hinzu: „Ist er tot?"

„Ja", antwortete Barbara, obwohl sie das ja nicht wissen konnte.

„Gut so", entgegnete Agnes mit noch leiserer Stimme und setzte dann hinzu: „Mein Vater, ich komme zu dir!" Danach fiel sie in sich zusammen.

Barbaras Tränen tropften auf das Gesicht der Freundin, die mit einem Lächeln entschlafen war.

In diesem Moment kam Bertha zu ihnen gelaufen und sah die tote Frau auf Barbaras Schoß liegen.

Schwankend erhob sich Barbara, ging zu dem am Boden liegenden Mann und schaute in dessen starr aufgerissenen Augen. Auch er war tot.

„Das ist für dich Mutter!", sagte sie leise und zog den Dolch aus seiner Brust heraus. „Ich habe euch gerächt!", brüllte sie und hob die blutige Klinge zum Himmel.

Nun flogen ihre Gedanken zu all denen, die der Mann auf dem Gewissen hatte. Zwar war nicht sicher gewesen, dass die Familie Magdeburg unbeschadet hätte verlassen können, aber Jörg hatte dafür gesorgt, dass alle den Tod gefunden hatten.

Nun war auch er dafür bestraft worden und Barbara hoffte inständig, dass er für seine Bluttat in die Hölle kommen würde.

Gemeinsam mit Bertha nahm sie die tote Freundin auf und sie trugen diese zu der Scheune zurück, wo der Pfarrer ihr noch den letzten Segen spendete.

Rings um diese Scheune lagen tote Männer und Frauen.

Trotz der noch immer tobenden Schlacht hatten einige Frauen bereits damit begonnen, eine Grube auszuheben, in der sie die Leichen beerdigen wollten.

Barbara sah auf die tote Freundin herunter. Im Leben hatte sie nur widerwillig bei den Männern liegen wollen und auch im Tode sollte Agnes nicht bei ihnen bleiben. Daher griffen sie sich zwei Spaten und begannen abseits von dem anderen ein Grab für Agnes auszuheben, in das sie deren Leib danach legen wollten.

Unweit von ihnen wurde nun eine weitere Grube ausgehoben, die deutlich kleiner war, als die andere. Es sollte offenbar eine für die Frauen werden und es waren ja auch deutlich weniger Frauen gestorben.

Zumindest bisher, doch was geschah, wenn die Schweden den Tross erobern und bis zu dieser Scheune vordringen würden? Momentan war das noch völlig offen, aber Barbara rechnete dennoch mit dem Schlimmsten.

Schließlich waren sie ja dann Besiegte und was mit denen geschah, das hatte ihr das Gemetzel in Magdeburg nur zu deutlich gezeigt. Weder Mann, noch Frau und auch kein Kind durfte dann auf Schonung hoffen.

Vielleicht würde sie daher schon bald der Freundin folgen und diese Beerdigung war der letzte Freundschaftsdienst für Agnes.

Auf die Schaufel gestützt begann Barbara ein lautes Gebet, das aber der Pfarrer unterbrach, der neben sie trat. Nun begannen sie zu zweit das Gebet noch einmal zusammen zu sprechen.

Es war ein evangelischer Pfarrer, wie Barbara schon an der Kleidung bemerkt hatte. Der Mann gab ihr die Hand und schlug danach ein Kreuz über dem Grab von Agnes.

Bertha unterbrach die Stille des Momentes, als sie auf die anderen Toten hinwies.

Mehr als ein Dutzend Frauen begann nun das grausige Werk. Alle Leichen wollten ehrenvoll bestattet werden, aber es waren so unheimlich viele, die alleine hier an dieser Scheune lagen. Wie viele mochten es auf dem Feld hinter ihnen sein?

Und wo waren Sieghelm und sein Bruder?

Lebten sie noch?

Barbara verschloss das Grab der Freundin und betätigte sich für den Rest des Tages als Totengräberin.

Leiche um Leiche fand ihren Platz in der Grube.

Hunderte, tausende, unzählige!

Langsam neigte sich der Tag seinem Ende entgegen und in die beginnende Dämmerung hinein verbreitete sich das Gerücht, dass General Tilly getötet worden war.

Innerlich gab die Nachricht Barbara eine Genugtuung, denn er war es gewesen, der Magdeburg zerstört hatte. Auch er war also der göttlichen Rache nicht entkommen.

Bei diesem Gedanken blickte Barbara auf den blutigen Dolch an ihrer Seite. Hatte wirklich sie Rache genommen? Oder war sie nur ein Werkzeug göttlicher Gerechtigkeit an Jörg gewesen? Vielleicht hatte die Mutter ihr die Hand geführt und die Kraft gegeben. Schließlich hatte sie ihr auch diese Waffe um die Hüften gelegt.

Mit dem Gerücht vom Tode des Oberbefehlshabers war das kaiserliche Heer nicht mehr zu retten. Jeder versuchte nun zu entkommen und die schwedische Reiterei verfolgte sie.

Barbara sah von ihrem Platz an der offenen Leichengrube, wie die Schweden hoch zu Ross den Tross überrannten. Trotz der großen Entfernung konnte sie das Schreien der Frauen und Kinder deutlich hören.

„Möge Gott unseren armen Seelen gnädig sein!", rief Barbara laut aus.

Mit einem Stoßgebet schloss sie mit ihrem Leben ab, sah den Reitern entgegen und wartete auf den Tod.

Doch zu den Leichenbergen verirrte sich keiner der Schweden.

Ungestört konnten sie die Gruben mit den Leichen füllen und im Scheine von ein paar Feuern verschließen.

Was würde nun kommen?

Barbara wusste es nicht und ließ sich erschöpft an der Scheunenwand zu Boden sinken.

Mit dem Rücken an der Wand, die Beine weit von sich gestreckt, sah sie traurig auf das Grab der Freundin. Ein schlichtes Holzkreuz aus zwei dicken Ästen markierte es.

55. Kapitel
Seitenwechsel

Im letzten Schein der Abendsonne saß Sieghelm auf einer kleinen Erhebung. Er hatte sein Schwert vor sich in den Boden gerammt und seinen Hut darauf gesetzt. Die Sonne tauchte die Freifläche in ein rotes Licht, doch das hätte sie gar nicht gemusst, denn die Wiese war nun förmlich von Blut durchtränkt.

Hundert Schritte hinter seinem Rücken befanden sich die schwedischen Kanonen, die nun schwiegen. Dadurch hatte er das Schlachtfeld vor sich und konnte das Dorf Seehausen sehen, wo Teile des Trosses lagen und wo er am Morgen aufgebrochen war. Nur eine Handvoll seiner Männer hatten das Gemetzel überlebt.

Ein paar Kartätschen aus den Kanonen hatten sein Fähnlein gewissermaßen ausgelöscht. Das Flankenfeuer aus der kurzen Entfernung hatte die Landsknechte buchstäblich zerrissen und er hatte nur überlebt, weil er am anderen Ende seiner Männer gegangen war.

Schweigend glitt sein Blick über das grausige Bild, das sich ihm bot. Wenn der Kampf mit Schwert und Lanze nicht sowieso schon Geschichte wäre, heute wäre er definitiv zu Ende gewesen.

Die schwedischen Kanonen und Musketen, sowie das schnelle Manövrieren hatten ihre starre und schwerfällige Taktik buchstäblich zerfetzt.

Mit Piken und Schwert gegen die leichten Musketen?

Tausende hatten diesen Wahnsinn mit ihrem Leben bezahlt. Die Menge war noch nicht abschätzbar, aber sicher die Hälfte! Zwanzigtausend Tote an einem Tag. Links neben sich sah er die Raben, die sich in dichten Scharen auf die Kadaver der Pferde der pappenheimschen Kürassiere stürzten.

Es war ein reich gedeckter Tisch für die gefiederten Aasfresser.

Sieghelm wischte sich den Schweiß von der Stirn und schaute zu den Zelten des Trosses, deren Spitzen gerade im Sonnenlicht zu glühen schienen. Die schwedische Reiterei hatte die Wagen und Menschen erbeutet und er musste gerade an Barbara denken.

Irgendwo dort befand sich seine Frau. Nicht weit entfernt und doch unerreichbar. Zumindest im Moment. Er hoffte, dass sie bei Bertha geblieben war, denn die Schwägerin war schon viele Jahre beim Tross und kannte sicher besser als jeder sonst die ungefährlichen Plätze. Deswegen lebte sie sicherlich auch noch.

Sieghelm bemerkte die Menschen, die über das Feld wankten. Die Dämmerung machte die Schärpen gleich und verwischte die Unterschiede zwischen Freund und Feind.

Das kaiserliche Heer hatte allerdings aufgehört zu existieren. Er löste den Stoffstreifen, der über seiner Schulter verknotet war, und warf ihn zusammengeknüllt hinter sich.

Nun war er nur noch Mensch!

Eine Gestalt näherte sich ihm humpelnd. Erst spät erkannte er seinen Bruder und erhob sich, um ihm entgegen zu gehen. Sie fielen sich um den Hals und blieben eine ganze Weile schweigend stehen. Dann zeigte Sieghelm auf die Erhebung und sie setzten sich.

„Sie haben viel gelernt!", begann Sieghelm, der ja selbst früher im evangelischen Heer gekämpft hatte. Doch die Schnelligkeit der Schweden hatte auch ihn überrascht.

Bertram stöhnte und rieb sich sein Knie.

„Keine Kugel! Ich bin in einen Graben gestürzt und habe mir das Knie verdreht, als die erste Salve über mir in meine Männer schlug. Einen Augenblick später waren alle tot!", erklärte der Bruder und löste nun ebenfalls seine Schärpe.

„Vielleicht ist der Krieg nun zu Ende?", fragte er weiter.

„Ich glaube nicht, dass schon Frieden ist", dämpfte Sieghelm dessen Erwartungen.

„Da hast du wohl recht. Solange noch jemand daran verdienen kann, wird es weiter Tod und Blut geben!", antwortete Bertram resignierend und spie vor sich auf den blutigen Boden.

„Verdienen wir nicht auch daran?", gab Sieghelm zu bedenken.

„Irgendwie schon", bestätigte Bertram und kratzte sich am Kopf. „Aber ich kann auch nichts anderes mehr!", setzte er seufzend hinzu.

„Das eine Jahr Frieden als Eremit war schön", erklärte Sieghelm.

Sofort wurde er aber von seinem Bruder unterbrochen: „Aber du hast es mit Frau und Kindern bezahlt!"

„Leider ja", stöhnte nun Sieghelm und erhob sich. Er setzte seinen Hut auf und zog das Schwert aus dem Boden. Dann ging sein Blick zu Tross, der gerade noch zu sehen war.

Offensichtlich bemerkte sein Bruder diesen Blick, denn er sagte: „Sie haben sicher überlebt. Aber was wird mit uns? Flüchten? In Gefangenschaft gehen? Die Seiten wechseln?"

„Letzteres!", entgegnete Sieghelm entschlossen und schob das Rapier in die Scheide an seinem Gürtel.

„Dann müssen wir dorthin!", erklärte der Bruder und zeigte hinter Sieghelm, wo schon die ersten Feuer des schwedischen Lagers aufflammten.

Sieghelm stützte seinen Bruder und in der beginnenden Dunkelheit setzte er vorsichtig Fuß vor Fuß. Es dauerte eine Weile, bis sich seine Augen an das Licht gewöhnt hatten. Offensichtlich waren viele Männer auf demselben Weg. Diejenigen, die flüchten wollten, die waren sicher schon verschwunden. Aber vor diesem Krieg gab es keine Flucht. Er würde einen immer finden und es war besser, dann bewaffnet und bereit zu sein.

Wehmütig dachte er an seine Hütte im Wald zurück. Dann erreichten sie das Feuer und wurden nach einer kurzen Frage schwedische Offiziere. Die Schärpen waren nun ihr neues Zeichen. Viele kaiserliche Soldaten taten es ihnen gleich und so manche alte Schärpe landete im Feuer, um einer neuen Platz zu machen.

„Tilly und Pappenheim sind verwundet oder tot!", sagte einer der Unteroffiziere am Feuer.

„Der eine hatte keine Ahnung von moderner Kriegführung und der andere war zu tollkühn. Eine schlechte Kombination!", erklärte ein älterer Offizier mit einem nordischen Akzent.

Sieghelm setzte sich mit seinem Bruder zu ihm. Stunden zuvor hätten sie noch aufeinander geschossen und jetzt teilten sie sich einen Krug Wein, den eine strohblonde Marketenderin ihnen brachte. Friedlich saßen alle in Ruhe beieinander.

„Skol!", sagte der Schwede.

„Prost!", antworteten die beiden Brüder.

Ein altes Soldatenlied klang in vielerlei Stimmen über dem Feuer. Sieghelms Blick ging nach Süden, wo immer noch die Toten der Schlacht lagen. Auch diese hatten nun Ruhe und lagen einträchtig beieinander.

„Die Überläufer haben unsere Verluste mehr als ausgeglichen. Wir sind sicherlich mehr, als wie wir am Morgen gewesen waren!", erzählte der schwedische Offizier.

Sie sahen zu der langen Schlange von Männern, die wenige Augenblicke zuvor noch kaiserliche Landsknechte gewesen waren.

Sieghelms Gedanken flogen zu seiner Frau, wo auch immer diese sich gerade befand. Am nächsten Morgen würde er nach ihr suchen.

56. Kapitel
Nah am Tod

S eit Stunden lehnte Barbara nun schon in der Finsternis an der Scheunenwand und ihre Gedanken waren bei der toten Freundin sowie den anderen toten Frauen, die sie in der flachen Grube beerdigt hatten. Hinter der Scheune war eine größere Grube ausgehoben, in der nun sicher mehrere hundert Männerleichen lagen.

Weitere Opfer würden folgen, denn viele der Verletzten überlebten diese Nacht wohl nicht. Das Schreien der Männer war mehr als deutlich zu hören und durchdrang die Stille der Dunkelheit.

Die Schweden hatten diesen Platz des Todes bisher gemieden und das würde auch hoffentlich so bleiben.

Bertha war vor Stunden zum Tross hinübergegangen. Die hochschwangere Frau würde gewiss vor Nachstellungen verschont bleiben. Manchmal hörte Barbara Schreie von dort und dachte dabei an Magdeburg.

Allerdings war es hier ja anders, denn die Angehörigen des Trosses waren nicht vogelfrei, wie es die Bewohner von Magdeburg gewesen waren, sondern unter dem Schutz des Heeres. Freilich hatte sich dieses vollständig aufgelöst.

Genaugenommen waren sie alle Gefangene!

Barbara dachte an die Freunde. Ob es Greta wohl auch geschafft hatte, zu überleben? Und Berthas Sohn, wegen dem sie hinübergegangen war?

Niemand beachtete Barbara an dieser Wand. Nur der Halbmond spendete ihr etwas Licht. Feuer hatten sie nur auf der anderen Seite der Scheune angezündet und der Schatten des Hauses hüllte Barbara ein. Links und rechts am Gebäude vorbei sah sie den Lichtschein der zuckenden Flammen.

Eigentlich fühlte sie nichts mehr in sich. Sie dachte nur an die Freundin und die Tränen liefen ihr über die Wangen.

Sehr viel später hob sie den Blick, wischte sich die Tränen fort und dachte an den Geliebten. Wie war es wohl Sieghelm ergangen? Sie spürte in sich, dass er noch leben musste. Etwas anders wollte sie sich im Moment gar nicht vorstellen, aber wenn er bis zum Sonnenaufgang nicht hier sein würde, dann musste sie über dieses grausige Feld gehen, um ihn zu suchen.

Eigentlich hatte sie Angst, ihn dort zu finden, denn was sollte sie tun, wenn er tot war.

Barbara war völlig durcheinander und hatte sich vor dem unausweichlichen Gedanken bisher verschlossen.

Im Moment zählte nur dieser eine Augenblick.

Ihre Hand fiel auf den Griff des Dolches. Sie zog die Waffe und dachte an Agnes, Anna und Susanna. Wäre es nicht so einfach, sich die Klinge ins Herz zu stoßen? Bertha würde sie dann später hier finden und zu Agnes in das kalte Grab legen.

Es konnte so einfach sein, aber als sie die Klingenspitze auf ihr Herz richtete, da zitterte ihre Hand.

Offensichtlich war sie noch nicht bereit für diesen letzten Schritt. Langsam schob sie die Waffe wieder zurück in die Scheide.

Ein bisschen später trafen die ersten Sonnenstrahlen den oberen Rand des Kreuzes. Der Morgen begann und die Hähne im Dorf begrüßten den neuen Tag. Da lag so etwas Unwirkliches darin. Hier wurde gestorben und die Hähne feierten das Leben.

Unmittelbar darauf schien ihr die Sonne ins Gesicht und vertrieb die letzten Beklemmungen der Nacht.

Bertha war noch nicht zurück. Wo mochte sie wohl sein?

Mühsam stemmte sich Barbara an der Hüttenwand hinauf, bis sie auf schwankenden Beinen im Grase stand. Es war der Tagesbeginn des 18. September 1631 und die grelle Morgensonne ließ sie blinzeln.

Nun gab es für sie nur noch einen Weg, vor dem es ihr allerdings grauste.

Schon am Tage zuvor war sie ihn so oft gelaufen, dass sie ihn vermutlich auch mit geschlossenen Augen hätte finden können.

Barbara wandte sich nach Norden und trat auf das Feld des Todes hinaus.

Schritt für Schritt schob sie sich vorwärts.

Hier lagen sie immer noch, die Opfer der Schlacht vom Vortag. Niemand hatte sich bisher um sie gekümmert.

Noch nicht mal um die verletzten Pferde, wie die Pistolenschüsse vom Rande der schrecklichen Fläche vermuten ließen. Dort erlösten einige Soldaten gerade die verwundeten Tiere von ihren Leiden.

Wo mochte Sieghelm sein?

Sie wusste ungefähr, von welcher Position er losgegangen war und genau von diesem Platz aus begann Barbara über den Acker zu gehen. Schon nach wenigen hundert Schritten kam ihr das so sinnlos vor, denn hier mochten wohl tausende Tote liegen.

Es gab wohl kaum eine Stelle, an der nicht mindestens einer lag. Seltsam verdreht, die Augen im Moment des Todes weit aufgerissen. Der Mund noch im erstickten Schrei offen. All diese toten Augen verfolgten ihren Gang. Und sie musste hinsehen, um den geliebten Mann eventuell zu finden.

Es war eine schauerliche Aufgabe, die sie sich vorgenommen hatte.

Schließlich erreichte sie eine Stelle, die ihr das Blut in den Adern gefrieren ließ.

Barbara war zu dem Platz gelangt, an dem die Kanonen aus nächster Nähe mit Kartätschen die kaiserlichen Tercio-Formationen getroffen hatten.

Sieghelm hatte ihr vor kurzem erklärt, dass er in einer davon ein Fähnlein führte. Am Morgen des Tages zuvor hatte sie diese Haufen von Männern noch selbst gesehen.

Barbara dachte wieder an die Erzählung von Sieghelm zurück. Er hatte ihr erläutert, dass die Tercio aus jeweils ungefähr 3.000 Männern bestanden. Ein Geviert von acht Kompanien Pikeniere war von zwei Kompanien Musketieren umgeben. Diese Musketiere sollten im Feuerkampf mit den gegnerischen Musketieren stehen und von den Pikenieren vor der feindlichen Reiterei geschützt werden. Und Sieghelm hatte einer dieser Musketierkompanien angehört.

Nun stand Barbara hier und es verschlug ihr den Atem!

Die Männer lagen hier noch so, wie sie marschiert waren, doch sie waren zum großen Teil schrecklich entstellt. Körperteile lagen in blutigen Klumpen aufeinander. Nichts Menschliches war noch daran zu erkennen. Wie sollte sie darin den geliebten Mann finden?

Es war ein schreckliches Bild, das sich ihr hier bot und es brachte sie zur Verzweiflung.

Weinend brach Barbara in die Knie und hockte in einem Teppich aus menschlichen Überresten.

Am Tage des jüngsten Gerichtes würde es hier sicher erneut eine Schlacht geben, doch dann darum, wem wohl welcher Arm und welches Bein gehörte. Die abgerissenen Gliedmaßen ließen sich nicht mehr dem jeweiligen Körper zuordnen. Die schwedischen Kanonen hatten hier ganze Arbeit verrichtet.

Barbara schlug sich die Hände vor ihr Gesicht, aber das Bild ging nicht mehr aus ihrem Kopf.

Schluchzend beschloss sie, hier an dieser Stelle, so nah wie möglich an Sieghelms Leiche, zu sterben.

Mit den Händen vor dem Gesicht begann sie zu beten. Laut sagte sie: „Und ob ich schon wanderte im finsteren Tal, so fürchte ich kein Unglück, denn du bist bei mir. Dein Stecken und dein Stab trösten mich."

Da berühre sie jemand sanft an der Schulter und sie unterbrach das Gebet.

Barbara blickte auf und sah im Sonnenlicht die Seele ihres Mannes vor sich stehen. Eine Aura aus Licht umgab seinen Geist. Sicher wollte er sie mit sich nehmen.

„Mein Schatz, ich folge dir!", sagte sie und zog den Dolch.

57. Kapitel
Wer ist der Feind?

o sollte er Barbara suchen? Sie konnte überall sein und das Feld war riesig. Erst jetzt, im Schein des neuen Tages, begriff Sieghelm das ganze Ausmaß dieser Tragödie. Zwar hatte sein Bruder ihm schon am Abend zuvor davon erzählt und er war ja dabei gewesen, aber das sich bietende Bild war sogar für ihn zu entsetzlich.

Daher mied Sieghelm den Bereich der zerschmetterten Tercios. Nur zögerlich begannen die Bauern der umliegenden Dörfer, zusammen mit den Frauen des Trosses, die Leichen von dem Feld zu bringen. Sie arbeiteten sich von den Rändern aus zur Mitte zu.

Wenn Barbara noch am Leben war, so war sie sicherlich mit den Frauen des kaiserlichen Trosses bei dieser grausigen Beschäftigung, daher begab er sich in die Nähe des Dorfes Seehausen und suchte die Reihe der Frauen ab.

Nach einer Weile traf er auf Bertha, die mit ihrem Sohn gerade einen schwedischen Reiter von der Fläche trug. Nachdem er ihr von ihrem Mann erzählt hatte, zeigte sie zu einer Scheune, an der sie Barbara in der Nacht zurückgelassen hatte und danach eilte sie davon, um Bertram zu suchen.

An der Scheune fand er aber niemanden. Kurz verweilte er an dem Grab der Frauen, bevor er sich abermals auf die Suche nach Barbara machte. Wo konnte sie sein?

Sicherlich suchte sie ihn und deshalb folgte er nun dem Weg, den er am Tage zuvor gegangen war.

Inmitten des Grauens sah er jemanden knien und ging schnell auf diese Person zu. Beim Näherkommen erkannte er, dass es eine Frau war und den Haaren nach konnte es nur Barbara sein.

Jemand anders hätte sich sicherlich auch nicht mitten in diesen Berg aus zerschmetterten menschlichen Leibern gekniet. Nun eilte er auf sie zu. Er hörte sie beten und legte seine Hand vorsichtig auf ihre Schulter. Barbara blickte ihn an und er sah in ihre leeren Augen.

„Mein Schatz. Ich folge dir", sagte sie und zog ihren Dolch.

Schnell schlug er ihr die Hand zur Seite, bevor die Spitze des Dolches ihre Brust berühren konnte. Er kauerte sich vor sie und nun erst erkannte sie ihn wirklich.

Sie ließ die Waffe fallen und fiel ihm um den Hals. Weinend und schluchzend lag sie in seinem Armen und er spürte das Schütteln in ihrem Körper. Beruhigend streichelte er ihre Wange und strich ihr übers Haar.

„Lass uns von hier fortgehen", sagte er nach einer Weile und half ihr auf die Füße.

Er musste sie aber auf dem Weg weiter stützen.

„Agnes ist tot und ich dachte, du liegst hier auch irgendwo", schluchzte Barbara.

„Ich habe nur Glück gehabt", erwiderte Sieghelm und sah sich um.

Es war wirklich nur Glück gewesen. Zwar hatte er das schon am Tag zuvor gewusst, doch nun brannte sich diese Erkenntnis noch tiefer in seine Gedanken ein. Hier lagen sicher drei Viertel des Tercios. Die meisten noch in der Formation und im Tode übereinander geworfen.

An seiner Seite wankte Barbara über das Feld, dem Tross und dem Dorf Seehausen entgegen.

„Du bist nun bei den Schweden?", fragte sie ihn, nachdem sie seine Schärpe gesehen hatte.

Still nickte er und sah sie an. „Ich war nur im kaiserlichen Heer, um dich zu finden", erklärte er ihr.

„Und wärst dafür beinahe umgebracht worden. Nun bist du bei deinen Feinden von gestern", sagte sie nachdenklich.

„Sind es auch deine Feinde?", fragte er.

Es war ja das kaiserliche Heer gewesen war, dass Magdeburg zerstört hatte.

„Freund oder Feind. Wer ist schon wer?", entgegnete Barbara.

„Die Kaiserlichen haben Magdeburg zerstört und die Evangelischen haben es nicht verhindert. Wer hat die größere Schuld? Der, der die Frauen schändet? Oder der, der untätig daneben steht und dabei zusieht?", setzte sie noch hinzu.

„Verdammter Krieg!", murmelte Sieghelm.

Nun war er im nächsten Heer gefangen. Hätte er den Tag der Schlacht nutzen sollen, um zu fliehen? Aber dann hätte er Barbara verloren.

Jetzt hatte er dem schwedischen Offizier sein Wort gegeben und nun war er daran gebunden. Hätte er anders entscheiden können?

Schweigend erreichten sie den Tross. Ihr Zelt stand noch, auch wenn es fast vollständig geplündert war. Sicherlich waren ihre persönlichen Gegenstände nun die Beute eines schwedischen Landsknechtes.

Als sie das Zelt betraten, kam eine junge Frau hinter ihnen her und Barbara sah sie an. Einen Augenblick später fielen sich die beiden Frauen um den Hals.

„Greta. Du lebst und dir ist nichts geschehen", sagte Barbara leise.

„Ich habe das von Agnes gehört", entgegnete die andere Frau.

Sie beide löste sich voneinander, aber sie hielten sich an den Händen fest.

„Sie hat sich für mich geopfert und sich ihrem Dämon gestellt. Ich denke mal, sie hat die Erlösung gefunden, die sie die ganze Zeit gesucht hatte", erklärte Barbara mit Tränen in den Augen.

Der Gedanke an die tote Freundin hatte ihr die gerade erst getrockneten Tränen zurück auf ihr Gesicht gebracht.

„So ganz ungeschoren bin ich dem Überfall leider nicht ent-kommen", sagte Greta leise, als sie Barbara mit einer Hand die Tränen aus dem Gesicht wischte.

Verstehend nickten sie sich beide zu und auch Sieghelm hatte die Bemerkung der Frau verstanden.

Dann fragte Barbara: „Möchtest du bei mir als Magd bleiben? Oder willst du eine schwedische Marketenderin werden?"

„Darüber habe ich mir noch keine Gedanken gemacht", ent-gegnete Greta.

„Ich würde mich freuen, wenn du bei mir bleibst", setzte Bar-bara hinzu.

Kurz überlegte Greta und schließlich stimmte sie zu.

Die Frauen hatten ihn gar nicht gefragt, dabei wäre es doch seine Aufgabe gewesen, das Personal auszuwählen. Schweigend und nickend akzeptierte er Barbaras Entscheidung. Sicherlich hätte er auch eine andere Wahl gehabt, aber im Moment wollte er Bar-bara jeden Wunsch erfüllen.

Was würde nun kommen? Hatte Bertram Recht, dass der Krieg nun zu Ende ging? Gab es schon die Chance auf einen Frieden? Wann wäre es günstiger gewesen, als nach dieser Schlacht?

Endete dieser lange Krieg hier auf diesem Feld nördlich von Leipzig? Dann wären sie alle drei erlöst und könnten ihrer Wege ziehen.

Nachdenklich trat er vor das Zelt und blickte auf die große Freifläche hinüber. Von hier aus waren die Menschen zu sehen, die sich um die Toten kümmerten.

Einige wollten wohl die Leichen ausplündern, aber die meisten würden dafür sorgen, dass ein jeder davon in ein Grab kam und eine christliche Beerdigung fand.

Freund und Feind in einer Ruhestätte und schon bald vor dem-selben Gott.

Warum konnte das nicht endlich aufhören!

58. Kapitel
Frohe Weihnacht?

ach der Schlacht bei Breitenfeld und Seehausen hatte es keine Kampfhandlungen mehr gegeben. Barbara war in dem nun viel größeren Tross mitgezogen. Zusätzlich zum schwedischen war der kaiserliche Teil einfach angegliedert worden. Es war ein buntes Sprachengewirr, das durch die vielen Kinder nur noch vergrößert wurde.

Allerdings gab es nur sehr kleine und schon größere Kinder. Die Altersgruppe zwischen drei und zehn Jahren war nur sehr spärlich vorhanden. Offensichtlich rafften die Krankheiten hauptsächlich die von der Brust entwöhnten kleinen Kinder dahin.

Wer das überstanden hatte, der konnte alt werden. Im Tross, wie auch im normalen Leben. Das hatte Barbara schnell erkannt und jeder Tag bestätigte ihre Auffassung.

Mittlerweile war es Winter geworden!

Früher hatte Barbara diese Jahreszeit geliebt, denn da konnte man im Schnee spielen und danach in die warme Küche zu Ruth laufen, die immer etwas warme Milch zum Aufwärmen auf dem Herd stehen hatte.

Doch nun war diese kalte und dunkle Jahreszeit nicht mehr ganz so schön, denn mit der Kälte war der Hunger gekommen. Nur wer ganz gesund war, der würde den Frühling wiedersehen können.

Und wer war schon ganz gesund in diesem Heer? Sicherlich nicht mehr wie zwei- oder dreihundert Personen. Die Offiziere und deren Familien! Alle anderen litten an dem nasskalten Wetter. Daher war Barbara froh, dass sie zu diesen auserwählten Menschen gehören durfte.

Greta hatte sich in den letzten Wochen immer mehr in sich zurückgezogen. Die Freundin redete nicht über das, was mit ihr in jener Nacht im Tross bei Breitenfeld geschehen war und Barbara wollte die Freundin nicht drängen. Aber immer, wenn sie die Magd ansah, dann musste sie an ihr eigenes Schicksal und die Misshandlungen durch den Metzger denken.

Da half es ihr auch wenig, dass er von den Schweden bei der Erstürmung des Trosses erschlagen worden war, dennoch kamen dann immer diese dunklen Bilder und die erlittenen Schmerzen in ihr hoch.

Die Gewalt des brutalen Mannes hatte sich viel zu tief in Barbaras Seele eingebrannt. Die verdrängten Ängste waren nun mit voller Stärke abermals in ihr aufgebrochen und der Tod von Jörg hatte diese nur kurz abklingen lassen.

Einzig Sieghelms Nähe in der Nacht ließ sie aufatmen und zur Ruhe kommen. Am Tage war er aber fern, da marschierte er bei seinen Soldaten vorn und sie eben hinten bei den hunderten Fuhrwerken des Trosses.

Täglich stapfte sie schweigend neben Bertha und Greta dahin. Sie halfen sich gegenseitig beim Marsch im Schnee und schoben auch mal den Karren zusammen, was der hochschwangeren Bertha nicht wirklich gut gelang. Aber die Schwägerin bemühte sich so gut es eben in ihrem Zustand machbar war.

Normalerweise hätte Bertha oben auf dem Fuhrwerk sitzen müssen, aber in dem ausgefahrenen Matsch auf den Pfaden hätte der Esel den Karren dann vermutlich gar nicht mehr bewegen können.

Auch Berthas Sohn half, aber für einen elfjährigen war er ziemlich schmächtig. Immer mal wieder steckte Barbara ihm einen Bissen Brot oder Wurst zu.

Bei ihrem Zug durch das Land sah sie jeden Tag den Kummer und den Zorn in den Gesichtern der einheimischen Bevölkerung. Dieser gewaltige Heerwurm wollte ernährt werden und er verschlang alles, was auf seinem Weg lag. Zurück blieben nur die ausgeplünderten Dörfer. Das machten die Schweden nicht anderes, als die kaiserlichen Truppen auch.

Allerdings gingen sich die beiden Armeen aus dem Weg. Vermutlich aus Versorgungsgründen! Zwei solche Heere konnte die Gegend einfach nicht ernähren. Schon gar nicht im Winter.

Trotz der Plünderungen blieb der Hunger im Tross allgegenwärtig und wenn sich ein Pferd, ein Esel oder ein Ochse im Schnee ein Bein brach, so war das Tier geschwind zerlegt und verschlungen. Nur die abgenagten Gerippe blieben zurück.

Die Gewalt gegen die Frauen wurde witterungsbedingt etwas weniger, denn in der Kälte wollte kein Mann aus seiner Hose. Das würde sich im Frühjahr allerdings sofort wieder ändern, denn auch die Landsknechte des schwedischen Heeres waren völlig verroht und brutal.

Die fehlende Beute tat da noch ein Übriges und es fehlte wohl nicht mehr viel, dass sie sich gegenseitig töteten, um sich danach zu fressen!

Barbara zuckte manchmal zusammen, wenn sie in die leeren Augen der Männer sah. Die Blicke daraus waren kälter, als der Winterwind, der eisig durch die lange Kolonne wehte.

Es war ein weiter Weg gewesen, der sie immer weiter der Abendsonne entgegen geführt hatten. Weit in den Westen des Landes waren sie gekommen und Barbara hatte Gegenden gesehen, über die sie einst in den Büchern aus Vaters Bibliothek gelesen hatte, aber durch die Anstrengungen des Fußmarsches hatte sie keinen Blick dafür gehabt.

Letztendlich hatte der Rhein dann ihren Weg versperrt und Anfang Dezember hatte das gewaltige Heer den breiten Fluss bei der kleinen Stadt Erfelden überquert. Eine durch die schwedischen Pioniere schnell gebaute Holzbrücke hatte sie hinübergebracht.

Oft hatte sie von diesem Strom gelesen und wiederum hatte sie keinen Blick gefunden, als der Karren über die Bretterbohlen des Steges gepoltert war. Zu anstrengend war es für sie gewesen. Immer wieder hatte sie sich mit der Schulter gegen die Holzplanke des Gespannes drücken müssen.

Entlang des Flusses ging es danach nach Norden, wo die wohlhabende Stadt Mainz offenbar erwartet hatte, dass das Heer auf der anderen Flussseite stehenbleiben würde, doch dann waren sie direkt vor den Stadttoren aufgetaucht.

Die unüberschaubare Menschenmenge des Trosses war fast größer, als die ganze Bevölkerung der Stadt und abermals musste Barbara an die Erstürmung Magdeburgs denken. Sollte es auch hier so sein?

Schließlich ging es doch auf Weihnachten und sollte man da nicht für Frieden auf Erden sein, und der Gewalt nicht die Rede halten.

Zum Glück schwiegen die Kanonen auf beiden Seiten und es war die Zeit der einsichtigen alten Männer.

Fünf Tage wurde verhandelt, vom 17. bis 22. Dezember, dann einigten sich alle auf eine ehrenvolle Übergabe der Stadt. Die Tore öffneten sich und das Heer strömte hindurch.

Es blieb friedlich, kaum gab es Übergriffe und auch das Eigentum der Bürger blieb verschont. Sehr zum Leidwesen der Landsknechte, die Beute machen wollten. Alle rückten enger zusammen und so fanden alle ein trockenes Plätzchen innerhalb der Stadtmauern.

Barbara, Greta, Bertha, deren Sohn und die beiden Männer fanden in einem Stall einen Unterschlupf. Es war warm und trocken. Die Tiere waren sicherlich schon vor Wochen geschlachtet worden, aber das Stroh war noch da und war eine wunderbare Unterlage zum Schlafen.

Nun war es Zeit für Weihnachten, doch während die anderen alle zum Weihnachtsgottesdienst in den Dom gingen, setzten bei Bertha die Wehen ein. Barbara und Greta blieben bei ihr, um zu helfen.

Während die Glocken des Domes läuteten, brachte Bertha unter Schreien und Schmerzen einen kleinen Jungen zur Welt.

59. Kapitel
Winterzeit

ie Stürme des Winters hatten die Winde des Herbstes vertrieben. Der Schnee hatte sie beide in der Waldhütte eingeschlossen, doch das störte Anna wenig. Zwar ließ sich ihr Zustand nun nicht mehr verbergen, doch Peter hatte für sie Verständnis und sie genoss auch weiterhin das zärtliche Beisammensein, das er ihr gewährte.

Für den Weg zur Latrine hatten sie sich einen Weg durch die Schneeverwehung gewühlt. Der Einzige, der mit der Situation unzufrieden war, war der zottelige Hund. Missmutig lag er in der Hütte vor dem Feuer. Zwar genoss auch er die Wärme, aber ihm fehlte der tägliche Lauf durch den Wald, den er im Herbst noch mit Anna jeden Tag getan hatte.

In der Hütte hatten sie genug Nahrung und Holz gelagert, dass es hoffentlich bis zur Schneeschmelze reichen würde, die fehlende Bewegung sorgte jedoch dafür, dass sie keinen solch großen Hunger bekamen. Und die Hütte konnten sie ja zur Jagd nicht verlassen.

Dies hier war im Moment der sicherste Platz auf der ganzen Welt. Niemand konnte an sie heran und wenn ihnen nicht das Brennholz ausging sowie die Masse des Schnees auf dem Hüttendach nicht zu groß wurde, konnte ihnen nichts passieren.

So lagen sie eben die meiste Zeit des Tages im Bett und träumten von ihrem zukünftigen Leben, wobei es Anna freilich tunlichst vermied, an die ihr unausweichlich bevorstehende Geburt des Kindes zu denken.

Es grauste ihr davor, nur auf Peter zu vertrauen und damit ohne Hebamme die Geburt zu durchleben. Sie hatte es bei der Mutter gesehen und gehört, was da nun auf sie zukam. Und davor konnte auch der Geliebte sie nicht beschützen.

Wenn nur Barbara hier wäre! Vielleicht schaffte es die Schwester bis zum Frühjahr zu ihr zu kommen.

Abgeschlossen in ihrer Behausung verloren sie jedes Zeitgefühl und jeden Bezug zu ihrer Umwelt. Weder Peter noch Anna wusste, ob es gerade Tag oder Nacht war.

Zu der körperlichen Nähe kam nun auch ein seelischer Kontakt hinzu. Sie erzählten sich alles gegenseitig und daraus entstand eine Art von Vertrautheit, wie sie Anna noch nie einem anderen Menschen gegenüber verspürt hatte.

Mit lustigen und traurigen Geschichten aus ihrer Vergangenheit, mit Märchen und Sagen versuchten sie sich gegenseitig die Tage nicht zu lang werden zu lassen.

In all den verstrichenen Wochen war sie eine recht gute Hausfrau geworden, nur die Wintersachen, die sie im Herbst genäht hatte, waren nicht so gelungen, wie sie es geplant hatte. Die dicken Hasenfelle waren nicht wirklich zu einer Kleidung geworden, die man bedenkenlos in der Kälte tragen konnte, aber für die kurzen Läufe zur Latrine und zurück, um den Eimer zu entleeren, waren sie ausreichend.

Die übrig gebliebenen Felle der Rehe hatten sie über das Bett gelegt und damit wärmten diese sie noch zusätzlich. Dick eingepackt ließ es sich herrlich träumen.

Mitunter kam dann die Erinnerung an den letzten Winter in Magdeburg zurück und Anna musste bei den Gedanken an die Familie und die Mägde oft mit den Tränen kämpfen.

Wenn dann Peter von seiner Schwester erzählte, musste sie ihn trösten, so wie er sie zuvor aufgemuntert hatte. Doch die freiwillig gewählte Isolation und ihre Gespräche sorgten dafür, dass sie sich langsam mit ihrem Schicksal aussöhnten.

Sie hatten sich beide gefunden und vielleicht war das der Weg gewesen, den Gott mit ihnen gehen wollte.

Wer konnte es schon wissen?

Jäh brach dann der Winter in ihr Leben ein.

Mit einem Knacken über ihrem Bett begann es und Anna bemerkte beim Aufwachen, dass ihr ein eiskalter Tropfen auf die Stirn fiel.

Sofort war sie hellwach und schreckte hoch. Was war hier los? Selbst der Hund war aufgeregt und bellte neben dem Bett.

Dieses knackende Geräusch konnte nur bedeuten, dass die Last des Schnees auf dem Hüttendach zu groß geworden war und nun langsam die stützende Konstruktion versagte. Und der Tropfen deutete auf ein undichtes Dach.

Beides war im Winter schlimm.

Zuerst mussten sie die Last auf dem Dach verringern, wenn sie nicht in ihrer Unterkunft verschüttet werden wollten!

Gemeinsam stützten sie das Dach von unten ab. Dazu rissen sie das eine Bett auseinander und benutzten die langen Balken als Pfosten. Glücklicherweise hatte Sieghelm beim Bau die Hütte ebenso hoch gemacht, wie das Bett lang war, wodurch die Stützen auf Anhieb passten.

Nun würde einer von ihnen nach draußen müssen, um den Schnee vom Dach zu schieben. Da Anna die leichtere war, fiel diese Bestimmung auf sie, auch wenn es Peter nicht ganz so gefiel, dass sie mit dem nun schon beachtlichen Bäuchlein auf dem rutschigen Dach herumklettern musste.

Aber nun rächten sich dabei zusätzlich auch noch Annas schlechte Nähkünste, denn der löchrige Fellumhang war alles andere als eine Bekleidung für schwere Arbeiten in der Kälte des Winters.

Mühsam kämpfte sich Anna durch den Schnee und stellte dann fest, dass es mitten in der Nacht war. Der Mond warf sein silbernes Licht auf eine tief verschneite Fläche und schon zwickte ihr der Frost in die Nase.

Schnaufend, dampfend und keuchend schob sie mit den bloßen Händen den Schnee vom Dach. Binnen kurzem hatte sie kein Gefühl mehr in den Fingern, aber diese Arbeit musste gemacht werden.

Ein kalter und frostiger Wind fuhr ihr auch immer unter den Umhang und zerrte an ihr, wodurch sie mehr als einmal fast vom Dach geschlittert wäre.

Anna zwang sich oben zu bleiben und krallte sich mit den Fingernägeln in das Holz der Dachkonstruktion.

Immer mit einer Hand am Holz und mit der anderen den Schnee beiseite schiebend.

Die Fläche war groß und es dauerte ewig. Dann konnte sie sich frierend und zitternd wieder durch die gewühlte Öffnung in die Hütte rutschen lassen.

Unten nahm Peter sie in Empfang und zog sie zum Herd, den er nun so aufgeheizt hatte, dass die Wärme die Kälte aus ihr vertrieb.

Peter hatte ihr ein Rehfell um die Schultern gehängt und rubbelte sie trocken.

Langsam kam das Gefühl zu ihr zurück. Ab jetzt würde sich Peter um das Dach kümmern. Wenn sie es täglich vom Schnee befreien würden, dann würde das Dach sicher auch sein etwas größeres Gewicht tragen können.

Am Feuer sitzend wärmte sich Anna die Hände an einem Becher mit aufgebrühten Kräutern, die nun den letzten Rest des Frostes aus ihrem Inneren vertrieben.

Schließlich kuschelten sie sich abermals unter der Decke zusammen und erst im Einschlafen kam das Bild von der friedlich verschneiten Winterlandschaft im Mondlicht zu Anna zurück.

Im Arm von Peter ließ es sich herrlich darüber träumen.

60. Kapitel
Hoffnung auf Erlösung?

er Morgen des 25. Dezembers begann mit dem ersten Sonnenstrahl, der in den Stall hereinfiel und ihr Gesicht traf. Barbara setzte sich auf ihrem Strohsack auf und blickte zu Bertha, die sich über ihren Säugling beugte. In Ermangelung einer anderen Möglichkeit hatten sie das Kind einfach in eine der Futterraufen gelegt.

Eine Mutter und ihr neugeborenes Kind, das in einer Krippe lag. Auch ein Esel war anwesend, nur der Ochse war schon vor Wochen verspeist worden. Barbara hätte sich sicherlich nicht gewundert, wenn sich nun das Tor geöffnet hätte und drei Könige in den Stall gekommen wären.

War dieser kleine Junge eine Hoffnung auf Erlösung und Frieden für diese Welt? Vielleicht! Aber er hatte sich einen denkbar schlechten Zeitpunkt für den Start in sein Leben gesucht.

Im Winter und im Krieg!

Wenn sie vielleicht ein paar Wochen hier in Mainz bleiben konnten, möglicherweise sogar bis zum Frühling, dann würde das Kind eine Chance haben. Aber es sah wohl eher nicht danach aus.

Der Sonnenstrahl drang durch die Ritzen der Stalltür, hüllte Mutter und Kind in eine Wolke von Licht ein und gab diesem Bild etwas geheiligtes, während die Frau ihren Säugling an die Brust zog, um ihn zu stillen.

Die Decke rutschte Barbara von den Schultern und sie schaute sich in dem schummrigen Raum um.

Greta hatte sich vor die Stalltür gelegt. Sie hatte einfach dasselbe gemacht, was Agnes all die Tage im Zelt getan hatte: Ihre Herrschaft beschützen!

Leise erhob sich Barbara und schlich zu Greta hinüber. Sie beugte sich über die schlafende Freundin und berührte sie sacht an der Schulter, denn schließlich musste Barbara an ihr vorbei, um zur Latrine nach draußen gehen zu können.

Greta zuckte bei der Berührung zusammen und Barbara schaute in ihre erschrockenen Augen.

Verstehend nickte sie ihr zu und die Magd gab den Weg frei.

In der kalten Luft des Wintermorgens lief Barbara schnell über den Hof zur Latrine, die zu der Herberge gehörte, in deren Stall sie untergekommen waren.

Auf ihrem Weg sah sie dabei zwei Mägde, die nicht wirklich erfreut schienen, dass die Schweden nun in der Stadt waren.

Trotz des eigentlich dringenden Bedürfnisses ging Barbara auf die beiden Frauen zu und es entwickelte sich ein Gespräch unter Frauen.

Der Pfälzer Dialekt der Mägde war für Barbara nicht wirklich leicht zu verstehen, aber nach ein paar anfänglichen Schwierigkeiten gelang es dann.

Die Frauen erzählten von den spanischen Soldaten, die zuvor in der Stadt gewesen waren und die es viel wilder getrieben hatten, als es bisher die Schweden taten.

Linda und Laura schilderten das unwürdige Verhalten der Männer recht plastisch, da sie auch noch in einer Herberge Dienst taten und die Männer dort oft betrunken waren. Zu Übergriffen auf die Mägde war es daher fast jeden Tag gekommen und vielleicht war die Stadt deshalb so schnell übergeben worden, weil ja praktisch innerhalb und außerhalb der Feind stand.

Innerhalb der Stadtmauer waren es die katholischen Spanier und außerhalb die protestantischen Schweden.

Bei der Beschreibung der spanischen Soldaten war Barbara immer wieder an das Verhalten der katholischen Landsknechte in Magdeburg erinnert. Dort hatten sie sich ähnlich benommen, nur dass sie dort nicht gehindert worden waren, das zu tun, was sie tun wollten.

Und wie immer lag es bei den Frauen, still zu dulden und sich nicht darüber zu beschweren, doch bei wem hätten sie es auch tun sollen? Es wäre nur auf sie zurückgefallen, denn Männer konnten ja keine Fehler haben.

Immer waren es nur die Frauen, die eine Schuld bekamen. Und es konnte sein, dass die entehrten und geschändeten Mägde dann auch noch vom Gericht zur Steinigung verurteilt wurden.

Die beiden Schankmägde waren vermutlich auch froh, dass die Übergabe der Stadt so friedlich erfolgt war und nur ein paar einzelne Kanonenkugeln die Mauern der Stadt getroffen hatten.

Letztendlich zog es Barbara dann doch noch eiligst auf den Balken am Rande des Innenhofes.

Das kurze Gespräch auf dem kalten Hof hatte sie frieren lassen und das wurde beim Sitzen mit dem nackten Hintern auf dem eisigen Stück Holz nicht besser. Auch wenn der Stall nicht geheizt war, so war es darin viel angenehmer.

Barbara konnte ihrem Atem als weiße Wolke zusehen und dabei bemerkte sie Greta, die nun in ihre Richtung kam. Die Freundin nahm mit demselben Begehr neben ihr Platz.

Stumm hockten sie da und das plätschernde Geräusch hinter ihnen war alles, was zu hören war.

Jetzt kam die frostige Winterluft durch das Kleid und Unterkleid an Barbaras Körper und sie zitterte. Sie hätte sich eine Decke um die Schultern hängen sollen, wie es die kluge Magd getan hatte.

Als Greta fertig war, hängte die Magd ihr die Decke um und lief zurück.

Dankbar schaute Barbara der Freundin hinterher, beendete ihr Geschäft und hastete ebenfalls zurück. Es war glatt im Hof und die beiden Mägde waren gerade dabei, mit einem Besen den Schnee nach draußen zu fegen.

Dadurch wurde der Weg aber nur noch gefährlicher und mit ihren Schuhen rutschte Barbara mehr, als dass sie lief. Schließlich glitt sie mit einem Schrei aus und landete der Länge nach vor der Stalltür in einer Schneewehe.

Nun war das Kleid klamm und würde im Stall wohl auch nicht mehr warm werden.

Laura kam zu ihr gelaufen, half ihr auf und wenig später saß Barbara in der Küche am Feuer und konnte ihre Sachen trocknen.

Es war fast wie früher, als sie in Magdeburg bei Ruth gesessen hatte.

Mit einer Tasse warmen Kräutersuds in der Hand begann Barbara zögerlich vor der fernen Heimat zu erzählen und sie sah die großen Augen der Magd.

Laura fragte: „Du warst dort?"

Barbara nickte und seufzte. „Es war schrecklich", begann sie zu erzählen und dann sprudelten die furchtbaren Details der Magdeburger Hochzeit, so hatten die Männer das Massaker genannt, aus ihr heraus.

Linda war nun ebenfalls in die Küche gekommen, gefolgt von Greta.

Die drei Frauen lauschten Barbaras Erzählung.

Alles drängte aus ihr heraus und Barbara konnte es nicht mehr stoppen.

Zum Schluss umarmte Laura sie und sagte: „Du Ärmste." Dann gab die Magd Barbara eine Schüssel mit Suppe und drückte dann auch Greta eine in die Hand. Die warme Brühe tat gut und erwärmte sie nun auch innerlich.

Wenn sich katholische und evangelische Frauen verstehen konnten, warum war das zwischen den Männern nicht möglich?

An diesem Weihnachtstag blieb es bei dieser Hoffnung auf Erlösung. Barbara leckte den Löffel ab und bedankte sich mit einer Umarmung.

Wie lange würden sie in Mainz bleiben können? Wer wusste das schon.

61. Kapitel
Eisiger Tod

ur etwas mehr wie vier Wochen hatte sein Sohn zu leben gehabt. Jetzt war es Anfang Februar und das Heer befand sich auf dem Weg in Richtung Bayern. In der letzten Nacht hatte die Seele das kleine Geschöpf verlassen.

Der Pfarrer war gerade gegangen und Bertram stand an dem Bett, in dem seine Frau noch lag. Bertha hatte die letzten Tage nur noch gehustet und trotz der eigentlich guten Versorgung hatte sie es nicht geschafft, das Kind mit genügend Milch zu versorgen.

Er schaute in ihre leeren Augen.

Abermals hatten sie ein Kind verloren!

„Verdammter Krieg!", sauste es durch seinen Kopf.

Noch hielt Bertha den kleinen Körper an sich gepresst, aber sie konnten beide nichts mehr für ihr Kind tun. Die Strapazen des Marsches waren selbst für einen gesunden Erwachsenen schwer zu ertragen.

Für ein kleines Kind war es unmöglich, dies zu überleben. Sie beide hatten es gewusst und doch traf auch dieser Tod sie wie der Hieb mit einer Keule.

Bertha war untröstlich, aber sie hatte keine Tränen mehr. Auch ihm ging dieser Verlust nah, doch zeigen durfte er es nicht. Er musste für seine Frau stark sein.

Nur widerwillig ließ seine Frau von dem toten Kind ab, aber er würde es beerdigen müssen.

In ein Tuch eingeschlagen und sorgfältig verknotet brachte Bertram das kleine Bündel nach draußen, wobei er den Blick seiner Frau in seinem Rücken spürte.

Mit seinem älteren Sohn stapfe er durch den Schnee und suchte eine Stelle für das Grab.

Im Tross hatte es in der letzten Zeit Gerüchte gegeben, dass es zu Fällen von Kannibalismus gekommen war. Der Hunger hatte wohl einige Landsknechte dazu verleitet, ihre gerade verstorbenen Kameraden zu verspeisen. Und damit dieses grausame Schicksal nicht auch die Leiche seines Sohnes ereilte, suchten sie nun eine versteckte Stelle, weitab der anderen Männer.

Der Boden war vermutlich überall gefroren und der hohe Schnee behinderte schon nach wenigen Schritten ihr Vorwärtskommen.

Suchend blickte sich Bertram um, aber in der Schneefläche war alles zugedeckt. Ein weißes Tuch hatte alle Unebenheiten verdeckt und er kannte die Gegend nicht so gut, dass er die besten Plätze unter der lockeren Schneeschicht finden konnte.

Nach fünfhundert beschwerlichen Schritten blickte er zurück zum Tross und es schien ihm so, als ob die kranke Frau nun vor dem Zelt stand, aber über diese Entfernung konnte er es nicht genau erkennen. Es konnte auch eine andere Frau sein, die da nur zufällig stand.

Sein Sohn neben ihm fiel in den Schnee, denn er war gegen einen Stein gestoßen, der verborgen gelegen hatte. Schnell schoben sie zu zweit die Schneedecke zur Seite und fanden einen kleinen Steinhaufen.

Dies schien genau der richtige Platz zu sein, um den kleinen Leichnam sowohl vor Tieren als auch vor hungrigen Männern zu verbergen. Eifrig gruben sie sich in die Tiefe und waren dabei dennoch vorsichtig, um die Stelle nicht durch schmutzigen Schnee zu verraten.

Schnaufend und dampfen vor Anstrengung hatten sie nach fast zwei Stunden eine kleine Grube ausgehoben, in die sie das Bündel legen konnten.

Nach einem kurzen Gebet verschlossen sie die Grube und beschwerten die Erde mit den großen Steinen, wodurch eine Art von Hügelgrab entstand. Noch waren die blanken Steine zu sehen, doch das Gebet schien dafür zu sorgen, dass Gott die Ruhestätte

mit einer Schneehaube verbarg, denn es begann so stark zu schnei-
en, dass sie das Lager von der Stelle aus nicht mehr sehen konnten.

Gemeinsam stapften sie zurück, doch dabei musste er seinen
älteren Sohn fast schleppen. Das Wühlen in der Erde hatte ihn sehr
erschöpft und der nun fallende Schnee sorgte dafür, dass die Kleidung durchnässte.

Keuchend erreichten sie das frostige Zelt, dass durch das kleine
Feuer auch nicht wirklich aufgewärmt wurde. Ohne sich um sich
selbst zu sorgen, rieb Bertram den Jungen trocken und setzte ihn,
in Decken gehüllt, an die Feuerstelle. Den fragenden Blick der
Frau konnte er nur nickend beantworten.

Wie lange würde der Tross wohl noch hier lagern? Seit zwei
Tagen befanden sie sich an diesem Ort und im Moment sah es so
aus, dass die Frau wohl kaum zu Fuß aufbrechen konnte.

Der Eselskarren war aber auch schon voll beladen. Die Sorge
um die Frau drängte ihn zu ein paar schnellen Überlegungen. Was
konnte er tun?

Jeden Tag konnte der Aufbruchsbefehl gegeben werden und
dann galt es, loszumarschieren. Wer da nicht mitkonnte, der blieb
zurück.

Schon oft hatte er gesehen, dass die Dorfbewohner dann beim
Abzug des Heeres ihre Rache an den zurückgelassenen Kranken
ausließen. Manchmal hatten sie Reste von Lagerplätzen des kaiserlichen Heeres gesehen, das vor ihnen hier entlang gezogen war.

Der Anblick war jedes Mal grausig gewesen. Auch für ihn, der
ja die Gräuel des Krieges schon kannte. Und solch ein Ende wollte
er seiner Frau nicht aufbürden.

Seine Schwägerin Barbara betrat das Zelt, nickte ihm zu und
ging zu Bertha. Die beiden Frauen hatten sich angefreundet und
halfen sich gegenseitig, doch er brauchte eine Lösung. Das Niesen
seines Sohnes trieb ihn da nur noch mehr an. Wenn ihm nicht bald
etwas einfiel, so würden dann bestimmt bald drei Gräber sein, wo
sich jetzt eines befand!

Der eisige Sensenmann suchte seine Opfer!

„Ein Pferd! Ein Königreich für ein Pferd!", hatte er vor Jahren bei Shakespeare gelesen.

Der Ausspruch von König Richard III. traf nun auch für ihn zu, aber jedes überzählige Pferd oder Zugtier war schon lange in den Mägen der Männer gelandet.

Bertram wusste, dass sein Bruder jeden Abend den Esel mit ins Zelt nahm, damit das Grautier die Nacht lebend überstand und den Morgen nicht als Gerippe begrüßte.

Was tun? Diese Frage wurde immer drängender und trieb ihn aus dem Zelt in den Frost hinaus.

Jeder schien hier auf der Suche nach etwas Essbarem zu sein.

Ruhelos streifte er durch das Lager und immer noch fiel dichter Schnee. Bertram hatte viele Münzen eingesteckt, um eventuell ein Tier zu kaufen und er hatte sich zwei geladene Radschlosspistolen in den Gürtel gesteckt, um seine Beute danach zu verteidigen.

Nachdenklich folgte er dem Weg, der von den ausgespannten Wagen des Trosses gesäumt war. Auch dort standen Zelte, aber jedes Tier war bewacht.

Fast entmutigt wurde er wenig später in eine Prügelei um zwei tote Ratten hineingezogen. Zwei Männer schlugen sich darum und Bertram erhielt ein paar Fausthiebe, während er an ihnen vorbeigehen wollte.

Ein Pistolenschuss löste für ihn das Problem und der überlebende Landsknecht machte sich eiligst mit den beiden toten Nagetieren aus dem Staub.

Bertram beugte sich über die Leiche. Es war ein Reiter der leichten finnischen Reiterei, aber ein toter Reiter brauchte kein Pferd und darum nahm Bertram das Tier an sich.

Der Schuss hatte den Reiter getötet, aber Bertha vermutlich gerettet.

62. Kapitel
Bayrische Wege

ur kurz war der Aufenthalt in Mainz gewesen und mit Erschrecken hatte Sieghelm den Tod von Bertrams kleinem Sohn aufgenommen. Dieser Wintermarsch war wirklich mörderisch! Nicht der Feind, den man kaum mal zu Gesicht bekam, sondern Hunger, Krankheiten und Kälte dezimierten die schwedischen Truppen zusehends.

Allerdings blieb ihnen auch keine andere Wahl, denn die Heerschar musste sich bewegen, um neue Nahrungsquellen zu finden. Woher sollte sonst für die fast 50.000 Mäuler genug zu essen kommen?

Nur in der Bewegung konnte von Platz zu Platz gezogen werden, doch vor ihnen hatte die kaiserliche Armee schon die Vorräte geplündert.

Am Wegesrand dieser Marschstraße blieben nur sterbende und tote Menschen zurück. Dazu die Gerippe der Tiere, sauber abgenagt bis auf den letzten Fetzen Fleisch.

Barbara hielt sich gut auf diesem Marsch, Bertha hatte ihre Probleme, denn sie war durch die Geburt geschwächt und durch die Kälte angeschlagen. Hustend, niesend und mit Fieber lag sie auf dem Schlitten, vor den Berthold das erbeutete Pferd angespannt hatte.

So kämpften sie sich durch den Schnee in einer früher mal reichen Gegend. Hier in Bayern war schon lange kaum noch etwas zu holen und da ging es den Menschen hier sicher nicht anders, als allen anderen im Heiligen Römischen Reich Deutscher Nation.

Der Krieg zehrte sie alle aus.

Wer nicht fliehen konnte, der verhungerte, wurde erschlagen, oder von Krankheiten dahingerafft.

Mit Sehnen dachten alle an den kommenden Frühling, denn da würde es dann wenigstens Gras für die Tiere geben. Im Moment verfütterten sie häufig das Stroh der Dorfdächer an die Pferde.

Immer wieder suchte er einen Weg, um mit Barbara aus dem Heer zu verschwinden, doch das ging nur, wenn es zu Kampfhandlungen und dadurch zu Verwirrungen innerhalb des Heeres kam.

Allerdings wich der Feind ihnen ständig aus.

Bisweilen sehnte sich Sieghelm richtig nach einem Kampf. Nicht des Kampfes willen, sondern um seine Frau aus diesem Tross wieder herauszubekommen.

Natürlich sah er ihr die Strapazen des Zuges an, doch was konnte er tun? Wenn er einfach so fliehen würde, dann würden ihn entweder die Schweden oder die bayrischen Bürger in die Hände bekommen.

In beiden Fällen würde er wohl kaum überleben und was danach mit Barbara geschehen würde, das wollte er sich noch nicht mal ausmalen müssen.

Oft hatte er gesehen, was die wütende Dorfbevölkerung mit den zurückgelassenen Entkräfteten oder mit marodierenden Landsknechten gemacht hatte.

Eigentlich war es Irrsinn, im Winter einen Feldzug zu führen, aber was war schon an einem Krieg sinnvoll? Auch ohne Auseinandersetzung hätte es Not, Elend und Hunger gegeben. Schon Jahre vor diesem Fenstersturz zu Prag, mit dem das Gemetzel begonnen hatte, hatte das Wetter verrückt gespielt.

Sieghelm konnte sich an lange Winter und kurze verregnete Sommer erinnern. Nur in der Erzählung des Vaters hatte er davon gehört, dass es wohl davor auch eine andere Zeit gegeben hatte: Eine Zeit des Überflusses und des wirtschaftlichen Aufschwunges.

Jetzt hätte er das Schloss seines Vaters wohl für ein paar Laibe Brot verkaufen können. Selbst die reichsten Klöster litten nun Not und es lohnte sich gar nicht, diese zu plündern. Was war da schon noch zu holen?

Und so blieben hinter ihnen von den Dörfern meist nur verkohlte Häuserwände übrig und verzweifelte Einwohner. Auch ein paar kleinere Städte lagen auf dem Weg, aber nur selten fiel bei der Besetzung mal ein Schuss. Das Heer war in seiner Größe schon bedrohlich genug, als dass es die Bevölkerung wagen würden, sich den Schweden entgegen zu stellen.

Wer eine ehrenvolle Übergabe aushandeln konnte, der blieb wenigstens vor Plünderung und Zerstörung verschont. Die fälligen Zahlungen waren aber trotzdem hoch genug und in manchen dieser Städte mussten sie zur Erzwingung der Abgaben auch Geiseln nehmen.

Vermutlich verhielten sich die kaiserlichen Truppen im evangelischen Gebiet ähnlich. Jeder Feldherr lebte nach diesem Prinzip und nur dadurch konnte dieser lange Krieg auch nur noch am Laufen gehalten werden.

Die vier apokalyptischen Reiter zogen umher. Not, Hunger, Krankheit und Krieg ritten über die geschundene Erde und ließen eine Spur aus Blut hinter sich. Wo der Huf ihrer Reittiere den Boden berührte, da wartete schon der Sensenmann.

Der einzige Platz, an dem man noch halbwegs überleben konnte, der war bei einem der großen Heere. Doch sie waren auch das Problem in dieser Zeit.

Endlich wurde es wärmer, der Schnee taute und ein hörbares Aufatmen ging durch den Haufen. Eine kurze Zeit des Frühlings zog über Bayern und würde in ein paar Wochen sicher durch den Regen abgelöst werden. Dann würden die Kanonen und die Fuhrwerk des Trosses nicht mehr durch Eis und Schnee, sondern durch den knöcheltiefen Schlamm aufgehalten.

Und tote Bauern konnten kein Feld bestellen. Zumal es auch kaum noch Saatgut gab.

Der Kreislauf des Todes war nicht mehr zu durchbrechen. Erst wenn kein Mensch mehr in diesem Land lebte, dann würde sich die Natur vielleicht erholen können.

Immer weiter schleppte sich Gustav Adolf mit dem Heer in den Süden des Gebietes vor.

Im Laufe des März wich das kaiserliche Heer unter Tilly immer weiter vor ihnen zurück. Es gelang kaum, den Feind zu einem Kampf zu stellen.

Die tägliche Mühe war das Ringen um die Nahrung und am 31. März zog das schwedische Heer dann endlich in Nürnberg ein.

Die einst reiche und freie Reichsstadt war durch den Krieg ebenfalls geschädigt. Das einzige, das sie bieten konnte, war Platz für die Unterbringung der Männer und Frauen.

Der schwedische König ermöglichte es der Stadt, gegen Zahlung einer Gebühr verschont zu werden, doch Geld war wohl nicht mehr genügend vorhanden und darum schloss sich Nürnberg, auf Drängen Gustav Adolfs, der evangelischen Bewegung an.

Ein paar Tage konnten sie somit zur Ruhe kommen und sich von dem anstrengenden Marsch erholen.

Der Winter hatte mehr als die Hälfte seiner Männer gefordert. Durch aufwendige Rekrutierung der schwedischen Werber musste sein Fähnlein nun wieder aufgefüllt werden.

Und Sieghelm merkte erneut, wie sehr dieser anstrengende Marsch Barbara zugesetzt hatte. Mit einem schnellen Pferd hätte man die Strecke von Mainz bis hierher in zwei oder drei Tagen geschafft. Ihr Zug hatte fast drei Monate dafür gebraucht!

Die klapprige Figur des hungrigen Esels war der beste Beweis dafür, dass dies alles mörderisch war.

Er brauchte eine Lösung für sich und Barbara. Nur welche?

63. Kapitel
Ende der Jagd?

Es hatte bis Mitte März des Jahres 1632 gedauert, bevor Anna die selbstgewählte Isolation in der Hütte im Wald wieder verlassen konnte. In dem Waldstück war der Schnee besonders lange liegen geblieben und die Sonne hatte erst Kraft sammeln müssen, um die Schneedecke zum Tauen zu bewegen.

Nun lief das Wasser den Berg hinab und verwandelte die Waldwege in Schlamm. Knöcheltiefer, brauner, zäher Schlamm. Bei jedem Schritt rutschte Anna und daher ließ Peter sie sich nicht allzu weit von der Hütte entfernen.

Mit ihrem dicken Bauch war es zu gefährlich, die Wege hinab zu beschreiten. Innerlich sah sie dies auch ein, aber es war schwer, sich das wirklich einzugestehen, dass es so war. Zu gern wäre sie nun wieder durch die Wälder gestreift, um zu jagen und etwas Wild zu erbeuten, denn die Nahrungsvorräte näherten sich langsam dem Ende.

Nur unten am Teich, der nun aufgetaut war, hätte Anna Erfolg gehabt, aber da kam sie nun mal nicht hin.

Erst nachdem Tage später der Schlamm getrocknet war, war der Pfad hinab wieder sicher. Freilich sorgten nun die an diesem Platz durchlebten Qualen und die schrecklichen Bilder der Erinnerung in Annas Kopf dafür, dass sie sich von dem Teich fern hielt.

Damit war es Peters Aufgabe, in der Morgendämmerung die Reusen einzuziehen und am Abend wieder auszulegen. Sie selbst nahm den Bogen und streifte damit durch die Wälder. Allerdings war das Wild noch nicht so zahlreich vorhanden, wie Anna es im vergangenen Jahr noch gesehen hatte.

Tagelang hatten sie nun schon ihre Schritte durch das Gehölz geführt. Die ersten Knospen zeigten sich an den Bäumen und das zarte Grün tat den Augen gut. Farbe kam neuerdings in das Wäldchen.

Ein neuer Weg lag vor ihr und mit einem Male bemerkte sie eine Bewegung vor sich, die sie mitten in ihrem Gang erstarren ließ. Nur ein paar Schritte entfernt hoppelte ein Hase durch das Gehölz.

Sicherlich hatte er hier sein Winterversteck, denn die Tiere lebten eigentlich auf dem freien Feld am Fuße der Erhebung. Aber es war der erste Bewohner dieses neuen Jahres, den Anna zu sehen bekam.

Langsam und leise zog sie den Pfeil aus dem Köcher und legte auf das Tier an. Anna zwang sich zur Ruhe, um besser zielen zu können. Es war gar nicht weit und eigentlich konnte sie nicht daran vorbei schießen.

Wie schon im vergangenen Herbst hielt sie den Atem an, löste die Finger und der Pfeil sauste los, doch ein Schmerz durchzuckte sie. Ihr Aufschrei verjagte ihr Wild, der Hase sprang davon und der Pfeil schlug hinter ihm in den Waldboden.

Vor Schmerzen krümmte sich Anna hinter dem Baum und hielt sich die Brust. Die nach vorn schnellende Sehne hatte die durch die Schwangerschaft stark vergrößerte Brust getroffen und es dauerte eine geraume Weile, bis der Schmerz langsam nachließ.

Sich die verletzende Stelle mit der Hand reibend, blickte sie dem Hasen nach. Daran hatte sie in der ganzen Freude auf die Jagd nicht gedacht und nun hatte es sich quälend in ihr Gedächtnis gebrannt.

Anna ging das kurze Stück, um den Pfeil zurückzuholen, aber der Hase war natürlich schon über alle Berge. Missmutig schob Anna den gesäuberten Pfeil zurück in den Köcher.

Jetzt lenkte sie ihre Schritte heimwärts.

Grübelnd streifte sie durch den Wald, denn wenn sie sich nichts einfallen ließ, dann wäre das wohl das Ende der Jagd.

Peter war ein solch schlechter Schütze, dass er immer noch keinen Baum aus fünf Schritten Entfernung traf und durch sein steif gebliebenes Bein war er auch nicht so schnell und leise im

Gehölz unterwegs. Der Hase hätte ihn sicher schon aus großer Entfernung gehört.

Was sollte Anna bloß tun?

Schließlich schaute sie an sich herab und überlegte weiter. Die Geschichten der Amazonen kamen ihr neuerlich in den Sinn. Barbara hatte ihr mal die Erzählungen der griechischen Philosophen vorgelesen. Die meisten davon hatte sie nicht verstanden und nur abgewunken, aber die Darstellungen über die kriegerhaften Frauen hatten sie fasziniert.

Vielleicht war sie deshalb auch solch eine gute Schützin geworden. Womöglich war sie auch mal, in früheren Zeiten, bei Penthesilea gewesen, die in der griechischen Mythologie die Tochter der Amazonenkönigin Otrere und des Kriegsgottes Ares gewesen war.

Auf dem Rückweg zum Unterschlupf erinnerte sie sich an diese Geschichte. Sie hatte Barbara immer wieder aufgefordert, das kleine Buch vorzulesen. Nun fiel ihr auch abermals die Stelle in der Fabel ein, die sie damals erschaudern ließ, denn die Amazonen sollten wohl ihren kleinen Töchtern die rechte Brust verstümmelt haben, damit diese dann später den Bogen ungehindert abschießen konnten.

Allerdings hatte die Sehne ihre linke Brust getroffen. Wie hatten das wohl die Kriegerinnen gemacht? Waren die alle so schmalbrüstig gewesen? Möglicherweise war nur keine der Amazonen so verrückt gewesen, schwanger in einen Kampf zu ziehen.

Anna seufzte und wollte sich schon gänzlich von der Jagd verabschieden, als ihr die rettende Idee doch noch kurz vor der Hütte einfiel.

Auf einer der Abbildungen in dem Buch hatte Barbara ihr eine der stolzen Reiterinnen gezeigt. Die rechte Brust war unbedeckt, die linke jedoch unter dem straff gespannten Kleid verborgen. Damals hatte Anna das nicht verstanden, doch nun vermutete sie, dass dies einen Zweck gehabt hatte, denn das Tuch des Kleides drückte die Brust an den Körper und verringerte somit deren Größe!

Das war auch für sie die Lösung!

Ohne Peter zu erklären, was sie da tat, fertigte sie sich ein Tuch aus einem starken Stoff. Wie ein Dreieck sah es aus.

„Bitte hilf mir mal", sagte sie schließlich zu Peter und streifte sich das Oberteil ab.

Dabei kam auch der blaue Streifen auf ihrer Brust zum Vorschein, doch das darum geschlungen Tuch verdeckte ihn sofort und gab auch gleichzeitig die Erklärung ab, wodurch Peter nicht zu fragen brauchte.

Nach ein paar Augenblicken stand Anna mit dem Bogen vor der Hütte und übte. Das Tuch musste noch etwas straffer gespannt werden, aber es funktionierte. Dankbar nickte sie Peter zu.

Wenig später war sie erneut auf leisen Sohlen unterwegs.

Schleichend und suchend streifte sie durch den Wald. Immer noch war sie die Königin der Amazonen, denn dieses Bild gefiel ihr.

Eine starke Frau! Eine Kämpferin und Jägerin.

So wie sie selbst in diesem Moment. Die Worte der Schwester sausten durch ihren Kopf und Anna träumte sich in diese vergangene Zeit zurück.

Erneut sah sie die verräterische Bewegung eines kleinen Busches. Es konnte auch der Wind sein, aber es war ein kleiner Hase. Vielleicht derselbe, der Stunden zuvor ihrem Pfeil entkommen war?

Langsam legte Anna an, der Pfeil surrte davon und traf das kleine Pelztier. Diesmal war es Annas Freudengeheul, das zu hören war.

Für den Hasen war die Jagd zu Ende, für Anna würde sie noch ein paar Wochen weiter gehen.

64. Kapitel
Neue Furcht

Der beginnende Frühling hatte Hoffnung in Barbaras Herz gelegt und ihr auch gleichzeitig Angst gemacht. Die ständige Übelkeit, mit der sie morgens immer zu kämpfen hatte, war wohl dem Zusammensein mit Sieghelm im Winter geschuldet. Offensichtlich war es nicht folgenlos geblieben, dass sie so oft das Lager miteinander geteilt hatten.

Zu schön hatte es sich unter der warmen Decke angefühlt und die langen dunklen Nächte waren einfach optimal gewesen. Allerdings hatte Barbara die Erinnerung an Berthas Kind nicht mehr losgelassen.

Bei der Geburt hatte sie geholfen und anschließend den Tod des kleinen Geschöpfes betrauert. Und wenn sie hier in diesem Heer weiter mitziehen würde, dann wäre schon jetzt abzusehen, dass auch ihr Kind das Ende des Jahres wohl kaum erleben würde.

Von den düsteren Visionen lenkten sie am Tage die Anstrengungen des Marsches ab, aber in der Nacht, in Sieghelms Armen, kamen die alten Schatten und die neuen Ängste wiederum in ihr hoch.

Kaum eine der Nächte seit dem Abmarsch aus Mainz hatte sie durchgeschlafen.

Zuerst hatte sich Barbara um die kranke Bertha gekümmert und nun musste sie sich ihrer Freundin Greta annehmen.

Schon eine Weile hatte sie bemerkt, dass sich die einst so lebenslustige junge Frau immer mehr von ihr zurückzog. Vermutlich lag dies an den Erlebnissen jener schrecklichen Nacht nach der Schlacht bei Breitenfeld.

Barbara wusste nur zu gut, dass allein das Reden etwas daran ändern konnte. Wenn sich Greta weiter davor verschloss, so würde der Kummer nur noch viel größer in ihr werden. Doch sie durfte die Freundin auch nicht zu irgendetwas zwingen, was diese nicht wollte.

Die ruhigen Tage in Nürnberg wollte Barbara aber nun dafür nutzen, um der Freundin die Zeit zu geben, zu sich zu kommen.

Schon mehr wie ein halbes Jahr schleppte Greta diese seelische Last mit sich herum.

Immer wieder versuchte Barbara vorsichtig das Gespräch in diese Richtung zu lenken, doch Greta wich ihr jedes Mal aus.

Damit steckte Barbara wirklich in einer Klemme, denn einerseits wollte sie die Freundin nicht drängen und andererseits auch nicht durch den Kummer verlieren.

Schließlich fiel Barbara ein, dass Greta damals in Mainz dabei gewesen war, als sie von den Schrecken in Magdeburg erzählt hatte. Und die Freundin war ebenfalls dabei gewesen, als der Metzger sich immer wieder an ihr vergangen hatte.

Bei einem Besuch der St. Lorenz Kirche zog Barbara Greta dann einfach auf eine der Bänke im Kirchenschiff und hielt die Freundin darauf fest.

„Ich kann verstehen, wie du dich fühlst", begann Barbara und blickte die Freundin an. „Ich habe immer noch die Worte meiner Mutter, das Betteln meiner Schwestern und ihre Todesschreie in den Ohren. Wenn ich nicht mit Sieghelm darüber geredet hätte, dann hätte es mich zerstört. Oft habe ich mir den Tod gewünscht, als der Metzger mir diese Schmach angetan hatte, doch Gott hat mit mir etwas anderes vorgehabt!", setzte Barbara hinzu.

Dabei zeigte sie auf den Altar und Greta folgte der Handbewegung mit den Augen.

„Ich denke, Gott hat sich von den Menschen abgewandt. Es ist eine dunkle Zeit!", antwortete Greta und hatte Tränen in den Augen.

Barbara legte ihren Arm um die Schultern der Freundin.

„Nein! Er hat sich nicht abgewandt. Ich weiß nicht, was er mit mir vorhat, aber ich bin mir sicher, dass ich nur noch lebe, weil er an meiner Seite ist!", entgegnete Barbara und sah ihre Freundin an.

Greta war katholisch und darum erzählte Barbara weiter: „Jesus hat sich für uns geopfert. Auch er kennt das Leiden! In ihm leben wir und er wird uns bei sich aufnehmen. Wer an ihn glaubt, der wird ewig leben."

Neuerdings zeigte Barbara zum Altar und auf das Kreuz darüber.

Greta musste schlucken und zog geräuschvoll die Tränen hoch. Es klang schauerlich in der Kirche, die im Moment nicht sehr angefüllt war.

Barbara blickte sich um. Nur etwa zehn Menschen befanden sich darin und beteten. Eine ältere Frau drehte sich zu ihnen um und hielt den Finger vor den Mund, um sie zum Schweigen zu bringen.

Flüsternd setzte Barbara daher fort: „Du musst es rauslassen! Wenn du es mir nicht erzählen willst, dann vertraue dich Gott an. Er wird dir zuhören!"

Bei ihren eigenen Worten fragte sich Barbara in Gedanken, woher sie eigentlich gerade diese Gottgläubigkeit nahm. Es war nochmals so ein Rätsel, denn eigentlich hatte sie nie viel mit der Kirche im Sinn gehabt.

Offensichtlich tat dies nun allerdings genau das, was sie wollte, denn Greta wandte sich ihr zu.

Leise sagte die Freundin: „Es war einfach nur furchtbar. Oft habe ich dir oder Agnes zugehört und immer nur gedacht, dass ihr beide bei euren Beschreibungen übertreibt."

Noch einmal drehte sich die alte Frau um und ließ einen lauten Zischlaut vernehmen, der die junge Frau zum Verstummen zwang.

Barbara nickte Greta zu und zeigte auf das Tor der Kirche.

Zusammen erhoben sie sich, verließen die Kirche und gingen ein Stück, bis sie einen kleinen Fluss erreichten. An dessen Ufer setzen sie sich in das erste Gras des jungen Jahres und nun brach die dunkle Erinnerung mit Macht aus Greta heraus.

„Es war furchtbar", begann sie erneut, schluchzte und setzte fort: „Es waren fünf Finnen von der leichten Reiterei. Ich habe sie nur gehört, weil ich mit dem Rücken zu ihnen stand. Fast hätten sie mich zu Boden geritten, doch dann sprangen sie von ihren Pferden. Sie rissen mich von den Füßen, zwei haben mich festgehalten, während die anderen drei sich nacheinander an mir vergangen haben. Alsdann sind sie lachend weitergeritten und ich lag dort in meinem Blut und den unsäglichen Schmerzen auf der Erde."

Die Tränen liefen über Gretas Wangen. Wie ein kleiner Bach aus einer Quelle, die nicht versiegen wollte. Wimmernd schlug sie sich die Hände vor ihr Gesicht und bedeckte ihre Augen, aber das Bild war in ihrem Kopf, das konnte man so nicht auslöschen.

Das wusste auch Barbara nur zu gut, deshalb nahm sie die Freundin abermals in den Arm, doch diese zuckte bei der Berührung zusammen. Zu sehr war sie jetzt in der Erinnerung der dort erlebten Leiden gefangen.

Wie mit einem Kind, so redete Barbara nun auf Greta ein. Sie versuchte ihre Freundin zu trösten, strich ihr über Wange, Haar und Rücken und brachte sie somit langsam zur Ruhe. Das Schluchzen verstummte und Greta wischte sich die Tränen mit dem Handrücken vom Gesicht.

„Bleib bei mir. Ich brauche dich!", sagte Barbara zu ihr. „Wir beide brauchen dich!", erklärte sie weiter und legte ihre Hände auf ihren Bauch.

Greta nickte verstehend und schnaubte laut in ein Tuch, das sie aus dem Beutel gezogen hatte. Mit Greta an ihre Seite war die Furcht nicht mehr ganz so groß, doch was würde nun werden?

Barbara musste sich auch Sieghelm offenbaren, denn schließlich war es auch sein Kind, das in ihr heranwuchs.

65. Kapitel
Umzingelt vom Tode

chon vor Nürnberg hatte Sieghelm beschlossen, dass er mit Barbara das Heer verlassen würde, doch der Zeitpunkt war damals noch nicht klar gewesen. Jetzt hatte die Offenlegung von Barbaras Schwangerschaft dafür gesorgt, dass er die nächstmögliche Gelegenheit zur Flucht nutzen musste.

Der nächste Kampf wäre damit sein letzter, denn nur in den Wirren eines Kampfes konnte man ungesehen verschwinden. Entweder man verlor, dann waren sowieso alle entweder tot, geflohen oder gefangen, oder man gewann die Schlacht und dann stürzten sich alle auf die vermeintliche Beute. In dem darauf folgenden Gewimmel konnte man ebenfalls verschwinden.

Zuweilen dauerte das Chaos nach der Schlacht drei oder vier Tage, in denen keiner sagen konnte, wie viele Männer gefallen, verletzt oder gefangen waren.

Dass er dabei auch selbst verletzt werden könnte, oder fallen konnte, darüber machte er sich keine Gedanken. Viel zu abwegig schien ihm dies zu sein. Zwar hielt er sich nicht für unverwundbar, aber es war ihm, als ob Gott seine Hand bisher erfolgreich über ihn gehalten hatte.

Und damit das auch so blieb, begann er seine weiteren Erwägungen mit einem Gebet, in der Folge lehnte er sich zurück und grübelte weiter.

Doch bei seiner Überlegung spielte noch eine zweite Frage mit hinein: Was würde danach werden? Nach der Flucht war er praktisch vogelfrei. Der Feind würde ihn jagen, die eigenen Leute würden ihn als Deserteur auch nicht ungestraft entkommen lassen und die örtliche Bevölkerung ließ auch selten einen Fahnenflüchtigen oder Marodeur am Leben.

Würde er also gefasst, dann fand er den Tod und Barbara sicher mit ihm. War es diese Risiken wert? Es war eine schwierige Abwägung, die er alleine treffen musste. Wenn er blieb, dann würde ihr Kind den kommenden Winter mit Sicherheit nicht überleben und wenn er floh vielleicht auch nicht.

Aber dieses kleine Wort „vielleicht" machte den Unterschied und damit war es für ihn beschlossen.

Einige Tage später war das schwedische Heer auf dem Weg von Nürnberg zum kleinen Fluss Lech, hinter dem das kaiserliche Heer sich verschanzt hatte.

Mit dem Fluss zwischen sich hoffte die schwächere Streitmacht unter Tillys Führung, die Schweden aufzuhalten und zu zermürben.

Erst als sie diesen Fluss erreicht hatten, weihte er Barbara in sein Vorhaben ein. Das Erschaudern in ihren Augen sagte ihm, dass sie wohl auch schon darüber nachgedacht hatte.

Nun musste er sie als Erstes trösten.

Das dauerte die ganze Nacht und am folgenden Morgen begann die Schlacht, die eigentlich darin bestand, dass sich die Artillerie über den Fluss hinweg gegenseitig beschoss.

Für das Feuer der Musketen und Arkebusen war der Strom einfach zu breit, daher zogen die beiden Feldherren ihre Fußtruppen so weit zurück, dass sie nicht unter dem Beschuss durch die Kanonen lagen.

Am zweiten Tag entschloss sich Gustav Adolf, das kaiserliche Fußvolk zu umgehen. Die Geschütze an der alten Position belassend zog er das Heer nach links und gelangte südlich wieder an den Lech. Dort erzwangen die Truppen den Übergang und stürmten auf die andere Flussseite.

Die Kaiserlichen unter Tilly reagierten zu spät und es folgte ein Nahkampf der Fußtruppen, den die schwedischen Landsknechte schon bald für sich gewinnen konnten.

Die Tatsache, dass eine der leichten Kanonen, die sie hierher mitgenommen hatten, den kaiserlichen Befehlshaber vom Pferd schoss, beschleunigte den Sieg. Nachdem sich diese Nachricht überall verbreitet hatte, gab es kein Halten mehr.

Die Schweden drückten im Siegestaumel nach und die kaiserlichen Söldner zogen sich fluchtartig, unter Zurücklassung aller Kanonen und des Trosses, zurück.

Mit Geheul stürzten sich die Soldaten seines Fähnleins auf den Tross. Nichts auf der Welt konnte sie im Moment davon abbringen. Das wusste jeder, der schon einmal in einem der Heere gedient hatte.

Nun zählte nur die Beute.

Sieghelm stand allerdings auf der falschen Seite des Flusses, denn Barbara und der eigene Tross waren noch auf der anderen Seite geblieben.

Die nachströmenden Truppen versperrten ihm den Weg und er musste lange warten, bis er zu ihr eilen konnte, doch in dem Durcheinander achtete niemand auf ihn.

Im Tross fand er dann Barbara, der er einfach nur zunickte. Erst jetzt zog diese auch Greta ins Vertrauen, die sich ihnen sofort anschloss.

Allerdings vermieden sie es, Bertha oder Berthold zu informieren. Die beiden würden sicher die richtigen Schlüsse aus ihrem Fortschleichen ziehen.

Wenig später verschwanden die drei in einem kleinen Waldstück und warteten dort ab, was passieren würde.

Nun brauchte Sieghelm erst mal andere Sachen, doch Barbara hatte schon dafür gesorgt. Ohne dass er sie darum gebeten hatte, hatte sie die Kleidung eines einfachen Mannes besorgt, die sie nun aus ihrem Bündel auswickelte.

Schnell entledigte sich Sieghelm seines verräterischen Gewandes, zerbrach das Rapier über dem Knie, versteckte alles in einer kleinen Senke unter etwas Erde und war schon wenig später nicht mehr von einem Bauern zu unterscheiden.

Sieghelm trug nur noch einen kurzen Dolch als Waffe an seiner Seite und jeder hatte nur ein kleines Bündel, das er auf der Schulter trug.

Noch lange hörten sie das Johlen und die Schreie von der anderen Flussseite zu ihnen herüberklingen.

Erst als am Abend dieses 15. Aprils die Dunkelheit auf die Ebene am Fluss herab fiel, brachen sie auf. Leise und schnell brachten sie die erste Strecke unter ihre Füße.

Es ging nach Norden!

Da kein Mond am Himmel stand und sie die Wege nicht richtig kannten, mussten sie langsam gehen. Zu nahe waren sie noch an den beiden Heeren, als dass sie sich einer unnötigen Gefahr aussetzen konnten.

Tage später schlug das Wetter um.

Es wurde nass und kalt. Sie liefen durch den strömenden Regen und sein Blick war ständig nur nach vorn gerichtet. Natürlich sorgte er sich für die beiden Frauen, aber er durfte es ihnen nicht zeigen. Er musste stark bleiben, um sie am Leben zu erhalten.

Da sie in der Nacht kein Feuer machen durften, um nicht entdeckt zu werden, rasteten sie am Tage und liefen in der Nacht. Seine Kenntnisse des Lebens im Wald füllten ihre Bäuche mit essbaren Wurzeln und kleinen Tieren, die er mit Schlingen fangen konnte.

Die beiden Heere waren im Süden geblieben, aber trotzdem wagten sie nicht, sich zu den Einheimischen zu begeben. Jeder Fremde wurde argwöhnisch beäugt und zu holen gab es in den Dörfern auch kaum noch etwas.

Er hatte ja auf dem Marsch gesehen, was die Menschen so verzehrten und da war das, was er im Wald fand, noch um ein vielfaches besser.

Unaufhaltsam zogen sie weiter nach Norden, wo er die Waldhütte mit Anna wusste.

Das war der einzige Platz auf Erden, der ihnen als sicher erschien. Aber es war noch ein langer Weg und dauernd waren sie vom Tode bedroht.

66. Kapitel
Geborgenheit und Nähe

Je näher dieser verhängnisvolle Tag im Mai kam, desto mehr Ängste und dunkle Träume erreichten Anna. Außerdem kam noch hinzu, dass sie nun, im mittlerweile hochschwangeren Zustand, von Peter auch nicht mehr zur Jagd aus der Hütte gelassen wurde.

Dadurch hatte sie jeden Tag genug Zeit zum Grübeln und Nachdenken. Peters Fürsorglichkeit kam ihr manchmal ziemlich komisch vor. Ihre Mutter hatte bis zur Geburt jeden Tag den Haushalt geführt. Das war zwar als Frau eines reichen Kaufmannes nicht allzu schwer gewesen, aber sicherlich hatten auch die Frauen im Dorfe von Peters Jugend nicht solch eine liebevolle Zuwendung von ihren Männern bekommen.

Das war gewiss den langen Gesprächen im Winter geschuldet und es fühlte sich gut an, so geborgen zu sein. Auf der anderen Seite kam nun der Kummer zurück.

Wenn er die Hütte verließ, um die Fische zu holen, dann brach sie fast zusammen.

Und gerade war sie abermals alleine. Bisher war sie immer die Starke gewesen! War sie bis vor ein paar Tagen nicht noch eine Amazone, die mit gespanntem Bogen durch den Wald schlich?

Nun war sie das ängstliche Häschen, das vor der großen Schlange saß und die Angst war diese Schlange.

Was sollte Anna tun? Davor weglaufen oder sich ihr stellen? Was nützte es, wenn man vor der eigenen Ängstlichkeit fortlief? Die Furcht lief doch sicher mit. Warum konnte man die nicht mit einem Pfeil erlegen? Oder mit dem Dolch an die Hüttenwand nageln!

Anna zog den Dolch zu sich, der vor ihr auf dem Tisch lag. Seit der Gürtel nicht mehr über ihren Bauch passte, hatte sie die Waffe in der Hütte gelassen.

Doch die vertraute Waffe verringerte ihre Furchtsamkeit nicht, sie verstärkte sie nur noch, denn es war jene Klinge, die ihr die Mutter gegeben hatte, und zwar genau ein Jahr zuvor.

Ängstlich strichen Annas Finger über den blanken Stahl der Schneide.

„Mutter", schluchzte sie bei der Erinnerung, wobei Anna früher eher ein Freigeist gewesen war und sich kaum bei ihrer Mutter aufgehalten hatte.

Nur wenn sie zufällig in der Küche aufeinander getroffen waren, dann hatten sie sich gesehen.

Mutter schien das ebenso gegangen zu sein, aber bei den vielen Kindern war das wohl normal. Nun zogen die Gesichter ihrer Schwestern an Anna vorbei und zum Schluss blieb ihr innerer Blick bei Barbara hängen.

„Wo bist du?", fragte sie leise.

Seit mehr als einem dreiviertel Jahr war die Schwester nun schon fort. War sie noch am Leben? Oder war Anna die letzte ihrer Familie?

Sie hob den Kopf und ihr Blick fiel auf das Kreuz, das am anderen Ende der Hütte im Schein des Herdfeuers gerade noch so zu erkennen war. Nachdem sie nun fast das ganze Holz verheizt hatten, war der Raum vor diesem provisorischen Altar wieder frei.

Anna schob den Dolch zurück in die Scheide und legte ihn auf den Tisch zurück. Ächzend erhob sie sich von der Bank und ging die paar Schritte bis zu dem Kreuz, dort kniete sie sich hin.

Nur Gott konnte ihr die Angst nehmen. Der Glaube konnte helfen. Zumindest hatte das Sieghelm immer gesagt.

„Lieber Gott! Bitte hilf mir", flehte sie auf Knien.

Es war nicht nur die Angst vor diesem 20. Mai, sondern auch die Bangigkeit vor der bevorstehenden Geburt. Konnte Gott auch diese von ihr nehmen? Wenn doch nur Barbara endlich wieder bei ihr wäre! Oder jemand anderes, der ihr bei der Geburt helfen konnte!

Ein paar Male hatte sie dabei zugesehen, wie die Mutter ihre Schwestern zur Welt gebracht hatte, aber das war Jahre her und nur durchs dabei zusehen wusste sie immer noch nicht, was auf sie zukam. Außer, dass es vermutlich sehr schmerzhaft werden würde.

Anna erinnerte sich wieder, wie sie heimlich hinter der Tür gestanden und gewartet hatte, bis das Kind endlich da war. Die Hebamme hatte der Mutter damals ein Beißholz in den Mund gesteckt und trotzdem waren deren Schreie immer noch sehr laut gewesen.

Sollte auch sie solch ein Beißholz benutzen?

Was tun? Immer wieder dieselben Grübeleien!

Schon seit Monaten stellte sie sich diese Fragen und nun wurde es langsam Zeit, darauf eine Antwort zu finden, denn lange konnte es nicht mehr dauern, wenn sie den Umfang ihres Bauches so ansah. Manchmal schien er platzen zu wollen.

Noch während sie vor dem Kreuz kniete, trat Peter in die Hütte. Er hatte zwei Karpfen dabei, die dann ihr Essen für diesen Tag werden würden.

Mühsam erhob sich Anna und ging auf Peter zu. Vor ihm stehend, musste sie ihn einfach umarmen. Das hatte sie selbst überrascht, doch das warme Gefühl der Berührung durch ihn und sein zärtliches Streicheln durch ihr offenes Haar gaben ihr nun Halt.

Eine ganze Weile blieben sie so stehen. Er mit den Fischen in der einen Hand und ihrem Haar in der anderen. Sicherlich sah das komisch aus, aber sie brauchte das jetzt.

„Bitte verlasse mich nicht!", sagte sie leise.

Dabei meinte sie natürlich nicht die kurzen Abwesenheiten von Peter, wenn er zum Teich hinunterging, sondern sie wollte damit das vertraute Gefühl festhalten.

Durch Peter und seine Liebe konnte sie die kommenden Wochen durchstehen und überleben.

Sonst…

Ihr Blick fiel auf den Tisch, wo sich der Griff der Waffe im flackernden Schein des Herdfeuers gerade abhob. Abermals hörte sie die Mutter schreien. Das Beißholz fiel ihr nochmals ein, doch zuerst musste der Fisch auf das Feuer.

Während die Flammen die beiden Karpfen gar werden ließen, schnitzte Anna an einem Ast mit weichem Holz. Ihr Blick wanderte dabei immer wieder zu Peter, der mit dem Rücken zu ihr in der offenen Hüttentür saß.

Wie gern hätte Anna jetzt seine Finger auf ihrem Körper gespürt. Im Winter war das so schön gewesen. Stundenlang hatten sie da im Bett gelegen und sich einfach nur gestreichelt. Diese Nähe und Geborgenheit fehlte ihr gerade.

In ihren Tagtraum hinein durchzuckte sie ein jäher Schmerz. Sie hatte sich in den Finger geschnitten.

Sich selbst das Blut ableckend bemerkte sie, wie Peter bei ihrem Aufschrei erschrocken aufgesprungen war und nun auf sie zukam.

Tröstend nahm er sie in den Arm und sie sah zu ihm auf.

Das war so schön! Ein warmes Gefühl durchflutete sie.

„Ich liebe dich", flüsterte sie und lehnte ihren Kopf an seine breite Brust.

Alles war gut.

Fast alles!

67. Kapitel
Im Regenwald

E s war ein trostloser Weg und mehr als einmal hatte Greta der Mut verlassen. Barbara musste die Freundin jedes Mal wieder auffangen, doch auch sie brauchte Trost. Manchmal sah sie auf den Rücken von Sieghelm, der nur auf Armlänge vor ihr lief.

In der Dunkelheit dieser Nacht hatten sie sich mit ihren Gürteln zusammen gebunden, damit keiner der drei verloren ging.

Barbara musste auf die guten Augen ihres Mannes vertrauen, der fast mit katzenhafter Gewandtheit durch die Gegend schlich. Ihre eigenen Schritte waren dabei sicher noch in großer Entfernung zu hören.

Sie wusste nicht, wo sie sich genau befanden, da sie immer nur in der Dunkelheit liefen und am Tage schliefen. Durch diesen Umstand hatte Barbara jedes Zeitgefühl verloren und wieder einmal wusste sie nicht, wie lange sie schon auf den Füßen war.

Es kam ihr wie eine Ewigkeit vor und dazu kam noch, dass sie von der Umgebung nicht wirklich etwas sah. Nur der wandelhafte Mond zeigte die vergangene Zeit an, doch der verbarg sich meist hinter den dicken Regenwolken, die fast unablässig über ihnen hingen.

Ihre Sachen hatten kaum die Zeit zum trocken werden und damit trug Barbara ständig die klamme Kleidung. Zusätzlich war es auch noch kalt.

Das Ziel ihres Weges war Barbara klar, auch wenn Sieghelm nichts davon gesagt hatte. Die Hütte im Wald, in der Anna lebte, war ein ersehnter Zufluchtsort und es schien ihr das Paradies auf Erden zu sein.

Mit Wehmut dachte sie an die Hasen, die Anna ihnen immer erjagt und danach gebratenen hatte. Hier gab es nur geröstete Raupen, Maden und manchmal ein Eichhörnchen, wenn eines der flinken Tiere in Sieghelms Schlingen gegangen war.

Natürlich wusste sie, dass es Wilderei war und damit, falls sie geschnappt werden würden, sie wohl alle drei am Galgen enden würden, aber was konnten sie tun? Verhungern?

Irgendwann wurde der Weg beschwerlicher und stieg immer mehr an. Offensichtlich mussten sie einen Berg überqueren. Nachdem Greta zwei Mal gestürzt war und sie beide die Freundin nur mit Mühe hatten aufhalten können, bevor Greta sie alle drei in die Tiefe riss, beschlossen sie, nun am Tage zu gehen.

Im tiefen Wald würde sie sicher keiner suchen oder finden.

Auch einen Tag der Rast konnte sie Sieghelm abtrotzen, bei welchem sie feststellte, dass es Greta nicht wirklich gut ging.

Die Freundin hatte Fieber und damit würde aus dem einen Tag sicher eine Woche, die sie im Wald in einer selbst gebauten Laubhütte lagern würden.

Dadurch hatte der Mann aber etwas mehr Zeit für die Jagd und die erbeuteten Tiere waren etwas größer und nahrhafter.

Barbara experimentierte mit fiebersenkenden Kräutern und Wadenwickeln und zum Glück war auch ein kleiner Wildbach mit frischem Quellwasser ganz in ihrer Nähe, obwohl es an Wasser nicht mangelte, denn noch immer regnete es fast ohne Unterbrechung.

Die Sachen klebten auch weiterhin am Körper und Barbara fühlte sich unangenehm.

Greta schien diese Rast dringend gebraucht zu haben, auch wenn sie die ganze Zeit nichts gesagt hatte. Sie schlief die ganze Zeit.

Das Rauschen des Niederschlags auf den Zweigen über ihnen lullte sie alle drei ein.

Wenn der Regen mal kurz innehielt, so stiegen Nebelschwaden auf, die wie Geister durch die Lücken zwischen den Bäumen wehten. Immer wieder zuckte Barbara dabei zusammen, denn es schienen die Seelen der Toten zu sein, die in diesem Krieg ihr Leben gelassen hatten.

In der Zeit des Aufenthalts kamen nun auch die Gedanken an die Familie zurück. An die Flucht aus Magdeburg, die ja nun ein Jahr zurücklag. Was war das für ein furchtbares Jahr gewesen! Und gleichzeitig ein Glückliches, wenn Barbara an Sieghelm dachte.

Sie bewunderte ihn, wie er einfach so mit nassem Holz ein Feuer machen konnte oder im Wald verschwand und wenig später mit etwas zu essen wieder erschien.

Sie selbst hätte nie wieder hier herausgefunden. Alleine wäre sie verhungert und verloren in diesem Regenwald und daher fiel es ihr dann natürlich auch schwer, Sieghelm einfach so gehen zu lassen.

Nicht nur die Angst vor dem Wald schien ihr aber zu Schaffen zu machen, sondern da kam auch diese verdrängte Furcht vor der Gewalt in ihr hoch.

Auch am Tage zogen die düsteren Bilder jetzt vor ihren Augen dahin! Albträume des Tages waren sie und die Nebelschwaden erhielten Gesichter!

Barbara erkannte darin die Mutter, Ruth, Susanna, Gundel, Agnes, den Vater und die Brüder. Alle Verstorbenen zogen vor ihr her und schienen sie fangen zu wollen. Da war ein Zwiespalt in ihr, zwischen dem Tod der anderen und dem Leben, was in ihrem Leib zu wachsen begann.

Nur die Sorge um Greta ließ sie noch einen klaren Gedanken fassen. Ohne die Freundin wäre sie sicher schon schreiend in den Wald gelaufen, um dort zu sterben.

In den wachen Momenten wurden Gretas Augen langsam wieder klarer und der Heilungsprozess schien Fortschritte zu machen. Doch mit dem immer weniger werdenden Mond kam immer mehr die Angst in ihr hoch.

Sieghelm hatte ihr gesagt, dass am Neumondtag der 20. Mai war.

Jenes schlimme Datum, das sich tief in ihr Gedächtnis eingebrannt hatte. Mit dieser Gewissheit flog Barbaras Blick immer besorgter zum Himmel hinauf.

Je schmaler die Mondsichel wurde, desto größer wurde die Furcht in ihrer Seele. Ihr Mann hatte alle Mühe, sie in der Nacht zu beruhigen. Manchmal konnte er ihr Zittern kaum noch stoppen. Die Tränen vermischten sich dann mit den Regentropfen, wenn sie vor der Laubhütte in den Himmel starrte.

Endlich war Greta wieder gesund und sie konnten noch vor dem Neumond aufbrechen.

Und neuerdings liefen sie am Tage und schliefen in der Nacht, denn hier im dichten Wald konnte sie sowieso keiner sehen.

Um nicht zu verhungern, machten sie jetzt allerdings immer einen Tag Rast, damit Sieghelm auf die Jagd gehen konnte.

Somit dehnte sich der Marsch durch diesen Wald nur noch länger und daher kam sie nachts gar nicht mehr in den Schlaf, dafür taumelte sie am Tage mehr oder weniger unsicher umher.

Die Geister des Waldes wollten sie wohl nicht mehr hergeben und wenn nicht bald etwas geschah, so würde sie das Gehölz wohl auch kaum lebend verlassen.

Als dann der mit Schrecken ersehnte Tag gekommen war, da war auch der Laubwald zu Ende.

Sie standen am Waldrand und blickten auf die Freifläche hinaus. Ein paar Hütten eines kleinen Dorfes waren zu sehen, aber konnten sie es wagen, dort für eine Nacht um Unterschlupf zu bitten, damit ihre Kleidung trocknen konnte?

War es wirklich klug, gerade an diesem Tag im Mai sich diesem Risiko auszusetzen? Doch die beiden anderen zogen Barbara einfach hinter sich her und sie war zu müde, um Widerstand zu leisten. Sie fügte sich in ihr Schicksal, verließ den schützenden Regenwald und damit auch das Reich der Nebel und Schatten.

68. Kapitel
Tag des Schmerzes

In den letzten Tagen war es Anna unglaublich schwergefallen, morgens aus dem Bett zu kommen. Der Bauch zog sie nach hinten auf das Lager und beim Aufstehen nach vorn, wodurch sie zu stürzen drohte. Wenn Peter ihr nicht geholfen hätte, sie wäre einfach liegen geblieben. So wie ein Maikäfer, der auf den Rücken gefallen war.

In jedem freien Augenblick der vergangenen Zeit hatte sie sich immer wieder alles in ihr Gedächtnis gerufen, was sie von den Niederkünften der Mutter mitbekommen hatte. Es war nicht viel und fragen konnte Anna auch niemanden dazu.

Sie konnte nur Gott um seinen Beistand bitten, mit der Hoffnung, dass dies etwas nutzen würde. Beten war so ziemlich das einzige, was sie im Hause noch machen konnte, auch wenn sie dazu nicht mehr kniete. Bei allem anderen war der Bauch im Weg.

Selbst zur Latrine musste Peter sie nun führen.

Auf dem Weg dorthin durchzuckte sie jählings ein gewaltiger Schmerz und mit dem Schrei war alles sorgsam zurechtgelegte Wissen aus ihrem Kopf verschwunden. Feucht lief es an ihrem Bein herab. Und nun?

Anna stand einfach nur da, hielt Peters Hand und sah ihn bittend an. Selbst zu den Worten „Hilf mir!" kam sie nicht mehr.

Der Schmerz traf sie mit der zweiten Wehe noch härter und Peter führte sie langsam zurück zur Hütte. Ohne ihr Zutun brachte er sie ins Bett und sah sie danach ratlos an.

Zwei Menschen, die versuchten einen dritten zur Welt zu bringen, und von denen im Moment keiner wusste, wie das wohl gehen sollte.

Hoffentlich wusste es wenigstens das Kind!

Nicht mal an das geschnitzte Beißholz erinnerte sie sich mehr und so schrie sie einfach gegen den Schmerz an.

Noch kamen die Wellen mit großem Abstand, aber sie waren äußerst qualvoll.

In einem lichten Moment dachte Anna daran, dass das Kind nach unten musste und es damit sicherlich besser wäre, aufrecht zu stehen. Die Fetzen der Erinnerung kamen zurück und jagten an ihr vorbei. Anna sah die Mutter vor sich, stehend mit dem Rücken an der Wand und die Hebamme kniete vor ihr.

Aber noch vor einer Bewegung von ihr traf sie die nächste Welle und erst nach dem Schrei versuchte Anna sich mit Peters Hilfe in eine aufrechte Position zu bringen.

Wenig später kniete Peter vor ihr, während sie sich mit dem Rücken gegen die Wand stemmte und das nahm ihr sogar einen Teil der Schmerzen.

Anna zog das Kleid herauf, verknotete es und nun musste sie abermals auf Gott und das Kind vertrauen, aber es gab ja nur einen Weg. Nach unten!

Die nächste Schmerzwelle traf sie.

„Warum muss das nur so unglaublich wehtun!", presste sie durch die vor Qual zusammengebissenen Zähne.

Peter schaute verzweifelt zu ihr hoch.

Anna hatte die Arbeit und den Schmerz und er musste nur das Kind unten auffangen. Das war so ungerecht! Die schönen Momente des Zusammenseins waren weit fort. Im Moment ging sie alleine durch ein Tal des Leidens. Wie lange noch? Wollte das Kind nicht endlich heraus?

Ihre Knie zitterten, die Beine wackelten und nur die Hüttenwand hielt sie aufrecht.

Mit beiden Händen hatte sie sich oben in einen Balken gekrallt und das Blut war aus ihren Fingerknöcheln gewichen.

„Los jetzt!", brüllte sie ihr Kind an und wirklich schien das etwas zu nutzen, denn mit der nächsten Wehe spürte sie eine Bewegung in ihrem Bauch.

Noch stärker krallte sie sich fest und stemmte sich gegen den Schmerz.

„Raus jetzt mit dir!", schrie sie, dann wurde es schwarz vor ihren Augen. Die Wehen und die Anstrengung hatten ihr die Sinne geraubt.

Als Anna die Augen wieder aufschlug, war Stille in der Hütte. Sie lag im Bett und bemerkte, dass der Bauch nicht mehr so dick war, aber wo war das Kind? Und Peter? Unter einer unglaublichen Kraftanstrengung hob sie den Kopf und blickte sich um.

Niemand war in der Nähe. Selbst das Herdfeuer war erloschen. Was war hier los?

„Peter?", fragte Anna, aber sie selbst hörte es kaum.

Ein paar Augenblicke später kam langsam die Kraft zurück. Nun rief sie deutlich lauter und sah kurz darauf den Mann durch die Tür kommen. Er hatte ein Bündel im Arm und es dauerte einen Moment, bis Anna begriff, dass das ihr Kind war.

„Wir haben eine Tochter!", sagte er und beugte sich mit dem Kind zu ihr herab. „Ich war mit ihr draußen, damit du etwas ruhen konntest", setzte er erklärend hinzu.

Anna nickte dankbar und sah in das Gesicht des schlummernden Mädchens.

Abermals mühte sie sich, um sich aufzusetzen, aber das gelang ihr nicht richtig, denn sie spürte ihre Beine nicht mehr.

„Hilf mir!", flehte sie und strengte sich weiter an.

Peter drückte ihr das Kind in den Arm und half ihr dann beim Hinsetzen. Vorsichtig tastete er ihre Beine ab, denn sicherlich hatte er schon bemerkt, dass sie diese nicht bewegte.

„Was ist passiert?", fragte sie.

Peter schilderte: „Du bist gestürzt und ich konnte dich nicht auffangen."

Sie sah, wie er über ihre nackten Beine strich, aber sie fühlte es nicht. Das Mädchen erwachte und brauchte nun Annas ganze Aufmerksamkeit. Der Schmerz war fort, aber auch jegliches Gefühl unterhalb ihres Nabels.

„Ich muss dich erst mal säubern", sagte Peter, verschwand und kam kurz darauf mit einer Schüssel zurück.

Anna sah zu, wie er sie wusch, aber immer noch empfand sie es nicht. Dieses Taubheitsgefühl trieb ihr die Tränen der Verzweiflung in die Augen. Sie war hilflos und nutzlos!

Nur noch dazu da, um das Kind zu stillen. Mehr konnte sie nicht mehr. Traurig blickte sie auf das Mädchen herab, das an ihrer Brust hing.

Sie war doch eine Amazone!

Was geschah wohl mit einer Amazone, die sich nicht mehr bewegen konnte?

Annas Blick suchte den Dolch, doch der lag unerreichbar weit entfernt auf dem Tisch. Leise schluchzte sie und das Geräusch des schmatzenden Kindes übertönte dieses weinen.

Der körperliche Schmerz war einem seelischen gewichen.

„Wie wollen wir sie nennen?", fragte Peter.

Damit riss er Anna aus der Lethargie. Sie blickte hinab und überlegte.

„Vielleicht Susanna?", sagte sie und dabei dachte sie an ihre starke Schwester. Dann sah sie Peter an und legte den Kopf schräg, denn sie wusste, dass er diesem Anblick nicht widerstehen konnte.

„Also Susanna!", stimmte Peter zu und nickte.

Er strich zuerst dem Kind über die Wange, dann ihr und danach brachte er die Schüssel mit dem blutigen Waschwasser nach draußen.

Anna sah ihm nach und dachte daran, wie sie wohl ihr nun nutzloses Dasein beenden konnte. Rastlos ging ihr Blick in der Hütte umher, aber in ihrer Reichweite war nichts, was sie benutzen konnte.

Das Kind rülpste und Anna legte es neben sich. Was nun?

Sie würde ihr nutzloses Leben beenden und auch das Kind konnte sie nicht von diesem Plan abbringen. Was hatte sie denn noch für einen Wert?

Doch Peter würde ihr helfen müssen, allerdings konnte sie ihn darum nicht bitten. Sie brauchte eine List! Irgendwie musste sie an ihre Waffe kommen!

Peter erschien erneut in der Hütte.

Im Bett sitzend bat sie ihn: „Kannst du mir mal den Dolch und die Wurzeln vom Tisch bringen? Ich möchte etwas Gemüse putzen, wenn ich mich schon nicht bewegen kann."

Arglos ging Peter hinüber und kam mit der Waffe zurück. Direkt vor ihr stolperte er und ließ dabei den Messergriff auf ihr Bein fallen.

„Aua!", rief Anna und brach gleichzeitig in ein Jubelgeheul aus. Der Schmerz zeigte ihr, dass das Gefühl zurück in ihre Beine kam. Noch nie hatte sie sich so sehr über einen blauen Fleck gefreut, wie dieses Mal.

69. Kapitel
Gibt es ein Wiedersehen?

ordwärts führte sie ihr Weg. Die staubigen Landstraßen Sachsens brachten Barbara immer weiter dem Versteck entgegen, in dem Sieghelm Anna vor fast einem Jahr zurückgelassen hatte. Mit jedem Schritt sorgte sich Barbara immer mehr um die kleine Schwester. Ging es ihr gut?

Natürlich war Anna schon damals zu einem Kind des Waldes geworden, aber so lange alleine zu sein, das wünschte Barbara nicht mal ihrem ärgsten Feind.

Da konnte weiß Gott was passieren. Von den Zweifeln und dunklen Ängsten mal ganz abgesehen und die hatte sie ja selbst am eigenen Leib gespürt.

Sieghelm hatte irgendwann für sich beschlossen, diesen beschwerlichen Weg durch Sachsen zu nehmen, statt dem kürzesten Weg über Thüringen zu folgen.

Er hatte nichts gesagt und war auch sonst ziemlich verschlossen gewesen. Im Prinzip schon bevor sie den schützenden Wald verlassen hatten. Alles war seitdem anders.

Sie gingen am Tag, sie versteckten sich nicht mehr und er hatte sie auch kaum noch tröstend in den Arm genommen. Das hatte nun Greta übernommen.

So wie sich Barbara im Wald um Greta gekümmert hatte, so sorgte sich nun die Freundin um sie.

Obwohl sie nun offen liefen, kamen sie doch nur selten in Dörfer und noch seltener übernachteten sie dort. Jedermann war Fremden gegenüber misstrauisch, selbst wenn Frauen dabei waren.

Dazu kam dann auch noch, dass sie sich in den Siedlungen in Gefahr begaben, denn jederzeit konnte eine Patrouille die Dörfer überfallen. Zwar befanden sich die beiden Armeen immer noch in

Bayern, aber trotzdem konnte immer ein versprengter Truppenteil auf Beute aus sein.

Mit verstohlener Freude hatte Barbara auf die Nachricht vom Tode des Generals Tilly reagiert. Noch immer hatte sie ihm und Graf Pappenheim nicht verziehen, was diese Magdeburg, und damit ihr, angetan hatten.

Allerdings hatte mit Wallenstein nun ein nur noch brutalerer und kaltblütiger Schlächter den Oberbefehl über das kaiserliche Heer übernommen. Da war kein Ende des Krieges zu erwarten. Jegliche diesbezügliche Hoffnung war schon lange weit fort.

Ihr tägliches Los war schier zum Verzweifeln und eigentlich konnte sie dem Ganzen auch hier ein Ende machen. Mitunter tasteten ihre Finger zum Griff des Dolches an ihrem Gürtel und sie fragte sich: Wollte sie wirklich weiter machen?

Nur die Angst um Anna zog Barbara noch vorwärts. Wenn die Schwester nicht gewesen wäre, dann hätte sich Barbara sicher schon längst in die Klinge gestürzt.

In jeder Nacht kamen die düsteren Bilder zurück und Barbara spürte die Schande immer noch in sich, auch wenn es ihrem Mann egal war, der Stachel steckte viel zu tief in ihrer Seele.

Jahrelang hatte die Mutter ihr beigebracht, dass die Ehre das Wichtigste auf der Welt war und dass man lieber sterben sollte, als entehrt zu leben. So wie Susanna!

Durch Jörgs Tod hatte sie die anderen gerächt. Aber wer rächte sie? Die Schweden hatten den Metzger getötet, aber die anderen Männer, die sie am Teich geschändet hatten, die lebten vielleicht noch. Oder hatte Gottes Gericht sie schon ereilt?

Barbara war selbst betroffen, wie stark sie immer noch unter den Ereignissen litt, die ja nun schon fast ein Jahr zurücklagen. Der Missbrauch und die Gewalt hatten sich tief eingebrannt und dabei hatte sie doch gedacht, dass alles gut war.

Zumindest hatte sie dies Greta gegenüber in Nürnberg gesagt, doch nichts war gut!

Im Gehen berührte sie immer wieder die Waffe an ihrer Hüfte und jedes Mal durchzuckte sie dieselbe Erinnerung. Da konnte sie auch das beginnende Leben in sich nicht wirklich trösten.

Gerade jetzt hätte sie Sieghelms Trost gebraucht, aber obwohl er nur zwei Schritte vor ihr lief, war er doch Welten von ihr entfernt. Warum nur?

Manchmal durchzuckten sie auch lichte Momente, wenn sie einen Vogel singen hörte, oder ein Geräusch sie an etwas Gutes erinnerte, das lange zurücklag. Doch oft umnebelten ihren Geist die düsteren Gedanken und der Hass gegen sich selbst.

Mit jedem Schritt fragte sie sich, warum sie noch lebte, während alle anderen gestorben waren!

Davon konnte sie auch der Blick in das Umland nicht ablenken, denn überall war nur Kummer und Not.

Eigentlich war Saatzeit, doch es gab kaum etwas zu Säen. Was nicht geraubt war, das war schon lange gegessen. Und abermals würde ein Sommer kommen, in dem selbst die Tiere vor Hunger schrien.

Dabei war Sachsen von dem Krieg noch weitestgehend verschont geblieben. Im Süden und Westen der Nation starben die Menschen schon an den Folgen des Hungers, der hier gerade erst begann.

Zwischen zwei Dörfern trafen sie auf ein Fuhrwerk und ein Stück des Weges konnten sie mit einem Händler mitfahren, doch auch der Mann klagte nur über die schlimmen Zeiten. Er saß gebeugt auf seinem Kutschbock und trieb das klapprige Maultier an.

Ein Blick auf die Ladefläche hatte Barbara genügt, um zu sehen, dass auch er kaum etwas zu Handeln hatte. Alles war unerschwinglich teuer geworden und was nicht zum Überleben notwendig war, das wurde nicht mehr gebraucht.

Schmuck und schöne Kämme waren hübsch anzusehen, aber sie füllten die Bäuche nicht.

Der alte Mann erzählte von einem Kloster, das für drei Brote den Besitzer gewechselt hatte. In dieser Zeit war etwas zum Verzehren wichtiger, als aller weltliche Besitz. Jeder dachte nur an den nächsten Tag und das Überleben.

Zum Glück fand Sieghelm immer wieder mal etwas zum Aufessen in der Gegend, was sie früher wohl nicht mal angefasst hätte, aber es half zu überleben.

Vor Leipzig setzte der Fuhrmann sie ab, denn er wollte in der Stadt Handel treiben.

Barbara wünschte ihm viel Glück, aber mit dem, was er auf dem Wagen hatte, würde er wohl mehr als Glück brachen, um ein gutes Geschäft machen zu können. Obwohl Leipzig noch unzerstört und nicht geplündert war, so war es doch das Umland und damit herrschte auch dort sicherlich der Hunger.

Nun schleppten sie sich wieder zu dritt durch das Land.

Immer weiter ging es nach Norden, bis endlich der altbekannte Hügel in ihren Blick kam. Damit zog sie die Sehnsucht nach Anna schneller den Pfad entlang.

Barbara rannte fast nach oben und auch bei Sieghelm kam jetzt die alte Selbstsicherheit zurück.

Offensichtlich war auch der starke Mann froh, abermals im schützenden Wald zu sein.

Als Barbara den Weg zur Hütte einschlug, sah sie Anna vor dem Unterschlupf auf dem quer liegenden Stamm sitzen.

Die Schwester hatte ein kleines Kind an ihrer Brust und schrie auf, als sie Barbara bemerkte.

Weinend fielen sie sich beide um den Hals.

70. Kapitel
Diener und Herr?

Mit gemischten Gefühlen hatte Peter die Rückkehr der anderen zur Hütte aufgenommen. Bisher war sein Leben hier mit Anna kein Problem gewesen, doch nun gab es noch die anderen. Graf und Gräfin samt Magd. Und wer war er? Ein Knecht!

Sein ganzes Leben hatte Peter sich von den hohen Herrschaften ferngehalten und nun schliefen diese buchstäblich Bett an Bett mit ihnen. Das war für ihn nicht ganz so einfach und deshalb zog er sich meist von ihnen zurück.

Dadurch entfernte er sich auch zusehends von Anna, die ja die Schwester der Gräfin war.

Peter suchte seinen Platz neu und fand sich schon bald auf einer Stufe mit der neuen Magd Greta wieder. Diese selbstgewählte Isolation innerhalb der Gruppe fiel zuerst niemanden auf. Nur er selbst hatte das so für sich entschieden. Anna bemerkte es im Überschwang der Glücksgefühle gar nicht, denn zu sehr war sie mit Kind und Schwester beschäftigt.

Zwar hatte er gewusst, dass seine Anna die Tochter eines reichen Kaufmannes war, aber im Moment war sie so arm, wie er selbst. Natürlich hatte auch der Graf kaum Geld, aber er blieb eben trotzdem ein hoher Herr!

In der engen Behausung konnte man sich auch noch kaum aus dem Weg gehen und so zog es ihn, wann immer möglich, hinunter zum Teich. Er wusste ja, dass die anderen sich von dem Gewässer fernhielten.

Unter dem Vorwand, Angeln zu gehen, lief er jeden Tag dorthin und kehrte erst am Abend zurück.

Nach ein paar Tagen bat Greta ihn, ihn dorthin begleiten zu dürfen und er sagte ihr dies gern zu.

Und so saßen sie dann später nebeneinander im Schilf am Rande des Teiches. Schweigend sahen sie auf die durch den Wind leicht gekringelte Wasseroberfläche.

Einmal mehr musste Peter daran denken, wie er hier mit Anna gesessen hatte, an jenen Tag, als die Landsknechte sie hier überfallen hatten. Von seiner Position aus konnte er die Stelle am anderen Ufer sehen.

Immer wieder blickte er sich um, ob da nicht jemand, so wie damals, sich an sie anschlich.

Das fiel natürlich auch Greta auf und so fragte sie schon bald leise, wozu er dies wohl machte. Sichtlich bleich nahm sie seine Erklärung entgegen und schaute sich nun ebenfalls ständig um. Damit er ihr die Angst wieder nehmen konnte, begann er sie alles Mögliche zu fragen. Darunter auch, wie sie mit den Herrschaften auskam.

„Ich sehe sie nicht als Herrschaft", begann Greta zu erklären und setzte dann hinzu, wie sie auf Barbara getroffen war.

Bisher hatte Peter sich weder mit der Gräfin noch mit Greta weiter beschäftigt. Er hatte nur von Zeit zu Zeit bemerkt, wie dunkle Wolken über das Gemüt der Frauen zogen. Manchmal verfinsterte sich ihre Miene mitten in einem Gespräch.

Nun erfuhr er, warum dies wohl so war.

Zugleich mit dem Schicksal von Barbara eröffnete ihm nun auch Greta ihre Vergangenheit. Ihnen war es so ergangen, wie so vielen anderen Frauen auch.

Bestürzt registrierte Peter, dass er im Moment nur Frauen kannte, die dasselbe Schicksal teilten. So wie auch Gertrut es ereilt hatte.

Nachdenklich schaute er in das Gewässer, in das er seine Füße hängen hatte. Hatte sich seine Schwester nicht in ein solches gestürzt, um dieser Schande zu entgehen?

Schweigend wandte er seinen Blick Greta zu, die nun ebenfalls in das Wasser sah. Er bemerkte ihre Tränen und den unabsichtlichen Griff zum Dolch, der an ihrem Gürtel hing. Schnell legte er seine Hand auf die ihre, um zu verhindern, dass sie die Waffe zog und eventuell gegen sich richtete.

Greta zuckte bei der Berührung zusammen und sah ihn mit aufgerissenen Augen an. Sollte er sie tröstend in den Arm nehmen? Wie würde die Frau reagieren?

„Ich bin für dich da!", sagte er nur leise.

Greta nickte ihm dankbar zu.

Nun begann er abermals zu überlegen, ob er nun Diener oder Gleichgestellter war. Der Krieg hatte sie beide im Eigentum gleichgemacht. Und doch war Sieghelm ein geborener Graf.

Grübelnd nahm er seine gefangenen Fische und ging mit Greta schweigend zur Hütte zurück. Dort sah er, dass sich Sieghelm gerade in die Kutte eines Eremiten gehüllt hatte. Damit verwischten nun die Grenzen noch weiter.

Offensichtlich bemerkte der Mann Peters Verwirrung, denn er nahm ihn zur Seite und sagte schließlich: „Sehe mich wie einen Freund. Wenn du möchtest, so werde ich dich und Anna trauen. Dann seid ihr auch vor Gott ein Paar."

Dankbar nickte Peter ihm zu und bemerkte: „Sollten wir neben der einen Hütte nicht noch eine Zweite bauen? Wenn dein Kind auf der Welt ist, so wird es in der großen Hütte auch ziemlich eng."

Sieghelm kratzte sich am Kopf und sah zur Hütte zurück.

Dann nickte er und setzte lächelnd hinzu: „Aber wir bauen eine Verbindung ein, damit sich unsere Frauen im Winter gegenseitig besuchen können."

Schmunzelnd stimmte Peter dem Ansinnen des Eremiten zu.

Wie gleichgestellte gaben sie sich die Hand und Peter sah aus dem Augenwinkel, dass Anna aus der Hütte trat.

Er ging auf sie zu und fragte sie, ob Sieghelm sie trauen sollte. Verwirrt blickte sie von ihm zum Eremiten und wieder zurück.

„Warum?", fragte Anna schließlich.

Peter setzte ihr einfach entgegen: „Weil ich es möchte."

Einen Moment zögerte die Frau, dann klärten sie ihre Gesichtszüge zu einem Lächeln und sie erwiderte: „Wenn mein Herr es wünscht."

Anna machte einen gespielten Knicks.

In diesem Moment kam Barbara hinter ihr aus der Hütte, womit nun alle Bewohner auf der freien Fläche vor der Behausung standen.

Bei der unfreiwilligen Komik von Annas Ehrbezeugung musste Barbara lachen und auch Greta stimmte schließlich mit darin ein.

Auch Peter konnte sich das Schmunzeln nicht verkneifen.

Mit einem Male war unter ihnen alles geklärt. Sieghelm und er waren nun verschwägert. Mit einem Seitenblick erhaschte er Gretas Gesicht. Was wohl die Magd dazu meinte? Doch hatte sie nicht davon berichtet, dass sie mit Barbara gut befreundet war? Und trotzdem war sie die Magd. Ging es ihm mit Sieghelm nun ähnlich?

Anna drängte an ihn heran und er streichelte ihre Wange. Wenn es hier Herr und Diener gab, dann nur zwischen Mann und Frau. Aber wer war dabei der Herr?

Alles würde gut werden.

71. Kapitel
Gehörnte Glücksboten

Mit einem Bündel Wiesenkräuter versuchte Anna die Ziege zu sich zu locken, doch das Tier war störrisch und argwöhnisch. Immer wieder versuchte sie, sich dem angebundenen Tier zu nähern, aber die drohend gesenkten Hörner waren ein deutliches Zeichen, das die erfahrene Jägerin nicht ignorieren konnte.

Bereits eine halbe Stunde hockte Anna nun schon vor dem Biest unweit der Hütte. Sieghelm hatte es im Wald gefunden und hierher getragen und nun war er erneut unterwegs, denn wo eine Ziege war, da waren sicher auch noch mehr.

Zu gern hätte sich Anna an der Jagd beteiligt, aber mit der Tochter im Tuch vor der Brust war das völlig aussichtslos.

Ein paar Schritte neben ihr schob sich zuerst ein dicker Bauch aus der Hütte, bevor Barbara diesem folgte. Es konnten nur noch vier Wochen sein, bis auch die Schwester ihr Kind in den Armen halten würde.

Anna nickte ihr zu und sah dann missmutig nach oben. Die ersten Blätter begannen sich schon langsam zu verfärben. Nicht mehr lange und der Herbst war da.

Eigentlich wurde nun jede Hand gebraucht, um alles für den nahenden Winter vorzubereiten, doch es hatte keiner dafür Zeit.

Still fluchte Anna, denn Peter humpelte immer noch, Barbara konnte mit ihrem Bauch die Hütte kaum verlassen und Greta stellte sich im Wald so unbeholfen an, dass jedes Wildtier die Flucht ergriff, wenn sie auch nur zur Latrine ging.

Und mit der Tochter vor der Brust, die alle Stunde lautstark nach ihrer Milch verlangte, war es auch für Anna unmöglich auf die Jagd zu gehen.

Die einzige Hoffnung war die Milch dieser Ziege! Doch das Tier machte gar keine Anstalten Anna auch nur in die Nähe ihrer Zitzen zu lassen.

„Willst du lieber in die Pfanne?", schrie Anna das bockige Vieh an und riss den Dolch aus der Scheide.

Die Ziege meckerte und es klang ihr so, als ob das Tier sie damit verhöhnen würde. Sicher wusste das kluge Tier, dass es Anna auf ihre Milch abgesehen hatte. Was konnte sie denn noch tun?

Greta tauchte aus der Hütte auf und kam zu ihr herüber.

„Na du?", fragte sie und strich der Ziege über den Kopf. Das Tier ließ sich das gefallen und nickte der Magd zu. „Warum machst du denn so ein Geschrei?", fragte Greta sie und nahm ihr die Kräuter aus der Hand.

Die Ziege fraß die von Greta hingehaltenen Kräuter und Anna stand verblüfft auf.

„Wir hatten früher auch Ziegen", erklärte Greta und strich dem Tier vorsichtig über den Rücken. Still stand die Ziege da und sah Anna nur schelmisch an.

„Kannst du sie melken? Dann kann ich mein Kind bei dir lassen und Sieghelm bei der Jagd helfen?", fragte Anna.

Ohne ein Wort hockte sich Greta vor das Tier.

Ein paar Streicheleinheiten, einige beruhigende Worte und dann spritzte die erste Ziegenmilch ins Gras.

„Kein Problem!", sagte Greta und setzte hinzu: „Bringe mir einen Becher von drinnen."

Barbara hatte nun offensichtlich begriffen, was Anna mit der Ziege wollte, denn sie sagte: „Ich kann aus einem Kuhhorn und einem Trinkschlauch ein Trinkgefäß für dein Kind machen. Gib sie mir."

Dankbar übergab Anna der Schwester das Kind, eilte in die Hütte und kam mit einem Kuhhorn und dem Becher für Greta zurück. Danach rannte Anna in den Wald.

Sieghelm hatte ihr die ungefähre Position genannt, wo er die erste Ziege gefangen hatte und sicher war er noch einmal dort.

Leichtfüßig sprang Anna durch das Holz. Die Jägerin war wieder in ihr erwacht. Zu lange hatte sie auf den geliebten Wald verzichten müssen.

Nach etwa fünfhundert Schritten bemerkte sie links eine Bewegung und huschte hinter einen Baum. Von dort spähte sie in das Unterholz. Da war etwas Weißes gewesen und das konnte nur eine Ziege sein. Alle anderen Tiere des Waldes hatten nicht diese helle Farbe.

In der Eile hatte Anna vergessen einen Strick mitzunehmen. Wie fing man nun aber mit bloßen Händen eine Ziege?

„Man muss den Bock bei den Hörnern packen!", hatte der Vater oft im Scherz gesagt. Im Moment dachte Anna an das spitze Gehörn der Ziege und wusste nicht, ob das so eine gute Idee war.

Was passierte, wenn man den Bock hatte? Loslassen konnte man dann ja nicht mehr!

Das Tier stand etwa zwanzig Schritte entfernt und mit dem Hintern zu ihr. Damit hatte sie Anna sicher noch nicht bemerkt und die erfahrene Jägerin zog leise ihre Schuhe aus.

Auf Zehenspitzen und ohne einen Laut schlich sich Anna von hinten an die Ziege an.

Es war ein Bock! Ein Geißbock und um einiges größer, als die Ziege vor der Hütte. Und nun? Seine gewaltigen Hörner zeigten drohend nach hinten in Annas Richtung.

Ein letzter Sprung und sie hatte das Tier bei den Hörnern. Damit ging der Tanz aber erst so richtig los, denn keiner von beiden wollte nun nachgeben.

Schnaufend und meckernd kämpften sie sicher mehr als eine Stunde, bis der Bock endlich aufgab. Müde sah das Tier sie an und Anna löste vorsichtig ihre Hände von seinen Hörnern. Das Tier nickte ihr zu und blieb stehen.

„Kommst du mit?", fragte Anna erschöpft und der Geißbock schien ihr zuzustimmen.

Nebeneinander her gingen sie zur Hütte zurück. Erst dort merkte Anna, dass sie ihre Schuhe im Wald gelassen hatte.

Sieghelm kam gerade mit einer Ziege auf den Schultern aus dem Wald und sah ungläubig zu Anna und dem Bock, die einträchtig nebeneinander die letzten Schritte bis zur Hütte machten.

„Wie hast du das denn gemacht?", fragte er, als er die zweite Ziege zu der ersten in das Gras stellte.

„Reine Überredungskunst", entgegnete Anna schmunzelnd und band den Bock daneben an.

„Es ist eine kleine Herde. Ich habe noch etwa zehn Tiere gesehen!", begann Sieghelm.

Anna dachte nach. „Wir könnten die angefangene Hütte zum Stall ausbauen, aber mehr wie vier Tiere können wir nicht durch den Winter bringen", gab sie zu bedenken und zeigte auf die Baustelle ihrer Hütte neben der anderen.

„Gut! Aber wir könnten die überzähligen Tiere auf dem Markt eintauschen. Im Wald werden sie den Winter nicht überleben", erklärte Sieghelm.

Dem stimmte Anna zu.

Mit drei Ziegen und dem Bock würden sie bald eine kleine Herde haben, wenn der Bock nur tüchtig genug war. Sicherlich waren die Tiere irgendwo aus einem Stall ausgebrochen.

Diese Ziegen würden ihnen Glück und Wohlstand bringen, wenn sie es geschickt anstellten. Sie waren gehörnte Boten des Glücks.

72. Kapitel
Neue Wege

D ie beiden Mädchen rannten schnaufend den Berg zu ihr herauf. Barbara war von der Bank vor der Hütte aufgesprungen und rief nach hinten: „Zu den Waffen und heraus ihr Männer!" Wenn ihre Tochter Agnes und Annas Tochter Susanna so rannten, dann musste etwas geschehen sein oder jemand war hinter den Mädchen her, den Barbara allerdings noch nicht erspähen konnte.

Aus den Hütten eilten Peter und Sieghelm zu ihr, mit jeweils zwei Pistolen in den Händen. Mechanisch klickten die Hähne beim Spannen der Waffen.

Auch Anna kam zu ihr gelaufen und zog schon einen ihrer Pfeile aus dem Köcher. Noch immer konnte Barbara nicht sehen, wovor die beiden Mädchen flohen, doch sie riss schon mal abwehrbereit den Dolch aus der Scheide, um nicht wehrlos zu sein.

Endlich hatten Agnes und Susanna die Gruppe erreicht und kamen vor lauter Schnaufen zu keinem Wort.

Angestrengt sahen alle in den Wald, um die Verfolger abzuwehren, doch da war niemand.

Warum waren die beiden Mädchen so gerannt?

„Was ist los?", fragte Barbara genervt.

Agnes stieß aus: „Es ist Frieden!"

Alle sahen sich überrascht an.

„Frieden?", fragte Anna ungläubig zurück.

Susanna nickte, zog einen Zettel aus ihrer Tasche und reichte ihn ihrer Mutter.

Schnell war Barbara neben Anna getreten und zusammen lasen sie das Schreiben mit der Bekanntmachung.

„Frieden!", entfuhr es Anna und alle schüttelten skeptisch den Kopf.

„Dass ich das noch erleben kann!", stieß Sieghelm aus und ließ die Hähne seiner Waffen wieder langsam nach vorn gleiten.

Nun wollte jeder das bedruckte Stück Papier lesen.

„Von wem hast du das?", fragte Anna ihre Tochter.

Die sechzehnjährige erzählte: „Von einem Reiter! Der hat die Blätter im Dorf verteilt."

„Was hast du denn im Dorf gemacht?", fuhr Anna die Tochter an, die sichtbar errötete. Nun war sie erwischt worden und hatte damit auch Agnes verraten, die gerade versuchte, heimlich in der Hütte zu verschwinden.

Barbara steckte den Dolch zurück und drückte ihre jüngste Tochter an ihre Brust.

„Frieden!", murmelte sie und strich dem schlafenden Säugling über den Kopf. „Ich war vier, als dieser elende Krieg begann. Dreißig Jahre hat er gedauert!", setzte sie hinzu und ließ sich seufzend auf die Bank fallen.

„Nach dem Datum war das schon im letzten Oktober!", erklärte Anna und setzte sich neben sie.

„Also war schon den ganzen Winter Frieden und wir haben es gar nicht bemerkt!", entgegnete Barbara.

„Was nun?", fragte Sieghelm, der gerade neben Barbara trat.

„Wir müssen hier nicht mehr bleiben!", sagte er und blickte über die Hütten im Wald und die kleine Gemeinschaft, die in den letzten Jahren hier entstanden war.

Barbara folgte seinem Blick und sah ihre anderen drei Kinder und die fünf von Anna. Alle die überlebt hatten.

Greta stand am Ziegenstall und betrachtete das Geschehen offensichtlich mit gemischten Gefühlen. Sicherlich fragte sich nun auch die Magd, was wohl passieren würde.

„Nun Herr Graf? Teilst du uns deine Entscheidung mit?", fragte Barbara Sieghelm spöttisch, doch er ging diesmal nicht auf ihre Neckerei ein. Nachdenklich rieb er sich den Bart am Kinn und schaute in die weite Ferne.

Das Kind an ihrer Brust begann zu quengeln und verlangte nach seiner Milch. Liebevoll strich Barbara über die Stirn des schmatzenden Kindes. Es würde in seinem Leben keinen Krieg erleben. Hoffentlich!

Sie schaute nach oben und gab ein leises Gebet für alle die ab, die diesen Tag nicht erlebt hatten und endete mit dem Vater-Unser, in das die gesamte kleine Gruppe einstimmte.

Mit dem „Amen!" meldete sich auch Sieghelm erneut zu Wort und legte fest, dass sie die Hütten im Wald verlassen und nach Leipzig ziehen würden.

Die Stadt war vom Krieg kaum betroffen und dort würden sie sicher gegen ein paar ihrer Ziegen ein Haus bekommen und einen neuen Start in die Zukunft wagen können.

„Morgen früh brechen wir auf!", sagte er noch zum Schluss und ging in die Hütte zurück.

Alle nickten sich freudig zu und schon begannen alle ihre Habseligkeiten zu verpacken.

„Deinen Bogen wirst du in der Stadt wohl nicht brauchen", sagte Barbara zu ihrer Schwester.

„Schade eigentlich", antwortete Anna und warf die Waffe achtlos zur Seite.

Am Abend wurde eine kleine Feier im Wald veranstaltet. Leise Lieder und Gebete flogen in den Himmel.

Jeder hing seinen Gedanken nach.

Mit der Sonne des nächsten Morgens brach die Gruppe auf.

Vierzehn Menschen, drei Hunde, zwei Katzen und vierzehn Ziegen. Alle schwer bepackt, bis auf die beiden Katzen.

Auf dem Weg nach unten sah sich Barbara noch einmal um. Die Hütten lagen verwaist im Wald und in jeder brannte nun die lange geschürte Glut in den Öfen nieder.

Barbara nickte Sieghelm zu, der am Ende der Gruppe ging und danach griff sie zu dem Blatt Papier, das sie an ihrem Herzen verwahrt hatte. Es versprach eine glückliche und friedliche Zukunft.

Würde sich ihrer aller Hoffnungen in der großen Stadt erfüllen?

Barbara drehte sich nach vorn und ging der Sonne entgegen.

Ein neuer Tag, ein neues Leben.

Endlich Frieden!

ENDE

Zeitliche Einordnung der Handlung:

5800 Steinzeit

- Anfang des Buches „**Schicha und der Clan des Bären**"

- Ende des Buches „**Schicha und der Clan des Bären**"

5500 Steinzeit

2200 Beginn der Bronzezeit

1200 Beginn der Eisenzeit

800 –

800 Beginn des allmählichen Niederganges der Bronzezeit

800 Erste Anfänge und Städtebildungen der etruskischen Kultur

750 Aufstieg der Etrusker zur Seemacht

700 –

600 –

600 Blütezeit der Bronzekunst der Etrusker im orientalischen Stil

570 Amasis wird ägyptischer Pharao

555 Anfang des Buches „**Auf Bärenspuren**"

551 Ende des Buches „**Auf Bärenspuren**"

550 Koalition der Etrusker mit Karthago gegen Griechenland

540 Sieg der Etrusker zur See gegen die Griechen bei Alalia

524 etruskische Niederlage bei Kyme gegen die Griechen

500 –

500 Blüte der etruskischen Stadt Capua

400 –

387 die Kelten fallen in Rom ein

300 –

218 der karthagische Feldherr Hannibal überquert die Alpen

200 –

100 –

73 Flucht von Spartacus aus der Gladiatorenschule in Capua

71 Tod von Spartacus und Ende des Sklavenaufstandes

55 Expedition Caesars nach Britannien

44, 15. März, Kaiser Caesar wird in Rom ermordet

37 Anfang des Buches „**Das siebente Mädchen**"

15 Der römische Feldherr Drusus zieht mit seinem Heer über die Pässe der Alpen und dringt in das Gebiet der Kelten des Voralpenlandes ein

11 Drusus dringt, im Rahmen der römischen Feldzüge, bis in das Stammesgebiet der Cherusker vor

11 in der Schlacht bei Arbalo kämpften verbündete germanische Stämme gegen die Römer unter Drusus

10 Ende des Buches **„Das siebente Mädchen"**

0 –

0 Anfang des Buches **„Die Rache der Barbarin"**

9 Niederlage des Feldherrn Varus gegen die Cherusker unter Arminius

10 Ende des Buches **„Die Rache der Barbarin"**

34 Anfang des Buches **„Das Schwert des Gladiators"**

43 Beginn der Eroberung Südbritanniens

50 Colonia (heute Köln) wird zur Stadt erhoben

54 Nero wird römischer Kaiser

54 Anfang des Buches **„Die römische Münze"**

56 Ende des Buches **„Das Schwert des Gladiators"**

57 Anfang des Buches **„Die Tochter aus dem Wald"**

58 große Teile der Stadt Colonia brennen nieder

64 Brand Roms und daraufhin erste Christenverfolgung

68 Anfang des Buches **„Im Schatten des Feuerberges"**

68 Aufstände in Gallien und Spanien

68 Selbstmord Kaiser Neros

68 die Bataver, ein germanischer Stamm, erheben sich und belagern Colonia

69, im Herbst, erneuter Aufstand der Bataver gegen die römische Herrschaft in Niedergermanien

70, im Herbst, Niederschlagung des Bataveraufstandes

70 die Stadt Colonia erhält eine acht Meter hohe Stadtmauer

75 Ende des Buches **„Die römische Münze"**

75 Ende des Buches **„Die Tochter aus dem Wald"**

79, Herbst, Ausbruch des Vesuvs und Untergang Pompejis und Herculaneums

80 Einweihung des Kolosseums in Rom

85 wird Colonia die Hauptstadt der römischen Provinz Germania inferior

85 Ende des Buches **„Im Schatten des Feuerberges"**

98 Trajan wird römischer Kaiser

100 –

161 Marc Aurel wird römischer Kaiser

200 –

300 –

306 Konstantin der Große wird römischer Kaiser

324 Konstantin bekennt sich zum Christentum und macht diese zur Staatsreligion

375 die Hunnen unterwerfen die Alanen und die Goten oder vertreiben diese aus ihren Siedlungsräumen

376 Anfang des Buches **„Sturm über den Stämmen"**

376 Flucht der Donaugoten vor den Hunnen und teilweise Aufnahme der Goten in das römische Reich

384 Ende des Buches „**Sturm über den Stämmen**"

400 –

406 Rheinübergang der Vandalen und Einfall in das römische Reich

407 die Vandalen und andere germanische Stämme ziehen plündernd durch Gallien

409 Weiterzug der Vandalen und Alanen nach Spanien

410, Ende August, Eroberung Roms durch die Westgoten

429 die Vandalen und Alanen setzen unter Geiserich von Spanien nach Afrika über

439 die Stadt Karthago fällt an die Vandalen

440 angelsächsische Söldner rebellieren in Britannien gegen König Vortigern

451 Feldzug des Hunnen Attila nach Gallien

452 die Hunnen fallen in Italien ein, ziehen sich aber bald wieder zurück

453 nach Attilas Tod zerbricht das Hunnenreich

455 Plünderung Roms durch die Vandalen unter Geiserich

500 –

590 Æthelberth, König von Kent, überfällt Wessex

597 Bischof Augustinus landet in Kent

597 Anfang des Buches „**An fremder Küste**"

598 Ende des Buches „**An fremder Küste**"

600 –

601 Augustinus wird zum Erzbischof von Cantwaraburg (dem heutigen Canterbury) geweiht

700 –

764 Anfang des Buches „**In den finsteren Wäldern Sachsens**"

772, im Sommer, Zerstörung der Irminsul

772 Anfang der Sachsenkriege Karls des Großen

782 Blutgericht von Verden (Aller)

783, im Sommer, Gefechte mit Beteiligung sächsischer Frauen

785 Taufe Widukinds in der Königspfalz Attigny

787 die ersten Überfälle der Nordmänner auf Westeuropa finden statt

790 Überfälle der Nordmänner auf Schottland und Irland

792 letzte größere Erhebungen der Sachsen gegen die Franken

792 Zwangsdeportationen der Sachsen und Neuvergabe von sächsischem Land an fränkische Siedler

793 Überfall und Plünderung des Klosters Lindisfarne durch Nordmänner

795 Überfall von Wikingern auf das Kloster Iona in Irland

799 Beginn der Wikingerüberfälle auf das Frankenreich

796 Karls Belehrung durch seinen Berater Alkuin

797 mit dem Capitulare Saxonicum wurden die Sondergesetze gegen die Sachsen gelockert

800 –

800 Kaiserkrönung Karls des Großen

800 König Godfred von Dänemark gerät in kriegerische Konflikte mit Karl dem Großen

800 erste nordische Siedler treffen auf den Färöern und auf Island ein

800 unzählige Angriffe der Nordmänner auf die sächsischen Küsten

802 das sächsische Volksrecht (Lex Saxonum) wird verabschiedet

802 Ende des Buches „**In den finsteren Wäldern Sachsens**"

804 Ende der Sachsenkriege

805 Anfang des Buches „**Westwärts auf Drachenbooten**"

810 dänische Wikinger greifen wiederholt die friesische Küste an

814 Tod Karls des Großen

825 Ende des Buches „**Westwärts auf Drachenbooten**"

840 erste Überwinterung der Wikinger im Frankenreich

840 norwegische Nordmänner überfallen Irland und gründen Dublin

844 Überfälle der Nordmänner auf Spanien

845 Plünderungen von Hamburg und Paris durch die Wikinger

858 schwedische Wikinger gründen Kiew

889 Wanzleben wird erstmals als Haufendorf erwähnt

900 –

913 Herzog Heinrich von Sachsen stellt ein ungarisches Heer bei Merseburg

926 Heinrich handelt mit den Ungarn einen zehnjährigen Waffenstillstand für Sachsen aus

937 Otto I. der Große, gründete das St.-Mauritius-Kloster in Magdeburg

938 die Ungarn ziehen erneut gegen die Sachsen

952 Anfang des Buches „**Der Gefolgsmann des Königs**"

955, 10. August, Schlacht gegen die Ungarn auf dem Lechfeld bei Augsburg

955 Otto beginnt einen großen Neubau des Doms zu Magdeburg

962, 2. Februar, Krönung Ottos zum Kaiser

968 Beginn des Baues der Burg Wanzleben

980 Ende des Buches „**Der Gefolgsmann des Königs**"

1000 –

1100 –

1142 Heinrich der Löwe wird Herzog von Sachsen

1143 Gründung Lübecks, der ersten deutschen Ostseestadt

1147 Anfang des Buches „**Im Zeichen des Löwen**"

1147 Wendenkreuzzug, dauert als Kreuzzug drei Monate

1152 Königskrönung von Friedrich Barbarossa in Aachen

1155 Kaiserkrönung Friedrich Barbarossas in Rom

1156 Besiedlungszug in Lommatzsch

1157 Gründung des deutschen Kaufmannsbundes

1159 Wiederaufbau Lübecks

1160 Anfang des Buches „**Kaperfahrt gegen die Hanse**"

330

1160 der slawische Burgwall Dobin, liegt am Schweriner See, wird zerstört

1160 Lübeck erhält das Soester Stadtrecht

1160 Gründung der Kaufmannshanse

1161 Vermittlung eines Handelsprivilegs an die Stadt Lübeck durch Heinrich den Löwen

1161 Gründung der Gotländischen Genossenschaft, als Vorstufe der Hanse

1162 Kloster Altzella, bei Nossen, wird gegründet

1163 Ende des Buches „**Im Zeichen des Löwen**"

1180 Heinrich verliert das Herzogtum Sachsen

1200 –

1200 Gründung des Petershofs in Nowgorod als Außenstelle der Hanse

1200 Ende des Buches „**Kaperfahrt gegen die Hanse**"

1210 Anfang des Buches „**Die Sklavin des Sarazenen**"

1212 Kinderkreuzzug mit Ziel Jerusalem

1212 Friedrich II. wird König

1217 Beginn des fünften Kreuzzuges, Kreuzzug nach Damiette in Ägypten

1220 Ende des Buches „**Die Sklavin des Sarazenen**"

1221 Ende des Kreuzzuges von Damiette in Ägypten

1250 Anfang der Blütezeit der Städtehanse

1300 –

1307, September, Anfang des Buches „**Die Braut des Templers**"

1307, 14. September, Geheimer Befehl Philipps IV. zur Verhaftung der Templer

1307, 13. Oktober, der „schwarze Freitag", Gefangennahme aller Templer in Frankreich

1307, 25. Oktober, Geständnis von Jacques de Molay

1307, 22. November, Papst Clemens V. zieht das Verfahren gegen die Templer an sich

1307, 24. Dezember, Jacques de Molay widerruft sein Geständnis

1308, 2. Oktober, Ende des Buches „**Die Braut des Templers**"

1309, im März, Papst Clemens V. bestimmt Avignon zum neuen Sitz der Päpste

1310, 12. Mai, Verbrennung von 54 Tempelrittern bei Paris

1311, 16. Oktober, Eröffnung des Konzils von Vienne

1312. 22. März bis 3. April, Aufhebung des Templerordens durch Papst Clemens V.

1312, 2. Mai, Übertragung der Templergüter an die Johanniter

1314, 18. März, Jacques de Molay wird zusammen mit Geoffroy de Charnay auf dem Scheiterhaufen in Paris verbrannt

1314, 29. November, König Philipp IV. stirbt nach einem Jagdunfall

1315 Beginn einer Hungersnot, die als „Der große Hunger" in zwei Jahren mit sintflutartigen Regenfällen, sehr kalten Wintern und vielen Überschwemmungen Millionen Menschen in Europa dahinraffte

1321 Anfang des Buches „**Frauenwege und Hexenpfade**"

1337 der hundertjährige Krieg zwischen England und Frankreich beginnt

1337 Ende des Buches „**Frauenwege und Hexenpfade**"

1340 der englische König Eduard III. fällt mit seinem Heer in Frankreich ein

1342, im Juli, das Magdalenenhochwasser, eine verheerende Überschwemmungskatastrophe, lässt in Mitteleuropa zahlreiche Flüsse über die Ufer treten

1346 in der Schlacht von Crécy schlagen 8.000 englische Langbogenschützen die verbündeten europäischen und französischen Ritter vernichtend

1347 die Beulenpest erreicht die europäischen Häfen am Mittelmeer und breitete sich schnell überall aus

1348, 7. April, Gründung der Karls-Universität in Prag, der ersten mitteleuropäischen Universität

1349, 10. Januar, die Wormser Gemeinde der Juden wird blutig ausgelöscht

1349, 1. März, Pogrom gegen die Juden in Speyer

1349 Anfang des Buches „Der schwarze Tod"

1349, 24. Juli, in der Frankfurter „Judenschlacht" sterben fast alle Juden in Frankfurt am Main

1349, 23. August, die Juden von Mainz erheben sich gegen ihre Verfolger. Der Aufstand wird blutig niedergeschlagen und das Stadtviertel brennt ab. Zahlreiche Menschen kommen dabei ums Leben

1350 Ende des Buches „Der schwarze Tod"

1353 Giovanni Boccaccio schreibt sein Decamerone

1356 mit der goldenen Bulle wird erstmalig festgeschrieben, dass der deutsche König durch Mehrheitswahl von sieben Kurfürsten bestimmt wird

1400 –

1431, 30. Mai, Jeanne d'Arc, die Jungfrau von Orléans, stirbt in Rouen auf dem Scheiterhaufen

1434 Cosimo de Medici kehrt nach Florenz zurück und wird der mächtigste Bankier der Stadt

1440 Johannes Gutenberg erfindet den Buchdruck mit beweglichen Lettern

1442 Anfang des Buches „**Ein Jahr unter Gauklern**"

1443 Ende des Buches „**Ein Jahr unter Gauklern**"

1452, 15. April, Leonardo da Vinci wird in Anchiano bei Vinci geboren

1479 Anfang des Buches „**Nur ein Hexenleben ...**"

1482 Johann Tetzel beginnt sein Theologiestudium in Leipzig

1486 der Dominikaner Heinrich Kramer veröffentlicht sein Traktat „Der Hexenhammer", lateinisch „Malleus Maleficarum"

1487 Ende des Buches „**Nur ein Hexenleben ...**"

1487 - Anfang des Buches „**Rosen hinter Burgmauern**"

1492 Christoph Kolumbus erreicht die großen Antillen und entdeckt damit Amerika

1498 Vasco da Gama erreicht an Bord seiner Nau auf dem Seeweg um Afrika herum Indien

1500 –

1504 Johann Tetzel beginnt seine Tätigkeit im Ablasshandel

1509 Ende des Buches „**Rosen hinter Burgmauern**"

1517 Anfang des Buches „**Die Bruderschaft des Regenbogens**"

1517, 31. Oktober, Luther verkündet seine Thesen in Wittenberg

1518 Müntzer und Luther sind in Wittenberg

1520 Müntzer predigt in Zwickau

1522 das „Neue Testament" erscheint auf Deutsch

1523, zu Ostern, Katharina von Boras Flucht aus dem Kloster

1524 Bauern- und Handwerkeraufstände in Sachsen

1525, 15. Mai, Schlacht bei Bad Frankenhausen

1525, 27. Mai, Müntzer wird in Mühlhausen enthauptet

1525, 27. Juni, Heirat Luthers mit Katharina von Bora

1525, im Dezember, Kloster Buch wird geschlossen

1526 Niederschlagung der letzten Bauernaufstände

1527 Ende des Buches **„Die Bruderschaft des Regenbogens"**

1530 Reichstag zu Augsburg beschließt die Duldung des evangelischen Glaubens

1534 die gesamte Bibel ist nun auf Deutsch lesbar

1600 –

1612 Anfang des Buches **„Im Feuersturm"**

1617, 13. September, ein Stadtbrand verwüstet weite Teile Tangermündes

1618, 23. Mai, Fenstersturz zu Prag

1618 Anfang des dreißigjährigen Krieges

1619, 22. März, Grete Minde stirbt in Tangermünde auf dem Scheiterhaufen

1619 Ende des Buches **„Im Feuersturm"**

1620, 08. November, Schlacht am Weißen Berg bei Prag

1630 Anfang des Buches **„Im Schein der Hexenfeuer"**

1631 Eintritt Sachsens in den dreißigjährigen Krieg

1631, 20. Mai, Verwüstung der Stadt Magdeburg durch kaiserliche Truppen

1631, 24. Mai, Anfang des Buches **„Das Versteck des Eremiten"**

1631 Anfang des Buches **„Die Räubermühle"**

1632 die Pest wütet in Sachsen

1632, 16. November, Schlacht bei Lützen

1634, 25. Februar, Albrecht von Wallenstein wird in Eger ermordet

1634 Ende des Buches **„Die Räubermühle"**

1639 schwedische Truppen brennen Dresden teilweise nieder

1641 nochmalige Zerstörung Dresdens durch die Schweden

1648 der „Westfälischer Friede" wird geschlossen

1648, 24. Oktober, Ende des dreißigjährigen Krieges

1649 Ende des Buches **„Das Versteck des Eremiten"**

1650 Ende des Buches **„Im Schein der Hexenfeuer"**

1683, 3. Mai, die osmanische Armee erreicht Belgrad

1683, 9. Juli, Anfang des Buches **„Ein Sommer unter der Mondsichel"**

1683, 14. Juli, die Osmanen beginnen die Belagerung Wiens

1683, 12. September, Schlacht am Kahlenberg und Sieg der kaiserlichen Truppen über die Osmanen

1683, 12. September, Befreiung Wiens

1683, 1. November, Ende des Buches „**Ein Sommer unter der Mondsichel**"

1694 Friedrich August I. wird unerwartet neuer Herzog und Kurfürst von Sachsen

1697, 15. September, Friedrich August I. wird in Krakau zum polnischen König gekrönt

1700 –

1710 Anfang des Buches „**Anna und der Kurfürst**"

1712 Thomas Newcomen konstruiert die erste verwendbare Dampfmaschine

1715 Ende der „Kleinen Eiszeit", einer Periode relativ kühlen Klimas, mit besonders kalten Zeitabschnitten seit 1675

1715 Ende des Buches „**Anna und der Kurfürst**"

1756 bis 1763 der Siebenjährige Krieg tobt in Mitteleuropa

1776 Gründung der Vereinigten Staaten von Amerika mit der Unabhängigkeitserklärung

1789, 14. Juli, Beginn der Französischen Revolution in Paris

1793 Beginn des Interventionskriegs gegen Napoleon, an dem auch Sachsen teilnahm

1794 die Gesellen streiken in Dresden

1796 der Interventionskrieg endet mit einer Niederlage für die preußischen, österreichischen und sächsischen Verbündeten

1800 –

1800 Anfang des Buches „**Der russische Dolch**"

1806 Preußen und Russland verbünden sich gegen Napoleon. Sachsen schließt sich ihnen an

1806 Krieg der Verbündeten gegen Napoleon

1806, 14. Oktober, Schlacht bei Jena und Auerstedt, die Verbündeten werden von Napoleon vernichtend geschlagen

1806, 20. Dezember, das Kurfürstentum Sachsen tritt dem Rheinbund bei und wird durch Napoleon zum Königreich

1812 von Sachsen aus beginnt der Feldzug gegen Russland. Sachsen ist mit 21.000 Mann daran beteiligt

1812, 23. Juni, Napoleon überquert mit seinem Heer die Mehmel

1812, 17. August, Schlacht um Smolensk

1812, 7. September, Schlacht von Borodino

1812, 14. September, Napoleon rückt in Moskau ein

1812, 13. Oktober, Napoleon beschließt den Rückzug

1812, 3. November, Schlacht bei Wjasma.

1812, 26. bis 28. November, Schlacht an der Beresina

1812, 14. Dezember, Kaiser Napoleon macht, seinen Truppen auf dem Rückzug aus Russland vorauseilend, in Dresden Station

1813, 2. Mai, Schlacht bei Großgörschen, Sieg Napoleons gegen Russen und Preußen

1813, 20. und 21. Mai, Schlacht bei Bautzen, weiterer Sieg Napoleons gegen Russen und Preußen

1813, 26. und 27. August, Schlacht bei Dresden, Napoleon errang seinen letzten Sieg auf deutschem Boden

1813, 16. bis 19. Oktober, Die Völkerschlacht bei Leipzig brachte Napoleon eine verheerende Niederlage. Die sächsischen Truppen liefen zu den russischen und preußischen Truppen über

1813, 11. November, die belagerte Festungsstadt Dresden kapituliert

1815, 18. Juni, Schlacht bei Waterloo

1815 Ende des Buches **„Der russische Dolch"**

1825 die Gesellschaft „Stockton and Darlington Railway" eröffnet die erste öffentliche Eisenbahnstrecke in England

1835, im Dezember, Eröffnung der Eisenbahnstrecke Nürnberg - Fürth

1839, 7. April, Fertigstellung der ersten sächsischen Eisenbahnstrecke von Leipzig nach Dresden

1847 Anfang der Buches **„Eine sächsische Revolution"**

1848, 21. Februar, Karl Marx und Friedrich Engels veröffentlichen das Manifest der Kommunistischen Partei

1848, 22. bis 24. Februar, Februarrevolution in Frankreich

1848, 18. März, Berliner Barrikadenaufstand

1848, 31. März bis 3. April, das Frankfurter Vorparlament tritt zusammen

1848, 24. März, Beginn der Erhebung in Schleswig-Holstein

1848, 18. Mai, die deutsche Nationalversammlung tritt in der Frankfurter Paulskirche zusammen

1849, 28. März, Verabschiedung der Paulskirchenverfassung

1849, 3. bis 9. Mai, Dresdner Maiaufstand

1849, 30. Mai, Ende der Frankfurter Nationalversammlung

1849, 30. Juni, Beginn der Belagerung von Rastatt

1849, 18. Juli, Ende der Buches **„Eine sächsische Revolution"**

1849, 23. Juli, die Festung Rastatt fällt und damit endet die Revolution

1852, 8. Mai, Ende der Schleswig - Holsteinischen Erhebung

1900 –

1939, 01. September, Angriff der Wehrmacht auf Polen

1939, 01. September, Anfang des Buches **„Liebe in stürmischen Zeiten"**

1939, 03. September, Frankreich und das Vereinigte Königreich erklären Deutschland den Krieg

1940, 10. Mai, der Angriff deutscher Verbände auf die Niederlande beginnt

1940, 24. Juni, französischer Waffenstillstand wird unterzeichnet

1941, 22. Juni, deutscher Überfall auf die Sowjetunion

1942, 23. August, Beginn des Kampfes um Stalingrad

1943, 02. Februar, Ende des Kampfes um Stalingrad

1943, 05. bis 16. Juli, Schlacht am Kursker Bogen

1945, 13. bis 15. Februar, schwere Luftangriffe auf Dresden

1945, 7. Mai, bedingungslose Kapitulation aller deutschen Truppen

1949, 23. Mai, Gründung der BRD

1949, 07. Oktober, Gründung der DDR

1953, 17. Juni, Volksaufstand und Streiks in der DDR
1954 Ende des Buches **„Liebe in stürmischen Zeiten"**
2000 –

Von Uwe Goeritz ebenfalls beim Verlag BoD erschienen (BoD – Books on Demand, Norderstedt, nähere Informationen finden Sie unter www.BoD.de)

„Schicha und der Clan des Bären",
  die ISBN lautet 978-3-7386-0262-3
  108 Seiten für 7,90 Euro

„In den finsteren Wäldern Sachsens",
  die ISBN lautet 978-3-7357-7982-3
  108 Seiten für 7,90 Euro

„Der Gefolgsmann des Königs",
  die ISBN lautet: 978-3-7357-2281-2
  116 Seiten für 7,90 Euro

„Im Zeichen des Löwen", die ISBN lautet: 978-3-7347-5911-6
  116 Seiten für 7,90 Euro

„Kaperfahrt gegen die Hanse",
  die ISBN lautet: 978-3-7386-2392-5
  108 Seiten für 7,90 Euro

„Die Bruderschaft des Regenbogens",
  die ISBN lautet: 978-3-7386-5136-2
  112 Seiten für 7,90 Euro

„Im Schein der Hexenfeuer",
  die ISBN lautet: 978-3-7347-7925-1
  112 Seiten für 7,90 Euro

„Die Räubermühle", die ISBN lautet: 978-3-8482-0893-7
  112 Seiten für 7,90 Euro

„Der russische Dolch", die ISBN lautet: 978-3-7412-3828-4
  116 Seiten für 7,90 Euro

„Das Schwert des Gladiators",
  die ISBN lautet: 978-3-7412-9042-8
  116 Seiten für 7,90 Euro

„Frauenwege und Hexenpfade",
die ISBN lautet: 978-3-7448-3364-6
116 Seiten für 7,90 Euro

„Die Sklavin des Sarazenen",
die ISBN lautet: 978-3-7448-5151-0
308 Seiten für 9,90 Euro

„Die Tochter aus dem Wald",
die ISBN lautet: 978-3-7448-9330-5
116 Seiten für 7,90 Euro

„Anna und der Kurfürst", die ISBN lautet: 978-3-7448-8200-2
312 Seiten für 9,90 Euro

„Westwärts auf Drachenbooten",
die ISBN lautet: 978-3-7460-7871-7
120 Seiten für 7,90 Euro

„Nur ein Hexenleben...", die ISBN lautet: 978-3-7460-7399-6
312 Seiten für 9,90 Euro

„Sturm über den Stämmen",
die ISBN lautet: 978-3-7528-7710-6
124 Seiten für 7,90 Euro

„Die Rache der Barbarin", die ISBN lautet: 978-3-7528-4103-9
128 Seiten für 7,90 Euro

„Im Feuersturm – Grete Minde",
die ISBN lautet: 978-3-7481-2078-0
312 Seiten für 9,90 Euro

„Rosen hinter Burgmauern",
die ISBN lautet: 978-3-7347-0321-8
312 Seiten für 9,90 Euro

„Auf Bärenspuren", die ISBN lautet: 978-3-7412-9116-6
316 Seiten für 9,90 Euro

„Im Schatten des Feuerberges",
die ISBN lautet: 978-3-7481-3800-6
120 Seiten für 7,90 Euro

„Ein Sommer unter der Mondsichel - Wien, im Jahre 1683",
   die ISBN lautet: 978-3-7494-5288-0
   328 Seiten für 9,90 Euro

„Der schwarze Tod - Mainz, im Jahre 1349",
   die ISBN lautet: 978-3-7494-7180-5
   336 Seiten für 9,90 Euro

„Eine sächsische Revolution",
   die ISBN lautet: 978-3-7528-8679-5
   336 Seiten für 9,90 Euro

„Liebe in stürmischen Zeiten",
   die ISBN lautet: 978-3-7519-1929-6
   160 Seiten für 7,90 Euro

„Das siebente Mädchen", die ISBN lautet: 978-3-7504-3239-0
   328 Seiten für 9,90 Euro

„Ein Jahr unter Gauklern",
   die ISBN lautet: 978-3-7519-8230-6
   336 Seiten für 9,90 Euro

„An fremder Küste", die ISBN lautet: 978-3-7534-7768-8
   332 Seiten für 9,90 Euro

„Die Braut des Templers", die ISBN lautet: 978-3-7534-4502-1
   340 Seiten für 9,90 Euro

Aktuelle Informationen und Neuerscheinungen finden sie immer im Internet unter:

www.Goeritz-Netz.de